Knaur

Von Phillip M. Margolin sind außerdem erschienen:

Auf ewig unvergessen
Nach Einbruch der Nacht
Der letzte Unschuldige
Auf glühenden Kohlen

Über den Autor

Phillip M. Margolin ist ein bekannter Strafprozeßanwalt in Portland, Oregon. Seine Spannungsromane sind sämtlich Bestseller-Erfolge; »Auf ewig unvergessen«, »Nach Einbruch der Nacht« und »Auf glühenden Kohlen« erreichten als Knaur Taschenbücher höchste Auflagenzahlen.

PHILLIP M. MARGOLIN

Das Gift der Erinnerung

ROMAN

Aus dem Amerikanischen von Susanne Stopfel

Knaur

Die amerikanische Originalausgabe erschien unter dem Titel
»Heartstone« bei Bantam Books, New York

Besuchen Sie uns im Internet:
www.droemer-knaur.de

Deutsche Erstausgabe Februar 2000

Redaktion: Ilse Wagner
Umschlaggestaltung: Agentur ZERO, München
Umschlagabbildung: Superstock, München
Satz: Brigitte Apel, Hannover
Umbruch: Ventura Publisher im Verlag
Druck und Bindung: Clausen & Bosse, Leck
Printed in Germany
ISBN 3-426-61458-8

5 4 3 2

Für Doreen, Amy und Daniel, die sogar die Veröffentlichung des ersten Romans unwichtig erscheinen lassen.

Mein besonderer Dank geht an Martin Bauer, Jed Mattes, Ned Leavitt und an all diejenigen, die mir bei der Arbeit zu diesem Buch geholfen haben. Außerdem danke ich Jean Naggar und allen aus ihrer Agentur, Irwyn Appelbaum und Elisa Petrini und all den bewundernswerten Mitarbeitern von Bantam Books, die so freundlich zu mir gewesen sind.

[redacted]

ERSTER TEIL:

SCHATTEN

[redacted]

PROLOG

Es war zwei Tage vor Weihnachten, und Louis Weavers einziger Freund lag im Hotel Cordova in einem Zimmer für einen Dollar die Nacht im Sterben. Louis trat in einen Hauseingang, um einen Augenblick auszuruhen. In der eisigen Luft konnte er kaum atmen, und der wirbelnde Schnee machte ihn halb blind. Er wischte sich die Nase und trank einen Schluck aus der Flasche mit billigem Whiskey, die er in eine Tasche seines Regenmantels gezwängt hatte, bevor er wieder ins Freie trat.

Willie hatte Louis mitgeteilt, daß er sterben würde, als sie in Salt Lake City waren. Er hatte sich versprechen lassen, daß Louis ihn nach Hause bringen würde, nach Portsmouth. In Portsmouth hatte Willie etwas zu erledigen, damit seine unsterbliche Seele gerettet werden konnte. Sie hatten sich in einen Frachtzug geschlichen, und Louis hatte die Stunden auf einer Heuschütte in der Ecke eines Containerwagens verbracht und zugesehen, wie sein Freund schwächer und schwächer wurde.

Willie hatte in letzter Zeit viel über Himmel und Hölle geredet, und Louis war klar, daß ihm etwas Schreckliches auf der Seele lag. Louis konnte nicht anders, als den Prediger in Fort Worth, der Willie die Religiosität eingeredet hatte, für den Kummer seines Freundes verantwortlich zu machen, denn früher war Willie nie so verstört gewesen. Louis hätte ihm gern geholfen, aber Willie redete nur dann über das, was ihm zu schaffen machte, wenn er richtig betrunken oder im Delirium war, und dann murmelte und stöhnte er, und Louis kam nie so recht dahinter, worum es ging. Er wußte nur, es hatte etwas mit einem Mädchen zu tun, und es war lang her.

Louis seufzte und schob die Flasche wieder in die Tasche. Er war müde und durchgefroren, aber er hatte es fast geschafft. Das Gerichtsgebäude war nur noch zwei Blocks entfernt. Dort würde es warm sein. Louis wünschte sich zurück ins Hotel. Er hatte das letzte Geld für das Zimmer ausgegeben, und nun hatte er nichts davon.

Ein kalter Windstoß trieb ihm eine Schneeschwade ins Gesicht, und sofort tat es ihm leid, daß er an das Zimmer gedacht hatte und daran, daß er um sein Geld gekommen war. Bald würde Willie für alle Ewigkeit genauso kalt sein, und Willie war sein einziger Freund.

Der Radiowecker begann penetrant zu schrillen, und Albert Caproni versuchte mit seinem ganzen Wesen, das Geräusch zu ignorieren. Alles sprach dafür, daß er unter seiner schönen warmen Decke neben seiner schönen warmen Frau liegenblieb.

»Liebling«, murmelte eine Stimme. Er spürte weiche Lippen, die ihn aufs Ohr küßten. Halb wünschte er, sie würden damit aufhören.

»Liebling, du mußt aufstehen«, sagte die Stimme.

»Geh weg«, grummelte er und vergrub sich tiefer unter der Decke.

»Du mußt aufstehen«, wiederholte die Stimme in ihrem

aufreizendsten Tonfall, und er spürte, wie eine warme Hand sich durch den Schlitz seiner Flanellhose stahl und weiche Finger sich um seinen Penis schlossen.
»Bitte, Mary«, bettelte er. »Ich will schlafen.«
Obwohl er noch nicht einmal die Augen geöffnet, den Schnee nicht gesehen und den Wind nicht gespürt hatte, wußte er genau, es würde ein erbärmlicher Tag werden. Einer, den man viel besser im Bett verbrachte.
Er merkte, wie Mary ihren üppigen Körper über seinen schob, bis sie mit ihrem gesamten Gewicht auf ihm lag. Als nächstes hörte er, wie sie sich mit der Zunge über die Lippen fuhr, damit sie so feucht wie möglich wurden. Und schließlich spürte er die Lippen; sie bedeckten sein Gesicht mit feuchten Küssen. Was zuviel war, war zuviel. Er gab auf und öffnete die Augen.
»Ich hasse dich«, stöhnte er und drehte sich zugleich so weit um, daß er sie in die Arme nehmen konnte.
»Ich liebe dich«, sagte sie. Sie rutschte von ihm herunter, und sie kuschelten sich aneinander. Er küßte sie behutsam und begann ihren Rücken und ihre Beine zu streicheln.
»Nichts da«, sagte sie. »Du kommst zu spät, wenn du dich jetzt nicht anziehst.«
»Nicht mal einen ganz kleinen?« fragte Albert zärtlich. Er war erregt wie immer, wenn er Mary im Arm hielt. Nach all den Ehejahren fand er sie immer noch aufreizend.
»Nein.«
»Ich hab doch gewußt, ich sollte niemals eine frigide Frau heiraten.«
»Dein Pech«, sagte Mary, küßte ihn rasch auf die Wange und rollte aus dem Bett. »Du hast gewußt, worauf du dich einläßt, als du mich geheiratet hast. Jetzt beeil dich, sonst

kommst du zu spät, und der Präsident gibt dir kein Geld für deine zwei zusätzlichen Juristen.«

»Hadley. Scheiße. Und für dieses alte Arschloch gibt man nun ein warmes Bett und den besten Fick weit und breit auf. Wenn ich das nächstemal für irgendwas kandidiere, sagst du den Wählern aber, was ich für Opfer bringe.«

»Das wissen die schon.«

»Hör mal, mach mir heute zwei Eier. Ich werd's brauchen.«

»Und was ist mit deiner Diät?« fragte sie im Hinausgehen.

»Für einen Tag kann ich die ruhig mal vergessen.«

Caproni streckte sich und tappte verschlafen zum Fenster. Der Schneesturm draußen verbarg die wunderbare Aussicht, die er sonst beim Aufstehen zu sehen bekam. Er gähnte und kratzte sich. So scheußlich der Tag war, Caproni war glücklich. Tatsächlich konnte er sich an keinen Tag der letzten paar Jahre erinnern, an dem er nicht im Grunde glücklich gewesen war. Ja, ein paar kleinere Enttäuschungen hatte es gegeben, aber er hatte eine Frau, nach der er verrückt war, zwei prachtvolle Kinder, und mit fünfunddreißig war er jünger als jeder andere, der jemals in das Amt des Bezirksstaatsanwalts von Portsmouth gewählt worden war – einen Job, den er fast so sehr liebte wie Mary.

Al hatte in einem Amt Karriere gemacht, das in der Regel mit ehrgeizigen jungen Juraabsolventen besetzt wurde; sie blieben die zwei Jahre, die sie brauchen, um Prozeßerfahrung zu sammeln und die nötigen Kontakte zu knüpfen, und wechselten dann zum Gesellschaftsrecht.

Al war nach seiner Collegezeit zunächst zur Armee gegangen; danach hatte er in Abendkursen Jura studiert und tagsüber in Portsmouth als Polizist gearbeitet. Im letzten Studienjahr war er der Staatsanwaltschaft als Ermittler zugeteilt worden. Seine Erfahrungen mit der kriminellen Seite der juristischen Praxis hatten dazu geführt, daß er jeden Gedanken an eine Laufbahn im Gesellschaftsrecht aufgegeben hatte. Und wenn er sich jemals in der Rolle eines Strafverteidigers gesehen hatte, hatte sein Jahr mit dem Bezirksstaatsanwalt dies gründlich geändert.

Kurz vor dem Abschluß hatte Al Herb Holman, der das Amt zu dieser Zeit innehatte, um eine Stelle gebeten. Die Juristen bei der Staatsanwaltschaft, für die er gearbeitet hatte, hatten ihm glanzvolle Zeugnisse ausgestellt, und Albert Caproni legte den Eid als stellvertretender Bezirksstaatsanwalt am gleichen Tag ab, an dem er die Bescheinigung darüber erhielt, daß er seine Examen bestanden hatte.

All das war inzwischen viele Jahre her. Er war rasch aufgestiegen und hatte es gerade bis zum Chief Criminal Deputy gebracht, als Harvey Babcock, einer seiner engsten Freunde, zum Bezirksstaatsanwalt gewählt wurde. Sie hatten damals jeden Grund zum Feiern gehabt – und dann, kaum daß man sich an die neuen Verhältnisse gewöhnt hatte, waren sie zu Ende gegangen. Ein betrunkener Autofahrer war auf der Interstate-Autobahn auf die falsche Fahrbahn geraten und hatte Harvey Babcock getötet.

Albert C. Caproni war der unangefochtene Kandidat für den freigewordenen Posten gewesen. Im November war er gegen Senatorin Sylvia Marshall angetreten und hatte die Wahl haushoch gewonnen.

Albert sah auf die Uhr, während er den Pyjama auszog. Es war kurz nach halb sechs. Er arbeitete immer lang. Schon als Junge hatte er neben der Schule einen Teilzeitjob gehabt, um die Familienfinanzen aufzubessern. Die langen Arbeitstage störten ihn nicht. Er lebte schon so lange auf diese Art, daß es ihm zur Routine geworden war. In seiner Zeit bei der Staatsanwaltschaft hatten die zusätzlichen Stunden, die er in die Vorbereitung steckte, die Tatsache ausgeglichen, daß er nicht wirklich brillant war. Und es verschaffte ihm jedesmal eine tiefe Befriedigung, wenn er einen der Jungs aus den berühmten Kanzleien oder den angesehenen juristischen Fakultäten in irgendeiner obskuren Detailfrage auseinandernehmen konnte, die er selbst nach Stunden sorgfältiger Recherche geklärt hatte.

Albert warf den Schlafanzug aufs Bett und ging zur Badezimmertür hinüber. Vor dem Spiegel blieb er stehen und studierte sein Abbild. Er war weder angetan noch abgestoßen von dem, was er sah. Sicher, sein eher kleiner Körper war nicht mehr so ökonomisch geformt wie damals, als er zu arbeiten angefangen hatte, und das Haar wurde dünner. Andererseits waren die Muskeln unter dem zusätzlichen Fleisch immer noch hart.

Sagen wir einfach, ich hab den Umfang noch unter Kontrolle, dachte er.

Trotzdem bedauerte er es, aus der Form geraten zu sein. In seinen jüngeren Tagen schien immer noch Energie für ein Handball- oder Basketballspiel übrig gewesen zu sein. Bei der Army hatte er sogar ein bißchen geboxt. Inzwischen fiel ihm derlei schwerer. Er machte Liegestütze und Klappmesser, wenn er dazu kam, und gelegentlich spielte er Golf. Ach was. Er hatte seine Wahl getroffen. Er war sich über die Einschränkungen im klaren, die sein Job mit sich brachte, und nahm sie willig hin. Eines Tages würde er

ohnehin sterben. Und ob er im Himmel zugelassen wurde, würde nicht von seinem Taillenumfang abhängen.
»Mach mir ein bißchen mehr Speck heute, okay, Liebling?« schrie er, bevor er die Dusche aufdrehte.

Fanny Maser hatte seit dem Jahr 1958 an der Empfangstheke der Bezirksstaatsanwaltschaft von Portsmouth gesessen. Sie war mit den Republikanern gekommen, hatte die Demokraten überlebt und war geblieben, als das Büro 1970 parteilos wurde.
Fannys Ehemann hatte sechzehn Jahre lang als Polizist gearbeitet, bevor er bei dem Versuch, einen Raubüberfall auf eine Tankstelle zu verhindern, ums Leben kam. Die zwei Monate, die sie danach gebraucht hatte, um ihre Welt wieder ins Lot zu bringen, waren die einzige längere Abwesenheit von ihrem Dienst gewesen, die sie sich jemals erlaubt hatte.
Fanny war die perfekte Rezeptionistin. Schon in jüngeren Jahren hatte sie so ausgesehen, wie alle Welt sich die ideale Mutter vorstellte. Sie war eine kleine, grauhaarige Frau mit einem unerschütterlichen Lächeln. Ihre Stimme war sanft und beruhigend, und sie hatte die Gabe, anderen Menschen die Befangenheit zu nehmen. Es war eine unschätzbare Eigenschaft in einem Büro, zu dessen Besuchern erboste Bürger gehörten, müde Polizisten, die nach dem Ende einer Nachtschicht in einem der schwierigeren Viertel auf den Beginn der Verhandlungen warteten, nervöse Zeugen und gelegentlich auch Vergewaltiger, Räuber und Mörder.
Das kriminelle Element gehörte zu den aufregendsten Aspekten von Fannys Beruf. Ihrer Bridgegruppe erzählte

sie gern von den schlagzeilenträchtigen Besuchern, die sie begrüßt hatte. Da war der ruhige Vormittag gewesen, an dem sie sich die Zeit zusammen mit Carl Billingsgate vertrieben hatte, dem Hammermörder, der auf sein Verhör durch den Chief Criminal Deputy gewartet hatte. Carl hatte am gleichen Vormittag noch gestanden.

Oder wie wäre es mit Marie Louise Renoud? Was für eine reizende Frau sie allem Anschein nach doch gewesen war. Wer hätte ahnen können, daß sie und ihre Geliebte auf Maries Ehemann geschossen und ihn dann scheinbar tot auf Switchback Mountain zurückgelassen hatten – woraufhin er sich, wie Fanny es erzählte, von den »Pforten der Hölle« zurückschleppte, um bei Maries Prozeß auszusagen. Marie und Fanny hatten so nett miteinander geplaudert.

Bei all den aufregenden Dingen, die sie schon gesehen, und den interessanten Menschen, die sie kennengelernt hatte, war es kein Wunder, daß Louis Weaver keinen nachhaltigen Eindruck auf Fanny Maser machte, als er sich durch die Glastür hereinschob, die den Empfangsbereich abteilte.

Es war halb elf, und der Vorraum war leer. Eine Stunde zuvor hatten sich hier noch junge Staatsanwälte mit ihren Zeugen gedrängt, aber inzwischen hatten die Verhandlungen begonnen, und sie waren alle verschwunden. Louis verbrachte die ersten paar Sekunden damit, in vollen Zügen die Wärme des geheizten Raums zu genießen. Er stand schaudernd in der Tür und sah sich nervös in der ungewohnten Umgebung um. Er war ein winziger Mann. Sein abgetragener Regenmantel, ein zerlumptes Jackett und das Hemd waren alles, was er dem scharfen Winterwind entgegenzusetzen hatte. Die ausgebeulten Hosen waren mit einem Strick um die Mitte festgebunden und blähten sich um Hüften, auf denen sie niemals gehalten hätten.

Fanny wußte, es würde wenig angenehm sein, Louis Weaver anzusprechen. Sie hielt nichts vom Alkohol, und Mr. Weaver war unverkennbar angetrunken. Außerdem roch er nicht eben angenehm. Nichtsdestoweniger lächelte sie und fragte in ihrem freundlichsten Tonfall: »Kann ich Ihnen helfen?«

Louis nahm den billigen grauen Fedorahut ab, den er getragen hatte. Seine Finger spielten mit der ausgefransten Krempe, als er unsicher auf die Sperre zuschlurfte, die Fanny von den drei Reihen fest angebrachter Plastikstühle in der Rezeption trennte.

»Ist das hier das Büro vom Staatsanwalt?« brachte er schließlich heraus. Fanny merkte, daß der arme Mann unglücklich und verängstigt war, und ihr anfänglicher Widerwille wurde zu Besorgnis.

»Ja, das ist es.«

»Ich muß mit ihm reden.«

»Es gibt fünfzig Staatsanwälte hier. Wollen Sie mit jemand Bestimmtem sprechen?«

»Ja ... aber der Staatsanwalt ist doch Mr. Caproni? Willie hat gesagt, ich soll nach Mr. Caproni fragen.«

»Mr. Caproni ist der gewählte Bezirksstaatsanwalt für Portsmouth County, aber er selbst übernimmt keine Fälle. Vielleicht kann ich Sie an jemanden vermitteln, wenn Sie mir sagen, um was es geht.«

Louis fuhr sich mit dem Handrücken über die grauen Bartstoppeln. Dies ließ sich komplizierter an, als er erwartet hatte. Büros, selbst solche, in denen Fanny Masers saßen, machten ihm angst. Er wünschte, er könnte einen Schluck trinken, aber das kam natürlich unter keinen Umständen in Frage.

»Es ist mein Freund Willie. Er stirbt, und ich hab ihm versprochen, ich tu ihm den Gefallen. Er sagt, ich soll zu Mr. Caproni geben und keinem sonst. Er sagt, es ist wichtig, und Mr. Caproni wird's wissen wollen.«

Es war etwas Ungewöhnliches an Louis Weaver – der Tonfall und sein offensichtlicher Wunsch, anderswo zu sein. Fanny traf eine Entscheidung.

»Ich kann Ihnen nicht versprechen, daß Mr. Caproni Sie anhören wird – er hat sehr viel zu tun. Aber wenn Sie mir sagen wollen, um was es geht, dann frage ich ihn, ob er mit Ihnen reden kann.«

Louis' Mund fühlte sich trocken an, und sein Herz hämmerte. Willie hatte gesagt, nur Mr. Caproni; aber wenn er jetzt keine Auskunft gab, würde sie ihn wegschicken.

»Ich soll sagen, Willie Heartstone stirbt und er will ihm sagen, wer Elaine Murray umgebracht hat.«

Trotz des abscheulichen Wetters ließ sich der Tag prachtvoll an. Das Treffen mit Hadley war nach einer halben Stunde vorbei, und Caproni hatte das Versprechen erhalten, daß der Polizeipräsident sich aktiv um zwei weitere Juristen bemühen würde. Sie wurden dringend gebraucht. In den letzten Jahren war die Anzahl der Fälle, die vor Gericht kamen, sprunghaft angestiegen. Die Deputys, die Albert hatte, waren völlig überarbeitet. Im Bezirksgericht, wo kleinere Vergehen – wie Trunkenheit am Steuer und Ladendiebstähle – behandelt wurden, gingen seine Deputys fast unvorbereitet in die Verhandlungen. Natürlich waren die Fälle oft unkompliziert und erforderten kaum mehr, als den einzigen Zeugen nach dem Hergang der Angelegenheit zu fragen, aber Caproni wollte nicht, daß ein Missetäter entwischte, nur weil der Deputy keine Zeit gehabt hatte, sich mit dem Fall zu befassen.

Nach der Besprechung mit Hadley war er in sein eigenes Büro zurückgekehrt und hatte sich dort mit einem jungen Mann getroffen, den er vor kurzem erst dem Circuit Court zugeteilt hatte, wo die ernsten Verbrechen wie Morde und Raubüberfälle behandelt wurden. Der Deputy hatte gerade seinen ersten großen Fall übertragen bekommen. Nach monatelangen Vorarbeiten hatten die Polizei von Portsmouth und staatliche Drogenspezialisten schließlich einen der größten Heroindealer des Staates erwischt, unmittelbar bevor er eine Lieferung Heroin loswerden konnte. Inzwischen sah es so aus, als sei der ganze Fall gefährdet, weil der Angeklagte behauptete, die Durchsuchung sei illegal gewesen. Gemeinsam hatten sie eine Stunde damit verbracht, einen Ausweg zu finden, um den Fall noch zu retten.

Caproni mochte den jungen Mann. Er erinnerte ihn daran, wie er selbst in diesem Alter gewesen war. Sie kamen aus ähnlichen Verhältnissen, und Caproni wußte die Hartnäkkigkeit eines Jungen aus einfacher Familie zu schätzen, der sich hochgearbeitet hatte. Der Fall war schwierig, aber der Junge hatte sich in den einzigen erfolgversprechenden Aspekt der Sache verbissen, und mittlerweile sah es so aus, als habe er einen möglichen Ansatz ans Licht gezerrt. Caproni sah, wieviel dem Jungen daran lag, den Dreckskerl vor Gericht zu bringen, und er wußte die Mühe zu schätzen, die er sich dabei gab.

Nachdem er die auf dem Schreibtisch liegende Morgenpost durchgesehen hatte, wandte Albert sich als nächstes einem Stoß von Fällen des Obersten Gerichtshofs zu, die er eigentlich durchlesen wollte. Er lehnte sich in seinem Stuhl zurück – der gigantische und bequeme, ledergepolsterte Sessel war einer der wenigen Luxusgegenstände, die er sich in seinem Büro erlaubt hatte.

»Mr. Caproni?«

Albert lächelte Mrs. Maser an. Sie gehörte zu den wenigen Menschen, die länger hier waren als er selbst. Es kam ihm immer noch merkwürdig vor, wenn sie ihn Mr. Caproni statt Albert nannte. Die Anrede hatte sich geändert, als er zum Bezirksstaatsanwalt gewählt worden war. Es war einer der weniger erfreulichen Aspekte des Erwachsenwerdens und der Autoritätsposition, die er nun innehatte – sie verursachten fast unmerkliche Veränderungen in seinem Verhältnis zu den Menschen ringsum.

»Was kann ich für Sie tun, Fanny?«

»Ich störe Sie nicht gern, aber es könnte, glaube ich, wichtig sein.«

Albert bemerkte, daß Mrs. Mason angespannt wirkte, was sehr ungewöhnlich war.

»Da vorn ist ein Mann. Er ist halb betrunken und sieht aus wie ein Wrack, aber ... also, er sagt, er hat eine Nachricht für Sie. Ich glaube nicht, daß es ein Verrückter ist – er wirkt, als meinte er es ernst.«

»Was ist es denn für eine Nachricht?«

»Er sagt, er soll Ihnen mitteilen, daß Willie Heartstone im Sterben liegt und daß Mr. Heartstone Ihnen sagen will, wer Elaine Murray umgebracht hat.«

Das Zimmer kippte, und Caproni fühlte sich schwindlig.

Eben noch hatte er festen Boden unter den Füßen gehabt, und jetzt war der Boden fort, und er schwebte, leicht wie Luft.

»Mr. Caproni, ist alles in Ordnung mit Ihnen?«

William Heartstone. Er rang um Fassung. Ein tiefer Atemzug. Das Schwindelgefühl ebbte ab, aber er fühlte sich desorientiert und unsicher.

»Holen Sie Pat Kelly. Ich will den Mann hier drin sprechen. Sagen Sie Pat, keine Grobheiten, aber er darf ihn nicht weglassen. Und bringen Sie mir einen Kassettenrecorder.«

Seine Stimme zitterte. Das passierte ihm so gut wie nie. Sie schien von weit her zu kommen. Aus der Vergangenheit. Er hörte ihren Widerhall in der Einsamkeit eines schäbigen Hotelzimmers an dem einzigen Tag, an dem er William Heartstone je gesehen hatte.

Caproni füllte ein Glas mit kaltem Wasser aus dem Hahn seines privaten Waschraums und wünschte sich, es wäre Scotch. Er rückte die Krawatte gerade, schob das Hemd ordentlich in den Hosenbund und zog das Jackett an. Der Fall Murray-Walters. Nach all den Jahren.

Die Morgenzeitung lag auf einer Ecke seines Schreibtischs. Auf einem Foto stand Philip Heider Arm in Arm mit dem Präsidenten. Es hieß, Heider sei für das Amt des Generalbundesanwalts im Gespräch. Welche Auswirkungen das Wiederauftauchen von William Heartstone wohl auf seine Karriere haben würde? Gar keine, wahrscheinlich, dachte Caproni bitter. Heider war einer dieser unzerstörbaren Leute, die Kraft aus Dingen schöpfen, die die meisten Menschen verderben oder anwidern. Und seine Spuren waren zu gut verwischt. Ihm und Shindler war es zu ver-

danken, daß es keine Beweise gab. Nur Schatten und Gerüchte.
Zudem war es nicht Heider gewesen, der die Verantwortung für das trug, was aus dem Fall Murray-Walters geworden war. Es war von Anfang an Roy Shindler gewesen. In den Jahren nach dem dramatischen Ende von Bobby Coolidges Prozeß hatte Caproni herauszufinden versucht, ob etwas hinter den häßlichen Gerüchten steckte, die über Shindlers Rolle in dem Verfahren kursierten, und war jedesmal auf eine Mauer des Schweigens gestoßen. Shindler war in seiner Abteilung zu angesehen, um eines einzelnen Vergehens wegen geopfert zu werden.
Vielleicht hätte Caproni mit seinem Einfluß die Wahrheit herausfinden können, wenn er es wirklich versucht hätte. Aber sein Spiegelbild starrte ihn anklagend an, eine stete Erinnerung daran, daß auch er selbst für das Geschehene verantwortlich war, ebenso wie alle anderen. Es hatte eine Zeit gegeben, in der er eine Entscheidung hätte treffen und den Lauf der Dinge hätte ändern können, aber es hatte ihm an Mut gefehlt. Vielleicht hatte er die Wahrheit niemals wirklich herausfinden wollen. All die Schuldgefühle und die Ungewißheit, die er in einer dunklen Ecke seiner Erinnerung aufbewahrt hatte, lasteten auf einmal wieder auf seinen Schultern. Das Gewicht ermüdete ihn, und er sackte in seinem Stuhl zusammen.
Pat Kelly, Capronis Chefermittler, kam zur Tür herein. Der dünne, verängstigte Mann neben ihm hatte unverkennbar bessere Tage gesehen. Neben Kelly wirkte er wie ein Kind. Caproni kam zu dem Schluß, daß Weaver nicht allzu sicher auf den Beinen war, und winkte ihn zu einem Stuhl, sobald sie einander vorgestellt waren.

»Mr. Weaver, wenn ich recht verstanden habe, sind Sie ein Freund von William Heartstone?«

»Von Willie, meinen Sie? Ja, Sir. Wir kennen uns schon ewig. Ich hab ihn bei der Vereinigung der Veteranen des Vietnamkriegs getroffen, als er grade das Bein verloren hatte.«

»Das Bein hat er verloren? Davon wußte ich nichts.«

»Er hat einen furchtbaren Unfall gehabt. Irgendwas hat das da oben angerichtet bei ihm«, sagte Weaver mit einer Handbewegung zu seinem Kopf hin. »Aber er ist nicht schlecht, und er hat nie einem was getan, ehrlich.«

»Warum meinen Sie, mir sagen zu müssen, daß er niemandem etwas tun würde, Mr. Weaver?«

Louis senkte den Kopf und starrte in seinen Schoß.

»Deswegen bin ich da. Willie hat es in Fort Worth mit dem Glauben gekriegt, und jetzt redet er dauernd über seine Seele und was er Schlimmes getan hat. Bloß hab ich nie gesehen, daß er so was gemacht hat. Und dann ist er krank geworden und hat überhaupt nur noch davon geredet, daß er nach Portsmouth zurück muß und Sie treffen.«

»Wo ist Willie jetzt?«

»Im Cordova in der Tenth Street.«

Caproni kannte das Hotel Cordova aus seinen Tagen als Polizist. Seither war es durch ein Dutzend Hände gegangen, aber verändert hatte es sich nicht. Es war nach wie vor eine der billigen Absteigen in der Gegend um die untere Water Street, deren Kundschaft vor allem aus Alkoholikern, Gammlern und Pensionären bestand.

»Wie krank ist Willie?«

Louis' Finger spielten mit der Hutkrempe, drehten und verbogen sie. Capronis Frage hatte ihn daran erinnert, wie

Willie allein in seinem Hotelzimmer im Bett lag – der arme Willie, hustend und schwitzend und stöhnend in seiner ganz privaten Hölle.

»Ich glaub, er stirbt.«

»War er beim Arzt?«

Louis schüttelte den Kopf.

»Wir hatten kein Geld. Ich hab den letzten Rest für das Zimmer ausgegeben. Und wenn ich von der V. A. oder vom Krankenhaus angefangen hab, hat er sich bloß aufgeregt. Er redet nur noch davon, daß er Sie treffen und seinen Frieden machen will.«

Caproni wies seine Sekretärin an, einen Arzt ins Hotel Cordova zu schicken. Dann nahm er mit Kelly und Weaver den Aufzug ins Foyer hinunter. Kelly rannte hinaus in die Kälte, um den Wagen zu holen, während Weaver und Caproni in der Halle warteten.

»Willie kriegt doch keinen Ärger, oder, Mr. Caproni? Wir sind schon lang Freunde, und ich weiß, er hat ein paar Sachen angestellt. Ich mein nur, wir haben beide schon mal ein bißchen Wein geklaut und so. Bißchen Bier auch. Aber ich hab noch nie gesehen, daß er was wirklich Schlimmes gemacht hat.«

Caproni schob die Hände in die Manteltaschen und starrte hinüber zu den schneebedeckten Bäumen des Parks gegenüber. Der Park nahm den ganzen Block jenseits der Straße ein. Er war klein und den Sommer über meist überfüllt und schmutzig. Der Winter hatte ihn von den Menschen befreit, ihn gereinigt und die armseligen Bäume und das Gras mit glatten Mänteln in fleckenlosem Weiß geadelt. Es war ein angenehmer Gedanke, daß die Natur Schmutz und Schäbigkeit in etwas Makelloses verwandeln konnte, aber

Caproni wußte, der Schmutz war nach wie vor da, unter dem Schnee.
Der Fall Murray-Walters war genauso. Die Jahre hatten die Fragen und die Zweifel verstummen lassen, aber Caproni wußte um den Schmutz. Er hatte niemals vergessen, was Shindler und Heider getan hatten, und er hatte sich niemals den eigenen Mangel an Zivilcourage in dem Augenblick verziehen, in dem er sich einer Entscheidung zwischen seiner eigenen Karriere und dem Leben eines anderen Mannes gegenübergesehen hatte.
»Willie kriegt doch keinen Ärger, oder?« wiederholte Louis. Pat Kelly fuhr das Auto vor die Eingangstür.
»Ich weiß es nicht, Mr. Weaver«, sagte Albert Caproni, als sie in den Schneesturm hinaustraten.

[redacted]

ZWEITER TEIL:

TOD

[redacted]

1

Elaine Murray war so aufgeregt, daß ihre Hand zitterte und sie den Lippenstift verschmierte. Sie kniff die Lippen zusammen, um den *Tahitian Passion* gleichmäßig zu verteilen, und wischte den Fleck unter der Unterlippe mit einem Kosmetiktuch fort. Sie sagte »o Scheiße«, als der Fleck nicht gleich wegging, und dann kicherte sie. Sie fluchte gern, wenn sie in ihrem Zimmer allein oder in Gesellschaft guter Freundinnen war, aber jedes Mal begann sie dabei nervös zu kichern, denn sie wußte, ihren Eltern wurde es nicht gefallen. Sie waren beide ziemlich spießig.

Ihr Haar sah gut aus. Es war von Natur aus rötlichbraun, und manchmal, wenn die Sonne richtig stand, sagte Richie, es sehe aus, als stehe es in Flammen. Sie klopfte es zufrieden in Form.

Dann stand sie auf und ging zu dem langen Spiegel hinüber, der an der Schranktür hing. Sie stellte sich in Pose und lächelte. Ihr Körper war fit und sportlich. Der Bauch war flach, denn sie trieb viel Gymnastik, und die Hüften waren breit und geschwungen. Als sie ihre Brüste betrachtete, runzelte sie leicht die Stirn. Sie waren schön geformt, aber klein. Sie wußte, Männer mochten große Brüste; sie

konnte nur hoffen, Richie würde nicht enttäuscht sein. Zunächst hatte sie erwogen, Einlagen zu tragen, sich dann aber dagegen entschieden. Sie war sicher, heute abend würde es passieren, und sie wollte ihm nichts vormachen. Sie wollte, daß Richie genau wußte, was er bekommen würde. Außerdem war Richie ein Gentleman und würde niemals weitererzählen, daß sie kleiner waren, als sie wirkten. Es würde ihr Geheimnis sein. Eines der Dinge, die nur ihnen gehörten – vielleicht für immer.
Für immer! Elaine schloß die Augen und ließ sich aufs Bett zurückfallen. Sie versuchte sich vorzustellen, sie und Richie wären verheiratet. Natürlich würde es dazu so bald nicht kommen. Sie gingen ja noch nicht einmal richtig miteinander – noch nicht. Aber nach heute abend ...
Elaine wollte nicht darüber nachdenken. Vielleicht irrte sie sich auch, und er würde sie gar nicht fragen. Schließlich hatten sie sich erst seit einem Monat regelmäßig getroffen. Ein Monat. Es schien eine Ewigkeit zu sein. Sie konnte sich nicht erinnern, jemals zuvor so glücklich gewesen zu sein. Richie Walters. Es war wie ein Traum, der in Erfüllung gegangen war.
Elaine war seit ihrem zweiten Highschool-Jahr in Richie Walters verknallt gewesen, aber er hatte sie nicht einmal zur Kenntnis genommen – bis zum letzten Sommer, als sie beide im Empire-Kaufhaus gejobbt hatten. Zunächst hatte er sich nur in den Pausen mit ihr unterhalten oder wenn er zufällig durch ihre Abteilung kam. Ihr Vater, Dr. Harold Murray, kannte den Geschäftsführer, und so war sie an den Sommerjob gekommen. Richie hatte seinen auf dem gleichen Weg erhalten, und sie hatten Witze darüber gemacht, wie es wäre, reich zu sein und Einfluß ausüben zu

können. Dabei war Elaine sich sicher, daß Richie auch von allein jeden Job hätte bekommen können, den er wollte. Er sah so gut aus. Sie liebte seine blonden Locken und die blauen Augen. Seine Nase war perfekt. Und er war so klug und so nachdenklich. Richie wußte einfach alles. Er hatte im Herbst für Präsident Kennedys Wahlkampf gearbeitet und den Präsidenten tatsächlich getroffen, als Kennedy nach Portsmouth gekommen war. Sie wußte, daß Richie sich bei einer ganzen Reihe von Universitäten beworben hatte, und er war so intelligent, daß er wahrscheinlich anfangen konnte, wo er wollte. Aber sie hoffte, er würde sich für die State University entscheiden, auf die auch sie zu gehen hoffte. Es würde hart werden, wenn sie miteinander gingen und dabei nicht zusammensein konnten. Sie wußte, sie würde treu bleiben, aber ... Jetzt war sie schon wieder soweit. Er hat dich noch nicht mal gefragt, Dummkopf, dachte sie. Aber andererseits war sie sicher, absolut sicher, daß er es tun würde. Wendy Blair ging mit Frank Coppella, und Frank spielte Football in der gleichen Mannschaft wie Richie und war sein bester Freund, und er hatte Wendy erzählt, daß Richie schon eine Weile darüber nachdachte und sich die ganze Woche merkwürdig benommen hatte.

Elaine stand vom Bett auf und setzte sich wieder vor den Schminktisch. Sie trug Lidstrich und Mascara auf und drehte den Kopf hin und her. Sie fand sich hübsch. Nicht schön wie Alice Fay, die Königin der letztjährigen Abschlußfeier, aber hübsch. Und es gab eine ganze Menge Jungen, die ebenso dachten. Sie war Cheerleader, sie war eine der Prinzessinnen in Alices Hofstaat gewesen, ein Mauerblümchen war sie nicht.

Elain streifte einen weißen Slip über und hakte den BH zu. Dann zog sie hellbraune, dreiviertellange Hosen und eine weiße Bluse an, dazu einen schwarzroten Skipullover. Es war ein merkwürdiger Winter gewesen. Thanksgiving Day war kaum vorbei, und es war nicht einmal richtig kalt geworden. Nicht, daß Elaine etwas dagegen hatte. Sie hatte Kälte noch nie gemocht.

Elaine überprüfte die Bluse noch einmal und stellte fest, daß ein Knopf aufgegangen war. Als sie ihn wieder schloß, verspürte sie einen kleinen Schauer der Aufregung. Sie schloß die Augen und versuchte sich vorzustellen, wie Richies kräftige Finger die Bluse aufknöpften, einen Knopf nach dem anderen. Plötzlich fühlte sich ihr Mund trocken an, und sie hatte ein flaues Gefühl im Magen. Die Brustwarzen richteten sich unter dem BH auf, und das Gefühl, als der Stoff sich an der Haut rieb, war durchaus nicht unangenehm.

Richie war in jeder Hinsicht ein Gentleman, aber er hatte die Bedürfnisse, die alle Männer hatten. Elaine hatte mit ihrer Mutter über Sex und Männer gesprochen. Ihre Mutter hatte gesagt, sie sollte sich ihre Jungfräulichkeit erhalten, weil ein Mann sie nicht mehr respektieren würde, wenn sie zu leichtfertig war. Sie hatte den Rat befolgt, obwohl es ihr manchmal schwergefallen war, zum Beispiel dann, wenn sie in Richies Armen lag und er durch die Bluse hindurch ihre Brüste streichelte. Dann hatte sie nur noch den Wunsch, ihm alles zu erlauben, worum er sie bat. Aber zugleich war sie froh, daß sie noch nicht nachgegeben hatte. Der Körper einer Frau war ein Geschenk für den Mann, den sie heiratete. Ihr Geschenk für ihn. Es würde alles viel besser sein, wenn sie verheiratet wären. Und was ihre Mutter über Respekt gesagt hatte, war richtig. Man brauchte nur daran zu denken, wie die Jungen hinter ihrem Rücken über Eleanor Strom redeten, und alle Welt wußte, was sie alles mitmachte. Aber für heute abend hatte sie ihre Entscheidung getroffen. Wenn er sie heute abend fragte, ob sie fest miteinander gehen sollten, würde sie ihn ihre Brüste berühren lassen. Es würde nur fair sein, und außerdem würde sie ihm einen Grund geben wollen, bei ihr zu bleiben.

Sie sah auf die Uhr. Heiliger Bimbam, es war nach acht, und er würde jeden Moment kommen. Sie zog rasch ein Paar Tennisschuhe an und warf noch einen Blick auf ihr Spiegelbild. Unten klingelte es an der Haustür.

Bobby Coolidge stand vor dem Spiegel in der Herrentoilette von Bob's Hamburger Heaven und bewunderte sich selbst. Er setzte sehr gezielt den schwarzen Plastikkamm an und zog ihn durch sein dickes, öliges schwarzes Haar. Zunächst wurde das Haar auf beiden Seiten straff zurückgekämmt; danach sah es aus wie ein Flügel auf jeder Seite, und es entstand ein kleiner Schwanz an der Stelle, an der sich die Flügelenden am Hinterkopf trafen. Bobby überprüfte sein Werk. Ein perfekter Entenschwanz, das mußte er sich selbst zugestehen. Er drehte die eine Locke, die er in die Stirn gezogen hatte, noch einmal ein. Besser kriegt Presley es auch nicht hin, dachte er.

»Leih mir den Kamm, wenn du soweit bist, Schmalzkopf«, sagte sein Bruder Billy, während er den Reißverschluß seiner engen Jeans schloß.

»Sekunde, Mann«, erwiderte Bobby. Auf der linken Seite war ein Haar aus der Form geraten. Er trat zurück und kämmte noch einmal nach. Als er zufrieden war, spülte er den Kamm ab und gab ihn an Billy weiter.

Billy trat vor den Spiegel, und Bobby lehnte sich an die Wand und nahm eine Zigarette aus dem Päckchen, das er in einer Reißverschlußtasche seiner schwarzen Lederjacke aufbewahrte.

»Was willst du machen?« fragte er.

»Weiß ich nicht. Und du?«

»Jedenfalls nicht mehr hier rumhängen. Diese Mieze Delores, ich krieg zuviel.«

»Die picklige Kellnerin?«

Bobby nickte; Billy sah es im Spiegel.

»Über die hört man Sachen, Bobby. Harry Capri sagt, die tutet dir einen auf dem Horn.«

»Na, da hab ich aber mehr Stil als Harry Capri. Hast du gesehen, mit was für Tieren der rumzieht?«

»Hör mal, Capri sagt, sie bläst dir einen zur Melodie vom Yankee Doodle, und beim letzten Ton kommst du.«

»Du redest vielleicht ein Blech.«

Billy zuckte die Achseln.

»Würde ich meinen eigenen Bruder anlügen?«

»Wenn sie so heiß ist, wieso hast du's dann noch nicht probiert bei ihr?«

»Zu häßlich. Die Häßlichen hebe ich für dich auf.«

Bobby lachte. Er hatte Glück, einen Bruder zu haben, der zugleich ein guter Freund war. Die Coolidge-Brüder hielten zusammen. Sie kämpften zusammen. Sie fickten zusammen. Er lächelte, zog an seiner Zigarette und versuchte sich vorzustellen, wie er sich von Delores einen blasen ließ. Nein, er brachte es nicht hin. Scheiße, so nötig hatte er es noch nicht.

Billy trat vom Waschbecken zurück und gab Bobby den Kamm. »Gesagt hast du immer noch nichts.«

»Worüber?«

»Was wir jetzt machen sollen.«

»Weiß ich nicht.« Er zuckte die Achseln. »Wir könnten bei Alice Fays Party reinschauen.«

»Sie schmeißt 'ne Party?« fragte Bobby interessiert.

»Sagt Rog. Wir können ihn gleich fragen.«

Billy stieß die Tür auf, und sie suchten sich einen Weg zwischen den wie üblich von Spießern und Teenyboppers besetzten Tischen hindurch zu ihrem Tisch in der Ecke. Roger Hessey und Esther Freemont aßen noch an ihren Hamburgern, und wie üblich hatte Esther sich noch einen Milchshake bestellt. Bobby kratzte sich zerstreut im Schritt, während er Esther studierte. Sie hatte große Titten, und er mochte große Titten, und sie sah gar nicht schlecht aus. Aber dafür bumste sie auch alles auf zwei Beinen, und Bobbys persönliche Meinung war, daß ein gutaussehender Typ wie Hessey auch etwas Besseres hatte haben können. Außerdem ging sie ihm auf die Nerven. Sie schwärmte für ihn, machte ihm dauernd Kuhaugen und baggerte ihn an. Bobby wußte, daß er sie bumsen konnte, wenn er wollte, aber er wußte auch, daß eine so dumme Schlampe wie Esther ihn nicht lang interessieren würde, und die Szene, die sie machen würde, wenn er sie zum Teufel schickte, war ihm das Ganze nicht wert. Außerdem war ihm nicht wohl dabei; er wußte, daß Esther einen Typ an der Stuyvesant High mit einem Messer verletzt hatte, weil er irgendwelche Spielchen versucht hatte, als ihr gerade nicht danach gewesen war, und auf so was konnte er auch ganz gut verzichten. Ach was, alles in allem ließ er Esther besser links liegen. Alice Fay oder Elaine Murray, das war was anderes. Die hatten Stil. Schade, daß sie so hochnäsige Weiber waren. Eine von denen hätte er gerne mal flachgelegt.

»Rog, hast du nicht gesagt, Alice Fay schmeißt heute abend 'ne Party?« fragte Billy.

»Yeah, warum?«

»Weiß nicht. Ich habe gedacht, vielleicht gehen Bobby und ich mal hin.«

»Ihr seid aber nicht eingeladen«, sagte Roger.

»Weiß ich, Blödmann. Was hat das damit zu tun?«

Roger schüttelte den Kopf.

»Das gibt bloß Ärger.«

Bobby grinste.

»Hast du Schiß vor ein bißchen Ärger?«

»'türlich nicht«, sagte Roger etwas unbehaglich. »Aber heute ist mir nicht danach.«

»Wer sagt denn, daß es Ärger gibt?« fragte Billy. »Ich überleg mir doch nur, ob wir auf 'ne Party gehen. Ich fang keinen Ärger an.«

»Einer von den Typen dort wird anfangen.«

»Die Typen da sind Weicheier. Stimmt's, Bob?«

Bobby nickte zustimmend.

»Ohne mich«, sagte Roger.

»Oh, Rog, können wir da nicht hingehen? Ich hab Alice Fays Haus noch nie gesehen«, sagte Esther.

»Wozu brauchst du ihr Haus zu sehen. Das ist einfach das Haus von irgend so 'ner reichen, verwöhnten Ziege.«

»Ich weiß, aber ich würde gern. Können wir nicht gehen, bitte?«

»Ich hab dir gesagt, ich geh nicht zu irgendeiner Scheißparty, zu der ich nicht eingeladen bin. Und Alice Fay bildet sich ein, die Sonne scheint aus ihrem Arsch.«

»Na, das würd ich mir gern mal näher ansehen«, bemerkte Billy.

»Red nicht so«, sagte Esther ärgerlich. Billy grinste nur.

»Hey«, sagte er, »ich gehe hin. Wer kommt mit?«

»Ich bin dabei.«

»Ich geh jetzt einfach nach Hause«, sagte Roger.

»Kann ich mit euch beiden kommen?« bettelte Esther.

Bobby sah Billy an. Es würde nervig werden, Esther mitzunehmen, aber wenn sie ja sagten, würde Roger wahrscheinlich auch kommen, um nicht das Gesicht zu verlieren.

»Klar, Esther, komm mit.«

Roger sah auf seinen Teller.

»Okay, wenn du mitgehst, komm ich auch.«

»Gut. Wußte ich's doch, daß du kein Feigling bist.«

»Wer ist hier ein Feigling?« Roger ging in Verteidigungsstellung.

Bobby und Billy lachten.

»Keiner ist ein Feigling, Mann. Wir machen bloß Quatsch.«

»Yeah, Rog. Jeder hier weiß, daß du bei jedem Kampf mithalten kannst.«

»Fast so gut wie das hier«, sagte Billy, und Bobby hörte das vertraute Klicken, mit dem die lange Klinge von Billys Schnappmesser unter dem Tisch ausklappte. Den alten Gleichmacher nannte Billy das Messer, und es war ihnen durchaus schon von Nutzen gewesen. Bobby lächelte, als er daran dachte, wie sie damals ins Kino gegangen waren und wie sich die beiden Nigger hinter sie gesetzt und

die ganze Zeit Krach gemacht hatten. Bobby haßte Nigger. Bobby und Billy waren Cobras, und gelegentlich fuhren die Cobras hinüber ins Schwarzenviertel und prügelten ein paar davon windelweich. Aber damals im Kino waren sie nur zu zweit gewesen, mit den beiden lärmenden Dschungelaffen hinter sich, und Billy hatte ihnen richtig höflich gesagt, sie sollten den Mund halten, aber die beiden hatten mit ihrem klugen Geschwätz angefangen und immer mehr Krach gemacht und cool über weiße Jungs geredet, und ein Nigger lehnte sich über Billy und flüsterte ihm ins Ohr, richtig laut, daß er den Film abwarten und ihm dann nach draußen folgen und ihm ordentlich ein paar verpassen würde. Bobby hatte sich schon umdrehen wollen, aber er spürte Billys Hand auf seinem Knie und hörte das Geräusch, mit dem das Messer aus der Tasche gezogen wurde. Die Lippen des Niggers waren fast an Billys Ohr, und er hatte die Nase über Billys linker Schulter. Im Dunkeln hatte der Nigger das Messer erst gesehen, als es zu spät war. Billy hatte es ganz langsam mit der rechten Hand gehoben und auf den Knopf gedrückt, und die Klinge schoß genau im richtigen Winkel nach oben und stach dem Nigger ein ganz kleines Loch in die Nase. Der Nigger hatte gebrüllt vor Schmerzen. Blut war aus seinem Nasenloch geschossen, und Billy war aufgesprungen und hatte auch gebrüllt. Die beiden Affen waren gerannt. Billy beendete die Geschichte immer mit der Bemerkung, er hätte nie wieder einen Nigger weiß werden sehen.
Esther war mit ihrem Shake fertig, und Billy und Roger gingen zur Kasse und bezahlten. Bobby wußte, wo Alice wohnte, Roger nicht; also beschloß man, daß Roger und Esther Billy und Bobby im Auto folgen würden. Bobby

fühlte sich gut. Er wußte, heute abend würde etwas passieren. Er hatte das prickelnde Gefühl im Magen, das sich einstellte, wenn er nervös war, aber cool. Wie vor einer Schlägerei oder bevor er sich an irgendeine Mieze heranmachte. Die Uhr in dem Hamburgerrestaurant zeigte acht Uhr fünfundfünfzig.

Richie Walters parkte seinen 55er Mercury am Bordstein vor Elaine Murrays Haus. Bevor er ausstieg, warf er im Rückspiegel einen Blick auf sein Gesicht. Er hatte einen Pickel auf der linken Seite des Kinns mit Clearasil betupft und wollte sichergehen, daß er dies gründlich getan hatte. Der Pickel war unter dem Abdeckstift fast nicht zu sehen. Richie lächelte. Er sah gut aus. Er hatte sich tatsächlich Mühe gegeben, gut auszusehen, denn heute war ein besonderer Abend.
Es war kühl draußen, und Richie schob die Hände in die Taschen seiner Jacke, während er zum Haus hinüberging. Er fühlte sich merkwürdig – halb beflügelt, halb deprimiert. Er hatte noch nie ein Mädchen gefragt, ob es mit ihm gehen wollte, und der Gedanke war eine Spur furchterregend. Trotz seines guten Aussehens und seiner Beliebtheit war er Mädchen gegenüber unsicher. Er hatte immer das Gefühl, daß er in ihrer Gegenwart das Falsche sagte oder tat. Dann hatte er begonnen, sich mit Elaine zu treffen, und alles war anders geworden. Bei ihr fühlte er sich gelassen und sicher. Sie fand seine Witze komisch und seine Ansichten scharfsinnig. Und sie ging sexuell auf ihn ein – ein Stück weit. Das war das einzige Problem, das sie hatten. Wenn er sie küßte oder im Arm hielt, verlor er die Kontrolle. Elaine ließ ihm seinen Willen bis zu einem be-

stimmten Punkt und nicht weiter. Er wußte, daß sie ihm vertraute, aber er verließ sie jedesmal mit einer Mischung aus Erfüllung und Frustration.

Fest miteinander zu gehen würde ein entscheidender Schritt sein. Er hatte eine Weile darüber nachgedacht, bevor er den Entschluß faßte, Elaine zu fragen. Das größte Problem würde sich im kommenden September ergeben. Richie war verrückt nach Elaine, aber er wußte, daß sie nicht so klug war wie er. Sie hatte sich bei der State University und noch ein paar anderen Colleges in der Umgebung beworben, er vor allem bei den großen Universitäten des Ostens. State stand ganz unten auf seiner Liste; eigentlich wollte er dort nicht studieren.

Richie nahm nicht an, daß er Schwierigkeiten haben würde, an einer der besten Universitäten zugelassen zu werden. Er hatte ausgezeichnete Noten und Abschlüsse in drei Sportarten, dazu eine lobende Erwähnung für seine Leistungen als Läufer im ersten Highschool-Jahr. Der Trainer meinte, er könnte es dieses Jahr noch ins Oberteam schaffen, und einige Hochschulen hatten ihm bereits Sportlerstipendien angeboten.

Richie hatte die Sportlerstipendien ausgeschlagen. Er wollte auch auf der Universität noch Sport treiben, aber wesentlich mehr lag ihm an einer akademischen Ausbildung. Er hatte sehr genau auf das gehört, was John F. Kennedy während seines Wahlkampfs gesagt hatte. Kennedy hatte viel über den Dienst an der Öffentlichkeit und über die Unterprivilegierten gesprochen. Richie war der Ansicht, daß er selbst einen guten Start gehabt hatte, und er hatte beschlossen, denjenigen zu helfen, die es schwerer hatten. Er wußte noch nicht, ob er Arzt werden oder Jura studieren oder vielleicht in die Naturwissenschaften gehen würde; er war sich jedoch sicher, daß er mit Menschen zusammenarbeiten und Menschen helfen wollte.

Richie klingelte an der Tür. Er warf einen raschen Blick auf seinen Highschool-Ring. Nach diesem Abend würde er nicht mehr an seinem Finger stecken. Vorausgesetzt natürlich, Elaine wollte ihn. Einen Augenblick lang verspürte er eine Welle von Angst. Und wenn sie ihn nun zurückwies? Nein, das würde sie nicht tun. Er war sicher, sie empfand für ihn das gleiche wie er für sie.

Richie hörte drinnen Schritte näher kommen. Er warf einen schnellen Blick zum Himmel. Es war ein schöner klarer Abend. Früher am Tag hatte es etwas geregnet, aber jetzt war der Himmel wolkenlos und sterngesprenkelt. Er hatte sich fraglos einen romantischen Abend ausgesucht, um Elaine zu fragen, ob sie seine Freundin sein wollte. Er hatte sein Vorgehen geplant. Erst würde er sie mit ins Kino nehmen. Alice Fay hatte sie beide zu einer Party eingeladen, aber im Kino konnten sie unter sich sein.

Nach dem Film würden sie eine Spritztour in die Stadt machen. Richies Auto paßte nach außen hin nicht zu einem Jungen, der im Grunde introvertiert war, aber er liebte es. Er hatte den Wagen selbst frisiert, und inzwischen war er Schulgespräch. In einem Dragsterrennen war das Auto unschlagbar.

Danach konnten sie etwas essen gehen. Oder vielleicht auch nicht. Und dann würde er mit ihr zum Lookout Park hinauffahren und sie fragen, ob sie fest mit ihm gehen wollte.

Die Tür öffnete sich, und Mrs. Murray bat ihn herein. Er mochte Mrs. Murray. Sie war immer so fröhlich. Er sagte ihr, wie hübsch sie aussah, und sie bedankte sich und rief die Treppe hinauf nach Elaine.

Myron Krauss war in der Stadt, um Haushaltswaren zu verkaufen, aber der Absatz war lausig, wie er jedem Menschen an der Bar mitteilte, der lange genug zuhörte. Myron war achtundvierzig, hatte einen Bauch und eine Halbglatze. Er lebte mit seiner Frau und drei Kindern in Minneapolis, und nach fünfundzwanzig Jahren Ehe langweilten sie ihn alle vier.

Myron seinerseits langweilte alle anderen, und vielleicht war das der Grund dafür, daß niemand zuhörte. Nach einer Weile begann er sogar sich selbst zu langweilen, und so beschloß er, es mit einer anderen Bar zu versuchen. Er stolperte, als er von dem rotledernen Barhocker rutschte, und mußte sich festhalten. Ich bin ein bißchen beschwipst, dachte er. Aber er wußte, daß er nicht betrunken war. Myron war stolz darauf, daß er einiges an Alkohol vertrug.

Als Myron in die kalte Nachtluft hinausstolperte, folgten ihm zwei junge Männer in schwarzen Lederjacken und engen Jeans. Beide trugen das Haar an den Seiten zurück- und in der Mitte nach vorn gekämmt, so daß es über der Stirn eine Rolle bildete wie bei Elvis Presley. Es war stark pomadiert und glänzte im gedämpften Licht der Bar.

Der Wind wehte in Stößen, als die beiden Männer die Bar verließen. Während sie Myron mit raschen Schritten folgten, zogen sie Lederhandschuhe über. Ein paar Meter vor dem betrunkenen Vertreter lag eine Lieferanteneinfahrt. Die beiden Männer hatten den Ablauf genau berechnet. Sie holten Myron in dem Augenblick ein, in dem dieser die Einfahrt erreicht hatte.

Ralph Pasante gab Myron mit beiden Händen einen Stoß gegen die Schulter, und Myron stolperte in die Einfahrt. Er war zu betrunken, um zu merken, was geschah. Auf seinem Gesicht zeigte sich Verwirrung statt Furcht. Willie Heartstone hatte aus Erfahrung gewußt, daß ihre Beute so und nicht anders reagieren würde. Er schlug den kleinen Mann in den Solarplexus. Myron grunzte. Er konnte nicht atmen. Er glaubte, an Atemnot zu sterben, und so öffnete er den Mund weit und rang nach Luft. In Willies Augen sah Myron aus wie ein Fisch. Er ließ ihm eine Sekunde Zeit, sich zu winden, bevor er ihm die Fingerknöchel mit aller Kraft in die Nase rammte. Er fühlte Knochen splittern und sah das Blut. Es war ein gutes Gefühl. Ralph trat Myron in den Unterleib. Myron fiel auf die Knie, und sein Kopf schlug auf dem Boden der Zufahrt auf. Ralph trat ihn einmal, zum Spaß. Dann durchsuchten sie die Taschen des bewußtlosen Mannes. Als sie Brieftasche, Uhr, Ringe und Kleingeld beisammen hatten, rannten sie die Zufahrt entlang und am anderen Ende wieder ins Freie. Das Auto stand vier Straßen weiter.

Nachdem sie ein paar Blocks weit gefahren waren, hielten sie in einer Seitenstraße, und Willie zählte das Geld.

»Wieviel?«

»Hundertsechzig und Kleingeld«, sagte Willie sachlich. Das Zusammenschlagen und Ausrauben war nicht mehr so befriedigend wie früher, außer wenn das Opfer sich wehrte. Dann machte es Spaß. Leute mit Kampfgeist verprügelte er gern. Dann fühlte er sich überlegen. Der Typ gerade eben war eine Null gewesen. Willie hatte gewußt, daß er nicht kämpfen würde, als er ihn an der Bar sein Geld vorzeigen sah.

»Was machen wir jetzt?« fragte Ralph.
Willie fuhr sich mit der Zunge über die Lippen. Nach den zwei Bier, die er in der Bar getrunken hatte, fühlte er sich entspannt und gelassen. Während er darauf gewartet hatte, daß der dicke Mann ging, hatte er von einer Frau geträumt – seiner Traumfrau. Der, die nachts, wenn er allein war, zu ihm kam. Sie war blond und langbeinig und pflegte vor ihm auf dem Boden zu kauern. Manchmal schlug er sie. Manchmal erhörte er sie.
»Weiß ich nicht«, sagte er beiläufig. »Wir könnten zum Beispiel in die Stadt fahren. Es ist fast halb elf. Die Kinos sind jetzt zu Ende.«
Ralph lächelte. Er wußte, woran Willie dachte. Freitagabendfilme, das bedeutete auch Highschool-Mädchen ohne Begleitung. Willie fuhr in Richtung Innenstadt.

Bobby Coolidge stellte das Auto im Hof von Alice Fays Haus ab. Alice lebte in einer modernen dreistöckigen Villa, deren Garten sich über etliche Hektar von Portsmouths nobelstem Vorort erstreckte. Ihre Eltern waren im Urlaub auf Hawaii, und sie hatte das Haus für sich. Bobby und Billy überprüften im Rückspiegel ihr Haar. Bobby hörte Rockmusik in der Nachtluft vibrieren und sah die Silhouetten von Leuten, die im Haus redeten und tanzten. Er sagte zu Billy, er solle sich beeilen, und Billy schloß den Reißverschluß seiner Jacke.
Rogers Auto hielt hinter ihnen, und sie gingen zur Haustür hinüber. Bobby wußte, sie würden alle vier nicht willkommen sein, aber es interessierte ihn einen Dreck. Die meisten Leute bei der Party würden Weicheier sein. Sportskanonen, Klugscheißer, generell gesagt: Spießer. Er wußte, Spie-

ßer fühlten sich in seiner Nähe unbehaglich, und das machte ihm Spaß.

Bobby hämmerte an die Tür, und ein Junge in einem weißen Hemd und Chinos öffnete. Als der Junge sah, wer geklopft hatte, wurde er nervös. Der Junge war Arnie Klaus, ein Sportler. Arnie sah kräftig aus, aber wie die meisten Sportskanonen war er ein Feigling, wenn es ans Kämpfen ging. Vor einem Jahr, als Arnie neu an der Highschool gewesen war, hatte Billy ihm einen Vierteldollar dafür abgenommen, daß er ihn beschützte. Billy hatte diese Phase inzwischen hinter sich, aber Arnie ging den Coolidges noch immer aus dem Weg.

»Hi, Arnie«, sagte Billy höflich. »Gute Party?«

»Yeah, Bob«, antwortete Arnie eine Spur zu enthusiastisch.

Die vier schlenderten zu einer Ecke des Raums hinüber. Sie hatten das Raunen bemerkt, das sich bei ihrem Erscheinen erhoben hatte. Billy und Bobby fanden es befriedigend.

Das Wohnzimmer war groß. Alice Fays Eltern hatten reichlich Geld. Alle Welt sah frisch gewaschen, modisch und ungezwungen aus. Bobby haßte sie. Er versuchte, nicht darüber nachzugrübeln, aber er fand es unfair, daß diese hochnäsigen Typen alles hatten, während er und Billy sich für alles, das sie je bekommen hatten, abrackern mußten. So war es, seit ihr Vater gestorben war. Sie mußten beide nach der Schule arbeiten, lebten armselig, sahen zu, wie ihre Mutter sich zu Tode trank.

Billy sah sich im Zimmer um, bis er Alice Fay und Tommy Cooper bei der Punschschale entdeckte. Alice war fest mit Tommy liiert. Tommy hatte ihr den Arm um die Schultern gelegt, als sei sie sein Eigentum. Billy verspürte eine Mischung aus Wut und Verzweiflung. Es war nicht richtig, daß er bei einem Mädchen wie Alice nie eine Chance haben würde. Sie war groß und schlank und hatte große Brüste. Ihre Augen leuchteten, und ihre Zähne waren perfekt. Sie war perfekt. Nachts stellte Billy sich vor, sie wären zusammen. Aber das war nur ein Wunschtraum, und er wußte, es würde niemals so kommen. Alice und ihre Freunde waren reich. Sie würden ihre Highschool-Abschlüsse machen und aufs College gehen. Bobby und Billy waren in ihren Augen ein Nichts. Ihre Zukunft war grau und ungewiß.

Tommy Cooper machte einen Scherz, und Alice lachte. Billy haßte Cooper. Er war ein Sportler und ein Klugscheißer. Er war groß; sein schwarzes Haar war zu einer Bürste geschnitten, und selbst im Winter sah er sonnengebräunt aus. Er trug den Schulpullover stolz über einem karierten Hemd und hellbraunen Chinos. Er wirkte entspannt und gelassen in seinen weißen Socken und Halbschuhen.

Bobby bemerkte den Ausdruck, mit dem sein Bruder zu Alice hinübersah. Billy hatte nie darüber gesprochen, aber er wußte, daß sie es Billy angetan hatte.

»Diese Alice ist in Ordnung«, sagte er.

»Sie ist okay.«

»Von der Sorte würde ich auch was nehmen, was, Rog?«

Roger grinste.

»Laßt den Quatsch«, sagte Esther. »Wir sollten gar nicht hier sein, also macht keinen Ärger.«

Arnie war zu Tommy und Alice hinübergegangen, während sie sprachen; jetzt sagte er etwas und deutete in ihre Richtung. Cooper drehte sich zu ihnen um und warf ihnen einen finsteren Blick zu.

»Das Arschloch da mag ich nicht«, sagte Billy.
»Ich auch nicht«, sagte Bobby.
»Willst du ein bißchen Spaß haben?«
»Hey, ich hab euch gesagt, ich will keinen Ärger«, sagte Roger unbehaglich. »Außerdem sind die mehr als wir.«
»Ich hab doch gar nichts von Ärger gesagt«, erwiderte Billy grinsend. »Ich hab Spaß gesagt.«
»Ich kenn dich, Billy. Hör zu, Esther, ich fühl mich nicht wohl bei dem hier. Ich gehe heim.«
Esther sah Roger an, dann Billy und Bobby. Roger war ihr Freund, aber er benahm sich wie ein Feigling.
»Bleiben wir doch, Roger. Bitte.«
»Ich hab gerade nein gesagt. Jetzt komm schon.«
»Du willst nie Spaß haben. Ich will noch bleiben.«
»Ich aber nicht.«
Roger ging zur Tür. Esther lief hinter ihm her. Sie redeten leise und ärgerlich miteinander, als sie hinausgingen. Fünf Minuten später kam Esther zurück; sie weinte. Scheiße, dachte Bobby. Jetzt würden sie Esther für den Rest des Abends am Hals haben. Roger und Esther stritten sich dauernd. Es endete meist damit, daß Roger sie fertigmachte und Esther weinte.
»Der Scheißkerl hat mich allein gelassen«, wimmerte Esther.
»Mach dir nichts draus. Wir bringen dich heim«, sagte Bobby. Er beobachtete Cooper aufmerksam. Cooper stand jetzt bei einigen der größeren Jungen in einer Ecke des Zimmers und sprach mit ihnen.
»Ich glaube, ich hol mir ein Glas Punsch«, sagte Billy.
Bobby folgte seinem Bruder zu dem Tisch mit den Erfrischungen hinüber. Billy schenkte sich ein Glas Punsch ein

und nahm ein paar Chips. Die anderen Leute am Tisch ignorierten sie, obwohl sie untereinander ein paar leise Bemerkungen machten.

Bobby sah Cooper näher kommen. Er war sich inzwischen nicht mehr allzu sicher über das, was sie taten. Den ganzen Tag über war ihm nach einer Schlägerei gewesen, aber jetzt, als es so aussah, als stände sie bevor, gefiel ihm das Zahlenverhältnis nicht.

»Hi, Alice«, sagte Billy.

»Hallo, Billy«, antwortete Alice steif.

»Nette Party.«

Alice schenkte ihm ein gezwungenes Lächeln und ging. Tommy Cooper redete leise auf sie ein. Vier Typen standen hinter ihm. Zwei davon kannte Bobby von der Schule her. Die beiden anderen waren Fremde. Sie wirkten kräftig.

Alice sah jetzt unglücklich aus. Bobby hörte sie etwas von »keinen Ärger« sagen, und dann schoben sich Tommy und die anderen an ihr vorbei und kamen auf ihn zu.

»Alice sagt, sie hat euch nicht eingeladen, Coolidge.«

Billy füllte gerade sein Punschglas nach und drehte sich absichtlich nicht zu Cooper um.

»Kann schon sein. Wir haben gehört, hier ist 'ne Party, und wir dachten, wir schneien mal rein.«

»Na, dann könnt ihr jetzt ja wieder rausschneien.«

Billy drehte sich um. Er lächelte. Bobby kannte das Lächeln, und er wandte sich zur Seite, um weniger Angriffsfläche zu bieten.

»Warum verpißt du dich nicht einfach?«

Cooper sah aus, als wisse er nicht recht, wie es jetzt weitergehen sollte. Im Zimmer war es still geworden.

»Jetzt hör mal zu ...«, begann Cooper. Einer der beiden

Jungen, die Bobby nicht kannte, trat neben Tommy. Er war ungefähr so groß wie Billy und Bobby, etwa eins fünfundachtzig, und wirkte durchtrainiert. Er hatte einen Bürstenschnitt und sah Cooper sehr ähnlich. Der andere Fremde war größer als die Coolidges, aber er war dick und machte den Eindruck, als sei er aus der Form.

»Sparen wir uns das Gerede«, sagte der Junge, der aussah wie Tommy. »Ich hab von dem kleinen Scheißkerl schon genug gehört. Ihr zwei verschwindet jetzt, bevor ich euch raustrete.«

»Hör besser auf ihn, Billy. Das ist mein Bruder. Er hat gerade Urlaub von der Army.«

Billys Stiefel erwischte Tommys Bruder im Unterleib. Als er sich zusammenkrümmte, rammte Bobby ihm die rechte Faust gegen die Schläfe. Die anderen Jungen waren zu schockiert, um sich zu rühren. Billy hatte damit gerechnet; er zertrümmerte sein Punschglas in Tommy Coopers Gesicht und schlug ihm in den Magen.

Der dicke Junge reagierte als erster. Er war erstaunlich schnell und legte sein ganzes Gewicht in eine rechte Gerade, die gegen Billys Kopf krachte und ihn rückwärts über den Tisch mit den Erfrischungen schleuderte. Bobby schlug nach dem Dicken, aber der Schlag bewirkte nichts, und zwei weitere Jungen hatten ihn auf dem Boden, bevor er reagieren konnte. Sie schlugen ihn nicht. Sie hielten ihn nur fest.

»Er hat ein Messer«, schrie irgend jemand. Vom Boden aus konnte Bobby nicht viel sehen. Der dicke Junge kam wieder in sein Gesichtsfeld, und er hörte seinen Bruder brüllen: »Kommt schon, ihr Scheißtypen, ich schlitz euch alle auf!«

»Hört auf damit!« schrie Alice Fay.
»Laßt meinen Bruder los, und wir verschwinden aus diesem Drecksloch.«
»Laßt ihn los«, sagte Alice, und die beiden Jungen, die Bobby festgehalten hatten, standen auf.
Billy stand mit dem Rücken zum Tisch, das Messer in der Hand. Der dicke Junge hielt eine zerbrochene Colaflasche.
»Machen wir, daß wir hier rauskommen«, sagte Bobby. Die Menge gab den Weg zur Tür frei, und sie schoben sich hinaus ins Freie. Esther war schon in der Vorhalle. Sie sah entsetzt aus.
Einige der Partygäste traten hinaus unter das Vordach, als sie zum Auto gingen. Esther setzte sich auf die Rückbank, und Billy nahm den Fahrersitz. Billys Gesichtsausdruck war verkniffen. Bobby sah an der Schläfe seines Bruders eine Ader pochen.
»Diese Arschlöcher«, sagte Billy in einem angespannten, abgehackten Tonfall. »Ein einziges Mal will ich von diesen dreckigen Schwanznucklern wie ein Mensch behandelt werden.«
»Du hast doch selber angefangen ...«, begann Esther.
Billy trat auf die Bremse, fuhr in seinem Sitz herum und hielt Esther einen starren Zeigefinger vors erschrockene Gesicht.
»Halt einfach den Mund, sonst kriegst du eine rein. Du wärst ja so gern eine von denen, was? Das ist nichts als ein Haufen Blutsauger, die von Daddys Geld leben. Keiner von denen ist meine Scheiße wert. Und irgendwann ...«
Seine Stimme verklang in der Dunkelheit. Die erleuchteten Zeiger der Uhr am Armaturenbrett standen auf zehn Uhr fünfundzwanzig.

Elaine Murray überprüfte Haar und Lippenstift ein letztes Mal und verließ den Damenwaschraum des Paramount Theater. Sie war dankbar für die Entschuldigung dafür gewesen, eine Minute lang von Richie fortzukommen. Sie brauchte einen Augenblick, um zu Atem zu kommen. Ihr war schwindlig, fast als schwebte sie über dem Boden.

An den Film konnte sie sich kaum erinnern. Sie erinnerte sich nur an Richies starke Arme und die Leidenschaft seiner Küsse. Sie hatten in der letzten Reihe der Empore gesessen, und der Film hatte kaum begonnen, als sie gemerkt hatte, wie er ihr einen Arm um die Schultern legte.

Der Film hieß *Mitternachtsspitzen*; Doris Day und Rex Harrison spielten. Es war ein Thriller, und der Schauplatz war London. Als es bedrohlich wurde, kuschelte sie sich eng an Richie. Dann hatte er sie geküßt, und sie hatte den Kuß erwidert und es zugelassen, daß er die Hand unter ihren Pullover schob.

Ihre Zungenspitzen hatten sich berührt, und sie spürte, wie seine Finger durch den BH hindurch ihre Brüste streichelten. Sie hatte völlig die Kontrolle verloren.

Der Film war schon fast zu Ende, als er ihr zugeflüstert hatte, daß er sie liebte. Sie hatte beinahe geweint. Dann gingen die Lichter an. Sie hatte gesagt, sie wolle sich etwas frischmachen. In der Damentoilette saß sie in einer Kabine, bis sie sich so weit beruhigt hatte, daß sie wieder hinausgehen konnte.

Richie wartete im Foyer. Er war glücklich und zugleich unsicher, was er sagen sollte, nachdem er gesagt hatte, was er empfand. Elaine griff nach seiner Hand, und sie gingen ins Freie hinaus. Auf den Gehwegen drängten sich die Menschen wie üblich an Freitagabenden, und die Straßen wa-

ren verstopft mit frisierten Autos, die ihre Motoren aufheulen ließen und einander zuhupten. Das Stadtzentrum von Portsmouth war an den Wochenendabenden der perfekte Ort, um zu sehen und gesehen zu werden.
Richie und Elaine gingen langsam, trotz der kalten Luft. Eine Gruppe von Jungen stand um Richies Auto herum; Elaine erkannte Matt Shaw und Rudy Pegovich. Sie unterhielten sich eine Weile, obwohl Elaine wünschte, gehen zu können. Kurz darauf verabschiedete sich Richie von den anderen und öffnete ihr die Tür. Sie war stolz darauf, in Richies Auto zu sitzen. Die ganze Schule redete über den Wagen. Sie verstand nicht viel von Autos, aber sie wußte, wie stark der Motor war und daß andere Autos keine Chance hatten. Er hatte sie mehrmals zu Dragsterrennen mitgenommen, und die Geschwindigkeit des Autos und Richies Mut erregten sie.
Als sie sich in den Verkehr eingeordnet hatten, lehnte sie sich an ihn.
»Willst du etwas essen gehen?« fragte er.
»Ich habe keinen Hunger«, erwiderte sie träumerisch.
Die sanfte Antwort ermutigte ihn. Er legte ihr den rechten Arm um die Schulter und lenkte mit der linken Hand. Als sie an der nächsten Ampel anhielten, küßte er sie.
»Sollen wir zum Lookout Park rauffahren?« fragte er, obwohl er die Antwort schon kannte.
Sie sagte nichts. Statt dessen drängte sie sich dichter an ihn. Richie bog von der Hauptverkehrsstraße ab und fuhr in Richtung Monroe Boulevard. Monroe führte aus der Stadt hinaus und zu einem Waldgebiet in den Hügeln, das bei der städtischen Parkverwaltung Lookout Park hieß und bei aller Welt sonst Lovers' Lane. Der Park war groß und un-

übersichtlich, und es gab mehrere versteckte Plätze, die tagsüber zum Picknicken und nachts für Rendezvous genutzt wurden.

»Es ist wunderschön heute abend«, sagte sie.

Er hätte ihr gern gesagt, daß er sie wunderschön fand, aber er brachte es nicht über sich. So nahe sie einander gewesen waren, er war noch immer befangen. Er hatte wenig Erfahrung mit Mädchen und fürchtete, etwas Falsches zu sagen oder das Richtige so, daß es falsch klang. Das gekeuchte »Ich liebe dich« im Kino hatte ihn soviel Anstrengung gekostet wir nur irgend etwas, das er jemals beim Football hatte leisten müssen. Und als sie die Liebeserklärung ohne Zurückweisung angenommen hatte, hätte er durch das ganze Kino schreien mögen.

Er drückte sie eine Sekunde lang fester an sich, und sie sank gegen ihn und gab ihm einen raschen Kuß auf die Wange. Als er sich im Autositz bewegte, spürte er das Kondom in der Brieftasche in seiner hinteren Hosentasche. Er hatte sich in einem Einkaufszentrum in der Nähe seiner Wohnung bei einem vielsagend grinsenden Drogisten eine Packung Trojans gekauft; es war eine enervierende Erfahrung gewesen.

Wenn er jetzt an die Kondome dachte, fragte er sich, weshalb er sich die Mühe gemacht hatte. Elaine war viel zu gut erzogen, um so weit zu gehen. Aber was, wenn sie es doch tat? Er sehnte sich danach, es mit ihr zu machen, so sehr, daß sein ganzer Körper schmerzte, wann immer er mit ihr zusammen war. Bisher hatte sie ihn jedesmal liebevoll, aber entschieden zurückgewiesen. Aber bisher waren sie ja auch noch nicht offiziell zusammengewesen. Ob sich das jetzt ändern würde?

Richie fürchtete sich beinahe davor, was geschehen würde, wenn es sich wirklich änderte. Er hatte erst ein einziges Mal etwas mit einem Mädchen gehabt. Nach einem Footballsieg letztes Jahr hatten sie eine Party gefeiert. Eines der Mädchen hatte sich betrunken, und Richie und vier andere Jungen hatten es mit ihr getrieben. Sehr gut geschlagen hatte er sich nicht dabei – er war gekommen, kaum daß er sie auch nur berührt hatte. Es war nicht ganz das gewesen, was er erwartet hatte. Er war sich sicher, Sex mit einem Mädchen, das er liebte, würde ganz anders sein.

Um diese Tageszeit war Monroe Boulevard wie ausgestorben. Richie und Elaine bemerkten das zweite Auto neben sich an der Ampel erst, als der Motor aufheulte. Vorn saßen zwei Männer, auf dem Rücksitz war ein Mädchen. Elaine konnte ihre Gesichter nicht erkennen. Als die Ampel umsprang, schoß das Auto mit quietschenden Reifen vorwärts. Richie lächelte Elaine zu. Er war dankbar für die Ablenkung. Das Auto hielt an der nächsten Kreuzung wieder an, obwohl die Ampel grün war. Richie stellte sich daneben, und das Licht sprang auf Rot.

Elaine drückte Richies rechten Arm und rückte dann von ihm ab, um ihm Bewegungsfreiheit zu geben. Sie betete ihn an, wenn er so war wie jetzt. Er saß aufrecht, eine Spur vorgelehnt, die rechte Hand locker auf der Gangschaltung, das Gesicht ein Abbild reinster Konzentration.

Das Licht wechselte. Beide Autos machten einen Satz vorwärts. Reifen kreischten. Sie jagten Seite an Seite dahin, keines von ihnen schien sich zu bewegen. Dann begann der Mercury sich nach vorn zu schieben.

Der Straßenabschnitt vor ihnen war eben, und mehrere Blocks weit gab es keine Ampeln. Das zweite Auto verlor an Boden und holte dann auf, bis es wieder neben ihnen war. Richie trat das Gas durch. Sie waren wieder am Überholen. Und dann schwenkte das andere Auto auf sie zu. Metall knirschte auf Metall, und der Mercury schlingerte seitwärts.

Elaine schrie, und Richie versuchte, den Wagen unter Kontrolle zu bringen.

»Dreckskerle«, fluchte er, als er das Auto wieder in der Hand hatte.

»Was ist passiert?«

»Das Miststück hat mich gerammt. Dem zeige ich, mit wem er's zu tun hat!«

Das zweite Auto hatte inzwischen einen Vorsprung gewonnen, aber es schien langsamer zu werden, als forderte der Fahrer Richie heraus, ihn einzuholen. Elaine hatte Richie noch nie so erbittert gesehen.

»Jag sie nicht, Richie. Laß sie einfach fahren. Bitte.«

»So was macht keiner mit mir, Elaine.«

Der Mercury holte wieder auf, und kurz bevor sie nebeneinander waren, zog das andere Auto in ihre Spur herüber. Richie reagierte rechtzeitig; er schwang zur Seite und dann zurück in die Spur. Elaine schrie, und wieder knirschte Metall. Diesmal begann das zweite Auto zu schlingern. Dann geriet es auf ein Stück nassen Asphalts und rutschte zur Seite. Der Fahrer versuchte, den Wagen unter Kontrolle zu bringen, und das Auto brach zum Bordstein hin aus. Durch das Rückfenster verfolgte Elaine mit offenem Mund, wie das Auto gegen einen Telefonmast prallte und dann kreischend in der Gegenrichtung zum Stehen kam. Richie gab Gas, um den Abstand zwischen den beiden Autos zu vergrößern; Elaine sah noch, wie eine Gestalt in en-

gen Jeans und einer schwarzen Lederjacke unsicher aus dem Wagen stieg.
Richie begann zu lachen, und sie lachte ebenfalls. Die Spannung machte sich Luft, und einen Augenblick lang klang das Gelächter hysterisch.
»Hast du gesehen, wie der Typ weggeschlingert ist?« fragte Richie.
Als Antwort küßte sie ihn, und das Herz schwoll ihr an vor Stolz darauf, daß sie Richies Mädchen war.
Sie fuhren durch die Hügel, bis sie einen geeigneten Platz zum Halten fanden. Von einer der Asphaltstraßen, die sich durch den Park zogen, ging ein Weg ab, der zu einer Wiese zwischen immergrünen Bäumen führte. Richie fuhr bis ans Ende der Wiese. Er stellte die Scheinwerfer ab, ließ die Heizung aber an. Nun war die einzige Beleuchtung das matte Glimmen des Sternenlichts.
Elaine hatte die Jacke ausgezogen, als es im Auto warm wurde, und sie auf den Rücksitz gelegt. Jetzt sah Richie sie an, und sie wagte nicht zu sprechen. Ihr Herz hämmerte, und Richie sah so nervös aus, wie sie sich fühlte.
»Elaine, ich wollte heute aus einem ganz bestimmten Grund mit dir ausgehen«, sagte er so, wie er es eingeübt hatte. Sie saßen einander zugewandt, und er hatte die Hand über ihre gelegt. Seine Stimme klang ihm fremd in den eigenen Ohren, und die Worte erschienen ihm entsetzlich gespreizt.
»Elaine, willst du ... ich wollte fragen, willst du fest mit mir gehen?«
Da! Jetzt hatte er es gesagt. Elaine hatte das Gefühl, das Herz würde ihr zerspringen. Sie konnte nicht sprechen. Statt dessen schlang sie die Arme um ihn und begann zu

weinen. Er küßte sie, und sie öffnete den Mund. Ihre Zungen trafen sich.
Als sie sich wieder trennten, zog Richie den Ring vom Finger und gab ihn ihr. Sie nahm ihn und drehte ihn in der Hand hin und her. Er streichelte ihre Wange und zog sie an sich. Diesmal waren seine Küsse sanft. Sie spürte, wie sie auf dem Vordersitz nach unten rutschte, und seine Hand glitt unter ihren Pullover und legte sich um ihre Brust. Sie bog sich ihm entgegen und streichelte seinen Nacken und sein Ohr.
Jetzt war er dabei, ihre Bluse aufzuknöpfen, und sie wehrte sich nicht, wie sie es bisher jedesmal getan hatte. Richie atmete schwer, aber er bekam die Knöpfe ohne Zwischenfall auf. Sie war jetzt vollkommen entspannt und ließ ihn gewähren.
Er hatte die Bluse geöffnet und liebkoste ihre Brustwarzen durch den BH hindurch. Eine Hand tastete über ihren Rücken, und sie bewegte sich, um ihm zu helfen. Er war wie beflügelt, und sie war verängstigt und ruhig zugleich. Kein Mann hatte jemals ihre nackte Brust berührt. Sie hatte Angst vor der Wirkung, die seine starken Hände auf sie haben würden, und zugleich sehnte sie sich danach, von ihm umfaßt und gestreichelt zu werden. Von ihm geliebt zu werden.
Er flüsterte ihr ins Ohr, wie sehr er sie liebte, und küßte ihre Ohrläppchen mit der Zungenspitze. Ihre Hand glitt an seinem Bein entlang, furchtsam bei dem Gedanken an das, was sie dort finden würde. Er bewegte sich, und plötzlich spürte sie es durch seine Hosen hindurch. Es war groß und hart. Ihre Finger drückten behutsam dagegen und zogen sich rasch wieder zurück wie verschreckte Kitze.

Der BH war offen, und sie spürte, wie seine Finger die harte Spitze ihrer Brust erforschten. Seltsame Empfindungen durchfluteten sie. Sein Penis war so hart und groß. Wenn sie ihm erlaubte, ihn in sie hineinzuschieben, würde sie Schmerzen verspüren? Es kümmerte sie nicht. Sie wollte ihn in sich fühlen. Sie wollte von ihm zur Raserei getrieben werden wie die Frauen in den Romanen. Sie spürte, wie er ihre Hosen nach unten schob.
»Nein«, sagte sie instinktiv und hielt heldenhaft seine Hand zurück.
»Ich liebe dich«, sagte er, während seine Finger sich in ihre flochten. Seine Lippen küßten die Hand, die ihn zurückzuhalten versuchte. Seine Hand lag auf ihrem Bauch und glitt forschend tiefer. Liebkoste ihre Schamlippen durch den Slip hindurch. Sie stöhnte. Sie wollte es. Sie würde alles für ihn tun.
»Was war das?«
Er saß aufrecht und starrte durch das Rückfenster. Ihre Augen öffneten sich jäh und erschrocken.
»Da draußen ist jemand«, flüsterte er.
Sie hatte Angst. Von ihrem Platz auf dem Vordersitz aus sah sie nichts als das Dach des Autos. Sie hörte, wie Richie die Tür öffnete, und spürte einen Schwall kalter Luft im Gesicht.
»Richie, laß mich nicht allein«, flüsterte sie.
»Ich bin gleich wieder da.«
Die Tür wurde leise geschlossen. Sie war halb aus ihren Kleidern. In der Nähe knirschten Reifen über Sand und Kies. Sie konnte es jetzt ebenfalls hören. Eine zweite Autotür öffnete sich, und Schritte kamen näher.
Sie hantierte an ihren Hosen. Richie war draußen, und die

Innenbeleuchtung war an, weil die Tür sich nicht ganz geschlossen hatte. Sie war panisch. Sie konnte sich so nicht sehen lassen. Sie kämpfte mit ihrem BH, noch immer liegend, damit niemand sie sah.
Draußen hörte sie ärgerliche Stimmen. Eine davon gehörte Richie. Der BH war nun zugehakt, und sie versuchte, ihre Bluse zuzuknöpfen. Ein Knopf sprang ab, und sie fluchte. Jemand grunzte draußen. Nein, mehr als einer. Sie kämpfte mit den Knöpfen, die sich nicht schließen lassen wollten. Sie wollte sehen, was draußen geschah, aber so zerzaust konnte sie sich nicht aufsetzen. Jeder würde sofort wissen, was ... Das Auto schwankte plötzlich, als jemand dagegenfiel, und sie konnte Richies Rücken gegen das hintere Seitenfenster gepreßt sehen. Dann war er wieder fort, als er in die Dunkelheit stürzte. Sie setzte sich auf. Die Beleuchtung machte es schwer, draußen etwas zu erkennen. Sie griff nach der Tür, um sie zuzuziehen, und dabei hörte sie Richie schreien. Sie erstarrte, und Richie schrie wieder. Sie hörte Männer vor Anstrengung keuchen, und jemand fluchte. Sie schlug die Tür zu. Richie kniete, und zwei Männer in schwarzen Lederjacken standen bei ihm. Der eine von ihnen hob und senkte den Arm, und Richie schrie immer noch.
Sie mußte irgendwie aus dem Auto hinaus. Sie mußte weg von hier. Sie sah sich nach dem Zündschlüssel um, aber er steckte nicht. In der Dunkelheit brüllte jemand. Jemand stürzte auf das Auto zu. Sie wandte sich nach links und schrie. Ein Gesicht drückte sich von außen an die Scheibe. Fäuste hämmerten an die Tür. Das Glas auf der anderen Seite zersplitterte, und sie fuhr herum. Ein Arm in schwarzem Leder tastete wie ein obszönes Spinnenwesen nach

dem Türgriff. Sie drängte sich gegen die Fahrertür, umklammerte das Lenkrad und starrte aus aufgerissenen Augen.

»Bitte. Bitte nicht«, wimmerte sie.

Die Beifahrertür schwang auf.

2

Es war 21.30 Uhr am Samstag, dem 26. November 1960, und Officer Marvin Sokol hatte seine Schicht schon fast zur Hälfte hinter sich. Marvin war in einer ungewöhnlichen Stimmung. Einerseits fühlte er sich gut, weil er gerade fünf Dollar von seinem Partner Tom McCarthy gewonnen hatte, der die Unverfrorenheit besessen hatte, gegen Navy zu wetten.

Sokol war ein alter Navy-Anhänger. Er hatte während des Krieges selbst vier Jahre lang dazugehört. Er wettete immer auf Navy, und an diesem Nachmittag hatten die Jungs es Army mit 17:12 gezeigt. Nicht zuletzt dank Joe Bellino, von dem Sokol meinte, er würde einmal einen phantastischen Profi abgeben, obwohl McCarthy fand, er sei zu klein. Wie dem auch sei, Navy hatte gewonnen, und Sokols Stimmung war teilweise gut.

Andererseits hatte er an diesem Morgen eine traurige Nachricht in der Zeitung gelesen, die ihn melancholisch stimmte. Während er und McCarthy das Spiel verfolgten, hatte er es vergessen. Aber jetzt während der eintönigen Streife hatte er wieder begonnen, darüber nachzudenken. Sokol war fünfzig Jahre alt, großartig in Form, aber nichtsdestoweniger fünfzig. Meist störte ihn das nicht weiter, aber heute morgen hatte er in der Zeitung gelesen, daß »Amos and Andy« abgesetzt wurde – nach zweiunddreißig Jahren Radiogeschichte. Sokol war mit dem Radio aufgewachsen. Er hatte einen Fernseher wie jeder andere auch, aber er hörte noch immer Radio, und »Amos und Andy« war seine Lieblingssendung. Er versäumte sie so gut wie nie. Als er hörte, daß sie abgesetzt wurde, begann er ans Sterben zu denken.

Wenn man jung ist, scheint fünfzig uralt zu sein; ist man aber fünfzig, wirkt fünfzig nicht mehr alt. Man kommt im allgemeinen nicht auf den Gedanken, der Tod warte hinter der nächsten Ecke. Es sei denn, eine Sendung wird abgesetzt, die man seit zweiunddreißig Jahren verfolgt hat, und man merkt mit einemmal, daß alles irgendwann zu Ende geht.

Sokol warf einen Blick zu McCarthy hinüber. Ein Junge. Zweiundzwanzig. Oder war er dreiundzwanzig? Er vergaß es immer wieder. »Amos und Andy« sagte ihm bestimmt überhaupt nichts.

McCarthy fuhr. Sokol war es gleichgültig, ob er fuhr oder nicht, und McCarthy fuhr gern, also war in der Regel McCarthy am Steuer. Sokol mochte den Abschnitt der Streife, der durch Lookout Park führte. Der Park war friedlich und wunderschön, und es gab hier kaum jemals Ärger.

McCarthy bog in einen der ungeteerten Wege ein, die von der Straße abzweigten. Weiter vorn lag eine Wiese. Sie konnten dort ein paar Minuten lang parken und eine Zigarette rauchen. Das Auto rumpelte über den unebenen Weg, und das Schwanken der Scheinwerfer erweckte den Eindruck, daß die Bäume tanzten.

Der Weg endete, und McCarthy fuhr seitwärts in die Wiese.

»Ist das ein Auto?« fragte Sokol.

McCarthy hatte nichts gesehen; er fragte Sokol, wovon er redete.

»Als du abgebogen bist – ich glaube, ich hab da hinten am anderen Ende ein Auto gesehen.«

McCarthy wendete den Wagen und fuhr zurück in die Richtung, in die Sokol gezeigt hatte. Ein 55er Mercury parkte bei den Bäumen auf der anderen Seite der Wiese. Das Auto sah frisiert aus, fand McCarthy. Rote Karosserie mit gelbroten Flammen an der Seite. Sie fuhren hinüber.

»Ein paar Kids beim Knutschen wahrscheinlich«, sagte Sokol etwas wehmütig.

McCarthy lachte.

»Willst du sie dir vornehmen?«

Sokol dachte an »Amos und Andy« und sagte: »Nein.«

Als sie das Auto schon fast erreicht hatten, stellten sie fest, daß weder vorn noch hinten jemand aufrecht saß. Sokol hoffte, sie würden niemanden beim Sex erwischen.

McCarthy stellte das Auto hinten auf der Fahrerseite ab und ging zur Fahrertür hinüber. Sokol ging um das Heck herum und stellte fest, daß das Fenster auf der Beifahrerseite eingeschlagen war.

McCarthy hob die Taschenlampe, um ins Innere sehen zu können. Der Lichtstrahl fiel auf die Vordersitze, und Officer Marvin Sokol vergaß mit einem Schlag seine persönlichen Probleme.

Die Helfer versuchten, den Körper vom Fahrersitz zu entfernen und auf eine Gummiplane zu legen, aber es war schwierig, Kopf und Oberkörper um die Lenksäule herumzumanövrieren, weil die Leiche bereits starr war. Einer der Männer drehte den Arm irgendwie um das Lenkrad herum, und Shindler zuckte zusammen und wandte sich ab. Als er sich eine Zigarette anzündete, zitterten ihm die Hände.

Shindler war seit sechs Jahren Polizist und seit drei Jahren Detective beim Morddezernat. Eigentlich hätte er an den Anblick von Gewalttätigkeiten gewöhnt sein müssen, aber dies hier war etwas anderes.

Harvey Marcus, Shindlers Partner, stand bei der Gummiplane und sah auf das blutige Stilleben hinunter. Shindler fragte sich, wie er dabei so gelassen bleiben konnte. Als Shindler sich die Leiche im Auto angesehen hatte, hatte er sich auf die Lippen gebissen, um nicht die Fassung zu verlieren. Das Gesicht war Brei, der Körper eine einzige Masse blutiger Wunden.

»Weißt du, an Thanksgiving habe ich ihn spielen sehen. Ich gehe jedes Jahr deswegen an die Highschool zurück«, sagte Marcus.

»Hat er was getaugt?« fragte Shindler ohne besonderen Grund. Marcus zuckte die Achseln.

»Er war okay. Gut genug für ein Collegeteam.«

Shindler drückte die Zigarette aus. Er wollte sie gerade wegwerfen, als ihm einfiel, daß er sie lieber in die Tasche seines Regenmantels stecken sollte. Indizien. Er lächelte grimmig.

»Ich glaube, es war mehr als einer, Roy«, sagte Marcus.

»Was?«

»Ich habe gesagt, ich glaube, daß er von mehr als einer Person umgebracht wurde.«

»Muß so gewesen sein. Herrgott, Harvey, hast du sein Gesicht gesehen?«
Marcus antwortete nicht. Ein Gesicht im üblichen Sinne gab es nicht mehr. Ein Junge wie der, einfach so, dachte Shindler. Irgend jemand würde dafür bezahlen.
»Ich denke mir, einer hat zugestochen oder ihn festgehalten, und der andere hat von hinten zugeschlagen. Wahrscheinlich mit demselben Gegenstand, mit dem sie das Autofenster eingeschlagen haben.«
»Ein Montiereisen?«
»Möglich wär's.«
Sie gingen um das Heck des Wagens herum. Überall waren Polizisten mit Kameras und Bandmaßen, Plastiktüten und Notizblöcken am Werk.
»Ungefähr sechs Meter weiter ist der Boden zertrampelt, und wir haben auf einem Stein Blut gefunden, das bei dem Regen letzte Nacht nicht weggewaschen wurde.«
Shindler überlegte, wie es wohl gewesen war, den noch warmen Körper sechs Meter weit zum Auto zu tragen und auf den Vordersitz zu zwängen. Er schauderte unwillkürlich. Er selbst hätte das nicht gekonnt.
»Was meinst du, wieso sie ihn überhaupt dort hingebracht haben?«
»Zum Verstecken. Dauert länger, bis er entdeckt wird.«
Ein junger Polizist mit einer Plastiktüte warf nervöse Blikke zu der Leiche hinüber. Die Tüte stand auf der Motorhaube des Mercury.
»Ist das eingepudert worden?« fragte Marcus scharf.
Der Polizist fuhr erschrocken hoch und riß seine Blicke von der Leiche los.
»Ja, Sir.«

»Was ist in der Tüte?«

»Ein paar von den Sachen, die wir im Auto gefunden haben.«

Marcus öffnete die Tüte und sah hinein. Die Handtasche erregte sofort seine Aufmerksamkeit.

»Wo habt ihr das gefunden?«

»Auf dem Boden unter dem Vordersitz. Auf der Rückbank war eine Frauenjacke.«

Marcus wollte eben antworten, als ein uniformierter Polizist ihn unterbrach.

»Wir haben hier eine Frau, die vielleicht etwas gesehen hat. Sie ist drüben bei den Autos. Ihr Name ist Thelma Pullen, und sie lebt am Parkrand bei der Einfahrt Monroe Boulevard.«

Marcus und Shindler folgten ihm quer über die Wiese zu einer Gruppe von Polizeiautos am Waldrand hinüber. Ein junger Polizist schrieb eifrig in sein Notizbuch, als sie näher traten. Er sprach mit einer knochigen Frau mittleren Alters, deren Augen alle paar Sekunden nervös zu dem Krankenwagen und dem Körper hinüberflackerten.

»Ich bin Harvey Marcus, und dies ist Roy Shindler, Ma'am. Ich höre, Sie haben uns etwas zu erzählen?«

»Ja ... das heißt, ich weiß nicht, ob es etwas ist. Ich habe heute morgen im Radio von diesem ... dem Mord gehört, und ich dachte mir, vielleicht ist es wichtig.«

Sie unterbrach sich und sah von Marcus zu Shindler und wieder zurück; offenbar wartete sie auf ein Wort der Ermutigung. Marcus lieferte es.

»Wir wissen das wirklich zu schätzen. Was haben Sie gesehen oder gehört?«

»Sehen Sie, wir wohnen in der Nähe der Parkeinfahrt.

Unser Garten ist direkt am Waldrand. Wir hatten immer eine Menge Herumtreiber in der Nähe, meist nur Kinder. John – das ist mein Mann – ist Handlungsreisender. Er ist oft weg, und er hat sich Sorgen gemacht, daß jemand einbrechen könnte. Zweimal ist uns das schon passiert. Also haben wir zwei Schäferhunde angeschafft.

Letzte Nacht haben mich die Hunde aufgeweckt. Sie waren draußen im Garten. Ich lasse sie dort laufen, aber sie haben auch eine große Hundehütte. Sie sind angeleint, aber die Leinen sind ziemlich lang. Jedenfalls bin ich aufgestanden und habe rausgeschaut, und dabei habe ich ein Mädchen wegrennen sehen. Es war dunkel, und sie war schon fast wieder von unserem Grundstück herunter, aber ich bin sicher, daß es ein Mädchen war, und ich glaube, sie ist aus dem Wald gekommen. Jedenfalls ist sie in die andere Richtung gerannt.«

»Wann ungefähr ist das gewesen, Mrs. Pullen?« fragte Shindler.

»Ich habe drüber nachgedacht, aber ich weiß es wirklich nicht genau. Ich habe nicht auf die Uhr gesehen, aber ich bin um Mitternacht ins Bett gegangen, also muß es danach gewesen sein.«

»Auf jeden Fall vielen Dank, Mrs. Pullen. Dieser Beamte hier wird Ihre Aussage aufnehmen, und wir werden später auf Sie zurückkommen. Ich weiß es zu schätzen, daß Sie sich die Zeit genommen haben, eigens hierherzukommen. Wenn es mehr Leute wie Sie gäbe, hätten wir viel weniger Mühe.«

Die Frau errötete und zuckte die Achseln.

»Ich habe einfach gedacht, vielleicht ist es ja wichtig.«

Sie sah sich wieder nach dem Krankenwagen um.

»Im Radio haben sie gesagt, er wäre ... erstochen worden?«
»Ja, Ma'am.«
Sie schauderte.
»Hier am Park war es früher so hübsch. In den letzten Jahren ist es so übel geworden, daß wir uns überlegen, ob wir nicht umziehen sollen.«
Sie schüttelte den Kopf, und Shindler und Marcus gingen. In einiger Entfernung bemerkte Marcus einen kleinen, schlanken Mann in Zivil. Er rief ihm zu, und der Mann sah auf und winkte. Marcus bedeutete ihm mit einer Handbewegung, zu Walters' Auto herüberzukommen.
»Giannini«, sagte er, als sie sich beim Auto trafen, »haben Sie sich den Wagen angesehen?«
»Gleich als erstes«, antwortete Giannini.
»Haben Sie etwas gefunden, das darauf hinweist, daß der Junge ein Mädchen dabeihatte?«
»Ich fürchte, ja.« Giannini warf einen Blick zu der Plastiktüte hinüber, die immer noch auf der Motorhaube stand. »Haben Sie die Handtasche gesehen? Auf der Rückbank hat eine Frauenjacke gelegen, und auf dem Vordersitz habe ich einen Knopf gefunden, der aussieht, als stammte er von einer Bluse. Und Mort hat ein Stück abgebrochenen Fingernagel mit Nagellack drauf auf dem Boden unter dem Lenkrad gefunden.«
Marcus schickte Giannini zurück auf die Wiese.
»Ein Mädchen auch noch«, sagte Shindler.
»Wundert mich nicht. Ein netter Junge wie der da hier draußen in Lovers' Lane an einem Freitagabend. Natürlich hatte der ein Mädchen dabei.«
»Wo steckt sie denn?«

Shindler drehte sich zu dem jungen Polizisten um, der die Tüte bewachte.
»Haben wir die Handtasche schon auf die Besitzerin hin untersucht?«
»Ja, Sir. Sie gehört einer Elaine Murray.«
Shindler überlegte einen Augenblick. Dann lehnte er sich ins Auto hinein und griff nach dem Schnappverschluß des Handschuhfachs. Die Metallklappe fiel herab. In dem Fach lagen ein paar Straßenkarten, ein Motelführer des Automobilclubs und ein Päckchen Trojans. Er erinnerte sich, daß der Junge ein einzelnes Präservativ in der Hosentasche gehabt hatte.
»Halten Sie es vielleicht für möglich, daß das Mädchen ihn umgebracht hat?« fragte Shindler.
»Möglich ist es, aber dazu hätte sie Hilfe gebraucht.«
»Und wenn sie nichts damit zu tun hat?«
»Dann, mein Junge«, sagte Marcus, »haben wir hier nicht nur einen Mord.«
Harvey Marcus war seit achtzehn Jahren bei der Polizei. Als Shindler zum Morddezernat versetzt worden war, hatte Marcus ihn unter seine Fittiche genommen. Der scheue, etwas ungeschickt wirkende junge Detective, der in seinem großen Körper wie verloren wirkte, hatte ihn fasziniert. Marcus und Shindler waren nun seit drei Jahren Partner, und noch immer war Shindler seinem Kollegen ein Rätsel. Marcus hatte bemerkt, wie heftig Shindler auf die Leiche des Jungen reagiert hatte, aber er fand die Reaktion nicht uncharakteristisch. Denn Shindlers Stimmungen wechselten rasch und unberechenbar, und er konnte in einem Augenblick leidenschaftlich emotional und im nächsten von eisiger Intellektualität sein.

Shindler war ein Einzelgänger, ein Junggeselle, ein Polizist mit einem Vierundzwanzigstundentag. Er konnte bezaubernd sein, wenn seine Arbeit es verlangte, aber Marcus hatte noch nie erlebt, daß er in Gesellschaft aus sich herausgegangen wäre. Einmal hatte Marcus' Frau Ruth versucht, ihn mit einer ihrer Lehrerkolleginnen zu verkuppeln. Marcus hatte sie gewarnt, aber sie wollte nicht auf ihn hören. Der Abend war eine Katastrophe gewesen. Roy hatte sich das ganze Abendessen hindurch förmlich gewunden und kaum ein Wort gesagt. Danach würdigte er Marcus zwei Tage lang keines Wortes.

»Da sind wir«, sagte Marcus.

Das Haus der Walters' war ein zweistöckiger weißer Ziegelbau im Ranchstil. Ringsum lag ein wundervoll gepflegter Rasen mit ein paar großen Bäumen. Shindler parkte das Auto, und sie gingen einen mit Schieferplatten ausgelegten Weg zur Tür hinauf.

Eine jugendlich wirkende Frau Anfang Vierzig öffnete. Shindler spürte, wie sich sein Magen zusammenzog und ihm die Kehle trocken wurde. So oft er derlei auch schon getan hatte, er hatte noch keine schmerzlose Methode gefunden, den Überlebenden vom Tod eines Angehörigen zu erzählen.

»Mrs. Walters?«

»Ja«, antwortete sie durch das Fliegengitter.

Er hielt seine Marke hoch.

»Ich bin Detective Shindler, und dies ist Detective Marcus. Wir arbeiten für die Polizei von Portsmouth.«

Im Verlauf einer einzigen Sekunde verriet das Gesicht der Frau Furcht, Hoffnung und Verwirrung. Sie trat zurück und bat sie herein.

»Geht es um Richie? Haben Sie ihn gefunden?«
»Ja. Ist Ihr Gatte zu Hause?«
»Natürlich. Ich hole ihn.«
Sie ging ein paar Schritte einen mit blaßblauem Teppich ausgelegten Gang entlang und rief nach ihrem Mann. Shindler sah in ein geschmackvoll eingerichtetes Wohnzimmer. Alles war in matten Gelb- und Blautönen gehalten, und es gab ein bequem aussehendes Sofa.
»Können wir uns setzen?« fragte er. Sie zumindest würde es brauchen, wenn er ihr sagte, weshalb er hier war. In einer Ecke des Zimmers stand ein Barschrank. Gut.
»Mrs. Walters, wohin ist Ihr Sohn gestern abend gegangen?«
Bevor sie antworten konnte, trat ein großer dünner Mann mit einer beginnenden Glatze und einem warmen, selbstsicheren Blick ins Zimmer. Ein Mann, der daran gewöhnt war, die Situation in der Hand zu haben. Allerdings, dachte Shindler, heute morgen mußte er sich zu diesem Ausdruck gezwungen haben. Er mußte über das Verschwinden seines Sohnes beunruhigt sein.
Beide Detectives erhoben sich.
»Liebster, dies sind die Detectives Shindler und Marcus. Sie sind wegen Richie hier.«
In der Stimme klang Besorgnis mit. Mr. Walter gab den beiden Besuchern die Hand. Er hatte einen festen Handschlag. Geschäftsmann oder Jurist, dachte Shindler. Er sah aus, als würde er in der Lage sein, mit seinem eigenen Kummer und dem seiner Frau umzugehen.
»Ich weiß die schnelle Reaktion wirklich zu schätzen«, sagte er jetzt.
»Verzeihung?« fragte Marcus.

»Wir haben wegen Richie erst vor einer Stunde die Polizei benachrichtigt«, erklärte Mr. Walters.

»Ich verstehe. Wann haben Sie Ihren Sohn das letztemal gesehen, Mr. Walters?«

»Freitag abend. Er hatte eine Verabredung und ist gegen acht aus dem Haus gegangen.«

Mr. Walters machte eine Pause. Zum ersten Mal schien sich ein Schatten des Zweifels in seine Selbstsicherheit zu schleichen.

»Stimmt etwas nicht? Ist er verletzt?«

Das Schlimmste stellen sie sich nie vor. Sie fragen dich nie, ob er tot ist. Sie geben kleine Anstöße und wollen es nicht wirklich wissen.

»Mit wem ist Ihr Sohn ausgegangen?«

»Mit seiner Freundin. Elaine Murray. Sie wollten ins Kino. Er kommt oft spät nach Hause, und wir hören ihn dann nicht. Ich dachte, er will vielleicht ausschlafen. Nachts macht er die Zimmertür zu, ich wußte also nicht, ob er da war oder nicht. Dann habe ich nachgesehen, und das Bett war noch gemacht.«

Mrs. Walters brach ab. Irgendwann im Lauf der Erklärung hatten sich ihre Finger in die ihres Mannes geflochten. Sie standen jetzt näher beieinander.

»Warum haben Sie denn die Polizei angerufen? Er ist doch nicht mal einen Tag fort.«

Mr. Walters sah erleichtert aus.

»Ich habe zu Carla gesagt, wir sollten noch etwas warten«, sagte er. Carla Walters wandte sich ihrem Mann zu. Sie war offenbar zu dem Schluß gekommen, daß er recht hatte – und daß sie überreagiert hatte.

»Ich ... Vielleicht war es ja albern. Aber ich habe bei

den Murrays angerufen, und Elaine war auch nicht nach Hause gekommen.«

»Ich verstehe«, sagte Shindler. Jetzt kam der wirklich schwierige Teil. Der Teil, den er vor sich hergeschoben hatte. Er versuchte, eine diplomatische Ausdrucksweise zu finden. Es gab keine.

»Ich fürchte, ich habe eine sehr schlechte Nachricht für Sie.«

Er konnte sich vorstellen, was die beiden durchmachten. Es war das gleiche Schwindelgefühl, das er selbst Jahre zuvor verspürt hatte, als er mit seiner Familie im Wohnzimmer gesessen hatte und ein Detective mit Halbglatze und müden Augen ihnen berichtet hatte, daß Abe tot war. Auch er selbst hatte damals das Gefühl gehabt, im luftleeren Raum zu treiben, genau wie die Walters' es jetzt haben mußten.

Shindler legte den Autopsiebericht auf Marcus' Schreibtisch und zog sich einen Stuhl heran. Das Morddezernat der Polizei von Portsmouth unterschied sich nicht wesentlich von den anderen Abteilungen. Es war ein großer steriler Raum, vollgestellt mit alten hölzernen Schreibtischen, an denen schlechtgekleidete Männer unterschiedlicher Gestalt und Größe und unterschiedlicher Jahrgänge saßen. Das einzige, was sie alle gemeinsam hatten, war ihr Zynismus.

»Es steht alles hier drin. Ich habe mich mit Beauchamp unterhalten, und er glaubt, daß es mindestens zwei Leute mit zwei verschiedenen Waffen waren.«

Shindler nahm den Bericht wieder in die Hand. Die Autopsie war von Dr. Francis R. Beauchamp, dem Bezirksgerichtsmediziner, durchgeführt worden. Er hatte zahlreiche Stichwunden am Körper, einen Schädelbruch und Schürfungen gefunden, die alle darauf hinwiesen, daß es eine heftige Auseinandersetzung gegeben haben mußte. Es gab Schürfwunden und Blutergüsse rings um die Hoden; die Kopfverletzung war ein Schädelbruch, der von hinten mit einem stumpfen Gegenstand verursacht worden war. Die meisten der Stichwunden waren nur etwa einen Zentimeter tief, einige aber brachten es auf zehn oder zwölf Zentimeter und gingen bis zum Zwerchfell. Insgesamt waren es zwanzig Stichverletzungen. Die Todesursache waren innere Blutungen in der Brust; einer der Stiche hatte die linke Lunge durchbohrt.

»Beauchamp glaubt, daß diese Verletzungen von einem Gegenstand mit scharfer Klinge stammen. Er sagt, daß Walters wahrscheinlich aufrecht gestanden hat und daß der Mörder ihm die entscheidende Verletzung von vorn links zugefügt hat.«

»Und was ist mit den Kopfverletzungen?«

»Später. Die wurden ihm zugefügt, als er schon am Boden war.«

»Du meinst, die haben ihn so zugerichtet, nachdem er tot war?«

Marcus nickte.

»Mit was für Tieren haben wir's eigentlich zu tun, Harvey?«

»So ziemlich die schlimmste Sorte. Nimm den Satz über den Schädelbruch hier. Beauchamp hat's mir erklärt. Es gibt zwei Typen von Schädelbrüchen. Einer ist linear, dabei bekommt der Knochen einfach einen Riß oder Sprung, und dann gibt es noch den Typ Bruch, bei dem der Schädel buchstäblich ins Hirn hineingedrückt wird. Die Jungs haben sich bei Walters eine Menge Mühe gemacht, und nichts davon war nötig. Sie müssen gewußt haben, daß er tot war, aber sie haben ihn mehrmals an verschiedenen Stellen auf den Kopf geschlagen. Da war eine Verletzung über dem linken Ohr, wo man durch das Loch hindurch das Hirn sehen konnte, und an einer Stelle war die Schädeldecke so zertrümmert, daß das Hirn richtiggehend durch die Ritzen gequollen ist.«

Marcus sprach leise und abgehackt, und Shindler dachte an den Kopf des Jungen, so wie er ihn im Auto gesehen hatte. Und das alles, nachdem er schon tot gewesen war. Und danach hatten sie ihn hochgehoben und ins Auto gelegt.

»Haben sie das Mädchen schon gefunden?« fragte er ruhig.

Marcus schüttelte den Kopf.

»Der Park ist neun Quadratmeilen groß, und das meiste davon ist Wald und Gestrüpp. Es gibt Hunderte von Gräben und Wasserläufen, alle überwuchert. Wenn sie tot ist und sie sie im Park versteckt haben, finden wir sie vielleicht nie.«

Das Telefon klingelte, und Shindler nahm ab, dankbar für die Unterbrechung. Es war die Sekretärin am Empfang.

»Ein Mr. Shultz ist dran, er möchte Ihnen etwas zu dem Walters-Mord sagen. Soll ich ihn durchstellen?«

Sie hatten die üblichen Anrufe von Wichtigtuern und Verrückten bekommen, wie sie bei jedem veröffentlichten Mordfall eingehen, aber Shindler wollte sich keinen möglichen Hinweis entgehen lassen.

»Ja, stellen Sie ihn durch, Margie.«

Er hörte ein Klicken, und dann sagte eine Männerstimme: »Hallo?«

»Mr. Shultz? Hier ist Detective Roy Shindler. Verstehe ich recht, Sie haben uns etwas über den Mord an Richie Walters zu sagen?«

»Ich weiß nicht, ob es Ihnen weiterhilft, aber meine Frau hat gesagt, ich sollte Sie lieber anrufen. Freitag abend sind wir zum Essen in ein Restaurant ganz in der Nähe vom Monroe Boulevard gegangen. Es ist ziemlich spät geworden. Gegen halb zwölf sind wir zum Auto gegangen; wir hatten am Monroe geparkt. Dabei haben wir ein Dragsterrennen zwischen zwei Autos gesehen. Eines davon ist mir aufgefallen, weil es so ungewöhnlich aussah. Eine Sonderlackierung nennt man das wohl. Bei dem anderen bin ich mir nicht sicher, aber so genau habe ich auch nicht hingesehen. Heute morgen habe ich in der Zeitung von diesem Mord im Park gelesen. Das Auto, das ich gesehen habe, hat mich an das erinnert, das sie in der Zeitung beschreiben. Wenn ich es mir mal ansehen könnte, wüßte ich's genau.«

»Wir könnten ein Polizeiauto bei Ihnen vorbeischicken und Sie abholen lassen, wenn Ihnen das recht ist.«

»Natürlich, aber ich war noch nicht fertig. Da war noch was. Das rote Auto – das, an das ich mich erinnere – hat das andere irgendwie in einen Unfall verwickelt.«

»In einen Unfall verwickelt?«

»Ja. Ich weiß nicht, was eigentlich los war; wir haben nicht hingesehen, und die Autos waren außerdem ein paar Blocks entfernt, als es passiert ist. Aber wir haben es krachen hören, und das andere Auto – das dunkle – hat sich in unsere Richtung gedreht. Sehr schlimm kann der Schaden nicht gewesen sein, denn nach einer Weile ist es weitergefahren.«

»Vielen Dank, Mr. Shultz. Das ist tatsächlich wichtig. Ich schicke Ihnen einen Beamten vorbei, der Ihre Aussage aufnimmt. Noch mal, danke.«

Eine Viertelstunde später rief Giannini sie ins Labor hinunter – er wollte, daß sie sich die Dinge ansahen, die am Schauplatz des Verbrechens gefunden worden waren.

»Erst mal der Kleinkram. Wir haben weder innen noch außen am Auto Fingerabdrücke gefunden. Jemand hat alles sorgfältig abgewischt. Unter dem Auto haben wir eine Männersocke gefunden, und eine zweite Männersocke lag an der Stelle, wo der Fahrweg in die Wiese mündet. Unter den Scheibenwischern waren ein paar Fasern, die zu diesen Socken gehören. Ich würde sagen, der Mörder hat die Socken als Handschuhe verwendet und damit die Fingerabdrücke vom Auto gewischt.«

»Gibt es eine Möglichkeit, Leute anhand ihrer Strümpfe zu identifizieren?«

»Oh, wir wissen, wem die Socken gehören. Walters war barfuß. Ich habe bei seiner Familie nachfragen lassen. Es sind seine.«

Giannini sah auf ein Blatt Papier hinab, das er in der Hand hielt.

»Zweitens, es sieht ganz so aus, als wäre das Motiv nicht Raub gewesen. In seiner Brieftasche waren dreißig Dollar und in der Börse zwanzig. Und auf der Rückbank hat eine teure Kamera gelegen.«

»Sie haben doch gesagt, Sie hätten etwas Wichtiges für uns«, erinnerte Shindler.

»Stimmt.«

Giannini ging zu einem Aktenschrank hinüber und kramte in einer der Stahlschubladen.
»Einer von meinen Leuten hat dieses Zeug hier gefunden, im Gebüsch unten an dem Hang, der von der Wiese zur Straße runterführt.«
Shindler hatte eine ungefähre Vorstellung von der Stelle. Der Fahrweg schlängelte sich von der asphaltierten Straße den Hügel hinauf, bis er in die Wiese mündete. Wenn man nicht den Weg benutzte, konnte man direkt den Hang hinuntergehen, obwohl dieser einige steile Abschnitte hatte und mit Gestrüpp überwuchert war.
Giannini nahm drei Gegenstände aus einem Packpapierumschlag und legte sie auf den Tisch. Es waren ein Feuerzeug, ein blauer Stielkamm und eine Frauenbrille. Die Brille bestand aus Kunststoff und Metall. Die Bügel waren aus Golddraht; die Fassung bestand oben aus rötlichem Plastik und unten aus goldfarbenem Metall. Sie war geformt wie eine Harlekinmaske, und die oberen Enden waren aufgebogen und mit Straß verziert.

Dr. Webber?« fragte Marcus.
»Ja.«
»Ich bin Detective Marcus. Ich habe Sie vor etwa einer Stunde von meinem Büro aus angerufen.«
Der Augenarzt war gerade dabei, seine Tür aufzuschließen, als Marcus den Gang in seinem Bürogebäude entlangkam.
»Es tut mir leid, daß ich Sie an Ihrem freien Tag behellige, aber dies ist sehr wichtig.«
»Natürlich. Kommen Sie rein. Ich hatte sowieso nichts zu tun, und dies ist eine schöne Abwechslung.«

Der Arzt schaltete das Licht an und führte Marcus durch ein kleines Wartezimmer in ein großes Büro, dessen Wände mit Fachbüchern bedeckt waren. Er setzte sich hinter einen unter Papieren begrabenen Schreibtisch und winkte Marcus zu einem bequemen Lehnstuhl.

»Greg Heller hat mir erzählt, Sie hätten ihm vor ein paar Jahren geholfen, einen Einbruch aufzuklären.«

»Ach ja, das.« Der Arzt lächelte. »Ja. Er hat versucht, jemanden über eine Brille zu identifizieren, und ich habe ihm gezeigt, wie man das macht.«

»Ich habe ein ganz ähnliches Problem, nur daß es dringender ist. Haben Sie heute morgen die Zeitung gelesen? Diese Sache mit dem Jungen, der in Lookout Park ermordet wurde?«

»Der junge Walters. Entsetzlich. Seine Leute sind in derselben Kirchgemeinde wie ich. Nicht, daß sie ich sehr gut kenne, aber alle Welt hat große Stücke auf den Jungen gehalten.«

Das entsprach dem, was er bisher gehört hatte, dachte Marcus. Niemand hatte ein böses Wort über Richie Walters zu sagen.

»Was ich Ihnen jetzt erzähle, muß unter uns bleiben. Wir werden die Geschichte demnächst öffentlich machen, weil ich nicht glaube, daß wir sie lang geheimhalten könnten, aber Sie müssen mir versprechen, daß Sie nichts von dem weitersagen, was Sie jetzt erfahren.«

»Natürlich.«

»Walters hatte ein Mädchen dabei, und sie ist verschwunden. Wir sind dabei, den Wald zu durchkämmen, und wir wollen keine Schaulustigen dabeihaben, die uns die Untersuchung vermasseln. Außerdem wollten wir den Kerlen, die sie mitgenommen haben, Gelegenheit geben, ihre Forderungen zu stellen, wenn sie noch am Leben ist. Bisher haben wir nur einen einzigen Hinweis auf die Leute, die an der Sache beteiligt waren, nämlich eine Frauenbrille. Ich habe mir gedacht, Sie könnten mir vielleicht sagen, wie ich die Besitzerin finde.«

»Hat Greg Ihnen erzählt, wie er es letztes Mal gemacht hat?«

»Nein. Er hat nur gesagt, Sie wüßten, wie es geht.«

»Das weiß ich auch, aber es ist nicht leicht, und schnell geht es auch nicht. Haben Sie die Brille mitgebracht?«

Marcus zog einen Umschlag aus der Manteltasche, nahm die Brille heraus und gab sie dem Arzt.

»Brillenrezepte haben etwas von Fingerabdrücken«, sagte Dr. Webber, während er die Brille in den Händen hin und her drehte. »Es ist sehr unwahrscheinlich, daß Sie zwei Leute mit dem gleichen Rezept und der gleichen Brille finden. Wir haben vier Zahlen, mit denen wir arbeiten. Wenn jemand zu mir kommt, um sich eine Brille verschreiben zu lassen, stelle ich nur fest, was er braucht. Ich schleife die Gläser nicht selbst; ich schicke nur die Anweisungen an die entsprechende Werkstatt. Wenn die Leute dort sie bekommen, nehmen sie einen Rohling mit einer Standardkrümmung; sie heißt Grundkurve.

Aus der Anweisung geht zunächst hervor, wie die Krümmung der Linse geändert werden muß, so daß sich eine ganz neue Krümmung ergibt. Diese neue Krümmung heißt Sphäre.

Als nächstes wird die Krümmung an der Stelle abgeändert, wo später die Pupille des Trägers sein wird, also an der Stelle, an der der Träger durch die Linse sieht. Das bedeutet, daß die Linsenoberfläche auf zwei verschiedene Arten angepaßt wird. Die Sphäre umfaßt die gesamte Oberfläche, und eine zweite Krümmung wird an der Stelle in die Sphäre eingeschliffen, an der die Sichtachse ist. Diese kleinere Krümmung nennt man Zylinder.

Schließlich lege ich noch fest, in welchem Winkel der Zylinder zu schleifen ist – fünfundvierzig Grad, dreißig Grad oder was auch immer. Diesen Winkel nennt man die Achse.

Die vier Zahlen sind also die Grundkurve, die Sphäre, die Zylinderkrümmung und die Achse. Ich habe in meinem Sprechzimmer ein Gerät, das aussieht wie ein Mikroskop; man nennt es ein Lensometer. Ich kann die Brille unter das Lensometer legen und Ihnen sagen, wie das Rezept gelautet hat.«

»Und es kommt nicht vor, daß zwei Leute das gleiche Rezept haben?«

»Es sollte eigentlich nicht vorkommen. Außerdem haben Sie dann ja noch die Fassung. Diese hier stammt von American Optical. Der Name steht innen auf dem Bügel. Dies ist eine Gay Mount – das ist das Modell. Die Größe ist 46-20, und auch die ist von Mensch zu Mensch verschieden. Jetzt haben Sie noch eine Zahl zum Vergleichen.«

»Das ist ja wunderbar. Ich wäre Ihnen sehr dankbar, wenn Sie die Daten des Rezepts für mich ermitteln könnten.«

Dr. Webber war einige Minuten lang verschwunden. Als er zurückkam, gab er Marcus ein Blatt Papier mit einer Reihe von Zahlen darauf.

»Das sind die Informationen, die Sie brauchen. Jeder Optiker versteht sie. Sie müssen dies hier durch alle Praxen laufen lassen und den Leuten sagen, sie sollen ihre Patientenkarteien danach durchsehen. Ich fürchte, das wird eine Weile dauern – ich wünschte, es gäbe eine schnellere Methode.«

»Ich auch, Doktor, aber im Augenblick haben wir keine Wahl.«

3

Drei Tage nach Richie Walters' Tod setzte der Winter schließlich ein. Die Temperaturen fielen fast auf den Gefrierpunkt, die Menschen blieben im Haus, und Schnee und Wind ließen den Preis für Feuerholz in die Höhe schnellen. Und während alldem gingen Suchtrupps Tag für Tag auf die Suche nach Elaine Murray.

Miss Murrays Verschwinden und die Fahndungsaktion der Polizei erschienen in den Montagszeitungen. Die Marines, die Navy und die Küstenwache stellten insgesamt hundertfünfundzwanzig Freiwillige, und die Pfadfinder rekrutierten weitere vierzig. Während der ersten Tage war das Wetter noch mild, und rings um die Wiese war das Parkgelände voller Schaulustiger.

Die Geschichte beherrschte die Schlagzeilen des *Portsmouth Herald*, und mehrere Zeitungen der Oststaaten übernahmen die Berichte über den »Lovers'-Lane-Mord« und die Suche nach dem verschwundenen Mädchen. Aber die Ermittlungen erbrachten keine neuen Hinweise, und von dem einzigen wirklich wichtigen Indiz, der Brille, erfuhr die Öffentlichkeit nichts.

Am 28. Dezember 1960 wurde die Suche nach Elaine Murray offiziell abgebrochen. Dann machte das Jahr

1960 dem Jahr 1961 Platz. Ein neuer amerikanischer Präsident wurde vereidigt, und aktuellere Ereignisse beschäftigten die öffentliche Meinung. Der Fall Murray-Walters rutschte auf den Seiten des *Herald* weiter und weiter nach hinten, bis er schließlich ganz von ihnen verschwand.

Roy Shindler war in seiner ganzen Länge von eins dreiundachtzig in seinem Lieblingssessel zusammengesackt. Ein Buch lag aufgeschlagen, die Schriftseite nach unten, auf seinen Knien, aber er starrte wie hypnotisiert auf den kalten Schneeregen, der gegen das Fenster seiner kleinen Wohnung schlug. Die Wohnung war aufgeräumt, aber vollgestopft; Shindler versuchte zwar, im allgemeinen Ordnung zu halten, verlor aber oft einfach das Interesse.

Der Detective stammte aus Portsmouth. Er war in einem der ärmeren Viertel geboren und aufgewachsen; sein Vater war Schuhmacher gewesen, zu einer Zeit, als niemand in der Lage zu sein schien, auch nur Reparaturen zu bezahlen. Seine Mutter arbeitete als Kassiererin in einem Kaufhaus. Sie war immer müde. Sein Vater war immer schweigsam. Seine Kindheit, sein Familienleben, alles war ein Mosaik von Grautönen gewesen mit Ausnahme eines einzigen leuchtend weißen Lichtblicks: Abe.

Abe war ein Meteor gewesen, jemand, der immer aufwärts zu streben schien. Ein Mensch, zu dem man aufsah. Er überstrahlte die freudlose Wohnung, die Monotonie eines Lebens hinter dem Kassentisch oder im Hinterzimmer einer Schusterwerkstatt, in die keine Kunden kamen. An den Samstagen sah die Familie von der Besuchertribüne der Highschool zu, wenn Abe über das Spielfeld glitt, ausgestreckten Armen auswich, bis er in der Abwurfzone stand, den Ball hoch über dem Kopf, während die Zuschauer vor Begeisterung brüllten. Mitten im Winter fand sich die Familie in überhitzten Hallen inmitten der Menge und schrie mit, Roys Vater lauter als alle anderen, wenn Abe mit der Anmut eines Ballettänzers den Ball ins Netz hob. Er war der beste Sportler seiner Schule und einer der besten Schüler gewesen. Vor allem aber war er ein warmherziger, mitfühlender Mensch. Als Abe tot war, hatte man so über ihn gesprochen, wie man jetzt Richie Walters in den Himmel pries.

Roy war immer gut in der Schule gewesen, und obwohl ihm Abes Eleganz fehlte, war auch er ein guter Sportler, aber sein Vater schien es nie zu merken. Er sah immer nur Abe. Wäre Abe ein anderer Mensch gewesen, hätte Roy ihn vielleicht gehaßt und abgelehnt. Aber Abe war Abe, und Roy betete seinen großen Bruder an.

In seinem ersten Jahr am College, einer Universität an der Ostküste, an der er Medizin studierte, hatte er brilliert. Er war während der Ferien nach Hause gekommen, trotz der hohen Kosten, die Roys Vater dafür aufbringen mußte, um ihnen all das selbst noch einmal zu erzählen, was sie auf den Sportseiten des *Herald* bereits gelesen hatten. Abe war gestorben, als er in einer Schneenacht von einem Treffen mit seinen alten Freunden aus der Highschool zurückkehrte. Der Detective, der es ihnen mitteilte, sagte, es tue ihm leid. Er war ein Fan gewesen – aber das war jeder. Der Detective sagte, das Motiv sei Raub gewesen. Der Mann, der Abe ermordet hatte, wurde nie gefaßt.

Als Abe starb, starb auch die Familie. Roy versuchte es an der Abendschule. Er wollte eine ordentliche Ausbildung, und zunächst waren seine Noten gut gewesen, aber er ließ nach. Er mußte den ganzen Tag über arbeiten, weil sein Vater nicht mehr zurechtkam; er mußte kochen und den Haushalt versorgen. Die bedrückende Stimmung in der kleinen Wohnung laugte ihn aus. Es kam vor, daß er während der Unterrichtsstunden einschlief, daß er seine Hausaufgaben nicht zu Ende brachte. Spätabends war er zu müde zum Lernen, aber dies war die einzige Zeit, über die er verfügen konnte, denn dann waren seine Eltern im Bett, und er war allein in seinem Zimmer.

Er war sich nie ganz sicher, weshalb er zur Polizei gegangen war. Am Anfang, als die Gefahren und die Spannung des Jobs noch neu gewesen waren, hatte er viel über seine Entscheidung nachgedacht. Vielleicht hoffte er irgendwo im Unterbewußtsein, er werde eines Tages den Mörder seines Bruders finden. Vielleicht war er in den Polizeidienst eingetreten, weil er nun nachts arbeiten mußte und eine Entschuldigung dafür hatte, die Tage zu verschlafen, während seine Eltern wie verlorene Seelen durch die Wohnung wanderten oder aber stundenlang schweigend dasaßen, bevor sie langsam und ohne einen Grund aufstanden und zu einem anderen Stuhl an einem anderen staubigen Fenster hinübergingen.

Sein Vater war in Roys zweitem Jahr bei der Polizei gestorben, und seine Mutter folgte ihm zwei Monate später. Für Roy war es eine Erleichterung gewesen. Er war aus der Wohnung ausgezogen und hatte sich eine andere, ebenso kleine, ebenso freudlose Wohnung genommen.

Bevor seine Eltern gestorben waren, hatte er angenommen, ihr Tod würde auf irgendeine Art und Weise befreiend wirken, aber er hatte nur Leere hinterlassen. Die Gewohnheiten und Verhaltensweisen eines Vierteljahrhunderts sind schwer zu ändern. Er hatte sich wieder an der Abenduniversität eingeschrieben. Sogar ein Mädchen hatte es in seinem Leben einmal gegeben. Sie war still und fleißig gewesen, ein Bücherwurm. Ihre Verabredungen waren geprägt von langen Pausen im Wechsel mit Diskussionen, die sie mit Absicht abstrakt und intellektuell hielten, als fürchteten sich beide davor, etwas preiszugeben, das an echtes Gefühl herankam. Sie hatten eine Weile zusammengelebt, aber die Schranken waren niemals gefallen, und schließlich hatten sie sich wieder getrennt – Freunde, die festgestellt hatten, daß sie sich für eine engere Beziehung nicht eigneten.

Roys Kollegen hielten ihn für einen Sonderling. Er konnte in abstrakten Fragen leidenschaftlich emotional sein und eiskalt in lebensgefährlichen Augenblicken. Es war, als habe Abes Tod jede Lebensfreude in ihm abgetötet, so daß nur noch der harte Panzer seines Intellekts ihn vor den Tatsachen der wirklichen Welt schützte. Der junge Walters hatte ihn in so vielen Dingen an Abe erinnert, daß die Ermittlungen nun wie ein Skalpell durch die Vernarbungen schnitten und den Kummer freilegten, von dem er geglaubt hatte, er sei seit langem begraben.

Eine Stunde zuvor hatte Shindler noch versucht zu lesen, aber seine Gedanken glitten ab, und er hatte den Versuch irgendwann aufgegeben. Es war der Fall. Er hatte sogar ein paarmal von ihm geträumt. Er konnte nicht aufhören, darüber nachzudenken, was dem Jungen zugestoßen war.

»Du darfst nicht zulassen, daß ein Fall dir an die Nerven geht, Roy«, hatte Harvey gesagt. »Wenn du dich da persönlich reinhängst, kannst du deinen Job nicht mehr machen.«

»Hier oben weiß ich, daß du recht hast, aber ich kann nicht anders. Es sind all die Dinge, die ich über ihn rausfinde. Ich habe mit Dutzenden von Leuten geredet, und keiner davon sagte ein böses Wort über ihn. Und nicht nur, weil er jetzt tot ist – das merkt man. – Und weißt du, was davon am meisten weh tut?« fuhr er fort. »Gestern war ich wieder bei seinen Eltern. Seine Mutter hatte gerade angefangen, es alles in den Griff zu bekommen. Mr. Walters hat mir erzählt, sie wäre wieder auf den Beinen – sie sind sogar zum Abendessen ausgegangen. Und dann haben sie gestern die Post bekommen. Die Harvard University hat ihn angenommen. Herrgott, Harvard. Der Junge hätte Arzt werden können, Wissenschaftler, alles auf der Welt.«

Das Telefon klingelte. Roy seufzte und ging in die Küche.

»Roy?«

Es war Harvey Marcus.

»Yeah, was ist los?«

»Ich habe gerade einen Anruf von einem Dr. Norman Trembler gekriegt. Ein Augenarzt in Glendale. Er hat das mit der Brille gelesen, und er glaubt, er weiß, für wen das Rezept ausgeschrieben ist.«

»Hast du den Namen und die Adresse?« fragte Shindler. Er spürte Marcus' Erregung – es wirkte immer elektrisierend, wenn gute, solide Ermittlungsarbeit sich auszahlte.

»Hab ich. Wir haben's am Telefon durchgesprochen. Er hat genau so eine Brille an eine Esther Freemont verkauft. 2219 North 82nd Street.«

Das Haus der Freemonts hatte bessere Zeiten erlebt. Die kleine Rasenfläche war von Unkraut überwuchert, und niemand schien daran interessiert zu sein, das wenige ver-

bliebene Gras zu mähen. Das Holz war grau und verwittert und seit langem nicht gestrichen.
Marcus und Shindler stiegen über liegengebliebenes Spielzeug hinweg und die knarrenden Holzstufen zur Veranda hinauf. Hinter dem Fenster und der kleinen Glasscheibe in der Tür hingen schmutzige Gardinen. Ein umgeworfenes Dreirad lag auf der Veranda. Von drinnen drang das Plärren eines Fernsehers an Marcus' Ohren. Ein Baby weinte, und irgend jemand schrie. Es gab keine Klingel, also klopfte Marcus kräftig an den Türrahmen.
Sie hörten jemanden zur Tür schlurfen. Die Gardine hinter dem kleinen Fenster wurde angehoben, und ein aufgedunsenes Gesicht spähte zu ihnen heraus. Marcus hob seine Dienstmarke, und die Tür wurde vorsichtig geöffnet.
Die Frau, die auf der Schwelle erschien, wog mit Sicherheit weit über hundert Kilo. Rollen von Fett stauten sich über den Schenkeln und unter den großen hängenden Brüsten. Sie trug ein schmutziges graues Kleid, das sie bedeckte wie ein Zelt, und darüber eine Schürze. Die Augen waren blutunterlaufen und ohne eine Spur von Lebensfreude; Marcus hatte den Eindruck, daß sie getrunken hatte. In einem Mundwinkel baumelte eine Zigarette; halblanges ergrauendes Haar hing ihr in Strähnen in die Stirn.
Das Innere des Hauses mußte wohl die Persönlichkeit der Besitzerin widerspiegeln, entschied Marcus. Ein dumpfer, unerfreulicher Geruch hing in der Luft. Das Zimmer, in das sie sahen, war dunkel und unaufgeräumt. Wie konnte ein Mensch so leben? Marcus fragte sich derlei oft und fand nie eine Antwort.
»Mrs. Freemont?«
»War ich mal. Jetzt heiß ich Taylor.«

»Sind Sie Esther Freemonts Mutter?«

»Was hat sie jetzt wieder angestellt?« fragte Mrs. Taylor mit angewiderter Gleichgültigkeit. Dann drehte sie sich um, ohne auf eine Antwort zu warten, und schrie ins Haus hinein.

»Esther, komm her.«

Eine Stimme schrie etwas zurück, das im donnernden Applaus einer Fernsehspielshow unterging.

»Dreh das Scheißding runter und komm her«, schrie Mrs. Taylor.

Der Lärm wurde nicht leiser, aber ein Mädchen erschien in der Wohnzimmertür. Als sie die beiden Männer in ihren Anzügen sah, blieb sie einen Augenblick stehen; dann kam sie langsam auf sie zu.

Shindler beobachtete sie, als sie durchs Zimmer ging, wie ein Jäger seine Beute beobachtet. Esther war groß für ihr Alter – er schätzte sie auf sechzehn Jahre. Gekleidet war sie in Blue Jeans und ein weißes T-Shirt, unter dem große Brüste schwankten. Er stellte fest, daß sie keinen BH trug, und die Erregung der Ermittlungsarbeit mischte sich in seinem Unterbewußtsein mit sexuellem Interesse.

Esther hatte glatte dunkle Haut und langes dunkles Haar, das ebenso ungepflegt war wie das ihrer Mutter. Unwillkürlich begann Shindler sie mit sexuellen Hintergedanken zu betrachten.

»Die Männer hier wollen mit dir reden. Das sind Polizisten. Was hast du jetzt wieder getrieben?«

Esthers große braune Augen huschten von ihrer Mutter zu den beiden Ermittlern, ohne daß sie antwortete. Sie wirkte nervös, aber nicht nervöser als jeder andere Mensch, der sich zwei Detectives gegenübersah.

»Wir haben keinen Grund, anzunehmen, daß Ihre Tochter irgend etwas Falsches getan hat, Mrs. Taylor. Wir sind im Rahmen einer Ermittlung hier, die wir gerade durchführen. Wir wollen Ihrer Tochter nur ein paar Fragen stellen.«

»Oh«, sagte Mrs. Taylor. Marcus hatte den Eindruck, daß sie enttäuscht war.

»Können wir hier irgendwo reden?« fragte Shindler.

Mrs. Taylor sah sich in dem vollgestopften Wohnzimmer um. Auf dem Sofa lagen ungewaschene Kleidungsstücke, und der nächststehende Stuhl war von einer Katze mit Beschlag belegt worden. Mrs. Taylor ging durch den Raum nach hinten, und sie folgten ihr in die Küche. Dort stand ein tragbarer Fernseher auf der Kante des Spülbeckens. Ein Baby in einem Hochstuhl hörte auf zu schreien, als sie hereinkamen.

Ein paar Stühle wurden zu beiden Seiten eines mit gelbem Resopal bedeckten Tisches aufgestellt. Marcus und Shindler winkten Esther zu einem davon und setzten sich ebenfalls. Mrs. Taylor blieb hinter ihrer Tochter stehen.

»Könnten Sie bitte –?« fragte Shindler mit einer Handbewegung zu dem Fernseher hinüber. Mrs. Taylor sah einen Augenblick lang verwirrt aus, dann streckte sie den Arm aus und schaltete den Ton ab. Das Bild blieb an.

»Esther, dies ist Detective Marcus, und ich bin Detective Shindler. Wir untersuchen den Mord an Richie Walters und das Verschwinden von Elaine Murray. Sie waren beide an der Stuyvesant High School.«

Marcus beobachtete Esther und sah keine Spur von Angst. Allenfalls wirkte sie erleichtert, daß es bei der Ermittlung nicht um sie ging.

»Ist ... ist sie tot?«

»Wie bitte?«

»Elaine. Sie haben gesagt, sie ist verschwunden. Ist sie tot?«

»Das wissen wir nicht, Esther. Wir lassen nach ihr suchen, aber bisher haben wir sie nicht gefunden.«

»O Mensch, das ist traurig. Ich kenne Richie aus der Schule. Ich hab ihn nicht gut gekannt, er war nicht in meiner Klasse. Aber ... wissen Sie, weil er doch in meine Schule gegangen ist, war er fast wie ein Freund. Ich hab geweint, als ich das in der Zeitung gelesen habe.«

»Kennst du Elaine Murray?«

»Na ja, nicht so, daß wir miteinander reden, aber ich kenne sie schon. Sie war ... sie ist richtig hübsch. Ich hoffe, sie ist okay.«

»Das hoffen wir auch, Esther. Kannst du dich erinnern, wo du an dem Freitagabend warst, an dem Richie Walters umgebracht wurde?«

Esther sah nervös zu ihrer Mutter hinüber und dann zurück zu den Detectives.

»Warum wollen Sie wissen, wo ich gewesen bin?«

»Das sind nur Routinefragen, Esther. Wir müssen alle Leute überprüfen«, sagte Marcus.

»Sie glauben doch nicht, daß sie was mit dem Mord da zu tun hat?« fragte Mrs. Taylor ungläubig.

»Wollen Sie mich ins Gefängnis bringen?«

Esther klang panisch, und sie machte Anstalten, aufzustehen. Marcus lachte. Es war ein etwas gezwungenes Lachen, das Shindler bereits an ihm kannte. Nun sah Esther verwirrt aus.

»Niemand bringt dich ins Gefängnis, und kein Mensch glaubt, daß du jemanden umgebracht hast. Jetzt beruhige

dich und erzähl mir einfach, wo du warst, damit ich meinen Bericht machen kann. Okay?«
In Shindlers Augen sah Esther aus wie ein Tier in der Falle. Ihre Augen huschten von einem Gesicht zum anderen, und ihre Finger schlangen sich nervös ineinander.
»Sag ihnen schon, wo du warst«, sagte Mrs. Taylor ärgerlich. »Mir ist's gerade wieder eingefallen, was sie gemacht hat.«
Esther ließ den Kopf hängen und biß sich auf die Lippen.
»Sich betrunken, das hat sie. Spät nach Hause gekommen ist sie und hat das ganze Bad vollgekotzt.«
Kein Mensch kann niedergeschlagener aussehen als ein blamiertes Mädchen, dachte Shindler. Esther sah aus, als hätte sie sich am liebsten in sich selbst verkrochen.
»Wie ist das passiert?« fragte Marcus.
»Versprechen Sie mir, daß ich nicht ... ins Gefängnis komme?«
Marcus setzte sein bestes, väterlichstes Lächeln auf.
»Mach dir doch deswegen keine Sorgen, Esther. Wir interessieren uns nur für den Mord an Richie Walters. Schau mal, ich habe selbst auch mehr als ein paar Gläser getrunken, als ich in deinem Alter war. Warum erzählst du uns nicht einfach, was passiert ist.«
»Also, ganz ehrlich«, sagte Esther verlegen, »ich weiß nicht mehr alles. Ich hatte ziemlich viel getrunken, und es ist alles irgendwie verschwommen.«
»Dann sag uns einfach, woran du dich erinnern kannst.«
»Roger, das ist mein Freund, und ich und Bobby und Billy Coolidge sind im Hamburger Heaven gewesen. Dann sind wir zu einer Party gegangen. Nach der Party haben wir uns dann betrunken.« Sie unterbrach sich und sah Marcus fle-

hentlich an. »Muß ich das erzählen? Ich will nicht, daß jemand Ärger kriegt.«

»Sag's ihnen schon«, bellte Mrs. Taylor. »Ich hab dir gesagt, du sollst dich nicht mit diesem Hessey rumtreiben. Der taugt nichts, und der Rest von diesen Typen auch nicht.«

»Wie ist es dazu gekommen, daß du dich betrunken hast, Esther? Mach dir keine Sorgen, daß du irgendwen in Schwierigkeiten bringen könntest. Ich werde es nicht weitererzählen«, sagte Marcus.

»Es war Billy. Er hat Wein geklaut, in einem von diesen Läden, die die ganze Nacht offen sind, als der Mann gerade nicht aufgepaßt hat. Er hat ein paar Flaschen mitgenommen. Wir haben sie im Auto ausgetrunken. Da wird's dann ziemlich verschwommen. Ich vertrage vielleicht nicht so viel, und ich hab wahrscheinlich zuviel getrunken, weil ich danach wirklich nicht mehr viel weiß. Nur daß wir ihn im Auto getrunken haben, und ich glaube, dann sind wir in die Stadt gefahren.«

Shindler griff in die Tasche.

»Trägst du eine Brille?«

Esther antwortete nicht sofort. Sie fuhr sich mit der Zunge über die Lippen.

»Mach den Mund auf. Ja, zum Lesen hat sie eine«, sagte Mrs. Taylor.

»Hast du sie da, Esther?«

Esther sagte nichts. Sie starrte auf die Tischplatte hinunter.

»Esther«, sagte Mrs. Taylor drohend, »wo ist die Brille? Herrgott noch mal, wenn du die auch wieder verloren hast, kriegst du keine mehr.«

»Tut mir leid, Ma«, platzte Esther heraus. »Jemand hat sie

gestohlen. Vor drei Monaten. Ich hab mich nicht getraut, es zu sagen.«

»Wer hat sie gestohlen?« fragte Mrs. Taylor.

»Ich weiß nicht. Ich schwör's. Ich hatte Angst, du wirst sauer, und ich hab mir gedacht, vielleicht finde ich sie ja wieder.«

»An welchem Tag genau ist die Brille gestohlen worden, Esther?« unterbrach Shindler.

»Es war nicht bloß die Brille. Es war noch mehr Zeug aus meiner Tasche. Und ich weiß nicht mehr genau, wann. Ich weiß bloß, es war Anfang November.«

»Ist das hier deine Brille?« fragte Shindler, während er einen Umschlag auf den Tisch legte. Esther nahm ihn und holte die Brille heraus.

»Die sieht aus wie meine, aber ich weiß es erst, wenn ich sie aufsetze.«

»Tu's nur.«

Esther setzte die Brille auf, griff nach einem Heft mit Lebensbeichte-Geschichten, das auf dem Rand des Spülbeckens lag, und sah hinein.

»Das ist meine. Kann ich sie wiederhaben?«

»Jetzt noch nicht, fürchte ich. Das ist eine Spur.«

»Spur für was?« fragte Mrs. Taylor.

»Hast du auch ein Feuerzeug und einen Kamm verloren, Esther?«

»Ja«, antwortete sie zögernd.

»Wo haben Sie das gefunden?« fragte Mrs. Taylor.

»Den Kamm, das Feuerzeug und die Brille haben wir in der Nähe der Stelle gefunden, wo Richie Walters ermordet wurde. Es ist möglich, daß die Person, die Ihrer Tochter die Brille gestohlen hat, etwas damit zu tun hat.«

»Dann kriegt sie sie also nicht zurück?«

»Nein, vorläufig nicht.«

»Na, das ist ja wunderbar. Wo soll ich jetzt eine neue herkriegen?«

»Ich fürchte, da kann ich Ihnen nicht helfen.«

»Verdammt noch mal, Esther, das ist alles deine Schuld. Dauernd verlierst du dein Zeug. Na, diesmal kriegst du erst eine neue Brille, wenn du sie selber bezahlst.«

Esther weinte, als sie das Haus verließen. Shindler beobachtete sie aufmerksam: auf ihrem Stuhl zusammengesunken, das Gesicht in den schlanken braunen Armen vergraben, von Schluchzern geschüttelt. Er empfand eisige Verachtung für sie – und noch etwas anderes, das zu benennen er sich nicht gestatten wollte.

Sie weiß etwas«, sagte Shindler.

»Dieses Mädchen?« fragte Marcus ungläubig. »Die weiß gar nichts.«

»Ich spüre das, Harvey.«

»Du willst es spüren. Herrgott, Roy, die hatte mehr Angst vor einer Jugendstrafe, weil sie minderjährig ist und getrunken hat, als davor, in eine Mordermittlung verwickelt zu werden.«

»Mir ist das zuviel Zufall. Daß die gestohlene Brille einfach so am Schauplatz auftaucht.«

»Warte mal einen Moment. Die Brille wurde in der Nähe gefunden, nicht *am* Schauplatz. Unten am Hang, ein ganz schönes Stück vom Auto entfernt.«

»Genau da, wo jemand, der in Panik wegrennt, sie verloren haben könnte.«

Marcus schüttelte den Kopf.

»Ich fürchte, da kann ich dir nicht folgen, Roy. Wenn du dir Esther Freemont genauer ansehen willst, mußt du's schon allein tun.«
Das Funkgerät knackte, Shindler nahm es und gab ihre Nummern durch. Eine Stimme am anderen Ende teilte ihnen mit, daß man Elaine Murray gefunden hatte.

Sie hatten an den falschen Orten gesucht. Das Mädchen war die ganze Zeit nicht in Portsmouth gewesen. Von der großen Hauptstraße zweigte eine Straße ab, die zur Küste führte. Sie war nicht viel befahren, schon gar nicht um diese Jahreszeit. Walter Haas und seine Frau Susan waren auf dem Weg zu ihrer Familie in Sandy Cove gewesen, als das Auto eine Reifenpanne hatte, Walter war an den Straßenrand gefahren und hatte im strömenden Regen damit begonnen, den Reifen zu wechseln. Der Boden war schlammig und glatt; er hatte das Gleichgewicht verloren, und der Wagenheber war ihm aus der Hand und über die Böschung am Straßenrand geflogen. Walter Haas hatte die Leiche gesehen, als er den Wagenheber holen wollte. In Shindlers Augen sah es ganz so aus, als habe man sie über die Böschung geworfen wie einen Sack Getreide.
Der Regen machte es ihnen allen noch schwerer. Es war aussichtslos, Spuren finden zu wollen. Die Straße nahm keine Abdrücke auf, und der Straßenrand war ein kleiner Sumpf.
Shindler bewegte sich hab rutschend, halb kletternd die Böschung hinunter. Eine kleine Gruppe von Polizisten suchte im hohen Gras nach Beweisstücken. Marcus war zu einem großen Mann in Regenmantel und breitkrempigem Hut hinübergegangen. Shindler sah auf die Leiche hinun-

ter. Jemand hatte den Anstand gehabt, eine Decke über sie zu breiten. Er hob eine Ecke und sah darunter.

Er hätte sich beinahe übergeben. Der Kopf war fast ohne Gewebe, die Kopfhaut zum größten Teil abgefault. Er wandte die Augen von dem Gesicht ab. Sie trug hellbraune Hosen, aber der Reißverschluß war offen, als habe jemand sie ihr angezogen. Das einzige weitere Kleidungsstück war eine weiße Bluse. Sie war nicht zugeknöpft, und die linke Seite war aufgeschlagen, so daß die linke Brust freilag.

In Shindlers Innerem brodelte es. Er spürte, wie das Adrenalin die anfängliche Übelkeit überwand. Dann sah er die Füße des Mädchens und begann zu zittern. Er wußte nicht, weshalb die Entdeckung, daß sie barfuß war, ihn so erschütterte. Was machte es schon aus? Sie war tot. Aber die ganze Angelegenheit war unlogisch. Wie konnten zwei junge Menschen wie diese am Anfang ihres Lebens getötet werden?

Shindler bedeckte Elaine Murray wieder und ging zurück, den Hang hinauf; der Regen peitschte gegen ihn. Er stand eine Weile bei seinem Auto und atmete tief durch, bis er sich gefaßt hatte. Dann ging er zu Marcus hinüber.

»Roy, dies ist Larry Tenneck vom Sheriffbüro Meridian County.«

Sie gaben sich die Hand.

»Ein Jammer, was?« sagte Tenneck. »Ein junges Mädchen wie sie.«

»Haben Sie eine Ahnung, wie lang sie schon hier liegt?«

»Keinen Schimmer. Diese Strecke ist im Winter nicht viel befahren. Ich glaube nicht, daß sie hier umgebracht wurde. Natürlich, mit dem Regen und allem anderen kann man's nicht genau sagen, aber ich glaube eher, sie haben sie einfach hierhergebracht, weil der Mörder dachte, hier würde sie nicht gleich gefunden.«

»Wahrscheinlich haben Sie recht«, sagte Marcus. »Die Autopsie müßte uns weiterhelfen.«

»Da wir grade dabei sind – können wir sie wegbringen? Ich hab den Jungs gesagt, sie sollen sie liegenlassen, bis Sie beide da sind, aber ich glaube, wir sollten sie besser aus dem Regen bringen.«

»Natürlich. Sie haben Fotos gemacht?«

Tenneck nickte und winkte zu zwei Männern hinüber, die in einem Krankenwagen am Straßenrand saßen und rauchten. Ein Mann nickte und schnippte seine Zigarette aus dem Autofenster. Tenneck schüttelte den Kopf.

»Ich wünschte, das ließen sie bleiben. Wir haben schon genug Ärger mit dem Zeug, das hier rumliegt. Ihr zwei werdet ja wohl die Kleider sehen wollen.«

»Kleider?« fragte Shindler.

»Oh, ja. Wir haben den Rest von ihren Kleidern gefunden. Mein Deputy hat sie drüben im Gras entdeckt, hundert Meter von der Leiche entfernt. Ich glaube, sie haben sie da hingelegt und dann das übrige Zeug über die Böschung geworfen.«

Tenneck griff ins Auto und nahm einen Plastikbeutel vom Rücksitz. Harvey öffnete die hintere Tür und setzte sich ins Auto. Shindler setzte sich neben ihn; Tenneck lehnte sich durchs Fenster herein, ohne sich von dem Regen stören zu lassen. In dem Beutel waren ein schwarzroter Skipullover, ein zerrissener BH und ein Slip. Der Slip war an mehreren Stellen eingerissen und an einer Stelle in der Nähe der linken Hüfte tatsächlich durchgerissen.

»Wir sollten Beauchamp sagen, er soll nach Anzeichen für

eine Vergewaltigung suchen«, sagte Marcus. Sein Tonfall war leise und hart.

»Das war das erste, was ich gedacht hab, als ich das gesehen habe«, sagte Tenneck. Zum ersten Mal, seit sie mit ihm zu tun hatten, schien ihn seine ländliche Gelassenheit im Stich zu lassen.

»Tut mir einen Gefallen, ja? Findet die Typen und erledigt sie.«

Wie Roy Shindler war auch Dr. Francis R. Beauchamp ein sehr ungewöhnlich gebauter Mann – damit allerdings endete die Ähnlichkeit. Während Shindler groß und dünn war, mit kleinem Kopf, knolliger Nase und überlangen Armen, die in übergroßen Händen endeten, war Beauchamp klein und gedrungen und ausgestattet mit einem großen Kopf, der seinen ganzen Körper aus dem Gleichgewicht zu bringen schien; man hatte den Eindruck, ein schnelles Nikken würde ihn nach vorn kippen lassen. Dicke Adern zogen sich über seine winzigen Hände, und er trug eine Schildpattbrille, die weit vorn auf einer schmalen Nase saß.

Shindler und Marcus saßen im Wartezimmer des Bestattungsinstitutes »Heavenly Rest« in Perryville, dem Verwaltungszentrum von Meridian County. Shindler hatte alle Zigaretten in seinem Päckchen geraucht und erwog gerade das Für und Wider eines Vorstoßes in das schaurige Wetter draußen, um irgendwo Kaffee und Gebäck aufzutreiben, als die Tür sich öffnete. Beauchamp kam herein und ließ sich auf ein Sofa fallen, über dessen pfirsichfarbenen Bezug Schwärme lächelnder Engelchen flatterten.

»Erwürgt«, sagte er. Er sah müde aus. Sie hatten ihn vom

Büro des Sheriffs aus angerufen und ihn im Dunkeln nach Perryville beordert. »Wahrscheinlich mit der Schnur, die wir in ihrem Hosenbund gefunden haben.«
»Wie lang ist sie schon tot?«
Beauchamp schob nachdenklich die Unterlippe vor.
»Vier bis sechs Wochen, würde ich sagen.«
»So übel hat sie doch gar nicht ausgesehen, bis auf den Kopf«, sagte Marcus.
»Das ist das Wetter. Hier draußen wird es ziemlich kalt. Kälte verlangsamt den Verfall. Hört mal, kann man hier Kaffee und irgendwas zu essen bekommen? Ich bin richtig erledigt.«
Er sieht müde aus, dachte Shindler. Wir sind alle müde.
»Ich zahle. Holen Sie Ihren Mantel, ich lade Sie ins nächste Hamburgerrestaurant ein, das wir finden.«
»Der letzte wahre Gentleman. Ihr Hundesöhne schuldet mir mehr als ein paar Hamburger für diesen Job.«
»Sonst noch was?« fragte Shindler. Sie wußten alle, was er damit meinte.
»Ja. Das arme Ding.«
Beauchamp seufzte und nahm die Brille ab. Er schloß die Augen und rieb sich mit Daumen und Zeigefinger die Lider.
»Blutungen im Uterus, sowohl vorn als auch hinten. Meiner Ansicht nach könnten sie entweder von einem Schlag in den Unterbauch verursacht worden sein oder von sehr heftigem Geschlechtsverkehr. Wenn es Geschlechtsverkehr war, müßte sie schon sehr aktiv gewesen sein. Außerdem habe ich morphologisch identifizierbares Sperma in der Scheide gefunden.«
»Was heißt das, morphologisch identifizierbar?«

»Das heißt, ich kann feststellen, daß es Sperma ist. Es ist abgestorben, aber es ist da.«

»Und worauf läuft das nun genau hinaus?« wollte Shindler wissen.

»Es läuft darauf hinaus, daß ich der Ansicht bin, daß mehr als ein Mann sie kurz vor ihrem Tod noch vergewaltigt hat, und darauf, daß ich glaube, sie haben sie immer wieder vergewaltigt. Danach haben sie sie umgebracht. Das ist keine wissenschaftliche Ansicht, nagelt mich also nicht darauf fest. Aber mir ist im Augenblick nicht sonderlich wissenschaftlich zumute. Dr. Harold Murray ist ein guter Freund von mir, und ich habe ein paarmal gedacht, was für ein Glück ich doch habe, daß ich nicht derjenige bin, der ihm erzählen muß, was mit seiner Tochter passiert ist.«

4

Es war April, und Shindler war der einzige Detective, der noch an dem Fall Murray-Walters arbeitete. Die Schwierigkeit dabei war, daß es nichts zu bearbeiten gab. Der allgemeinen Ansicht nach war das junge Paar von Unbekannten aus unbekannten Gründen ermordet worden, die auch unbekannt bleiben würden. Shindler konnte und wollte das nicht hinnehmen. Er dachte an die dreißig Dollar in Richies Brieftasche und die teure Kamera auf dem Rücksitz. Jemand, der kaltblütig genug war, Richies Leiche ins Auto zu legen, wäre auch kaltblütig genug gewesen, das Geld und die Kamera zu nehmen, wenn Raub das Motiv gewesen wäre. Demnach mußte es ein anderes Motiv geben, und wenn es eines gab, ging es auf etwas zurück, das vor dem Mord geschehen sein mußte.

Und so suchte Shindler nach einem Motiv und fand keines. Er hatte eine Liste aller Personen zusammengestellt, die einen der beiden gekannt hatten, und aus jeder Befragung ging von neuem hervor, daß kein Mensch auf der Welt Elaine Murray oder Richie Walters den Tod gewünscht haben konnte.

Alice Fay war eines der hübschesten Mädchen auf der Liste, und nach dem langweiligen Vormittag, den er gerade hinter sich gebracht hatte, war Shindler dankbar für die Anregung. Zur Zeit waren Osterferien, und Alice war zu Hause. Ihr Vater war bei der Arbeit, ihre Mutter beim Einkaufen. Sie öffnete die Haustür erst, als Shindler seine Marke vorzeigte. Als er ihr erzählte, daß er den Tod ihrer beiden Mitschüler untersuchte, sagte sie leise »Oh!« und ließ ihn ein.

Er folgte ihr in die Küche und plauderte dabei über das Wetter und die Schulferien. Sie hatte am Küchentisch gesessen und *Seventeen* gelesen; er sah, daß die Zeitschrift bei einem Artikel über Collegemoden des kommenden Herbstes aufgeschlagen war. Alice wies auf einen Stuhl.

»Sie gehen im Herbst aufs College?« fragte er, während er sich setzte.

»Die University of Wisconsin.«

»Und was werden Sie studieren?«

Alice lächelte und zuckte die Achseln.

»Ich weiß es wirklich noch nicht genau. Vielleicht werde ich Krankenschwester, aber für den Augenblick nehme ich Geisteswissenschaften und entscheide mich, wenn ich ein bißchen Zeit zum Nachdenken gehabt habe.«

»Das ist ein guter Ansatz. Sie haben noch genug Zeit, seriös zu werden, wenn Sie erst so alt sind wie ich.«

Alice lachte.

»Sie sind doch gar nicht so alt.«

»Ich werde aber jeden Tag älter.«

Er lächelte ihr zu, und sie erkundigte sich, ob er einen Kaffee wollte.

»Glauben Sie, Sie werden die Leute finden, die Richie und Elaine ermordet haben?« fragte sie, während sie die Kaffeemaschine einschaltete.

»Ich weiß es nicht. Wir sind bisher noch nicht sehr weit gekommen. Deshalb rede ich ja auch mit jedem Menschen, der die beiden gekannt hat. Alles, von dem Sie jetzt denken, daß es vielleicht etwas damit zu tun hat, würde mich interessieren.«

Alice setzte sich wieder. Sie schien nicht nur attraktiv, sondern auch intelligent zu sein. Eine gute Partie für irgendeinen Glückspilz, dachte Shindler.

»Ich würde Ihnen helfen, wenn ich könnte, aber ganz ehrlich – mir fällt nichts ein, das ich Ihnen erzählen könnte. Ich habe sie beide gut gekannt, und sie waren beide sehr nett. Richie war freundlich und mitfühlend. Ihm hat an anderen Leuten wirklich etwas gelegen. Er hat im Sport einen Preis nach dem anderen gewonnen, und Schulpolitik hat er auch gemacht, aber es ist ihm nie in den Kopf gestiegen.

Und Elaine war genauso. Ich weiß noch, daß wir im vorletzten Schuljahr beide Prom Queen werden wollten. Elaine hätte so gern gewonnen, aber dann bin ich es geworden. Und sie war richtig glücklich für mich, obwohl sie selbst enttäuscht war.«

Der Kaffee war fertig, und sie ging zur Maschine hinüber und goß Shindler eine Tasse ein.

»Kennen Sie ein Mädchen namens Esther Freemont?« fragte Shindler. Alice wirkte überrascht.

»Ja, ich kenne sie. Ist Esther ...? Sie hat doch nichts damit zu tun, oder?«

»Nein. Ich wollte nur wissen, ob Sie sie kennen.«

»Nun ja, wir gehen in dieselbe Schule, aber eine Freundin ist sie nicht«, sagte Alice mit einer Spur von Widerwillen.

»Wie ist sie?«

»Ich ... Ich weiß es eigentlich nicht. Sie ist nicht besonders intelligent. Sie zieht mit ein paar wüsten Typen herum.«

»Den Cobras?« unterbrach Shindler. Alice nickte.

»Sie ... ich habe gehört, daß sie ziemlich, na ja, freizügig ist. Wenn Sie wissen, was ich meine«, fügte sie errötend hinzu. Dann sagte sie rasch: »Aber so genau kenne ich sie wirklich nicht.«

Shindler wechselte das Thema, und sie sprachen noch eine Weile über Richie und Elaine. Die Zeit verging rasch, und Shindler merkte plötzlich, daß es recht spät geworden war. Er nahm sich vor, Fragen an hübsche Mädchen in Zukunft Detectives mit mehr Selbstbeherrschung zu überlassen.

»Vielen Dank, daß Sie sich die Zeit genommen haben, Miss Fay«, sagte er beim Aufstehen. »Wenn Ihnen noch etwas einfällt, das uns vielleicht weiterhelfen könnte, rufen Sie mich an.«

Er gab ihr seine Karte, und sie legte sie neben das Küchentelefon.

»Wissen Sie, das ist seltsam«, sagte sie, als sie sich wieder zu ihm umdrehte. »Mir ist gerade eingefallen, daß Esther Freemont auf der Party war, die ich an dem Abend gegeben habe, an dem Richie und Elaine umgekommen sind.«

Shindler blieb unvermittelt stehen.

»Haben Sie nicht gesagt, sie ist keine Freundin von Ihnen?«

»Ist sie auch nicht. Sie ist ohne Einladung gekommen. Sie und die Coolidge-Brüder und noch jemand. Ich weiß es noch wegen der Schlägerei.«

»Was für eine Schlägerei?«

»Es war ziemlich beängstigend. Tommy, das ist mein Freund, war wütend, weil sie sich einfach selbst eingeladen hatten. Er hat versucht, Billy Coolidge aus dem Haus zu werfen, und dann ist es zu einer Prügelei gekommen. Billy hatte ein Messer. Wir hatten Glück, daß niemand ernsthaft verletzt worden ist.«

»Was für ein Messer?«

»Ich glaube, es war ein Schnappmesser. Einer von den Freunden von Tommys Bruder hat ihn geschlagen, und dann hat er es herausgezogen. Danach haben wir es stoppen können.«

»Sie haben einen Bruder erwähnt?«

»Bobby Coolidge. Er hat sich auch geprügelt.«

»Was meinen Sie, warum sie zu Ihrer Party gekommen sind, obwohl sie nicht eingeladen waren?«

»Ich weiß es nicht. Wahrscheinlich wollten sie Ärger machen. Billy fühlt sich dauernd angegriffen oder schlecht behandelt. Sein Bruder ist nicht so schlimm, aber ich mag sie beide nicht besonders.«

»Wissen Sie noch, wann sie weggegangen sind?«

»Nein. Ich weiß nur, daß es dunkel war, und ... Halt, warten Sie. Ich weiß es doch. Sie haben Tommy niedergeschlagen, und dabei ist seine Armbanduhr zerbrochen. Ich weiß noch, daß wir darüber geredet haben – es war eine neue Uhr, er hatte sie zum Geburtstag bekommen. Er war sehr wütend. Jedenfalls ist sie um zwanzig nach zehn stehengeblieben.«

Shindler überlegte. In einem Polizeibericht hatte er etwas von der Befragung einiger Jungen gelesen, die Richie und Elaine getroffen hatten, als die beiden aus dem Kino kamen. Und die Abendvorstellungen waren gegen Viertel nach elf zu Ende. Wenn Esther und ihre Freunde wirklich in die Stadt gefahren waren, nachdem sie den Wein gestohlen hatten, müßten sie gegen halb zwölf dort gewesen sein. Es war möglich.

»Nochmals vielen Dank für Ihre Hilfe, Miss Fay. Würden Sie mir einen Gefallen tun und aufschreiben, was Sie mir eben erzählt haben, und den Bericht an mein Büro schikken?«

»Natürlich. Meinen Sie, es ist wichtig?«

»Ich weiß es nicht, aber es könnte schon sein.«

George DeBlasio hatte seit fünfzehn Jahren in der Jugendberatung gearbeitet und kannte Roy Shindler seit den Tagen, als dieser Streifenpolizist gewesen war. Während Shindlers erster Jahre bei der Polizei hatten sie sich oft gesehen, später, als Shindler Detective war, nicht mehr ganz so oft. Aber immer noch trafen sie sich zum Kaffee, wenn Shindler sich in der Nähe des Komplexes aufhielt, in dem die Jugendstrafanstalt, das Jugendgericht und die Büros der Sozialarbeiter untergebracht waren.

DeBlasio war Anfang Fünfzig, aber sein Haar über dem schmalen, kantigen Gesicht war schneeweiß und begann, sich zu lichten. Sein Büro war eine von mehreren identischen Kabinen, nebeneinander aufgereiht an einem langen Gang. Er saß auf einer Seite seines standardisierten Metallschreibtischs, und Shindler saß auf der anderen. Die Tür war abgeschlossen, und DeBlasio sprach in einem verschwörerischen Halbflüstern, als er zwei Mappen über den Tisch schob.

»Ich sollte das gar nicht machen, weißt du. Diese Akten sind offiziell nicht zugänglich.«

»Ich weiß es zu schätzen, George, und ich hätte dich nicht darum gebeten, wenn es nicht wichtig wäre.«

George grunzte und lehnte sich zurück, während Shindler die Akten überflog.

»Wußtest du, daß ich eine Weile der Sozialarbeiter der beiden war?«

Shindler sah auf. »Der Coolidges?«

»Ein Jahr lang, bevor sie achtzehn geworden sind. Billy war eine harte Nuß. Ich hatte eine richtige Abneigung gegen ihn.«

»Warum das?«

»Einfach irgend etwas, das er an sich hatte. Der andere, Bobby, war irgendwie menschlicher. Ja, das war es wahrscheinlich. Billy war so kalt wie ein Fisch. Absolut keine moralischen Grundsätze. Er hat überhaupt nur nach dem Lust-Schmerz-Prinzip funktioniert. Wenn ihm etwas weh getan hat, war es schlecht. Wenn ihm etwas gefallen hat, war es gut. Ich glaube, zum ersten Mal hatte ich mit ihm zu tun, als er nach einer Prügelorgie in der Schule hierhergebracht wurde. Er hat an einem Morgen drei Jungen zusammengeschlagen. Richtig brutal zusammengeschlagen. Er hatte getrunken, und der Richter hat ihm eine Predigt gehalten und ihn laufenlassen, weil niemand ernsthaft verletzt worden war – aber Billys Verdienst war das bestimmt nicht. Jedenfalls bin ich ihm zugeteilt worden, aber ich bin nicht zu ihm durchgekommen. Er hat überhaupt keine Reue gezeigt. Die einzige Gefühlsreaktion war Wut auf die Jungen, die ihn verpetzt hatten.«

»Was ist mit dem anderen, diesem Bobby?«

»Der ist ein bißchen anders. Wenn man ihm nur eine Chance gäbe, wäre wahrscheinlich alles in Ordnung. Aber natürlich kriegt er keine. Der Vater ist gestorben, als sie noch klein waren, und die Mutter säuft. Bobby ist intelligent – Billy übrigens auch. Aber sie geben sich einfach keine Mühe in der Schule.«

»Und was hatte Bobby angestellt?«

»Dasselbe – geprügelt. Er hat in der Schule den Sohn eines Bankiers verdroschen. Anscheinend hatte der Bengel richtiggehend darum gebeten, aber der Vater hat Ärger gemacht. Der Bankierssohn hatte Bemerkungen über Bobbys Kleider gemacht. Bobby hat mir erzählt, daß seine Mutter betrunken gewesen war und er seine Sachen selbst gewaschen hatte. Indirekt hat er zugegeben, daß er auf den anderen Jungen wegen seiner Kleidung neidisch war.«

»Du meinst, er hat es dem anderen übelgenommen, daß er wohlhabend war?«

»Das war eigentlich Billys Lieblingsthema. Er ist in einer Jugendgang, weißt du. Sie nennen sich die Cobras. Wenn ich ihn mal auf seine Clique gebracht hatte, konnte er gar nicht mehr aufhören. Er hat das Gefühl, die Gang gibt ihm Status. Er hat mir erzählt, daß er sich die Mitgliedschaft verdient hat, und deshalb ist er etwas Besseres als die Kids in der Schule, die nur wohlhabend sind, weil ihre Eltern es sind. Sie mögen beide ihre Eltern nicht. Sie meinen, daß ihr Vater sie auf irgendeine Art betrogen hat, als er gestorben ist und sie sich selbst überlassen hat.«

»Hat einer von beiden jemals Ärger gehabt, weil er ein Messer gebraucht hat?«

George überlegte einen Augenblick.

»Nicht daß ich wüßte.«

»George, ist es dir recht, wenn ich diese Akten bis morgen behalte? Ich möchte sie mir genauer ansehen, und jetzt habe ich keine Zeit dafür.«

»Ich sollte das eigentlich nicht machen, aber meinetwegen.

Laß dich nicht erwischen. Wenn das rauskäme, würde ich wirklich Ärger kriegen.«

»Keine Sorge, ich bringe sie dir gleich morgen zurück.«

»Es ist wichtig, was?«

»Sehr. Ich würde es dir erzählen, wenn ich könnte, aber ich will lieber sichergehen, bevor ich jemanden beschuldige.«

»Dann also bis morgen.«

»Bis morgen.«

Ich gebe zu, es ist eine Möglichkeit«, sagte Harvey.

»Dann meinst du also auch, ich sollte sie vorladen und verhören?«

Marcus blätterte in dem Stoß von Papieren, den Shindler eine Dreiviertelstunde zuvor auf seinem Schreibtisch abgeladen hatte. Es waren Polizeiberichte, Auszüge aus dem Jugendstrafregister und ein psychologisches Profil von William Ray Coolidge. Insgesamt ergab sich aus dem Stoß das Porträt zweier entfremdeter Jugendlicher mit niedrigem Einkommen und einem tiefsitzenden Groll gegen eine Gesellschaft, mit der sie nicht mithalten konnten. Shindler meinte, die Zusammenhänge erraten zu können.

»Sie laden sich zu dieser Party ein, um zu sehen, wie es bei den Reichen zugeht. Sie sind neidisch auf diese Kids, und einer von den Jungen, mit denen ich geredet habe, hat gesagt, daß Billy möglicherweise sogar eine Schwäche für Alice Fay hatte – das Mädchen, das die Party gegeben hat. Dann werden sie von genau den Leuten, die sie verachten, verprügelt und gedemütigt. Sie betrinken sich. Später stoßen sie auf Walters und Murray, die sie von der Schule her kennen. Sie sehen in ihnen zwei perfekte Vertreter der Schicht, die sie hassen.«

»Hübsche Theorie, aber du hast nichts in der Hand, das die Coolidges mit dem Mord in Verbindung bringen könnte.«

»Esther Freemonts Brille.«

Marcus schüttelte den Kopf.

»Das reicht nicht. Sie sagt, daß sie sie an dem Abend nicht mal getragen hat.«

»Sie lügt. Ich weiß es.«

»Du mußt es aber beweisen. Und geh bloß nicht mit einer halbgebackenen Theorie zum Staatsanwalt, wenn du keine Beweise hast.«

»Und wenn wir die Coolidges verhören?«

Marcus sah wieder auf die Berichte hinunter.

»In Ordnung, laden wir sie vor.«

Shindler hatte sich im Geist längst ein Bild von Billy Coolidge gemacht, und nun war er überrascht, wie genau es zutraf. Am meisten allerdings überraschte ihn die Reaktion, die der Junge in ihm hervorrief. Irgend etwas an Billy stieß ihn ab. Der Junge war auf eine fast weibische Art attraktiv. Die Lippen waren zu voll und von Natur aus stark geschwungen, was ihm einen hämischen Ausdruck verlieh. Das Haar war dick pomadiert. Wenn Shindler einen dieser Typen mit ihren schwarzen Lederjacken und ihrem glatt zurückgekämmten Haar nur sah, fühlte er Haß in sich aufsteigen.

Sie standen für zu viele Dinge, die er selbst nicht vertreten konnte.

»Setz dich, Billy«, sagte Shindler, während er auf einen hölzernen Stuhl auf der anderen Seite seines ebenfalls hölzernen Schreibtischs zeigte. Shindler selbst saß in einem

bequemen Stuhl an der Rückwand des kahlen kleinen Verhörzimmers.
Billy sah sich vorsichtig um. Es gab nichts, das sich anzusehen lohnte, außer Shindler; so endete er bei Shindler. Sein Bruder war in einen Raum in einem anderen Stockwerk gebracht worden, begleitet von einem Polizisten, so groß und breit wie der, der jetzt hinter ihm stand. Allem Anschein nach konnte er nichts tun. Er sah Shindler an.
»Was soll das alles eigentlich?« fragte er.
»Ich möchte mich gern mit dir unterhalten«, antwortete Shindler.
»Ich mich aber nicht mit Ihnen. Also lassen Sie mich gehen, oder lassen Sie mich einen Anwalt anrufen.«
»Du brauchst keinen Anwalt, Junge. Ich will nur, daß du mir ein paar Fragen beantwortest.«
»Worüber?«
»Setz dich hin«, sagte Shindler. Seine Stimme klang immer noch ruhig.
»Ich will mich aber nicht setzen, und auf Fragen antworte ich auch nicht. Und jetzt lassen Sie mich raus hier.«
Der trotzige Ton. Der ängstliche, trotzige Blick. Shindler nickte, und der große Polizist drehte Billys Arm nach hinten und drückte ihn auf den Stuhl.
»Hör mal her, Arschloch«, flüsterte er, »wenn Detective Shindler sagt, du sollst etwas tun, dann tust du's. Verstanden?«
Billy stöhnte und versuchte, sich aus dem Griff des Polizisten zu winden. »Okay«, keuchte er und stieß ein erleichtertes Grunzen aus, als er losgelassen wurde. Er rieb sich die Schulter und warf einen unsicheren Blick nach hinten. Jetzt hatte er Angst, und das war gut.

»Willst du eine Zigarette?« fragte Shindler. Billy schüttelte den Kopf, und Shindler zündete sich selbst eine an.
»Du bist hier in Portsmouth geboren, stimmt's?«
»Sie wissen den ganzen Scheiß doch aus meiner Akte, warum fragen Sie eigentlich?«
Der Polizist machte einen Schritt vorwärts, und Billy drehte den Kopf, um ihn im Auge zu behalten. Shindler hob eine Hand.
»In Ordnung. Yeah. Ich bin in Portsmouth geboren. Und jetzt?«
»Du und dein Bruder, ihr wart ziemlich auf euch gestellt, seit euer Vater tot ist, oder nicht?«
»Schon«, sagte Billy widerwillig.
»Hast du zur Zeit eine Stelle?«
»Sie wissen genau, daß ich bei Esso arbeite.«
Er schmollte. Er hatte sich so weit abgewandt, daß Shindler sein Profil sah, und starrte auf den Boden.
»Gefällt es dir da?«
»Was sind Sie eigentlich, so 'ne Art Sozialarbeiter? Ich will raus hier. Ich antworte jetzt nicht mehr auf Fragen.«
»Nicht mal, wenn ich frage, was du am Freitag abend am fünfundzwanzigsten November getan hast?«
Unsicherheit. Coolidge neigte den Kopf zur Seite und sah Shindler an.
»Wie war das?«
»Letzten November. Am fünfundzwanzigsten. Der Freitag nach Thanksgiving.«
»Woher zum Teufel soll ich denn wissen, was ich da gemacht habe. Das ist ein halbes Jahr her.«
»Vielleicht kann ich dir ja helfen. Du hattest ein bißchen Ärger in Alice Fays Haus. Erinnerst du dich noch?«

»Ich erinnere mich an gar nichts.«

»Jetzt wirst du albern, Billy. Wir haben ein Dutzend Augenzeugen, die unter Eid aussagen werden, daß du dich an diesem Abend mit Tommy Cooper, seinem Bruder und noch ein paar Jungen geprügelt hast.«

»Hat dieser Scheißkerl Cooper mich angezeigt?«

»Niemand hat dich angezeigt. Wir wollen einfach nur wissen, was an dem Abend passiert ist.«

»Es war Coopers Schuld. Sie wollten uns rauswerfen. Ich habe mich bloß verteidigt.«

»Mit einem Messer?«

Das ist jetzt angekommen, dachte Shindler. Er weiß nicht, was wir wissen.

»Okay, ich hatte ein Messer. Das fette Arschloch, das mich geschlagen hat, hatte eine zerbrochene Flasche. Also hab ich das Messer rausgeholt.«

»Hast du das Messer jetzt dabei?«

»Das Messer? Nein, das hab ich verloren.«

»Das ist aber sehr, sehr schade. Wann hast du es denn verloren?«

»Keine Ahnung. Ich habe es eben verloren.«

»Wann?«

»Ich sag Ihnen doch, ich weiß es nicht.«

»Was hast du getan, nachdem du Alice Fays Haus verlassen hattest?«

»Weiß ich nicht. Durch die Gegend gefahren, wahrscheinlich.«

»Wer war noch dabei?«

»Sie wissen doch, wer dabei war. Sie haben doch ein Dutzend Augenzeugen.«

»Ich will es aber von dir hören.«

Jetzt stellte er sich wieder stur, wandte sich halb ab und studierte den Fußboden.

»Wie lange warst du von Alice Fays Party weg, als du den Wein geklaut hast?«

»Wer sagt, daß ich Wein geklaut habe?«

»Wir haben uns eine ganze Weile mit Esther Freemont unterhalten.«

»Dann wissen Sie ja alles, wieso verschwenden Sie also meine Zeit?«

»Ich bin gern in deiner Gesellschaft.«

Coolidge lachte plötzlich.

»Sie müssen mich für wirklich dämlich halten. Sie erwarten, daß ich hier reinkomme und einfach zugebe, daß ich was gestohlen habe. Warum geben Sie mir nicht den Gefängnisschlüssel, damit ich mich auch gleich selber einschließen kann?«

»Der Wein interessiert uns nicht, Billy. Uns interessiert, was hinterher passiert ist.«

»Hinterher?«

»Nachdem du und Bobby und Esther den Wein getrunken habt.«

»Gar nichts ist da passiert. Wovon reden Sie eigentlich?«

»Erzähl mir einfach, was passiert ist, nachdem ihr den Wein getrunken habt, dann kannst du gleich nach Hause gehen.«

Coolidge beäugte Shindler mißtrauisch. Als er schließlich antwortete, sprach er langsam und gleichmäßig; der Ärger war vollständig aus der Stimme verschwunden.

»Warum sagen Sie mir nicht, was Sie glauben, daß ich getan habe, nachdem wir angeblich diesen Wein getrunken haben.«

»Das ist einfach nicht unsere Arbeitsweise hier, Billy. Sieh mal, ich habe dich etwas gefragt, und ich hätte gern eine Antwort.«

Coolidge starrte Shindler ins Gesicht, die Augen auf seine Augen gerichtet. Shindler wußte, jetzt war es ein Schachspiel geworden – Coolidge versuchte, seine Gedanken zu lesen, versuchte, den Zug zu finden, mit dem er das Spiel für sich entscheiden konnte, und wußte zugleich, daß ein falscher Zug tödlich sein konnte.

Und dann lächelte Coolidge und entspannte sich sichtlich.

»Klar. Warum nicht. Versprechen Sie mir, daß keiner von uns Ärger kriegt wegen ... na ja, sagen wir einfach, wir hatten da ein bißchen Wein. Deswegen würde doch niemand Schwierigkeiten kriegen, oder?«

»Niemand kriegt Schwierigkeiten wegen dem Wein«, sagte Shindler.

»Okay. Hey, tut mir leid, daß ich Ihnen soviel Ärger gemacht habe. Es ist bloß, ich bin schon ein paarmal von den Bullen getriezt worden, und ich mag's nicht.

Also hinterher. Wir haben in einer Nebenstraße im Auto gesessen und den Wein getrunken. Es waren ein paar Flaschen, weil wir schon welchen im Auto gehabt hatten. Am Schluß war Esther ziemlich blau, und wir haben sie heimgefahren. Das war's auch schon.«

»Wo war die Nebenstraße?«

»Weiß ich nicht mehr. Ein paar Straßen weiter von dem Laden, wo ich den Wein genommen habe. Und das war drüben bei Lake & Grant.«

»Also habt ihr einfach Wein getrunken, Esther hat sich betrunken, und ihr habt sie nach Hause gefahren.«

»Nicht direkt nach Hause. Ich glaube, wir sind vorher

noch ein bißchen durch die Stadt gefahren. Aber Esther war es ziemlich schlecht, also sind wir nicht lang geblieben.«

»Und an die Stunde, die ihr in der Stadt wart, erinnerst du dich wahrscheinlich nicht?«

»Tut mir leid, da kann ich Ihnen nicht helfen.«

»Wir wissen, daß es nicht ganz so war, Billy.«

»Was soll das heißen? Ich hab Ihnen gesagt, was los war.«

»Ich fürchte, du hast etwas ausgelassen. Denk mal scharf nach.«

Coolidge sah Shindler an. Ein Teil seiner Gelassenheit war verflogen, aber die Fassade war noch intakt.

»Ich hab nichts ausgelassen. Wir haben den Wein getrunken, dann sind wir in der Stadt rumgekreuzt, und dann haben wir Esther heimgefahren.«

»Den Park hast du ausgelassen.«

»Was für einen Park?«

»Lookout Park.«

»Wovon reden Sie eigentlich? Wir waren nicht im Lookout Park.«

Jetzt war er nervös. In seiner Stimme klang Anspannung mit; Shindler spürte es.

»Du kannst mit dem Getue aufhören, Billy. Wir haben Esther Freemonts Brille im Park gefunden. Wir wissen, daß du an dem Abend dort warst.«

Shindler starrte Coolidge ins Gesicht. Die Augen des Jungen glänzten vor Angst, und Shindler meinte etwas Fremdartiges und Abscheuliches in ihnen zu sehen.

»Ich war an dem Abend nicht im Park«, beharrte Coolidge. Er atmete schneller und rutschte auf seinem Stuhl hin und her.

»Du warst dort, Billy. Es wird einfacher für dich, wenn du uns davon erzählst.«

»Wieso einfacher? Ich hab nichts getan, und ich war nicht im Park.«

»Hast du Richie Walters und Elaine Murray gekannt, Billy?«

Coolidge blieb der Mund offenstehen; er starrte den Detective an.

»Wollen Sie darauf die ganze Zeit raus? Sie glauben ... Ich will raus hier. Jetzt.«

Seine Stimme steigerte sich zum Schreien.

»Das können Sie mir nicht anhängen. Lassen Sie mich raus.«

»Ich lasse dich raus, du kleiner Drecksack, sobald du mir die Wahrheit sagst«, sagte Shindler mit haßerstickter Stimme. »Wenn du mir erzählst, wie ihr diesen armen Jungen erstochen und das Mädchen der Reihe nach durchgefickt habt.«

Shindler war auf den Beinen. Er zitterte am ganzen Körper, als er langsam auf Coolidge zuging. Der Junge drehte sich wie in einer stummen Bitte zu dem Polizisten um. Er hatte die Hände vorgestreckt, die Handflächen nach außen, als versuche er, einen unsichtbaren Schlag abzuwenden.

Der Anblick erfüllte Shindler mit blinder Wut. Er konnte das Mädchen vor sich sehen, nackt und verängstigt und um ihr Leben flehend. Er wollte zuschlagen und vernichten. Der Junge schrie etwas. Der Polizist sah Shindler verstört an. Mit einemmal wurde Shindler bewußt, wo er war. Seine Hand zitterte unkontrollierbar. Er öffnete die Tür und verließ den Raum.

Ein paar Meter weiter war eine Herrentoilette. Er flüchtete

sich hinein und lehnte sich an die Wand. Er zitterte immer noch, und sein Atem ging schnell und flach. Das Gesicht, das er im Spiegel sah, erschreckte ihn. Es war nicht sein eigenes Gesicht. Es war von Empfindungen beherrscht, die ihm so fremd waren wie die Taten des Jungen. Das Gesicht des vorzeitlichen Jägers, des Killers im Menschen.

Er spritzte sich kaltes Wasser ins Gesicht und setzte sich auf einen Klappstuhl. Langsam gewann er die Beherrschung zurück. Harveys Büro war im zweiten Stock. Er stand auf und ging hinunter.

Auf sein Klopfen hin kam Marcus heraus. Er sah Shindler fragend an.

»Was ist passiert?«

Shindler schüttelte den Kopf.

»Ich bin wütend geworden. Es ist okay, jetzt. Hast du irgendwas erreicht?«

»Wütend geworden? Was soll das heißen?« fragte Marcus besorgt. Er war von Shindlers tiefer persönlicher Anteilnahme an dem Fall nicht begeistert – er hielt sie für ungesund und unprofessionell.

»Es war nichts weiter. Und wie geht es bei dir?«

»Ich glaube nicht, daß der Junge etwas damit zu tun hat, Roy.«

»Nichts damit zu tun?«

»Er war höflich und hilfsbereit. Er beantwortet jede Frage. Und er erzählt die gleiche Geschichte wie das Freemont-Mädchen.«

»Du irrst dich, Harvey. Du mußt dich irren. Du hast diesen kleinen Mistkerl nicht gesehen. Sie haben sich eine Geschichte ausgedacht, das ist alles.«

»Oder sie sagen die Wahrheit.«

»Nein, verdammt noch mal. Sie waren es. Ich weiß das einfach.«

»Roy, das ist alles nur deine Meinung. Du hast nicht ein einziges Indiz, das die beiden mit dem Mord in Verbindung bringt. Wenn es dich interessiert – ich habe das Gefühl, daß du dich persönlich reinhängst und daß du allmählich nicht mehr unparteiisch bist. Ich lasse Bobby Coolidge gehen, und ich würde dir empfehlen, mit seinem Bruder das gleiche zu tun.«

An diesem Abend aß Shindler vor dem Fernseher und trank eine Flasche Bier dazu. Danach zog er die Schuhe aus, nahm die Krawatte ab und streckte sich vollständig angezogen auf dem Bett aus. Er verschränkte die Hände hinter dem Kopf und starrte an die Decke. Er bemerkte einen winzigen Riß im Putz, dem er mit den Augen folgte. Draußen fuhr ein Auto vorbei. Er schloß die Augen und horchte auf seine Atemzüge.

Manchmal hatte er das Gefühl, sich immer weiter von seinem gesunden Verstand zu entfernen und so allmählich in die Welt der Wahnsinnigen vorzudringen, daß er es nicht bemerken würde, bevor es zu spät war. Es war ungesund, so oft mit gewaltsamen Todesfällen zu tun zu haben. Wenn der Tod ein normaler Teil des Tagesablaufs wurde, begann er seine Bedeutung zu verlieren. Der nächste Schritt würde dann sein, daß das Leben selbst an Wert verlor.

Vor kurzem hatte Shindler den Tod eines Lebensmittelhändlers untersucht, der von zwei Männern brutal zusammengeschlagen worden war. Das Gesicht war bis zur Unkenntlichkeit zugerichtet worden. Der Lebensmittelhändler war ein guter Ehemann und Vater von zwei reizenden

Kindern gewesen. Shindler hatte in aller Ruhe die Ermittlungen am Schauplatz des Verbrechens geleitet. Er hatte die Leiche mit gelangweilter Routiniertheit für den Fotografen hergerichtet; er hatte mit gelangweilter Stimme die Zeugen verhört. Der Tod hatte ihm nichts bedeutet. Als er sich Stunden später darüber klar wurde, war er erschüttert gewesen.

Der Fall Murray-Walters war ein seelischer Rettungsanker. Er war geradezu dankbar für einen Todesfall, der etwas von seiner Menschlichkeit wieder zum Leben erweckt hatte. Etwas, von dem Harvey meinte, daß es ihm die Fortführung der Ermittlungen unmöglich machte.

Shindler fühlte sich ratlos. Hatte er wirklich nur die Wahl zwischen diesen beiden Möglichkeiten? Führten Empfindungen zu Versagen? Mußte der Erfolg mit dem Verlust aller menschlichen Eigenschaften bezahlt werden? Machten ihn seine Gefühle der Wahrheit gegenüber blind?

Harvey hatte noch lange mit ihm geredet, nachdem sie die Coolidges hatten gehen lassen. Er hatte versucht, ihn davon zu überzeugen, daß er sie vergessen sollte. Daß die Wahrheit anderswo zu finden war. Aber Shindler war nicht überzeugt. Irgendwo lag der Schlüssel. Er war sich noch bei keinem anderen Fall seiner Sache so sicher gewesen. Diese Brille. Die Persönlichkeiten. Das Messer. Die Schlägerei am selben Abend. Es waren zu viele Zufälle.

Shindler sah auf die Uhr. Er hatte eine Stunde lang im Dunkeln gelegen. Esther Freemont. Er sah ihre großen braunen Augen vor sich. Rehaugen. Sanfte Augen. Ein Tier in der Falle. Sie war nicht aus dem gleichen Stoff gemacht wie die Coolidges. Sie war weich. Sie würde sich seinem Willen beugen. Wenn sie log, konnte er sie brechen. Er schloß die

Augen und dachte nach. Er würde am nächsten Morgen hingehen.

Shindler hatte sich sein Vorgehen überlegt, als er Esthers Haus erreichte. Der Tag war sonnig und warm, der Himmel wolkenlos. Er erklärte Esthers Mutter, daß er ein paar weitere Fragen über die Brille stellen wollte und Esther bald wieder nach Hause bringen würde.

Esther ging nur widerwillig mit. Sie blieb angespannt; ihre Augen huschten hin und her, und ihre Hände konnten nicht ruhig bleiben. Shindler war es recht so. Er wollte, daß sie nervös und unvorbereitet blieb; im entscheidenden Augenblick würde er dann nichts als die Wahrheit von ihr bekommen.

Er verwickelte Esther in eine belanglose Unterhaltung, damit sie nicht merkte, daß sie nicht zum Hauptquartier fuhren. Statt dessen fuhr er den Monroe Boulevard hinauf und bemerkte, daß sie unsicher zum Fenster hinaussah.

»Hier geht es aber nicht in die Stadt.«

»Ich will dir auch nur zeigen, wo wir die Brille gefunden haben.«

»Gehen wir in den Park?«

Shindler nickte.

»Dahin, wo Richie ...«

»Dahin, wo wir die Brille gefunden haben.«

»Ich will da nicht hin«, sagte sie plötzlich. Shindler bemerkte, daß sie sich so fest an den Sitz klammerte, daß die Fingerknöchel weiß hervortraten.

»Du brauchst wirklich keine Angst zu haben.«

»Ich will wirklich nicht da rauf. Bitte, Mr. Shindler. Ich fürchte mich davor.«

»Du solltest dich nicht davor fürchten, Esther. Es sieht da jetzt ganz anders aus. Ich nehme dich mit zu der Wiese, wo wir Richie gefunden haben. Du wirst schon sehen. Niemand würde auf den Gedanken kommen, daß dort jemand gestorben ist.«
Sie sagte nichts mehr, und Shindler fuhr weiter, bis sie die Stelle erreicht hatten, wo die Brille gefunden worden war.
»Kommt dir dies hier bekannt vor, Esther?«
Sie sah zum Fenster hinaus. Shindler stieg aus und ging zu der Stelle hinüber. Esther folgte ihm nicht.
»Komm schon. Sieh's dir an.«
»Ich hab Ihnen doch schon gesagt, ich war nicht hier. Ich weiß gar nicht, wieso Sie mich hergebracht haben.«
»Nur damit du es dir ansehen kannst, Esther. Ich dachte, du bist vielleicht neugierig, wo wir deine Brille gefunden haben.«
Sie wandte sich ab und biß sich auf die Lippen. Shindler stieg wieder ins Auto und fuhr die Straße zu der Wiese hinauf.
»Eine Station noch, und dann fahren wir zur Polizei.«
»Fahren Sie mich nicht da hin. Bitte«, flehte sie, eine Spur von Panik in der Stimme.
»Ich möchte nur etwas nachsehen, Esther. Du kannst ja im Auto bleiben.«
Er stellte das Auto am Ende des Fahrwegs ab und sah sich um. Die Wiese war unverändert. Selbst am Tag des Mordes war sie friedlich gewesen; die Gewalt war hinzugefügt und dann wieder abgezogen worden. Shindler stieg aus und ging zu der Stelle hinüber, wo das Auto gestanden hatte. Es gab keine Spuren mehr. Er wartete eine Weile, damit Esther alle Gespenster sehen konnte, die sich noch hier

aufhalten mochten; dann stieg er wieder ins Auto. Auf der Fahrt zum Revier blieb Esther schweigsam.

Shindler parkte in der Tiefgarage unter dem Hauptquartier. Sie nahmen den Aufzug in den dritten Stock hinauf, und er brachte sie in denselben Raum, in dem er Billy Coolidge verhört hatte. Bevor er sie an diesem Morgen abgeholt hatte, hatte er das Foto in eine Schublade seines Schreibtischs gelegt.

Die Polizistin versuchte, Esther zu beruhigen, und machte sie mit ihren Bemühungen nur noch nervöser. Shindler konnte Esthers Furcht riechen. Als Junge hatte er ein Kaninchen besessen. Das Kaninchen hatte sich niemals an den Käfig gewöhnt. Es war ständig umhergerannt, hatte sich gegen das Drahtgeflecht geworfen und versucht, sich mit den Klauen einen Weg nach draußen zu bahnen. Esthers Augen erinnerten ihn an die des Kaninchens. Sie sah ihm niemals ins Gesicht. Ihre Blicke huschten hin und her auf der Suche nach einem Ausgang.

»Du hast mir nicht die ganze Wahrheit erzählt, als wir uns das letztemal unterhalten haben, Esther.«

»Was meinen Sie damit?« fragte sie vorsichtig. Sie traute diesem dünnen Mann mit der sanften Sprechweise nicht; sie spürte zuviel Täuschung unter der Oberfläche.

»Du hast mir nicht erzählt, was in Alice Fays Haus passiert ist.«

»Ich hab nichts getan«, antwortete sie rasch.

»Nein, du nicht, aber Billy und Bobby. Erzähl mir, was sie getan haben.«

Esther wandte den Blick ab und sah auf den Boden.

»Geprügelt«, sagte sie leise.

»Ich habe dich nicht verstanden«, sagte Shindler.

»Sie haben sich geprügelt«, sagte sie lauter. »Ich hab gesagt, wir sollten gehen, ehrlich. Ich wollte nicht, daß sie sich schlagen. Ich wollte nur das Haus sehen.«

»Du hast mir noch nicht erzählt, wie sie sich geschlagen haben.«

Esther sah verwirrt aus.

»Was hat Billy benutzt, Esther?«

Esthers Augen wurden weit.

»Was hat Billy benutzt?« wiederholte Shindler.

»Ein ... ein Messer«, sagte sie so leise, daß ihre Stimme wie das Ticken einer Uhr im Nebenzimmer klang.

»Das stimmt. Und das hast du mir verschwiegen, oder?«

»Nein. Ehrlich. Ich hab nur ... ich wußte ja nicht, daß es wichtig ist.«

»Nicht wichtig, Esther? Wußtest du, daß Richie Walters' Mörder zwanzigmal zugestochen hat? Zwanzig Messerstiche. Und du hast es nicht für wichtig gehalten, daß Billy Coolidge ein Messer hatte?«

»Aber wir waren ja gar nicht da oben.«

»Wo oben?«

»Im Park.«

»Woher weißt du das? Du sagst doch, du kannst dich nicht erinnern, was ihr getan habt.«

»Ich weiß es eben.«

»Du weißt es eben«, äffte Shindler sie nach. Esther biß sich auf die Lippen.

»Meine Mama weiß es«, sagte sie plötzlich erleichtert, als habe sie gerade einen Rettungsanker entdeckt.

»Falsch, Esther. Deine Mutter konnte nur aussagen, daß du spät und betrunken nach Hause gekommen bist. Richie wurde zwischen zwölf und zwei Uhr umgebracht.«

Esther sah wieder zu Boden. Shindler ließ sie ein paar Sekunden lang dort sitzen, während seine Augen zu der Schublade hinüberglitten. Er sah das Foto durch das Holz und das Packpapier hindurch. Es brannte dort, es verbrannte ihn mit seinem Feuer. Jeder Rest von Mitgefühl, den er für Esther Freemont empfunden haben mochte, zerfiel zu Asche. Das Bild ließ ihn vertrocknen und erstarren, wie zu kaltem Stein.

»Erzähl mir von dem Park, Esther.«

»Ich war nicht im Park.«

»Woher weißt du das, wenn du dich nicht erinnern kannst?«

»Das meine ich doch. Ich kann mich nicht erinnern. Bitte, kann ich jetzt nach Hause gehen?«

»Richie und Elaine können nicht nach Hause gehen, Esther. Das weißt du doch, oder nicht?«

»Reden Sie doch nicht so, Mr. Shindler. Bitte. Sie machen mir angst.«

»Du denkst nicht gern an Richie und Elaine, oder?«

Sie schüttelte den Kopf.

»Billy hat sie gehaßt, oder?«

»Ich weiß nicht«, sagte sie.

»Du sagst nicht die Wahrheit, Esther. Billy haßt reiche Leute. Er beneidet sie. Ich weiß das. Ich habe mit genug Menschen geredet, um zu wissen, was in Billy Coolidges Kopf vor sich geht. Jetzt antworte mir. Billy haßt reiche Leute, oder?«

»Ja.«

»Gut«, sagte Shindler, während er sich zurücklehnte. »Jetzt kommen wir voran. Wen hat Billy gehaßt, Esther?«

Sie wünschte, er würde aufhören, sie ständig beim Namen

zu nennen. Aus seinem Mund klang ihr Name schmutzig, als wäre er treibender Abfall im Rinnstein. Sie merkte, daß ihr die Tränen kamen.

»Wen?« fragte Shindler mit einer Stimme, die ihr durch Mark und Bein ging.

»Bitte, ich weiß es doch nicht. Die reichen Leute eben. Tommy Cooper hat er nicht gemocht. Ich weiß es nicht. Er hat nicht viel mit mir geredet.«

»Aber an diesem Abend warst du doch mit ihm zusammen.«

»Nein. Ich war mit Roger ... Hessey zusammen. Meinem Freund. Aber bei der Party haben wir uns gestritten, und dann ist er gegangen. Deswegen war ich bei Billy.«

»Und an den Park kannst du dich nicht erinnern?«

»Nein. Am Schluß ist alles verschwommen. Wir waren in der Stadt. Ich glaube, wir sind einfach rumgefahren.«

»Esther, ich lasse dich gehen, aber zuerst möchte ich dir etwas zeigen. Dann bringe ich dich nach Hause.«

Sie wußte nicht, was sie davon halten sollte. Ob sie ihm glauben sollte. Nach Hause gehen, weg aus diesem Zimmer. Ihre Anspannung ließ nach wie bei einem Ballon, wenn die Luft entweicht; ihre Schultern sanken nach unten.

Shindler öffnete die Schreibtischschublade und nahm den Packpapierumschlag heraus. Er zog das große Farbfoto mit der Bildseite nach unten aus dem Umschlag, so daß Esther es nicht sehen konnte. Sie beugte sich neugierig vor. Als sie gespannt auf die Rückseite des Bildes sah, drehte er das Foto um und lehnte sich zurück. Er sah den Augenblick, in dem sie das Bild wahrnahm. Esther stieß einen erstickten Laut aus. Dann begann sie zu schreien. Damit

hatte er nicht gerechnet. Nachträglich begriff er, daß er damit hätte rechnen müssen.
Sie war aufgesprungen und schrie immer noch. Die Hände vor dem Gesicht, die Finger halb gekrümmt, so daß sie kleinen Klauen glichen. Er beobachtete sie mit distanziertem Interesse. Ein Versuchstier.
Sie konnte den Blick nicht von dem Bild abwenden, und sie konnte nicht aufhören zu schreien. Die Polizistin warf ihm einen eigenartigen Blick zu, als sie Esther aus dem Zimmer führte. Leute auf den Gang sahen zu ihnen her.
Mit einemmal wurde Shindler klar, daß er das Geschrei ausgelöst hatte. Es begann ihm zu dämmern, daß seine Handlungsweise für den hysterischen Anfall des Mädchens verantwortlich war. Seine Gelassenheit begann zu schwinden. Leute sahen ihn an. Er bewegte sich nicht. Er versuchte, die Situation unter logischen Gesichtspunkten zu betrachten. Er hatte nichts Falsches getan. Dieses Mädchen und die beiden Jungen waren verantwortlich für den Tod von zwei wunderbaren jungen Leuten. Wenn Esther dafür zu leiden hatte, daß die Wahrheit ans Licht kam, war das traurig, aber es war notwendig.
Jemand fragte ihn, ob alles in Ordnung sei. Er antwortete nicht. Auf dem Schreibtisch standen ein Krug und ein Wasserglas. Er trank langsam einen Schluck Wasser und betrachtete das Bild. Er verspürte noch die gleiche Wut wie damals, als er den Jungen zum erstenmal gesehen hatte.
Das Foto war eine Ganzkörperaufnahme der Leiche auf der Gummiplane, kurz bevor man sie fortgebracht hatte. Es zeigte das völlig zerstörte Gesicht. Es war grausam gewesen, Esther das Bild zu zeigen, aber Shindler war bereit, alles zu tun, um Richie Walters' Mörder zu finden.

»Ich ziehe Sie von diesem Fall ab, Roy. Das ist meine Entscheidung«, sagte Captain Webster. Shindler saß wie erstarrt, den Mund fest geschlossen und die Augen direkt auf die seines Vorgesetzten gerichtet. Er schwieg, weil er seiner Selbstbeherrschung nicht traute.

»Ich weiß nicht, was in Sie gefahren ist. Sie haben Glück, wenn dieses Mädchen Sie nicht anzeigt.«

»Captain, ich ... ich bin mir sicher, daß Esther Freemont der Schlüssel zum Fall Murray-Walters ist.«

»Ich weiß, was Sie denken. Ich habe mich lang mit Harvey Marcus unterhalten, bevor ich Sie hergerufen habe. Verdammt noch mal, Roy, ich halte Sie für einen meiner besten Detectives. Aber das hier ist nicht die Gestapo. Ich kann nicht zulassen, daß Sie Leute foltern, um Ihre Fälle zu lösen. Wenn wir so was machen, sind wir bald nicht besser als die Leute, die wir fangen wollen.

Außerdem bin ich der Meinung, daß Sie sich total verrannt haben. Harvey meint, Sie sind so besessen davon, daß die Coolidge-Brüder die Mörder sind, daß Sie nicht mehr effektiv ermitteln können. Er meint außerdem, Sie vernachlässigen darüber Ihre übrige Arbeit. Also ziehe ich Sie von dem Fall ab.«

»Weil ich ihr das Bild gezeigt habe?«

»Haben Sie eigentlich nicht zugehört? Das mit dem Bild hätte schon gereicht. Sie ist sechzehn Jahre alt, Roy. Aber das ist nicht der Grund dafür, daß ich Ihnen den Fall wegnehme. Ich habe mir die Akte angesehen, und ich habe mit mehreren anderen Leuten im Dezernat gesprochen. Ich glaube nicht, daß es in unserem Interesse ist, wenn Sie die Sache weiterverfolgen.«

Shindler holte tief Luft.

»Wer bekommt den Fall?«
»Ich gebe Doug Cutler die Akte, aber ich werde ihm sagen, er soll sie bei den inaktiven Fällen ablegen.«
»Inaktiv –? Aber Captain, das ist ja, als würden Sie den Fall für abgeschlossen erklären.«
»Ich habe Ihnen doch gesagt, ich habe die Akte angesehen. Ich glaube nicht, daß weitere Ermittlungen diesen Fall lösen werden.«

Roy Shindler ging nach Hause und ins Bett. Er schlief nicht. Er zündete sich eine Zigarette an und rauchte im Bett. Er war müde, und ihm war übel. Die Übelkeit kam aus ihm selbst.
Nach ein paar Stunden setzte er sich auf und rief Mr. Walters in dessen Büro an. Zunächst war er immer zu den Walters' ins Haus gekommen, wenn sich etwas ergeben hatte, um es ihnen direkt zu erzählen, aber wegen Mrs. Walters hatte er es schließlich aufgegeben. Sie schien sich jedesmal, wenn er kam, in sich selbst zu verkriechen.
Mr. Walters war anders. Er war härter geworden seit dem vergangenen November. Er hielt Kontakt mit Roy, immer interessiert, die letzten Neuigkeiten über die Ermittlungen zu erfahren. Mr. Walters war im Büro und erklärte, er würde sich freuen, Roy zu treffen; so zog Roy sich an und fuhr in die Stadt.
»Ich wollte es Ihnen selbst sagen. Sie haben den Fall für inaktiv erklärt.«
»Sie meinen, sie haben ihn abgeschlossen?« fragte Norman Walters ungläubig.
»Darauf läuft es im Grunde hinaus. Dia Akte ist noch offen, aber es arbeitet niemand mehr an dem Fall.«

»Aber Sie haben mir doch gesagt, Sie hätten da etwas. Daß Sie zu wissen meinen, wer ... wer Richie getötet hat.«

»Das glaube ich auch, aber das Dezernat ist anderer Meinung. Sie haben mir den Fall entzogen.«

Mr. Walters starrte Shindler an.

»Sie haben Ihnen den Fall entzogen. Wer hat das getan? Ich habe selbst ein bißchen Einfluß, Roy. Geben Sie mir die Namen, und morgen haben Sie den Fall wieder.«

Roy schüttelte den Kopf.

»So geht das bei uns nicht. Selbst wenn Sie mich wieder reinbrächten, es würde so übelgenommen werden, daß ich meinen Job nicht tun könnte.«

»Aber ich könnte den Präsidenten dazu bringen, Sie wieder mit den Ermittlungen zu beauftragen.«

»Ich bin mir da nicht so sicher. Und ich weiß, wieviel Ärger das verursachen würde.«

»Dann ist es also aus«, sagte Walters niedergeschlagen. »Mein Junge ist tot, und niemand wird je dafür bezahlen müssen.«

»Nein, es ist nicht aus, Mr. Walters. Was mich angeht, wird es überhaupt nie aussein. Ich lasse es jetzt eine Weile ruhen. Ich habe nach wie vor Zugang zu der Akte, und ich kann die Ermittlungen im Auge behalten. Was ich in meiner Freizeit tue, geht niemanden etwas an. Nein, Mr. Walters, es ist noch nicht aus.«

DRITTER TEIL:

SCHWARZE KÜNSTE

1

Am Tag nach Thanksgiving im Jahr 1965 tat Norman Walters das, was er an jedem Tag nach Thanksgiving seit November 1961 getan hatte. Nach dem Frühstück ging er in sein Arbeitszimmer und schrieb einen Scheck für die Anzeigenabteilung des *Portsmouth Herald* aus. Dann schob er den Scheck und ein Blatt seines Geschäftsbriefpapiers in einen Umschlag. Auf dem Papier stand in Schreibmaschinenschrift der Text einer Anzeige, die einen Monat lang erscheinen würde. Er lautete:

$ 10.000 Belohnung für Informationen, die zur Verhaftung und Verurteilung der Personen führen, die für die am 25. November 1960 begangenen Morde an Richie Allen Walters und Elaine Melissa Murray verantwortlich sind. Wenden Sie sich bitte an Norman Walters, Suite 409, Seacrest Building, Portsmouth, Tel. 237-1329.

Im Schlafzimmer über seinem Kopf knarrte ein Dielenbrett. Norman Walters warf einen nervösen Blick zur Tür seines Arbeitszimmers. Carla würde jeden Augenblick herunterkommen, und er wollte nicht, daß sie den Brief sah. Sie hatte Richies Tod schwer verkraftet und sich nur sehr langsam erholt. Selbst jetzt noch kam es vor, daß er sie leise weinend in irgendeiner Ecke des Hauses fand und keine Antwort erhielt, wenn er nach dem Grund fragte. In aller Regel war sie jetzt wieder die Frau, die er geheiratet hatte, aber er achtete darauf, sie nicht an ihren toten Sohn zu erinnern.

Die Sonne schien, als er das Haus verließ. Am Vortag hatte es geschneit, und der dünne Schnee knirschte unter den Sohlen. Die Gedanken an Richie erinnerten ihn an Roy Shindler. Nach Richies Tod hatte er den Detective eine Weile häufig getroffen. Zunächst hatte Norman geglaubt, sie teilten einen gemeinsamen Kummer; bald aber stellte er fest, daß es in Wirklichkeit der Haß war, der sie verband. Als mit der Zeit auch Normans Wunsch nach Rache allmählich abklang, hatte sich zwischen ihm und dem Detective ein Riß aufgetan. Er war sich sicher, daß Shindler seinen wachsenden Widerwillen dagegen, ständig an seinen Verlust erinnert zu werden, spürte – sosehr er auch versuchte, ihn zu verbergen. Von Zeit zu Zeit ertappte er sich bei der Frage, ob der Tod seines Sohnes Shindler am Ende mehr bedeutete als ihm selbst. Selbstzweifel, die natürlich nicht zutrafen, aber sie begannen, erste Schuldgefühle zu säen.

Das Aufgeben der Anzeige Jahr für Jahr war zu einem Ritual geworden, mit dem er Buße für seine imaginären Sünden tat. Er hatte das Gefühl, es tun zu müssen, um wieder in Shindlers trauriges, anklagendes Gesicht sehen zu können. Im tiefsten Inneren betete er darum, es möge keine neuen Ergebnisse geben. Welcher höheren Wahrheit würde es dienen, wenn der Mörder nach all diesen Jahren gefaßt wurde? Es würde nur alte Wunden aufreißen und seiner

Frau und ihm selbst neuen Kummer bereiten. Während der vergangenen Woche hatte er ein paarmal erwogen, die Anzeige gar nicht abzuschicken. Aber dann erschien Shindlers Bild vor seinem inneren Auge, und seine Entschlossenheit verließ ihn.
Der Deckel des Postkastens schlug zu, und ein metallisches Scheppern klang durch die stille, kalte Luft. Normans Schultern strafften sich, als sei eine schwere Last von ihnen genommen worden.

Das Baby schrie schon wieder. Und jedesmal fiel ihr das Aufstehen schwerer. Manchmal erwog sie, im Bett zu bleiben, bis das Geschrei zu einem Wimmern werden und schließlich ganz aufhören würde. Dann fühlte sie sich schuldig. Es war unnatürlich, sich zu wünschen, daß das Baby starb. Sie liebte das Baby. Sie war nur so müde.
Wenn John hier wäre, dachte sie. Aber John hatte Esther Pegalosi verlassen. John war wegen des Babys fortgegangen. Nein, es war nicht das Baby. Die anderen hatten sie auch verlassen, und sie hatte kein Baby gehabt. Sie selbst war schuld. Es lag an ihr.
Das Baby brüllte. Esther öffnete die Augen und sah auf die Uhr. Es war vier Uhr morgens. Draußen war es noch dunkel. Sie fühlte sich leer. Was war sie schon? Eine Maschine, die mit Nahrung betrieben wurde. Aufstehen, füttern, ins Bad gehen, schlafen. Kein Ziel. Weniger als eine Maschine. Eine Maschine erfüllte wenigstens einen Zweck. Sie verschloß Flaschen oder preßte Formen aus Stahlblech.
Esther kämpfte sich auf die Füße. Sie konnte sich im Spiegel sehen. Das meiste zusätzliche Gewicht, das sie während der Schwangerschaft zugelegt hatte, war wieder ver-

schwunden, und sie hatte ihre Figur beinahe zurückgewonnen. Sie zog das Nachthemd aus und stand nackt vor dem Spiegel. Ihre Beine waren lang, die Hüften breit. Der Bauch war schon fast wieder flach und straff. Und dann die Brüste. John hatte ihre Brüste geliebt. Und die anderen Männer auch. Er hatte sie geküßt und gebissen. Sie waren groß und fest, schön geformt, selbst nach der Schwangerschaft. Sie hatte einen guten Körper. Einen schönen Körper. Alle hatten das gesagt. Aber irgendwie war es nie genug gewesen.

Wie lang hatte sie John gekannt? Eineinhalb Jahre? Vielleicht eher zwei. Sie hatte als Kellnerin in Foley's Truck Stop ganz in der Nähe der Interstate-Autobahn gearbeitet. Sie war hübsch, und die Kunden machten Scherze und eindeutige Angebote, die sie häufig annahm. Aber John war anders gewesen, stiller, ernster. Anders als die meisten Männer war er nicht lüstern. Keine Klapse auf den Hintern und keine Bemerkungen, die dazu bestimmt waren, mitgehört zu werden.

Sie waren ein paarmal im Kino gewesen, und er war ein echter Gentleman. Einmal hatte er ihr sogar Blumen mitgebracht. Die Verabredungen waren unregelmäßig, weil er so viel unterwegs war, aber sie begann sich darauf zu freuen, ihn wiederzusehen. Sie empfand nicht das für ihn, was die Frauen in den Lebensbeichte-Magazinen und Liebesromanen empfanden, aber sie fühlte sich in seiner Nähe wohl. Er war freundlich und behandelte sie mit Respekt, und sie wußte es zu schätzen. Sie wünschte sich, so verliebt zu sein, wie es in den Büchern beschrieben wurde, aber sie gab sich damit zufrieden, mit jemandem zusammenzusein, von dem sie glaubte, daß ihm an ihr lag.

Das Baby hatte die Fäuste geballt, und sein Gesicht war rot. Sein Mund stand weit offen. Es brüllte. Es brüllte ständig. Warum konnte sie nicht ein ruhiges Baby haben? Er gab niemals Ruhe. Er ließ ihr keine Ruhe. Sie hob ihren Sohn hoch und schaukelte ihn hin und her. Die Bewegungen waren mechanisch; sie empfand keinerlei Liebe, nur Verzweiflung.

Für Esther hatte sich bis zu ihrer Heirat mit John wenig geändert. Nachdem sie die Highschool abgeschlossen hatte, war sie bei ihrer Mutter ausgezogen und hatte sich eine Wohnung und einen Job gesucht. Männer hatte sie reichlich gehabt, aber sie blieben nicht lang. Sie sagten zu ihr, daß sie sie liebten, und jedesmal gab sie sich hin, in der Hoffnung auf Glück und Zufriedenheit. Aber die Affären dauerten niemals lang.

Dann hatte John sie gefragt, ob sie ihn heiraten wollte. Der Antrag machte ihr angst. Sie hatte so verzweifelt darauf gehofft, glücklich zu sein, und jetzt, als es Wirklichkeit wurde, fürchtete sie sich. In dieser Nacht hatte sie sich in den Schlaf geweint. Er war ein guter Mann, hatte sie sich gesagt. Aber was wollte er von ihr? Keiner von den anderen hatte etwas Erstrebenswertes in ihr gesehen.

Am nächsten Tag war sie halb krank vor Ungewißheit und ging nicht zur Arbeit. Sie hatte Angst, er könnte den Antrag zurücknehmen, als habe er an der Haustür etwas verkaufen wollen, und das hätte sie nicht ertragen. Ein einziges Mal schien alles glattzugehen. Vielleicht war dies ihre einzige Chance. Vielleicht würde sie doch noch glücklich werden.

Ein Richter des County-Gerichtshofs hatte sie getraut. Sie legten ihre Gehälter zusammen und nahmen sich eine kleine Wohnung. Dann verlor John seinen Job. Zunächst hatte er alles versucht, um eine neue Stelle zu finden, aber der Arbeitsmarkt war angespannt, und nach einer Weile hatte er einfach aufgegeben. Danach saß er den ganzen Tag vor dem Fernseher. Er trank mehr als früher, und sie schliefen seltener miteinander. Er war immer ein stürmischer Liebhaber gewesen. Sie war entzückt und erregt, wenn er ihr sagte, wie gut sie war, und sie streichelte und küßte. Aber nachdem er seinen Job verloren hatte, war er ständig müde, und wenn sie wirklich einmal miteinander schliefen, ging es schnell, mit wenig oder gar keinem Vorspiel.

Das Baby saugte gierig an der Flasche. Esthers Kopf sank zur Seite; sie versuchte, wach zu bleiben. Wenn er fertig war, würde sie ihn wickeln. Dann würde er hoffentlich ein paar Stunden schlafen. Er sah so friedlich aus, wenn er trank. Es war eine Illusion. Sie haßte ihn. Sie fühlte sich schuldig, kaum daß sie es gedacht hatte. Nein, sie haßte ihr Baby nicht. Sie liebte ihr Baby. Sich selbst haßte sie. Sie machte das Baby dafür verantwortlich, daß sie John verloren hatte, aber es war einfach nur ein Baby. Aber John hätte sie nicht verlassen, wenn sie nicht schwanger geworden wäre.

Als sie ihm erzählt hatte, daß ihre Periode ausgeblieben war und sie glaubte, schwanger zu sein, hatte er gar nichts gesagt. Das hatte sie verletzt. Sie hatte gehofft, er würde sich freuen. Dies würde ihr Baby sein – etwas, für das sie sorgen und das sie gemeinsam lieben konnten. Aber die Mitteilung hatte ihn nicht glücklich gemacht. Er wurde schweigsam und mißgelaunt. Es gab ständig Streit ums Geld.

Sie hatte begonnen, das Baby zu hassen, noch bevor es geboren war. Sie sah, wie es sie auseinanderbrachte. Wie es sich mit seinem winzigen Körper zwischen sie und das einzige Glück zwängte, das sie jemals gekannt hatte. Sie spürte, daß er sie verlassen würde. Er sagte niemals ein Wort davon, aber der Gedanke daran füllte jeden Raum der Wohnung. Und eines Tages war er fort.
Die Lippen des Babys wurden schlaff und ließen den Sauger los. Seine Augen schlossen sich. Sie beschloß, es doch nicht zu wickeln; sie wollte nicht riskieren, es aufzuwekken, denn dann würde das Geschrei von vorn beginnen. Sie legte das Baby in sein Bettchen und verließ das Zimmer. Vielleicht würde es jetzt stundenlang schlafen.
Esther kroch wieder unter die Bettdecke und schloß die Augen. In ihrem ganzen Leben war ihr nichts schwerer gefallen, als mit dem Baby in die Wohnung zurückzukehren. Die Wände waren ihr Gefängnis, und das Baby war ihr Wärter. Eine lebenslängliche Gefängnisstrafe. Manchmal dachte sie, tot zu sein wäre einfacher. Wenn sie bei der Geburt gestorben wäre ... Sie stellte sich weißgekleidete Ärzte vor, die ernste Gesichter machen würden. Der hüpfende Punkt, der ihre Lebenszeichen anzeigte, würde langsam zu einer geraden Linie werden. Sie hätten John gesagt, daß sie und das Baby tot waren. Er hätte geweint, und bei ihrer Beerdigung hätten Rosen auf dem Sarg gelegen, und ein Priester hätte freundliche Worte über sie gesagt.
Aber sie war nicht tot, und manchmal hoffte sie immer noch. Sie versuchte, es zu vermeiden, aber manchmal, wenn sie müde und deprimiert war, so wie jetzt, konnte sie es nicht verhindern. Sie war nicht viel, das konnte sie sehen. Aber es gab andere Leute wie sie, die jemand wa-

ren. Sie wollte doch nur ... jemand sein. Sie begann zu weinen.

Cindy Shaeffer hörte die unruhigen Atemzüge ihres Mannes und wußte, daß er wach war. Draußen war es noch dunkel, und sie lag still und fragte sich, was sie tun sollte. Es war fast jede Nacht so. Sie fühlte sich hilflos.
Er bewegte sich. Sie wußte, daß er erschöpft sein mußte. Er seufzte, und es klang wie ein Stöhnen. Sie drehte sich zu ihm um und sah, daß er an die Decke starrte. Auf seiner Stirn standen Schweißperlen. Sie legte einen Arm über seine Brust und drückte ihn an sich. Mark spürte die Umarmung, aber sie tröstete ihn nicht.
»Ist dir nicht gut? Soll ich dir eine heiße Schokolade machen? Dann kannst du besser schlafen.«
Mark schüttelte langsam den Kopf. Er fühlte sich leer, und er hatte Angst.
»Alles in Ordnung. Ich gehe runter und lese eine Weile. Deswegen brauchst du nicht auch wach zu bleiben.«
»Mark, mach dir keine Sorgen. Es wird sich schon alles finden, es braucht nur seine Zeit.«
Mark stand auf und holte seinen Morgenmantel von dem Haken hinter der Tür. Er nahm das Buch vom Nachttisch und ging zur Tür.
»Mark«, bettelte Cindy. Er sah so niedergeschlagen aus.
»Mir geht's gut«, sagte er halbherzig. »Mach dir keine Gedanken.«
Sie hörte die Tür ins Schloß fallen und legte sich wieder hin. Sie kämpfte mit den Tränen. Sie fühlte sich hilflos. Alles schien auseinanderzufallen.
Im Wohnzimmer schaltete Mark das Licht an und öffnete

das Buch, aber er konnte sich nicht konzentrieren. Vor acht Monaten war er noch voller Euphorie gewesen. Er hatte immer Jurist werden wollen, und an diesem Tag hatte er die Benachrichtigung bekommen, daß er zugelassen war. Er war bereit, seine Karriere in Angriff zu nehmen. Das Problem dabei war, daß es keine Stellen gab.

Die darauffolgenden sechs Monate hatten sein Selbstvertrauen völlig untergraben. Anfangs hatte es ihm nicht viel ausgemacht. Damals hatte er noch damit gerechnet, daß die Anwälte, die ihm versprachen, auf ihn zurückzukommen, tatsächlich auf ihn zurückkommen würden. Damals hatte er noch fest daran geglaubt, daß er eine Stelle finden würde. Nach einigen Monaten voll gebrochener Versprechen und unaufrichtigen Händeschüttelns glaubte er nicht mehr daran.

Cindy war ihm keine Hilfe, denn sie verstand nicht, was vor sich ging. Sie hatten sehr jung geheiratet, und sie hatte eine Sekretärinnenstelle angenommen, um ihn während des Studiums zu unterstützen. Wie Mark hatte auch sie erwartet, an dem Tag, an dem er seinen Abschluß machte, auf eine Goldmine zu stoßen. Statt dessen hatten sie nichts als Enttäuschungen erlebt. Sie kam aus einer armen Familie und war im Umgang mit Geld sehr unsicher. Je länger er keine Arbeit fand, desto mehr fühlte sie sich unter Druck gesetzt, und desto mehr Druck begann sie auf Mark auszuüben. Sie verstand nicht, weshalb er keine Arbeit fand. Sie begann, ihm Vorwürfe zu machen, weil er es nicht versuchte. Es hatte ein paar häßliche Szenen gegeben; er hatte sie angeschrien und sich schuldig gefühlt, wenn sie in Tränen ausbrach.

Kurz nach Neujahr hatte Mark schließlich beschlossen,

seine eigene Kanzlei zu eröffnen. Er hatte die erfolglosen Bemühungen satt, und er hatte mit einigen selbständigen Anwälten gesprochen, die ihm versichert hatten, er könne es schaffen. Es war ein beängstigendes Unterfangen. Er war unerfahren und hatte keinerlei Verbindungen. Und dennoch, je länger er über die Möglichkeit nachdachte, desto mehr faszinierte sie ihn.

Unglücklicherweise hatte sie Cindy in keiner Weise fasziniert. Sie wollte ihre Stelle aufgeben; sie wollte ein Baby. Wenn Mark eine eigene Kanzlei aufbaute, statt für eine der großen Firmen zu arbeiten, die große Gehälter zahlten, bedeutete dies noch mehr Schulden, und es bedeutete, daß sie auch weiterhin arbeiten mußte – vielleicht noch jahrelang. Es war wieder zu Szenen gekommen, aber er hatte sich durchgesetzt, und vor zwei Monaten hatte er ein kleines Büro im National Bank Building gemietet, einem alten, achtstöckigen Gebäude, das mitten in der Innenstadt und nur acht Blocks vom Gericht entfernt lag. Er hatte Freude an seiner Arbeit, aber die Mandanten ließen auf sich warten, und er begann sich zu fragen, ob er es wirklich allein schaffen konnte.

In letzter Zeit schlief er schlecht, weil er sich Sorgen machte. Er brauchte die Ruhe, aber sobald er sich ins Bett legte, begann er über seine Auslagen nachzugrübeln oder sich zu fragen, ob einer seiner Mandanten ihn übers Ohr hauen würde. Und dann konnte er nicht schlafen.

Die Streitereien mit Cindy machten die Sache nicht besser. Sie waren jetzt öfter wütend aufeinander, wenn sie ins Bett gingen – etwas, das in den ersten sechs Jahren ihrer Ehe kaum jemals vorgekommen war. Meist versöhnten sie sich am Morgen wieder, aber das Gequengel und Gezänk be-

gann ihm auf die Nerven zu gehen. Er hatte sich sogar bei der Überlegung ertappt, ob sie nicht eine Weile getrennt leben sollten, den Gedanken aber wieder verworfen. Dennoch wußte er nicht mehr, wie seine Ehe, die er für so fest und sicher gehalten hatte, es überstehen würde, wenn er nicht bald Erfolg hatte.
Mark legte den Kopf an die Sessellehne und schloß die Augen. In ein paar Stunden mußte er zur Arbeit gehen. Wenn er schon nicht schlafen konnte, würde er wenigstens versuchen, sich auszuruhen.

Hey, Coolidge, langsam, ja? Wir fahren hier kein Scheißwettrennen!«
Der Lastwagen schlingerte und hüpfte, als er in ein Schlagloch geriet, und der Scotch in Mosbys Flasche spritzte über den Rand und Mosby in den Schoß.
»Du Arschloch, Coolidge. Weißt du, was ich für das Gesöff gezahlt hab? Mach das noch mal, und ich mach dich alle.«
»Besser du als die Vietcong. Bessere Gesellschaft bist du allemal.«
»Die kleinen Furzer kriegen dich nicht, solang ich auf dich aufpasse.«
»Wenn wir nicht vorm Dunkelwerden im Lager sind, kriegen sie uns am Ende alle beide.«
Mosby lehnte sich zurück und trank einen weiteren Schluck aus seiner Flasche. Herrgott, der Mann konnte trinken. Sie hatten sich beide nicht schlecht geschlagen, seit sie gestern abend in Saigon angekommen waren. Bobby Coolidge spürte die Auswirkungen bei sich immer noch und konzentrierte sich um so mehr auf die Kurven

der schmalen Dschungelstraße. Zu beiden Seiten wucherte dichtes, üppiges Grün. Die Zweige überspannten die Rinne dazwischen und sperrten die letzten Strahlen der sinkenden Sonne aus. Der Fahrweg lag im Schatten.

Er kam zu dem Schluß, daß es dumm gewesen war, sich von Mosby zum Warten überreden zu lassen, während Mosby das Barmädchen bumste, das er kurz vor ihrer Rückkehr zum Lager noch aufgerissen hatte. Er wußte, wie lange sie mit den Vorräten für den Rückweg brauchen würden, und er kannte die Gefahren im nächtlichen Dschungel.

Die Straße machte eine jähe Kurve, und Bobby riß das Lenkrad herum; der Wagen blieb gerade noch aufrecht. Mosby fluchte wieder. Er sollte nicht fahren, wenn er soviel getrunken hatte. Aber, Scheiße, er mußte fahren. Mosby würde den Wagen innerhalb von zwei Sekunden zu Schrott fahren.

Das Brummen des Motors und die Eintönigkeit der Strecke wiegten Mosby in den Schlaf. In einer Kurve fiel die fast leere Flasche um, und die braune Flüssigkeit rann über den Boden der Fahrerkabine. Coolidge warf einen Seitenblick auf Mosbys Gesicht. Mosby stöhnte und lächelte in irgendeinem obszönen Traum. Es war eine Weile her, seit Coolidge so angenehm geträumt hatte.

Die alten Ängste waren im Ausbildungslager für kurze Zeit wieder an die Oberfläche gekommen. Eine Warnung vielleicht, aber zu unklar, als daß er sie hätte erkennen können. Damals hatte er all das noch aufregend gefunden. Er hatte wenige Wochen zuvor die Highschool abgeschlossen, und John Wayne war sein Held. Aber dann waren die Dinge in Vietnam anders verlaufen, als er es sich vorge-

stellt hatte, und er begann sich zu fragen, was er hier eigentlich tat. Die Leute, die er tötete, sahen nicht so aus, wie der Feind eigentlich aussehen sollte. Es waren zu viele Frauen und Kinder und alte Männer dabei. Manchmal war er sich nicht sicher, ob sie überhaupt Feinde waren.
Er fühlte sich zunehmend verwirrter. Eines Tages hörte er mitten in einem Feuergefecht auf zu schießen, obwohl er niemandem davon erzählte. Was würde Mosby sagen, wenn er wüßte, was in seinem Kopf vorging? Oder die anderen? Es gab ein paar, die ihn vielleicht verstanden und seine Empfindungen geteilt hätten, aber sicherer war es, derartige Gedanken für sich zu behalten. Nur zahlte er dann einen anderen Preis in Form von Träumen, die sich mit Blitzen und Leichen und Feuer in seinen Schlaf schlichen. Und überall war Blut.
Die Träume begannen, sein Leben zu beherrschen. Er wurde Störungssucher – seine Aufgabe war es, Telefonlinien in einer von den Vietcong infiltrierten Gegend zu reparieren. Er kletterte im Dunkeln die Masten hinauf; dann schalteten sie einen Scheinwerfer an, und er hatte zwei Minuten Zeit, um zu arbeiten und zu beten, daß die Scharfschützen ihn nicht entdeckten, während sich jede Sekunde zu einer Ewigkeit dehnte. Es machte ihn krank. Tagsüber konnte er nicht schlafen, weil er an die Nächte dachte; nachts konnte er nicht schlafen, weil nachts die Träume kamen.
Ohne den Schnaps hätte er es nicht durchgehalten. Der Schnaps verschaffte ihm traumlosen Schlaf und Frieden und machte den Krieg harmloser und leichter zu überstehen. Bobby begann den Krieg als Teil eines anderen Lebens zu betrachten, das von einem anderen Menschen gelebt

wurde. Es gab zwei Bobby Coolidges. Der eine trank und ließ sich treiben und wartete ab und beobachtete dabei den anderen – denjenigen, der nach außen hin das Leben eines Soldaten lebte. Sehr rasch und ohne weitere Anleitung war er ein Mann mit einem Gewissen geworden. Von den Gewalttätigkeiten seiner Jugend hatte er sich losgesagt, es war nichts Glanzvolles mehr daran. Jetzt stellte er sich Fragen. Das hatte er auf Telefonmasten in der Dunkelheit und in den Seitenstraßen vietnamesischer Dörfer aus den Gesichtern sterbender Kinder gelernt.
Die Straße sah überall gleich aus. Die Scheinwerfer wirkten hypnotisch, und die Lider wurden ihm schwer. Er mußte wohl eine Minute lang geschlafen haben, denn er konnte sich nicht an den Augenblick erinnern, in dem der alte Mann auf den Fahrweg gelaufen war. Er war plötzlich da, wie erstarrt im Scheinwerferlicht, ein verängstigtes Tier, gelähmt und mit starren Augen, die um sein Leben baten.
Vielleicht hätte Bobby es ihm schenken können, wenn er nüchtern gewesen wäre, aber er war zu langsam, und der Lastwagen hatte den Mann erreicht, bevor Bobby die Bremse fand. Ein Schlag, und einen Augenblick lang rumpelte der Wagen über ein Hindernis. Bobby konnte nichts weiter tun, als den Kopf auf das Lenkrad zu legen. Der Lastwagen war quer zur Straße zum Stehen gekommen.
Der jähe Halt hatte Mosby gegen das Armaturenbrett geschleudert. Er hörte seinen Freund stöhnen und bemerkte die Stellung des Wagens; er brauchte ein paar Sekunden, um zu begreifen.
»Was ist passiert?«
»Ich glaube, ich hab jemanden überfahren.«

»Was?« fragte Mosby, immer noch schlaftrunken.
»Mit dem Wagen. Ich glaube, ich hab einen alten Mann überfahren. Ich schwör's, ich hab ihn nicht gesehen. Er war einfach da. Ich weiß nicht, wie's passiert ist.«
Mosby starrte in die Dunkelheit.
»Ich sehe keinen.«
»Wahrscheinlich ist er hinter uns oder unter dem Wagen.«
»Oh, Scheiße.«
Ein paar Sekunden lang saßen sie einfach da.
»Wir müssen nachsehen, ob er tot ist. Vielleicht ist er bloß verletzt.«
Bobby hatte Angst, aber er folgte Mosby aus der Fahrerkabine hinunter auf den festen Erdboden. Mosby sah sich um. Außerhalb der Scheinwerferkegel war es stockfinster. Mosby griff in die Kabine und zog eine Taschenlampe aus dem Handschuhfach. Er schaltete sie ein, und sie gingen vorsichtig um den Wagen herum zur Rückseite. Zunächst konnten sie den Körper nicht sehen – er war in ein Dickicht am Straßenrand geschleudert worden. Der Strahl der Taschenlampe fiel auf ein am Knie abgeknicktes Bein. Das Gesicht war in einem ungläubigen Ausdruck erstarrt. Es gab keine äußeren Anzeichen für Verletzungen außer einem dünnen Rinnsal Blut in einem Mundwinkel. Der alte Mann bewegte sich nicht, als Mosby ihn mit dem Fuß anstieß.
»Ist er tot?« fragte Coolidge von hinten.
»Ich glaub schon. Er bewegt sich nicht.«
»Was machen wir jetzt?«
»Weiß nicht, laß mich mal nachdenken.«
Mosby leuchtete mit der Taschenlampe in alle Richtungen. Die Straße war verlassen.

»Hey, das war doch ein Unfall, oder?«
Bobby schüttelte den Kopf. Er fühlte sich noch immer unsicher auf den Beinen, und in seinem Inneren schienen sich allerlei Verbindungen gelöst zu haben, als werde er jeden Augenblick auseinanderfallen.
»Der Kerl war sowieso schon alt, und außerdem ist es ein Gelber. Wenn wir ihn in die Büsche legen, finden sie ihn tagelang nicht. Und wenn sie ihn finden, interessiert's auch keinen. Wenn wir nichts davon sagen, können sie uns das nicht anhängen.«
»Ich weiß nicht. Ich hab ihn umgebracht, Carl.«
»Hör mal zu, Bobby. Reiß dich zusammen. Das ist doch kein weißer Mann. Das ist wieder irgendso ein Gelber. Wer weiß, am Ende war's sogar ein Vietcong. Wenn wir einfach den Mund halten, gibt's keinen Ärger.«
Bobby mußte sich setzen. Er glitt an der Seitenwand des Lasters hinab und zog mit zitternden Fingern eine Zigarette aus der Tasche. Mosby sah sich währenddessen nach einer Stelle um, an der sie die Leiche ablegen konnten. Als er zurückkam, hatte Bobby sich beruhigt.
»Du hast schon recht. Ich bin jetzt wieder okay«, murmelte er erschöpft.
Er stand auf und näherte sich vorsichtig dem Körper. Bobby fuhr sich mit der Zunge über die trockenen Lippen, als er sich bückte, und seine Hände zuckten zurück, als er die noch warmen Beine berührte. Mosby hatte die Leiche unter den Armen gepackt, und Bobby wandte den Blick ab, als sie den alten Mann weiter ins Dickicht trugen. An dem Wagen waren keine Blutspuren zu sehen, und nach allem saßen sie in der abgedunkelten Fahrerkabine und atmeten schwer von der Anstrengung. Als sie sich erholt hat-

ten, fuhr Mosby weiter zum Lager. Es war vorbei. Nichts war geschehen – darauf hatten sie sich verständigt.
Ein paar Nächte später wachte Bobby schreiend auf. Er war durch ein Dorf gegangen. Die Toten waren überall. Sie waren nackt, und ihre Bäuche waren aufgeschlitzt worden, so daß die Eingeweide heraushingen, widersinnige Schlingen und Girlanden, in denen sich seine Absätze verfingen, als er zwischen ihnen umherging. Im Licht der Napalmbomben sah er, wie die Gesichter der Toten ihn mit den Augen des alten Mannes anstarrten.

Heute abend finden wir die nicht mehr«, sagte Officer Stout.
»Meinen Sie?« erwiderte Shindler.
»Das sind Nutten. Die gehen auch mal nach L. A. oder Frisco. Wie Zugvögel – nächsten Sommer sind sie wieder da«, sagte Stout und lachte über seinen eigenen Witz.
Shindler war nicht in der Stimmung für Witze. Er war schon den ganzen Abend mit Stout durch die Straßen gefahren, auf der Suche nach zwei Prostituierten, die vielleicht Zeuginnen eines Mordes gewesen waren. Inzwischen sah es ganz so aus, als würde er sie nicht finden. Er war müde und deprimiert.
Das Polizeiradio knackte, aber Shindler achtete nicht weiter darauf, bis Stout mit quietschenden Reifen eine Haarnadelkurve fuhr.
»Was ist los?« fragte Shindler, jäh aus seinen Gedanken aufgeschreckt.
»Selbstmordversuch ein paar Straßen weiter«, sagte Stout. Der Humor war aus seiner Stimme verschwunden.
Stout stellte das Auto vor einem vierstöckigen Wohnblock

ab. Eine Frau im Morgenmantel und mit Lockenwicklern im Haar wartete unten im Treppenhaus.
»Sie ist in Zimmer 4b. Die Tür ist abgeschlossen. Beeilen Sie sich lieber.«
Aber Stout und Shindler rannten bereits die Treppe hinauf. Shindler keuchte, als sie im vierten Stock ankamen, aber Stout, der jünger und besser in Form war, stürmte ohne ein Zeichen von Erschöpfung den Gang entlang zur Nr. 4b. Vor der hölzernen Tür hielt er einen Augenblick inne und trat dann in der Nähe des Schlosses gegen die Tür. Das Holz splitterte, und Shindler sah das Ende einer Kette durch die Luft schwingen.
Das Mädchen lag nackt auf dem Bett. Eine leere Pillendose stand auf dem Nachttisch. Stout schrie ihm zu, daß sie noch atmete, und Shindler nahm das Telefon im vorderen Raum ab, der als Küche und Wohnzimmer diente. Als Shindler den Krankenwagen bestellt hatte, hatte Stout die junge Frau auf die Beine gebracht und versuchte, sie zum Gehen zu bewegen.
»Sie hat mir das Baby vor die Tür gestellt.«
Shindler sah sich um. Die Frau, die auf sie gewartet hatte, stand in der Wohnungstür und starrte an ihm vorbei auf Stout und das nackte Mädchen.
»Wie bitte?« fragte Shindler.
Die Frau antwortete, ohne den Blick von dem Tableau im Wohnzimmer zu wenden.
»Ich habe das Baby schreien hören. Es war sechs, und es hat lauter geklungen als sonst. Es war im Kinderwagen vor meiner Tür. Sie hat es angezogen und festgeschnallt und da stehenlassen. Als ich den Zettel gelesen hatte, hab ich die Polizei gerufen.«

»Sie haben genau das Richtige getan«, versicherte Shindler. Er hörte Schritte die Treppe heraufstürmen und ging ins Schlafzimmer, um Stout zu helfen. Zwei weißgekleidete Männer mit einer Trage stürzten in die Wohnung, und in dem winzigen vorderen Raum begann es voll zu werden. Shindler suchte im Gesicht des Mädchens nach Lebenszeichen. Sie war hübsch – sinnlich war ein besseres Wort. Hübsch galt für Miss America. Dieses Mädchen war von einer dunkleren Schönheit.

Die Männer mit der Trage stellten ihm Fragen. Irgend etwas an dem Mädchen irritierte ihn. Er hatte das Gefühl, sie zu kennen.

»Wie heißt sie?« fragte er die Dame mit den Lockenwicklern.

»Esther Pegalosi«, antwortete die Frau, während die Männer mit der Trage Stout zu helfen begannen.

Shindler sah sich das Gesicht noch einmal an. Esther! Aber nicht Pegalosi.

»Ich würde gern mit ins Krankenhaus fahren«, sagte er.

Einer der Helfer nickte. Sie arbeiteten rasch, und Stout, seiner Bürde ledig, saß nun auf dem Bett und wischte sich den Schweiß von der Stirn.

»Ich fahre mit dem Krankenwagen«, schrie Shindler zu ihm zurück, während er der Trage in den Gang hinaus folgte. Stout sah überrascht auf. Er wollte etwas sagen, aber Shindler war schon fort. Er zuckte die Achseln und holte sein Notizbuch hervor. Die Dame mit den Lockenwicklern sah den Bahrenträgern und dem Detective nach.

2

»Sie hat das Baby vor der Tür ihrer Nachbarin stehenlassen«, sagte Stout.

»Was Sie nicht sagen«, antwortete die Krankenschwester, eine Frau mittleren Alters, die die gleiche Geschichte bereits in einem Dutzend Variationen gehört hatte und lediglich versuchte, Konversation zu machen.

»Sie hat Glück, daß sie noch lebt«, sagte der Polizist.

Die Krankenschwester stimmte zu, obwohl es ihr im Grunde gleichgültig war. Dr. Tucker kam den Gang entlang. Der Polizist redete weiter, irgendwas von einem Zettel, den das Mädchen der Nachbarin hingelegt hatte, bevor sie die Pillen geschluckt hatte. Sie lächelte Dr. Tucker zu, als er an ihr vorbeiging.

Dr. Tucker nickte der Schwester zu. Er hatte einen langen und harten Arbeitstag hinter sich; eine Patientin noch, und er konnte nach Hause gehen.

»Die Nachbarin sagt, ihr Mann ist verschwunden, als sie schwanger war. Und dann, als das Baby da war, hat sie Depressionen gehabt. Sie haben gedacht, diesen Sommer wäre sie drüber weg gewesen.«

»Vielleicht war es der Jahreszeitenwechsel. Ich habe mal gelesen …«

Dr. Tucker bekam die Theorie der Schwester nicht mehr mit. Ich muß sie irgendwann mal fragen, dachte er. Jahreszeitenwechsel. Auch nicht schlechter als andere Theorien darüber, weshalb menschliche Wesen versuchen, sich selbst umzubringen. Was war mit dieser hier? Weiß, weiblich, 22. Er schüttelte den Kopf. Was konnte so schlimm sein, wenn man noch so jung war? Nicht, daß es darauf ankam. Sie würde sich erholen. Vielleicht sollte man sich bei einigen nicht so viel Mühe geben, sie zu retten. Schließlich war es ihre Entscheidung. Vielleicht wäre diese Frau hier wirklich besser dran, wenn sie tot wäre.

Die Tür öffnete sich, und Dr. Tucker sah sich um. Ein großer, traurig aussehender Mann in einem schweren Mantel war ins Zimmer getreten.

»Kann ich Ihnen helfen?« fragte Dr. Tucker, etwas verärgert über die Störung.

»Ich bin Detective Shindler, Polizei von Portsmouth. Ich wollte nur wissen, wie es ihr geht.«

Dr. Tucker wollte eben antworten, als das Mädchen stöhnte und die Augen öffnete. Sie waren noch immer glasig, und sie hatte Mühe, die Lider offenzuhalten. Shindler trat näher, um sie besser sehen zu können.

»Wie fühlen Sie sich?« fragte der Arzt in einem Tonfall, von dem er hoffte, daß er fröhlich klang.

Sie versuchte, die Lippen zu bewegen, befeuchtete sie mit der Zunge. Es kostete Anstrengung, sprechen zu wollen, und sie schloß eine Sekunde lang die Augen, um Kräfte zu sammeln. Als sie schließlich sprach, kamen die Worte verschliffen und kaum verständlich heraus, und es klang wie »Ist tot?«, aber Shindler war sich nicht ganz sicher, daß er richtig gehört hatte.

Der Arzt beugte sich vor und versuchte es mit »Ihrem Sohn geht es gut«, aber sie starrte ihn nur verwirrt an. Dann begann sie zu weinen.

»Er hatte kein Gesicht«, rief sie. Die Tränen flossen auf das Kopfkissen hinunter. Shindler hatte das Gefühl, ein kalter Finger berühre sein Rückgrat. Dr. Tucker war erschöpft, aber er nahm seine letzten Kraftreserven zusammen und versuchte sie zu trösten.

»Sie haben ihn nicht losgelassen. Sie haben immer wieder zugeschlagen.«

»Niemand hat Ihren Sohn geschlagen, Mrs. Pegalosi. Ihrem Baby geht es gut. Es ist absolut gesund.«

Sie war wieder verwirrt. Sie hörte auf zu weinen und schüttelte den Kopf.

»Nicht das Baby. Tot. Sie haben zugeschlagen ... oder? Umgebracht. O Gott.«

Sie sackte wieder weg. Dr. Tucker seufzte. Shindler trat neben das Bett.

»Esther, war es Richie?« flüsterte er.

Der Arzt drehte sich rasch um. Er hatte den Detective ganz vergessen.

»Sie müssen jetzt gehen.«

»War es Richie?«

»He«, sagte Tucker scharf, »das reicht jetzt.«

»So viel Blut«, schluchzte Esther.

»Doktor, ich ...«, begann Shindler.

»Raus, habe ich gesagt. Der Zustand dieses Mädchens ist sehr ernst.«

Shindler sah auf die junge Frau hinunter. Ihr Kopf war zur Seite gefallen; sie schlief. Der Arzt schob ihn zur Tür hinaus.

»Ich weiß nicht, was Sie glauben, hier verloren zu haben, aber ...«

»Es tut mir leid«, unterbrach Shindler.

»Sie sollten wissen, daß Sie sich hier nicht so aufführen dürfen.«

»Doktor, ich habe gesagt, es tut mir leid, und das war ehrlich gemeint. Aber jetzt muß ich Ihnen etwas sagen. Dieses Mädchen könnte über wichtige Informationen in einem Mordfall verfügen. Können wir uns ein paar Minuten unterhalten?«

Mark Shaeffer öffnete die Tür zu dem Gerichtssaal, in dem die Anklagen in leichteren Fällen erhoben wurden, und suchte sich einen Sitzplatz in den hinteren Reihen. Die Zuhörerplätze waren gut besetzt; vorn klärte ein junger Richter einen älteren Schwarzen über seine Rechte auf.

»Sind Sie sich im klaren darüber, daß Sie das Recht haben, sich einen Anwalt zuteilen zu lassen, wenn Sie sich keinen leisten können, Mr. Dykes?«

»Was brauch ich ein' Anwalt, wo ich doch nix getan hab? Ich hab Ihnen gesagt, ich bin unschuldig.«

»Mr. Dykes, dies ist keine Gerichtsverhandlung. Heute sind Sie einzig deshalb vorgeladen, damit wir Ihnen sagen können, was gegen Sie vorliegt, Sie fragen können, ob Sie einen Anwalt haben, und herausfinden, ob Sie sich schuldig oder nicht schuldig bekennen. Angeklagt sind Sie wegen Körperverletzung, und das ist ein ernstes Vergehen. Sie sollten einen Anwalt nehmen, der Sie vor Gericht vertritt.«

»Aber sehen Sie, das sag ich Ihnen doch die ganze Zeit. Ich hab keine Körperverletzung gemacht. 's war meine Flasche Wein, und als ich dem miesen kleinen Stinktier nix abgegeben hab, hat er mich gepackt. Da hab ich ihn 'türlich gehauen. Aber 's war mein Wein.«

»Mr. Dykes, ich möchte die Details jetzt nicht hören. Ich teile Ihnen einen Anwalt zu, der Sie vertritt.«

Der Richter drehte sich zu einem Polizisten um, der an der Tür zum Untersuchungsgefängnis stand.

»Officer Waites, ist dieser Mann in Untersuchungshaft?«

»Ja, Sir.«

Mr. Dykes stand gegenüber der erhöhten Richterbank und mit dem Rücken zu zwei Tischen; an einem davon saß ein junger Mann hinter Stößen von Akten. Der Richter wandte sich als nächstes an ihn.

»Mr. Caproni, wie stellt sich das Büro des Bezirksstaatsanwalts zu der Möglichkeit, diesen Mann auf sein Versprechen, zurückzukommen, aus der Haft zu entlassen?«

Caproni sah seine Akten durch und zog eine aus dem Stoß.

»Euer Ehren, nach dem Gespräch mit Mr. Dykes gestern abend empfiehlt der zuständige Beamte, ihn nicht zu entlassen, weil Mr. Dykes ihm keine feste Adresse nennen konnte.«

»Mr. Dykes, wo wohnen Sie?«

»Jetzt bin ich in der Mission, aber ich will ins DuMont-Hotel. Bloß hab ich das Geld noch nicht.«

»Euer Ehren, in Anbetracht des Vergehens und in Anbetracht der Tatsache, daß Mr. Dykes keinen festen Wohnsitz hat, empfehle ich, ihn nicht auf Kaution freizulassen. Dem Polizeibericht zufolge mußte das Opfer, William Thomas, mit zwölf Stichen genäht werden.«

Die Stirn des Richters legte sich in nachdenkliche Falten. Er überlegte einen Augenblick; dann seufzte er.

»Ich nehme an, Sie haben recht, Mr. Caproni. Mr. Dykes,

ich teile Ihnen einen Anwalt zu, und wir nehmen Ihren Fall morgen früh wieder auf.«
»Sie meinen, ich muß im Gefängnis bleiben?«
»Ich fürchte, ja.«
»Aber ich hab nix getan, und das Stinktier, Willie Thomas, der weiß das.«
»Wir werden uns morgen mit Ihrem Anwalt darüber unterhalten. Gerichtsdiener?«
Ein älterer Mann an einem Tisch zur Rechten des Richters rief den nächsten Fall auf, während Mr. Dykes in seine Zelle zurückgeführt wurde.
»Staat Massachusetts gegen Rasmussen.«
Mark stand auf und ging zu dem Tisch hinüber, vor dem Mr. Dykes gestanden hatte. Die Tür zum Gefängnistrakt öffnete sich, und ein schmuddelig aussehender, in Jeans und T Shirt gekleideter Mann Mitte Zwanzig wurde hereingeführt. Er hatte hellblonde Bartstoppeln und verströmte den ungewaschenen Uringeruch aller Häftlinge, die eine Nacht in der Ausnüchterungszelle verbracht haben.
»Euer Ehren, ich bin Mark Shaeffer. Ich bin gerade Mr. Rasmussen zugeteilt worden. Könnte ich ihn ein paar Minuten sprechen, bevor wir plädieren?«
»Aber natürlich. Im Gefängnis gibt es einen Verhörraum. Wir nehmen inzwischen einen anderen Fall dran.«
»Staat Massachusetts gegen Marsha LaDue«, sagte der Gerichtsdiener. Der Wachmann führte Rasmussen zurück ins Gefängnis, und Mark folgte ihnen. Eine gutgekleidete junge Frau und ein ebenfalls gutgekleideter älterer Mann mit einer Aktentasche traten an den Tisch.
Der Wachmann brachte sie in einen kleinen Raum, in dem

ein Tisch und zwei Stühle standen, und schloß die Metalltür hinter sich ab. Mark öffnete seinen Koffer und nahm die Akte des Falls heraus.

»Mr. Rasmussen, mein Name ist Mark Shaeffer, und ich bin Ihnen als Anwalt zugeteilt worden.«

Rasmussens Händedruck fühlte sich feucht an. Er grinste Shaeffer etwas verlegen an und fuhr sich mit der Hand durchs Haar.

»Die haben mich kalt erwischt. Ich habe gedacht, ich schaff's nach Hause, und dann fängt mich der verdammte Bulle einen Block vor meinem Haus noch ab.«

»Bevor Sie mir die Details erzählen, sollte ich Ihnen sagen, was die juristische Definition von Trunkenheit am Steuer ist. Sie sind vielleicht der Ansicht, daß Sie ein Gesetz gebrochen haben, aber …«

»Der Ansicht? Herrgott«, lachte Rasmussen, »ich war zu. Sehen Sie mal, ich weiß Ihre Hilfe zu schätzen. Wirklich. Aber ich hab's nun mal getan, und jetzt will ich es bloß noch hinter mich bringen und heimgehen zu meiner Frau. Sie weiß nicht mal, wo ich stecke.«

»In Ordnung«, sagte Mark zögernd, »aber erzählen Sie mir doch etwas über sich. Trunkenheit am Steuer ist ein ernstes Vergehen. Vielleicht kann ich mit dem Staatsanwalt etwas arrangieren, so daß Sie eine milde Strafe bekommen. Wie alt sind Sie eigentlich?«

»Ich bin vierundzwanzig.«

»Kinder?«

»Eins. Ein Junge. Vier.«

»Berufstätig?«

»Ich studiere. Ich bin im zweiten Semester. Ich bin erst vor einem halben Jahr aus der Army entlassen worden.«

Das Gericht machte eine Pause, und Albert Caproni unterhielt sich mit Richter Mercantes Sekretärin, einer aufreizenden Blondine, die gerade über etwas lachte, das der junge Staatsanwalt gesagt hatte. Mark wartete, bis Caproni fertig war, und räusperte sich dann.

»Entschuldigen Sie. Ich bin Mark Shaeffer. Könnte ich Sie kurz sprechen? Es geht um den Fall Rasmussen.«

»Natürlich. Ich bin Al Caproni. Wie lautet die Anklage?« fragte er, während er seine Akten durchblätterte.

»Trunkenheit am Steuer. Es würde mich interessieren, worauf man sich da einigen könnte, wenn er sich jetzt, na ja, schuldig bekennen würde.«

Caproni fand die Akte und nahm den Polizeibericht und ein Blatt mit Rasmussens Vorstrafen heraus.

»Hier steht, es liegt nichts vor. Einmal ein Strafzettel wegen überhöhter Geschwindigkeit, und das ist ein paar Jahre her. Mal sehen – im Bericht heißt es, er hat beim Rechtsabbiegen nicht geblinkt. Der Streifenwagen ist hinterher. Schlangenlinien gefahren. Dann hat er ihn angehalten.«

Caproni überflog den Bericht und murmelte vor sich hin. »Er war höflich. Kein Unfall. Wissen Sie, es klingt ordentlich. Was treibt er?«

»Studiert. Er ist gerade erst aus der Army raus.«

»Ich sag Ihnen was. Machen Sie ›rücksichtsloses Fahrverhalten‹ draus, und lassen Sie ihn sich schuldig bekennen. Mercante wird ihm nicht zuviel aufbrummen – wahrscheinlich gibt er ihm nur eine Geldstrafe.«

Euer Ehren, ich habe mit Mr. Caproni gesprochen. Er hat sich bereit erklärt, die Anklage gegen Mr. Rasmussen von

Trunkenheit am Steuer auf ›rücksichtsloses Fahrverhalten‹ abzuändern. Ich habe mit meinem Mandanten gesprochen, und er ist bereit, sich bei dem neuen Vorwurf schuldig zu bekennen.«

»Ist dies Ihr Wunsch, Mr. Rasmussen?«

»Ja, Sir.«

»Und die Staatsanwaltschaft ist damit einverstanden, Mr. Caproni?«

»Ja, Euer Ehren.«

»Mr. Rasmussen, sind Sie sich darüber im klaren, daß ich Sie zu einer sechsmonatigen Gefängnisstrafe oder zu einer Geldstrafe von fünfhundert Dollar oder zu beidem verurteilen könnte, wenn Sie sich in dieser Sache für schuldig erklären?«

»Mein Anwalt hat mir das gesagt.«

»Und Sie wollen trotzdem auf schuldig plädieren?«

»Ja, Sir.«

»Gut. Das Gericht akzeptiert Ihr Geständnis. Mr. Caproni, wie stellt sich der Fall dar?«

Caproni reichte dem Richter den Polizeibericht. Als Mercante ihn durchgelesen hatte, fragte er Mark, ob dieser im Namen seines Mandanten dazu etwas sagen wolle.

»Ja, Euer Ehren. Mr. Rasmussen ist Student. Er ist vor kurzem erst aus der Army entlassen worden, und er ist verheiratet und hat ein Kind. Dies ist das erste Mal, daß er straffällig geworden ist, abgesehen von einem Strafzettel wegen überhöhter Geschwindigkeit im Jahr 1962. Ich bin der Ansicht, daß in diesem Fall eine Bewährungsstrafe angemessen wäre. Wenn das Gericht erwägt, ein Bußgeld zu verhängen, dann hoffe ich, man wird dabei in Betracht ziehen, daß ich Pflichtverteidiger bin und daß Mr. Rasmussen und seine Familie von dem Geld leben, das seine Frau als Sekretärin verdient.«

»Vielen Dank. Haben Sie im Hinblick auf die Strafe einen Vorschlag zu machen, Mr. Caproni?«

»Euer Ehren, ich stimme Mr. Shaeffer zu. Eine Bewährungsstrafe scheint mir in diesem Fall angebracht zu sein.«

»Danke. Hören Sie zu, Mr. Rasmussen, Sie kommen diesmal davon, weil Sie sonst keinerlei Vorstrafen haben. Wenn Sie wegen Trunkenheit am Steuer verurteilt worden wären, wäre Ihre Versicherung in die Höhe geschnellt, und Sie hätten für einen Monat den Führerschein verloren. Ihr Anwalt hat es sehr kompetent zuwege gebracht, daß der Vorwurf abgemildert wurde. Vielleicht haben Sie das nächstemal nicht das Glück, von Mr. Shaeffer vertreten zu werden.

Was noch wichtiger ist, das nächstemal könnten Sie jemanden umbringen. Denken Sie daran, wenn Sie mal wieder zuviel getrunken haben und sich entscheiden, trotzdem zu fahren.

Ich verurteile Sie zu dreißig Tagen Haft und rechne die Zeit, die Sie bereits im Gefängnis verbracht haben, darauf an. Die Strafe wird zur Bewährung für ein Jahr ausgesetzt. Wenn Sie wieder wegen Trunkenheit am Steuer verhaftet werden, müssen Sie die Strafe antreten. Verstehen Sie mich?«

»Ja, Sir.«

»Es wird kein Bußgeld erhoben.«

Shaeffer dankte dem Richter und begleitete Rasmussen zurück in den Gefängnistrakt.

»Ich möchte mich bei Ihnen bedanken«, sagte Rasmussen.

»Ich freue mich, daß ich Ihnen helfen konnte.«

»Ich mein's ernst. Ich hätte einfach bei Trunkenheit am Steuer auf schuldig plädiert und den Führerschein verloren. Ich hatte keine Ahnung, daß man die Anklage runterstufen kann.«
Mark lächelte.
»Deswegen bekommen Sie ja einen Anwalt zugeteilt.«
»Sagen Sie mal, haben Sie eine Karte? Wenn ich wieder mal in Schwierigkeiten komme, gehe ich gleich zu Ihnen.«
Mark lachte und gab ihm mehrere seiner Karten. Sie unterhielten sich noch ein paar Minuten lang; dann kehrte Mark in sein Büro zurück.

Eddie Toller stand vor der Tür seines Büros und sah zu, wie die ersten Gäste des Abends in den dunkelroten Salon der Satin Slipper Bar strömten. Eddie war neununddreißig Jahre alt und maß einen Meter vierundsiebzig. Er war dünn und mit seinen siebzig Kilo deutlich unterhalb des Gewichts, von dem er einmal gelesen hatte, daß es für einen Mann seiner Größe normal war. Eddie blieb dünn, weil er wenig aß. Er hatte ganz einfach keinen Appetit, und zudem war er allergisch gegen Milchprodukte.
Die erste Kundenwelle des Abends bestand zum größten Teil aus Geschäftsleuten, die auf einen Quickie vorbeikamen, bevor sie nach Hause in die Vorstädte fuhren. Die Leute, die später am Abend kamen, waren ein anderer Schlag – eher Angestellte und Alleinstehende. Eddie lächelte. Er hatte ein angenehmes Lächeln, das gut zu seinem Gesicht paßte – einem Gesicht, das andere häufig als »nett« beschrieben. Als Joyce ihn zum erstenmal gesehen hatte mit seinen schwermütigen Augen und dem hängenden, graubraunen Schnauzbart, den er sich im Gefängnis

zugelegt hatte, war ihr sofort Shep eingefallen, ein Terrier, der sein ganzes Leben bei ihrer Familie verbracht hatte. Im Alter hatte der Hund sein Temperament verloren und war den ganzen Tag im Haus herumgetappt, entspannt und zufrieden. Eddie sah aus wie ein Mensch, der die Jugend mit ihren Illusionen hinter sich gebracht hatte. Er war müde und wenig geneigt, sich abzuhetzen.

Eddie schlenderte zur Bar hinüber und wechselte ein paar Worte mit dem Barkeeper, Sammy White. Sammy war ein ehemaliger Boxer, der seit Jahren für Carl arbeitete. Er war ein freundlicher Mann, der Eddie ein paar wertvolle Tips gegeben hatte, als dieser vor einigen Wochen als stellvertretender Manager angefangen hatte.

Eddie sah auf die Uhr und blickte rasch zum Eingang hinüber. Joyce mußte jeden Moment auftauchen. Er konnte es kaum erwarten, sie zu sehen. In den letzten Jahren war er mehrfach im Gefängnis gewesen; nichts wirklich Ernstes, meist Einbrüche und ein Autodiebstahl. Aber nichtsdestoweniger hatte er eine Menge Zeit im Knast verbracht, und die einzige Sache, an die er sich nie gewöhnen konnte, war, daß es dort keine Frauen gab.

Eddie Toller war ein Mann, der Frauen brauchte. Halt, das entsprach nicht ganz den Tatsachen. Eddie war kein Anmacher und kein Schürzenjäger. Was Eddie brauchte, war eine Frau. Jemanden, der sich um ihn kümmerte und ihm sagte, was er tun sollte. Nicht, daß er es sich selbst gegenüber zugegeben hätte, aber es war eine Tatsache, bestätigt durch die Erfahrungen der letzten neununddreißig Jahre – Eddie konnte nicht auf sich selbst aufpassen.

Als Eddie noch jung gewesen war, hatte seine Mutter so gründlich auf ihn aufgepaßt, daß er niemals lernte, es selbst zu tun. Danach hatte sich die Army um ihn gekümmert. Nach seiner Zeit in der Army hatte Eddie dann begonnen, selbst zu denken. Und durch einen merkwürdigen Zufall war dies auch genau der Zeitpunkt gewesen, zu dem er begann, in Schwierigkeiten zu geraten.

Joyce kam herein, und Eddie winkte ihr zu. Er hatte sie an seinem zweiten Tag als stellvertretender Manager kennengelernt. Sie arbeitete als Cocktailkellnerin an der Bar. Sie war keine Schönheit, aber auch nicht unansehnlich. Ihre Figur hatte Eddie vom ersten Augenblick an gefallen. Er hatte nichts für diese vollbusigen Mädchen übrig, die dauernd ihre Titten herumzeigten. Er mochte dünne Frauen mit langen Beinen, und genau so sah Joyce aus. Es störte ihn nicht, daß sie größer war als er. Er sah gern hinauf in ihre blauen Augen und berührte gern ihr langes blondes Haar.

Eddie hatte das sichere Gefühl, daß er dabei war, sich in Joyce zu verlieben. Er hatte noch nie jemanden getroffen, dem soviel an ihm lag wie Joyce. Ja, natürlich hatte er Freundinnen gehabt, aber es waren vorübergehende Affären gewesen. Bei Joyce ertappte er sich dabei, daß er an eine dauerhafte Beziehung dachte. Und warum auch nicht? Er wurde nicht jünger, und zur Abwechslung einmal schien sich sein Leben stabilisiert zu haben. Er war erst vor anderthalb Monaten aus dem Gefängnis gekommen und hatte schon einen festen Job – den ersten festen Job, seit er sich erinnern konnte. Und ein Mädchen außerdem.

»Du kommst zu spät«, neckte er sie mit einem Blick auf die Uhr.

»Tja, Eddie, und was machst du jetzt? Mich feuern vielleicht?« fragte Joyce.

»Schon möglich«, sagte er und küßte sie auf die Wange.

»Das bringst du ja doch nicht fertig, du Riesenroß. Ich kenne dich.«

Er sah sie sehr ernst an und sagte: »Ja, und das weißt du auch.«

Sie errötete und er ebenfalls. Einen Augenblick später sah sie unsicher und verstört aus.

»Was ist los?« fragte er.

»Eddie, können wir ins Büro gehen und einen Moment reden?«

»Natürlich«, sagte er. Ihr plötzlicher Stimmungsumschwung beunruhigte ihn. Sie gingen zum Büro. Das große Büro gehörte Carl, dem Besitzer und Leiter des Satin Slipper. Eddie hatte ein kleines Büro am Ende des Gangs. Es war das erste Büro, das er in seinem Leben gehabt hatte, abgesehen von dem Schreibtisch bei der Army, als er als Sergeant in der Truppenversorgung gearbeitet hatte. Das Büro machte nicht viel her. Es enthielt einen alten, hölzernen Schreibtisch, einen Aktenschrank und ein paar harte Holzstühle, aber er war stolz darauf.

»Eddie, ich habe ziemlich viel über uns nachgedacht.«

Sein erster Gedanke war: O mein Gott, sie will mit mir Schluß machen.

»Ich mag dich wirklich, Eddie. Und ich weiß, daß du mich magst. Stimmt's?«

»Ich ... Ja. Ich ... mag dich.«

Er begann zu stottern und sah auf seinen Schreibtisch hinunter. Sie berührte seine Wange.

»Eddie, ich möchte, daß du aufhörst, für Carl zu arbeiten.«

Eddie blickte völlig entgeistert auf.

»Kündigen? Bist du verrückt?«

»Eddie, ich mache mir Sorgen. Carl nutzt dich aus, und früher oder später kriegst du Schwierigkeiten.«

»Carl! Mich ausnutzen! Schatz, Carl hat mir den Job hier verschafft. Ich schulde ihm was. Wer würde schon jemanden mit meinen Vorstrafen einstellen? Und außerdem hab ich nichts getan, für das ich Schwierigkeiten kriegen könnte.«

»Du weißt genau, daß das nicht stimmt. Hier geht eine Menge dreckiges Geld durch. Glaub bloß nicht, ich wüßte nichts von den Drogen.«

Bei der Erwähnung von Drogen setzte Eddie sich jäh auf. »Ehrlich, Joyce, ich hab's nicht mit Drogen. Das habe ich hinter mir.«

»Ich sage ja nicht, daß du Drogen nimmst, Eddie«, antwortete Joyce, während sie ihm sanft die Hand auf den Arm legte. »Um das zu wissen, kenne ich dich gut genug.« Sie sprach sehr leise, und plötzlich fühlten sich beide scheu und verlegen und einander sehr nah.

»Es ist nur – hier wird dauernd mit Drogen gehandelt, und eines Tages fliegt Carl auf. Und dann steckst du mit drin, weil du vorbestraft bist.«

In diesem Augenblick wußte Eddie genau, daß er in sie verliebt war. Er griff nach ihrer Hand und hielt sie fest.

»Schau, Joyce, du mußt mir einfach vertrauen. Ich weiß genau, diesmal bleibe ich sauber. Ich hab das gewußt, seit sie mir die Bewährung gegeben haben. Ich werde mit allem fertig, was hier passiert, und jetzt, wo ich dich getroffen habe – na ja, das ist der beste Grund, warum ich nicht wieder in den Knast gehe.«

Joyce wußte nicht mehr, was sie sagen sollte. Sie sahen sich

an. Dann lagen sie einander in den Armen und küßten sich. Eddie merkte plötzlich, daß Joyce weinte.
»Hey«, sagte er und wischte ihr die Tränen vom Gesicht. Joyce schnüffelte und putzte sich die Nase. Dann sah sie auf die Uhr.
»Ich muß mich umziehen. Die Schicht fängt in zehn Minuten an.«
»Ist schon in Ordnung. Komm fünf Minuten später.«
»Kann ich nicht, Eddie. Carl dreht durch, und ich kriege Ärger.«
Eddie lachte und warf sich in die Brust.
»Nimm dir die Zeit. Carl ist ein paar Tage verreist, und solange bin ich hier der Chef.«

Der Warteraum des Staatsgefängnisses war grün gefliest, und an den Wänden standen billige, ledergepolsterte Bänke, die im Gefängnis selbst als Teil des Rehabilitationsprogramms hergestellt wurden. Bobby wußte es zwar nicht, aber er saß auf dem Werk eines ängstlichen Buchhalters, der seine Eheprobleme gelöst hatte, indem er seine Frau und deren Liebhaber bei lebendigem Leibe röstete. Zwei Wachmänner standen hinter einer kreisförmigen Theke in der Mitte des Raums und gaben Auskünfte. Bobby sah zu der Uhr an der gegenüberliegenden Wand hinüber. Die Besuchszeit begann in zwei Minuten. Er rutschte nervös auf seinem Stuhl herum und beobachtete eine attraktive Schwarze, die leise mit ihrem kleinen Sohn sprach – offenbar erklärte sie ihm, daß er bei der Großmutter bleiben müsse, während sie selbst mit Daddy sprach, weil kleine Jungen nicht ins Gefängnis hineindurften.

Einer der Wachmänner verließ die Theke und ging zu der Türöffnung hinüber, die zu einer Rampe und von dort zum Gefängnis führte. Die Leute stellten sich in eine Reihe, und der Wachmann durchsuchte Handtaschen und veranlaßte alle Besucher, ihre Taschen zu leeren.
Am anderen Ende der Rampe war eine Gittertür. Der Wachmann winkte einem zweiten Mann, der hinter der Tür in einem zellenartigen Raum am Schreibtisch saß, und die Tür rollte mit einem metallischen Ächzen zur Seite. Die Besucher gingen einen weiteren Gang entlang und wurden in einen großen Besuchsraum gewiesen. Hier standen Polsterbänke aus hauseigener Fabrikation und ein paar Stühle. Sie waren jeweils auf zwei gegenüberliegenden Seiten der hölzernen Tische aufgestellt. In einer Ecke des Raumes befanden sich Automaten für Kaffee, alkoholfreie Getränke und Süßigkeiten. Der Raum war in dem antiseptischen Grün gehalten, das man im Gefängnis überall dort verwendete, wo man sich aus irgendeinem Grund gegen Beige entschieden hatte.
Bobby suchte sich zwei Stühle in einer Ecke und beobachtete nervös den Eingang. Dort stand ein Strafgefangener und sah sich um. Bobby brauchte ein paar Sekunden, bevor ihm bewußt wurde, daß der Mann sein Bruder war. Er hatte zugenommen und wirkte dicker, vor allem im Gesicht. Bobby fragte sich, wie er selbst in den Augen seines Bruders aussah.
Billy entdeckte ihn und winkte ihm zu. Als er durch den Raum auf ihn zukam, wirkte sein Gang herausfordernd. Sein Händedruck war fest, und er ließ keine Verlegenheit wegen der Gefängniskleidung erkennen, die er trug.
»Du bist so häßlich wie eh und je«, sagte er, während sich

auf seinem immer noch attraktiven Gesicht ein Grinsen ausbreitete.
»Kein Wunder. Ich sehe aus wie du«, gab Bobby zurück, aber der flapsige Ton war erzwungen, und Billy merkte es sofort.
»Momma hat nichts gesagt, was?«
»Viel geschrieben hat sie sowieso nicht.«
»War nicht ihre Schuld. Ich hab ihr gesagt, sie soll's dir nicht erzählen. Ich hab gedacht, du hast in Nam genug um die Ohren – ich wollte nicht, daß du dich wegen irgendwas verrückt machst, das du nicht ändern kannst.«
»Was, hm, ist eigentlich passiert? Ich meine, von Mom hab ich nur ziemlich vages Zeug gehört.«
Billy zuckte die Achseln.
»Es hat einfach nicht richtig hingehauen. Ich hatte 'nen Job, der erbärmlich bezahlt war, und keine Aussichten. Johnny Laturno hat gesagt, wir sollen uns einen Schnapsladen vornehmen, und ich hab mitgemacht. Der Mann dort war ziemlich alt. Wir haben gedacht, der macht keinen Ärger, aber er hat den Helden spielen müssen, und ich hab ihn ziemlich übel verletzt.«
»Wieso, was hast du gemacht?« fragte Bobby. Es war eine rhetorische Frage – er war mit Billy zusammen in genug Schlägereien verwickelt gewesen, um zu wissen, was geschehen war.
»Gestochen hab ich ihn.« Er zuckte die Achseln. »Seine Schuld. Ich hab ihm gesagt, er soll ruhig bleiben, dann passiert ihm nichts. Er hat nach nichts ausgesehen, und wir haben ihn einen Moment lang einfach vergessen, und dann schlägt er plötzlich mit 'ner Flasche nach Johnny. Was sollte ich da schon machen.«

»Yeah, okay …«

»Hey, ich will nicht, daß du dir wegen mir Gedanken machst. So schlecht ist es hier gar nicht. In ein paar Jahren bin ich raus. Und ich hab genug Freunde hier drin, also erlaubt sich auch keiner was. Aber hör mal, erzähl mir was von dir. Mom hat was vom College gesagt. Was soll das heißen?«

»Ich fange nächste Woche an. Ich bin so gegen Ende der Armyzeit drauf gekommen. Ich hab's in der Schule nie so richtig probiert, und ich will was aus mir machen. Ich will nicht mein ganzes Leben Benzin pumpen. In der Army hab ich angefangen, mir ein paar Sachen zu überlegen. Nichts Spezielles, einfach alles mögliche. Und ich bin drauf gekommen, wieviel es gibt, das ich nicht weiß, und dann habe ich beschlossen, ich versuch's an der Universität.«

Billy schlug Bobby auf den Rücken und grinste wieder.

»Ich bin stolz auf dich, Bobby, wirklich. Du hast immer mehr Hirn gehabt als der Rest von uns. Du schaffst es, das weiß ich. Hey, am Ende wirst du noch Anwalt und paukst mich aus diesem Loch raus.«

Sie lachten, und Bobby spürte, wie er sich etwas entspannte. Billy war also immer noch der alte.

»Was willst du studieren?«

»Weiß ich noch nicht. Ich will mich erst mal nicht spezialisieren, bis ich rausgefunden habe, was ich machen will.«

»Ich habe gehört, in der Wirtschaft geht's aufwärts. Da steckt das große Geld.«

»Ja. Ich muß einfach mal sehen.«

Sie lehnten sich in ihren Stühlen zurück, und Bobby versuchte, ein Thema zu finden. Billy sah sich um. Alle anderen Leute im Raum saßen in enggedrängten kleinen Gruppen und sprachen leise miteinander und versuchten, sich die wenigen kostbaren Augenblicke der Intimität zu erhalten.

»Sag mal, willst du 'ne Cola oder irgendwas?« fragte Billy. »Ich kann was aus dem Automaten holen.«

»Nein, danke. Ich habe gegessen, bevor ich hergekommen bin.«

»Yeah. Ja, und wie war die Fahrt?«

»Okay. Langweilig. Die ganze Strecke nur die Interstate.«

Sie sahen sich wieder an. Es schien nichts mehr zu geben, über das man sprechen konnte.

»Wie war's in der Army?«

»Nicht gut. Ich bin froh, daß es vorbei ist.«

»Bist du viel im Kampf gewesen?«

»Manchmal. Ich rede wirklich nicht gern darüber. Hörst du eigentlich noch von den anderen Typen?« fragte Bobby, um das Thema zu wechseln.

»Ein paar haben mich besucht, als ich gerade hier gelandet war, aber jetzt habe ich schon eine Weile keinen von ihnen mehr gesehen. Die meisten sind nach der Schule irgendwohin abgewandert.«

Bobby sah auf die Uhr, und Billy bemerkte es.

»Hey, wenn du gehen willst, sag's einfach.«

»Nein, das ist es nicht«, erwiderte Bobby schuldbewußt. »Nur, ich muß zurück. Ich habe Mom versprochen, daß ich ihr bei ein paar Sachen helfe, und ich muß noch Zeug für meine Wohnung kaufen.«

»Du wohnst nicht mehr zu Hause?«

»Nach der Army wollte ich einfach meine Ruhe haben.«

Billy lächelte und wies mit einer Handbewegung auf den Rest des Raums. »Das kann ich mir vorstellen.«

Bobby stand auf.

»Hör mal, ich komme nächste Woche wieder und bringe Mom mit.«

Billy erhob sich ebenfalls. Sie gaben sich die Hand.

»Das wär toll. Ja, also ... Alles Gute. Und halt mich auf dem laufenden, wie's an der Uni ist, ja?«

»Na klar. Ich werd's dir erzählen. Paß auf dich auf.«

Die Stunde war ohnehin vorbei, aber er hatte ein schlechtes Gewissen, als er ging. Und er war erschrocken. Es war eine Binsenweisheit, aber es hätte auch er selbst sein können. Er wußte das, und Billy wußte es auch. Bobby fragte sich, ob sein Bruder ihm die Freiheit und sein neues Leben übelnahm.

Der Weg vom Besuchstrakt zum Parkplatz war von Bäumen gesäumt. Der Herbstwind trieb Farbenspiele mit den braungelben Blättern; der Anblick war schön, und er machte Bobby traurig.

Esther, ich habe Ihnen jemanden mitgebracht, der mit Ihnen sprechen will.«

Esther sah über Dr. Tuckers Schulter hinweg den großen Mann an, der in der Tür ihres Krankenzimmers stand. Irgend etwas an ihm machte ihr angst. Warum sollte sie sich vor ihm fürchten? Sie war zu müde, um darüber nachzudenken, und so legte sie den Kopf auf das Kissen zurück.

»Esther, erinnerst du dich an mich?« fragte der große Mann.

Sie mußte zwischendurch die Augen geschlossen haben, denn jetzt ragte der große Mann unmittelbar neben ihrem Bett auf, statt an der Tür zu stehen. Sie konnte sich nicht daran erinnern, ihn näher kommen gesehen zu haben.

»Sie steht immer noch ein bißchen unter Medikamenten«, sagte Dr. Tucker. Seine Stimme klang ihr wie ein fernes Echo in den Ohren.

»Mein Name ist Roy Shindler. Ich habe vor ein paar Jahren mit dir gesprochen, als ich die Morde an Richie Walters und Elaine Murray aufklären wollte. Erinnerst du dich daran?«

Jetzt kam die Erinnerung zurück. Sehr langsam. Er war älter geworden, und sein Haar war dünner, aber es war dieser Detective. Der Detective, der ... und plötzlich hatte sie Angst.

»Ich erinnere mich an Sie«, sagte sie. Ihre Stimme klang leise und ängstlich.

Dr. Tucker bemerkte die Furcht im Gesicht seiner Patientin und sah Shindler forschend an. Shindler ignorierte es.

»Du brauchst dir keine Sorgen zu machen, Esther. Ich weiß, das letztemal, als wir miteinander geredet haben, habe ich dich erschreckt, aber das war nicht meine Absicht. Und das meine ich ganz ernst.«

»Was wollen Sie?« fragte Esther mißtrauisch. Sie hielt das Laken, das sie bis zum Hals heraufgezogen hatte, fest umklammert. Die Erinnerung spiegelte sich in ihren großen Augen und schien sie tief ins Bett hineinzudrücken, als sei sie ein Tier, das in der untersten Höhle seines Baus Schutz sucht.

Da war es wieder, dachte Shindler. Er sah sie nicht als menschliches Wesen. Er erinnerte sich an den Eindruck, den er bei ihren beiden früheren Begegnungen von ihr gewonnen hatte. Jedesmal hatte er sich gefühlt wie ein Jäger, der seine Beute in die Enge treibt. Für ihn würde sie immer ein Tier sein.

»Als Dr. Tucker dich gestern besucht hat, habt ihr euch ein bißchen unterhalten. Erinnerst du dich noch, worüber ihr gesprochen habt?«

Sie sah Dr. Tucker an und dann wieder Shindler. Sie wirkte verwirrt.

»Ich erinnere mich nicht, daß ich gestern mit Dr. Tucker geredet habe.«

Shindler sah Dr. Tucker an.

»Das ist durchaus möglich«, sagte der Arzt. »Sie hat ein sehr traumatisches Erlebnis hinter sich, und die Medikamente können auch etwas damit zu tun haben.«

»Esther, gestern hast du Dr. Tucker erzählt, daß du gesehen hast, wie jemand einen anderen Menschen geschlagen hat, bis er tot war. Erinnerst du dich daran?«

Sie öffnete den Mund, und ihre Augen weiteten sich.

»Ich habe gesehen ... Oh, nein. Ich habe nie ...«

»Das hast du aber gesagt, Esther. Ich war dabei.«

Sie sah Dr. Tucker flehentlich an.

»Bitte. Das kann ich nicht gesagt haben. Ich hab nie gesehen, wie jemand umgebracht wird. Ich hab es Ihnen gesagt. Sie wissen, daß ich nichts mit Richies Tod zu tun habe.«

»Das behauptet auch niemand, Esther. Aber wenn du zugesehen hast, wie etwas so Furchtbares passiert, könnte es dich so sehr erschreckt haben, daß du dich nicht mehr daran erinnerst.«

»Nein. Ich habe das nie gesehen. Bitte, Dr. Tucker.«

Sie weinte und flehte. Dr. Tucker trat rasch an ihr Bett.

»Ich fürchte, Sie müssen jetzt gehen. Sie regt sich zu sehr auf. Warten Sie draußen auf mich, bitte.«

Shindler schloß die Tür hinter sich und zog eine Zigarette

aus der Tasche. Die Tür öffnete sich wieder, und er drehte sich um.

»Es tut mir leid, daß ich Sie rauswerfen mußte, aber sie war drauf und dran, hysterisch zu werden.«

Shindler wischte die Entschuldigung mit der freien Hand beiseite.

»Es war meine Schuld. Ich hätte sehen sollen, daß sie sich aufregt.«

Sie gingen den Gang entlang in die Richtung von Tuckers Büro.

»All dieses Gerede davon, daß sie sich nicht erinnert. Glauben Sie ihr das?«

Der Arzt sah Shindler überrascht an.

»O ja. Das ist sehr gut möglich. Mrs. Pegalosi könnte an Amnesie leiden. Es gibt Persönlichkeitstypen, die bedrohliche Erfahrungen unterdrücken, wenn sie sich nicht mit ihnen auseinandersetzen oder sie nicht in ihrem Leben haben wollen. In manchen Fällen weiß das Bewußtsein nicht einmal, daß diese Dinge unterdrückt werden. Wenn sie mit angesehen hat ... na, Sie können sich vorstellen, wie es für einen Menschen gewesen sein muß, diesen Mord zu sehen. Ganz zu schweigen von einem Mädchen, das dermaßen unsicher ist.«

Einige Sekunden lang gingen sie schweigend nebeneinander her. Shindler zog ein paarmal an seiner Zigarette.

»Verdammt noch mal, sie weiß aber Bescheid, Doktor. Sie weiß es. Und ich muß eine Möglichkeit finden, um sie zum Reden zu bringen.«

»Ich fürchte, das wird sehr schwierig werden.«

»Warum? Gestern hat sie sich erinnert.«

»Ja, unter sehr ungewöhnlichen Umständen. Sie war erschöpft, sie stand unter Medikamenten, und sie hatte gerade versucht, sich umzubringen. In einem derart geschwächten Zustand war auch ihre Fähigkeit, Dinge zu verdrängen, geschwächt. Das Unterbewußtsein ist weniger wachsam. Es ist ganz ähnlich wie Trunkenheit. Die meisten Betrunkenen werden geschwätzig und fangen an, über Dinge zu reden, die sie unter normalen Umständen für sich behalten würden.«

»Gibt es eine Methode, die Erinnerung zurückzuholen? Eine medizinische Methode?«

Dr. Tucker schwieg einen Augenblick lang.

»Das Gedächtnis ist ein sehr interessantes Feld, mit dem man sich zur Zeit viel beschäftigt. Wir wissen im Grunde wenig darüber, wie es funktioniert.

Es gibt zwei verschiedene Typen, das Langzeit- und das Kurzzeitgedächtnis. Das Kurzzeitgedächtnis ist vermutlich ein elektrischer Vorgang im Gehirn und hält nicht lange vor. Nehmen Sie das, was passiert, wenn Sie an den Strand fahren und unterwegs an allen möglichen Dingen vorbeikommen. Sie sehen Bäume und Farmgebäude und so weiter, und eine Weile können Sie sich daran erinnern, aber es ist unwahrscheinlich, daß Ihr Gehirn diese Dinge dauerhaft speichern wird, weil sie keinerlei emotionale Bedeutung für Sie haben.

Das Langzeitgedächtnis ist vermutlich eine chemische oder anatomische Veränderung, die bestehenbleibt, solange die Hirnzellen arbeiten, und das heißt, solange Sie leben. Allem Anschein nach prägen sich die Ereignisse noch nachdrücklicher ein, wenn sie mit einer starken Emotion verbunden sind. Langzeiterinnerungen werden aufbewahrt wie Bücher in einer Bücherei; wenn Esther also den Mord mit angesehen hat, ist die Erinnerung vermutlich vorhanden. Die Frage ist, wie man die unterbewußten Schutzfunktionen ausschaltet, die die Erinnerung unterdrücken. Ich werde Ihnen den Namen eines Freundes geben, der Ihnen vielleicht helfen kann. Er ist Psychiater und ein Spezialist für Hypnose. Das ist eine Methode, die man oft zur Behandlung von Amnesien verwendet. Setzen Sie sich doch einfach mit ihm in Verbindung, und fragen Sie ihn, ob er Ihnen helfen kann.«

3

Franz Anton Mesmer war ein Wiener Arzt, der daran glaubte, daß die Planeten einen Einfluß auf den menschlichen Körper ausübten. Im Jahr 1776 verfaßte er einen Aufsatz, in dem er feststellte, daß dieser Einfluß über die Auswirkungen einer Universalflüssigkeit zustande kam, von der alle Dinge umgeben waren. Dicse Flüssigkeit war unsichtbar, hatte jedoch magnetische Eigenschaften und konnte durch die menschliche Willenskraft von einem Punkt abgezogen und an einem anderen konzentriert werden. Mesmer stellte die Theorie auf, daß eine unausgewogene Verteilung der Flüssigkeit im menschlichen Körper zu Krankheiten führte. Die Gesundheit konnte zurückgewonnen werden, indem man die harmonische Verteilung der magnetischen Flüssigkeit wiederherstellte. Mesmer glaubte daran, daß eine Kraft, die er ›animalischen Magnetismus‹ nannte, von seinen Händen unmittelbar auf den Patienten überging und ihm so die Fähigkeit verlieh, Unausgewogenheiten in der Flüssigkeit auszugleichen und die Krankheiten des Patienten zu heilen.«

Shindler schob sich leise auf einen Sitz in der letzten Reihe des Hörsaals und lehnte sich zurück, um Dr. Arthur Hollanders Vorlesung über »Die Geschichte der Hypnose« zu lauschen. Dr. Hollander war ein beleibter, weißhaariger Herr, der Shindler an den Weihnachtsmann erinnerte. Einer wie er gab sich nicht mit einem Platz auf dem Rednerpult zufrieden. Er wanderte auf der Bühne hin und her, gliederte und betonte mit kurzen Gesten seiner rundlichen Finger oder rahmte seine Ausführungen mit weitausholenden Armbewegungen ein.

»Fatalerweise für Mesmer gelang ihm die schnelle und verblüffende Heilung eines jungen Mädchens, das an einer beeindruckenden Vielzahl von Krankheiten litt, und zwar gleich beim ersten Mal, als er seine Theorie in die Praxis umsetzte. Von diesem Erfolg ermutigt, begann Mesmer eine Laufbahn, mit der die ärztliche Gemeinschaft von der Fundiertheit seiner Theorie überzeugt werden sollte.«

Dr. Hollander trank einen Schluck Wasser aus dem Glas, das auf seinem Pult stand. Shindler sah über die Ansammlung aufmerksamer Studenten hin und kam zu dem Schluß, daß der Professor sie alle höchst kompetent hypnotisiert hatte.

»Die Wiener Ärzteschaft sah in Mesmer nur einen Scharlatan, und er war gezwungen, nach Paris zu gehen, wo er im Jahr 1781 eine Klinik gründete. Das Mesmerisieren wurde zu einem modischen Verfahren unter reichen Leuten. Schließlich aber wurde Mesmer von einer Kommission, die die französische Regierung eingesetzt hatte, seines Postens enthoben, woraufhin er sich verbittert in die Schweiz zurückzog.

Während Mesmer ganz in seinen Theorien aufging, entdeckte einer seiner Schüler, der Marquis de Puysegur, daß die ›magnetisierte‹ Person nur das hören konnte, was der ›Magnetisierer‹ sagte, und alles andere nicht wahrnahm, daß sie Suggestionen ohne Zögern annahm und daß sie sich nach Wiedererlangen des normalen Bewußtseinszustandes an nichts von dem erinnern konnte, was in der Trance geschehen war. De Puysegur nannte diesen Zustand ›künstliches Schlafwandeln‹ und erklärte, daß ein Mensch in diesem Zustand unglaubliche Dinge bewerkstelligen konnte, etwa versiegelte Mitteilungen lesen, es ertragen, daß ihm Nadeln in die Haut gestochen wurden, und es ohne zurückzuzucken zulassen, daß man ihn mit einem glühenden Schüreisen berührte.«

Eine Klingel verkündete das Ende der Vorlesung, und mehrere Studenten eilten nach vorn zum Pult, um mit Dr. Hollander zu sprechen. Shindler schlenderte ebenfalls nach vorn und wartete, bis der letzte aus der Gruppe gegangen war. Dr. Hollander räumte seine Papiere zusammen, als er Shindler entdeckte.

»Ihre Vorlesung hat Spaß gemacht, Doktor.«

»Danke. Ich versuche, es unterhaltsam zu gestalten, und es freut mich jedesmal, wenn ich es schaffe. Ich glaube nicht, daß ich Sie hier schon mal gesehen habe. Sind Sie Student?«

Shindler kramte seine Marke hervor, und es gelang ihm, sie aufzuklappen.

»Ich arbeite für die Polizei von Portsmouth, Dr. Hollander. Mein Name ist Roy Shindler.«

Hollander sah höchst interessiert aus.

»Ich hoffe nur, ich habe nichts angestellt«, sagte er mit einem koboldhaften Lächeln.

Shindler lachte.

»Nein, soviel ich weiß, sind Sie sauber. Dr. George Tucker hat mich an Sie verwiesen.«

»George. Natürlich. Jetzt verstehe ich aber gar nichts mehr. Kann ich Ihnen helfen?«

»Können wir uns irgendwo in Ruhe unterhalten? Es ist etwas kompliziert, und wahrscheinlich dauert es eine Weile. Es geht um einen Mordfall, und vielleicht brauchen wir Ihre Kenntnisse über Hypnosetechniken, um ihn zu lösen.«

Hollander wirkte überrascht, geschmeichelt und beunruhigt zugleich.

»Ich werde natürlich tun, was ich kann. Ich habe noch nie für die Polizei gearbeitet, und ich weiß nicht, ob ich Ihnen helfen kann, aber wenn Sie meinen ... Hören Sie, ich kenne einen ruhigen Pub hier in der Nähe. Wenn das in Ordnung ist. Ihr Leute dürft doch trinken, oder?«

Shindler lächelte.

»Doktor, Sie sind ein Mann nach meinem Herzen.«

Sind Sie Universitätsprofessor, Doktor?« fragte Shindler.

»Nein, nein. Nur ein einziger Psychologiekurs für Studienanfänger, damit ich jung bleibe. Meine Praxis hält mich ziemlich auf Trab, aber es macht mir Spaß, mit jungen Leuten zu tun zu haben. Und Sie können mich ruhig Art nennen. ›Doktor‹ ist viel zu förmlich; ich fühle mich schon wieder so alt, als hätte ich die Nachmittagsvorlesung vorhin gar nicht gehalten.«

Shindler lachte und lehnte sich an die hölzerne Trennwand. Sie saßen an einem der hinteren Tische in »The Victorian Age«, einem im englischen Stil eingerichteten Pub, der vor allem von Angehörigen der Universität besucht wurde.

»Art, was genau ist Hypnose?«

»Keine Hexerei«, antwortete Hollander. Er lächelte ein wenig, als habe er die Frage schon tausendmal gehört und ebensooft beantwortet. »Nur eine Form der Einflußnahme. Wir sitzen hier, und ich schlage vor, daß wir noch ein Bier trinken. Sie erwägen den Vorschlag. Das Bier ist gut, aber Sie sind ja leider im Dienst und müssen einen klaren Kopf behalten. Wenn ich Ihnen nun allerdings den Eindruck vermittle, daß all meine Vorschläge vernünftig sind, werden Sie aufhören zu überlegen und sich auf mich verlassen.«

Hollander zog einen Kugelschreiber aus der Tasche und griff nach einer weißen Papierserviette. Er zeichnete einen Punkt an die obere Kante der Serviette.

»Betrachten Sie diesen Punkt als einen Zustand vollständiger Wachheit und Aufmerksamkeit. In diesem Augenblick sind Sie wach. Sie sehen und hören alles, was in diesem Pub vor sich geht, und zugleich verfolgen Sie unsere Unterhaltung und denken sich Ihren Teil dazu. Aber es gibt Stadien der Wachheit, die nicht vollständig sind.«

Hollander zeichnete eine Linie, die von dem Punkt aus über die ganze Serviette hinweg nach unten führte, und beschloß sie mit einem weiteren Punkt.

»Kennen Sie den Ausdruck, daß jemand schläft wie ein Stein? Ein Mensch schläft so fest, daß sein Bewußtsein fast vollständig ruht. Das ist der Zustand, den der Punkt hier unten darstellt.

Okay. An dieser Linie entlang hätten wir dann also unterschiedliche Stadien der Wachheit, und irgendwann ist ein Stadium erreicht, in dem der Mensch für Suggestionen empfänglich wird. Das könnte etwa der Zustand sein, in dem sich der Mensch befindet, wenn er vor einer halben

Stunde ins Bett gegangen ist. Er hat die Augen geschlossen, er hat die Verbindung zu den normalen Geräuschen seiner Umgebung verloren, aber er nimmt wichtige Geräusche noch wahr, zum Beispiel, wenn ein Baby schreit oder, falls er Arzt ist, wenn das verdammte Telefon klingelt. Ein Mensch in diesem Zustand kann sehr rasch wieder aufmerksam gemacht werden, weil er jetzt seine ganze Aufmerksamkeit auf eine einzige Sache richtet.«

»Wenn man einem Menschen in diesem Zustand eine Frage stellte, würde er dann normal antworten?« fragte Shindler. »Ich meine so, wie Sie jetzt meine Fragen beantworten?«

»O ja. Es kommt auf die Tiefe der Hypnose an. Je weiter das Bewußtsein abgesenkt ist, desto mehr konzentriert sich die Aufmerksamkeit auf einen Punkt, und desto exakter wird dic Antwort.«

»Doktor ... Art. Nehmen wir an, jemand hat etwas gesehen, das so erschreckend und verstörend war, daß die Person die Erinnerung an diesen Vorgang verdrängt hat. Sie leidet unter Amnesie. Wenn man sie nach dem Ereignis fragt, bestreitet sie, daß sie jemals dabei war. Wenn Sie eine solche Person hypnotisierten, könnten Sie sie dazu bringen, über das Ereignis zu sprechen und zu erzählen, was wirklich passiert ist?«

Hollander zog die Augenbrauen in die Höhe und musterte Shindler mit plötzlichem Interesse.

»›Verdrängt‹, ›Amnesie‹. Sie und George müssen sich ja prächtig unterhalten haben. Er hat Ihnen die Antworten auf Ihre Fragen schon gegeben, sonst wären Sie gar nicht zu mir gekommen.«

Shindler lächelte.

»George hat gesagt, er könnte sich vorstellen, daß Sie es können. Was meinen Sie?«

»Möglicherweise. Gerade bei Amnesien arbeitet man häufig mit Hypnose. Eine der Hauptaufgaben auf diesem Gebiet der Psychiatrie ist es, verdrängte Erinnerungen von der Art zurückzuholen, wie Sie sie gerade beschrieben haben.«

»Und was könnten Sie in einem solchen Fall tun?«

»Sie haben mir nicht viele Informationen gegeben, aber ich gehe davon aus, daß Sie es noch tun werden. Normalerweise würde ich die Person in einen Hypnosezustand versetzen, um sicherzustellen, daß sie entspannt ist. Bei einem entspannten Patienten sind die Verdrängungsmechanismen des Gehirns, die über die verbotenen Erinnerungen wachen, weniger aufmerksam. Die Entspannung erlaubt es, solche Erinnerungen aus dem Unterbewußtsein ins Bewußtsein zurückzuholen.

Das ist allerdings nicht ganz einfach. Vor allem dann nicht, wenn wir es mit einer Amnesie zu tun haben, die auf einer sehr beängstigenden und bedrohlichen Erfahrung beruht. Die Person hat vielleicht Angst, daß sie verrückt wird oder schwer bestraft wird oder dergleichen, wenn jemals herauskommt, daß sie etwas mit dem verdrängten Ereignis zu tun hatte. Wenn solche Menschen der verdrängten Erinnerung nahekommen, wehren sie sich. Sie tun alles, um den Kontakt mit ihr zu vermeiden. Sie entwickeln körperliche Reaktionen, die wir Konversionsreaktionen nennen. Sie haben Kopfschmerzen, Magenverstimmungen, Durchfall. Alle möglichen körperlichen Beschwerden, und zudem werden sie sich weigern, überhaupt über die Angelegenheit zu sprechen. Es ist nicht einfach.«

»Nehmen Sie noch ein Bier?«
»Aber gern. Es ist immer ein Vergnügen, das Geld der Allgemeinheit auszugeben.«
Shindler winkte der Kellnerin und bestellte zwei Bier.
»Können Sie durchkommen?«
»Nicht in jedem Fall.«
»Hätten Sie Lust, es mit einem sehr ungewöhnlichen Fall zu versuchen?«
Hollander lächelte und zwinkerte Shindler zu.
»Roy, Sie wissen doch genau, daß Sie mich am Haken haben. Erzählen Sie mir von Ihrem Fall.«
»Es ist ein Fall, an dem ich schon eine ganze Weile arbeite. Haben Sie jemals von den Murray-Walters-Morden gehört?«

Bobby Coolidge beugte und streckte die Finger. Er hatte einen Krampf in der rechten Hand, und in den paar Sekunden, in denen er in Gedanken nicht bei Professor Schneiders Vorlesung gewesen war, hatte er den größten Teil dessen verpaßt, was der Professor über die Gesetzesänderungen in der Finanzpolitik des Jahres 1950 gesagt hatte. Nicht, daß das Gesetz ihn sonderlich interessierte, aber er hatte sich fest vorgenommen, im ersten Semester hart zu arbeiten, um herauszufinden, ob er den Abschluß schaffen konnte.
Die Entscheidung, aufs College zu gehen, war ein Entschluß von einiger Tragweite gewesen. Niemand in seiner Familie hatte jemals studiert. Leute mit akademischem Abschluß hatte man immer als eine Art fremder Spezies betrachtet; sie hatten mit den Coolidges nicht mehr gemeinsam als Marsmenschen mit Erdbewohnern. Und jetzt war

er selbst einer der Marsmenschen, und es war ganz und gar nicht einfach.
Bobby bewohnte eine kleine Wohnung in einem heruntergekommenen Viertel. Er hatte genug Geld gespart, um es ohne Zusatzjob über das erste Jahr an der Universität zu schaffen, aber das bedeutete auch, daß er sich keine Extras leisten konnte. Seine Unterhaltung bezog er aus einem tragbaren Secondhand-Fernseher, und seine Mahlzeiten bestanden aus mehreren verschiedenen Sorten Spaghettisauce, die er über ein und dieselbe Sorte Spaghetti goß.
Und die Arbeit war nicht leicht. An der Highschool war es nie so schwierig gewesen. Noch schlimmer war, daß die anderen Studenten so viel mehr zu verstehen schienen als er selbst. Es hatte Augenblicke gegeben, in denen er drauf und dran war, alles aufzugeben. Einmal war er eine Woche lang gar nicht hingegangen. Er hatte Angst davor, zu versagen – Angst davor, sich zuviel vorgenommen zu haben. Dann hatte er einen weiteren Besuch bei Billy gemacht, und danach war er wieder im Hörsaal erschienen. Auf der Rückfahrt vom Gefängnis hatte er entschieden, daß er Einfluß darauf hatte, wie sein Leben verlaufen würde, und daß er nicht enden würde wie Billy.
Der Professor gab das Ende der Vorlesung bekannt, und Bobby hatte immer noch kein Wort über Sinn und Zweck der Gesetzesnovelle verstanden. Das Mädchen neben ihm schrieb noch. Sie war sehr attraktiv. Blond, blauäugig. Ein Cheerleadertyp, wie er in den ersten Wochen entschieden hatte. Und nach Schnitt und Menge ihrer Kleidung zu urteilen, offenbar aus wohlhabender Familie.
Heute trug sie einen karierten Kilt und einen roten Roll-

kragenpullover. Wenn sie sich zum Schreiben vorbeugte, fiel ihr das lange blonde Haar über die schmalen Schultern nach vorn, und sie mußte es von ihrem Block wischen.

»Entschuldige«, sagte er. Sie blickte auf und lächelte. »Ich habe die letzten paar Minuten verpaßt. Könnte ich vielleicht bei dir abschreiben?«

»Natürlich«, antwortete sie. »Ich muß nur noch fertigschreiben.«

»Danke, das ist nett. Ich hatte einen Krampf in der Hand. Ich kann einfach nicht so schnell schreiben, wie Schneider redet.«

Das Mädchen lachte. Sie hatte ein angenehmes Lachen, bei dem ihm Kirchenglocken an einem klaren Wintersonntag einfielen.

»Da bist du nicht allein. Ich komme bei ihm auch nie mit.«

Bobby lachte ebenfalls.

»Ich bin froh, daß ich nicht der einzige bin. Wo hat der eigentlich gelernt, so zu reden? Vielleicht hat sein Vater phonographische Aufnahmen gemacht.«

Sie lächelte wieder und reichte ihm ihre Notizen. Gar nicht übel, dachte er. Ein Lachen und ein Lächeln. Ich werde noch ein richtiger Komödiant.

»Was heißt das hier?« fragte er und zeigte ihr einen Kringel, den sie zwischen zwei andere, unleserliche Worte gezwängt hatte.

»›Budget‹.«

»Ah. Mein Name ist Bobby Coolidge. Ich sitze seit Wochen direkt neben dir, und ich glaube, ich habe mich nie vorgestellt.«

»Jetzt bist du ja vorgestellt. Ich heiße Sarah Rhodes. Nun sind wir quitt.«

Der Hörsaal leerte sich, aber Sarah schien es nicht eilig zu haben. Bobby überlegte, ob sie mit ihm zu Mittag essen würde, wenn er sie fragte. Er hatte keine richtige Verabredung gehabt, seit er aus der Army zurück war. Kurz nach seiner Entlassung hatte er ein paarmal Mädchen in Bars aufgelesen, aber seit er wieder in Portsmouth war, war er mit keiner Frau mehr zusammengewesen. Teilweise lag es am fehlenden Geld, teilweise am fehlenden Interesse. Er hatte schon genug Schwierigkeiten damit, sich wieder ins Zivilleben einzugliedern. Seine Wertvorstellungen änderten sich; seine Ausbildung war ihm wichtig, aber den genauen Grund dafür hatte er noch nicht herausgefunden. Emotionale Bindungen schienen ihm frivol und eher störend. Er hatte entschieden, daß Frauen ihn ablenken würden und daß er sich Ablenkung nicht leisten konnte, und war ihnen aus dem Weg gegangen. Andererseits, ein Mittagessen konnte kaum Schaden anrichten – wenn sie überhaupt mitkam.

»Danke fürs Ausleihen«, sagte er, während er ihr den Spiralblock zurückgab. Er ging neben ihr zur Tür. Der Professor sprach mit einem dürren Jungen mit einer Schildpattbrille; alle anderen waren schon gegangen.

»Hast du Hunger?« fragte er.

Er hatte viel zu schnell gesprochen – war richtig damit herausgeplatzt. Nicht gerade cool, dachte er unbehaglich.

»Warum?« fragte sie zögernd zurück.

»Ich habe gedacht, wenn Hunger hast, könnte ich jetzt das Mittagessen nachliefern. Ich meine, das wäre doch nur fair. Du den gesunden Geist, ich den gesunden Körper ...«

Sie sprang an und lachte wieder, und er war stolz darauf, daß es ihm eingefallen war. Es war schon fast intellektuell.

»Gern. Aber wir zahlen getrennt. So wertvoll sind meine Mitschriften nämlich nicht.«

Die Cafeteria war überfüllt, und sie suchten sich einen kleinen Tisch in einer Ecke. Bobby leerte sein Tablett und trug beide Tabletts zu einem Aluminiumständer hinüber, der an einer mit Plakaten und Ankündigungen von Universitätsveranstaltungen bedeckten Wand stand. Als er zurückkam, hatte Sarah gerade sein Sandwich aus der Zellophanverpackung genommen und reichte es ihm hin.

»Danke. Hier ist wirklich der Teufel los. Erinnert mich an die Kantine im Trainingslager.«

Sarah sah interessiert aus.

»Du warst in der Army?«

»Bin eben erst wieder raus«, antwortete er zwischen zwei Bissen.

»Warst du in –?«

»Nam?« beendete er die Frage für sie. »Ja.«

»Gefallen hat es dir nicht dort, oder«, sagte sie, nachdem sie einen Augenblick lang seinen Gesichtsausdruck studiert hatte.

»Es war keine angenehme Erfahrung. Ich bin hingegangen. Ich bin zurückgekommen. Dazwischen ist nicht viel passiert, über das ich gern reden würde.«

»Tut mir leid«, sagte sie, und er merkte, daß die Antwort zu scharf geklungen hatte.

»Nein, braucht es nicht. Ich sollte mich entschuldigen. Du konntest das ja schließlich nicht wissen.«

»Ich habe nur gefragt, weil in den Nachrichten dauernd davon die Rede ist, und du bist der erste Mann, den ich je getroffen habe, der wirklich dort war.«

»Wo bist du denn gewesen? Ich meine, woher kommst

du?« fragte er in der Hoffnung, daß der Themenwechsel nicht zu auffällig geraten war.
»Toronto.«
»Du bist nicht aus den Staaten?«
»Nein«, lachte sie. »Und schau mich nicht so entsetzt an. Wir Kanadier haben keine Hörner.«
Er errötete.
»Ich wollte nicht …«
»Schon okay. Jetzt sind wir wieder quitt.«
Sie lächelten sich an, und Bobby legte das Sandwich weg und streckte ihr die Hand hin. Sie nahm sie, und er hielt sie eine Sekunde länger fest, als eigentlich nötig gewesen wäre, aber es schien sie nicht zu stören. Als er die Tabletts fortgebracht hatte, war ihm eine Ankündigung aufgefallen – der studentische Filmclub zeigte am nächsten Abend *Vom Winde verweht*. Ein Dollar Eintritt. Bobby ging in Gedanken seine Ersparnisse durch. Zwei Karten und danach ein paar Bier konnte er sich leisten.
»Magst du alte Filme?« fragte er.
»Ja. Warum fragst du?« wollte sie wissen. Ihre Augen flirteten mit ihm, neckten ihn und zogen ihn auf.
»Ich habe gesehen …. sie zeigen morgen *Vom Winde verweht*. Ich habe es nie gesehen, aber ich habe gehört, es soll ein guter Film sein. Wenn du mitgehen willst …?«
»Ich kenne den Film.«
»Oh.«
»Aber ich würde ihn gern noch mal sehen.«
Seine Miene erhellte sich, und sie lächelte wieder. Sie hatten beide viel gelächelt, dachte er. Er warf einen Blick auf die Uhr an der Wand der Cafeteria und nahm seine Bücher vom Tisch.

»Ich muß mich beeilen. Mathematik fängt in fünf Minuten an, und ich kann's mir nicht leisten, etwas zu verpassen. Sag mir, wo du wohnst, und ich hole dich morgen um sieben ab.«

Sie gab ihm eine Adresse in den Hügeln. Es kannte die Wohngegend. Sie war teuer, und mit einemmal war er wieder nervös.

»Bis morgen«, sagte er im Aufstehen.

»Ja, bis morgen.«

Der Detective war wieder da. Aber diesmal hatte sie nicht so viel Angst vor ihm. Gestern hatte er ihr Blumen geschickt. Sie fragte sich, warum die Ärzte sie nicht gehen ließen. Sie wußte nicht, daß Shindler dies veranlaßt hatte.

»Wie geht es dir heute, Esther? Ich dachte mir, ich bringe dir dies hier vorbei.«

Wieder Blumen. Ein Strauß Rosen. Nur John und der Junge, mit dem sie zum Abschlußball gegangen war, hatten ihr jemals Blumen geschenkt. Der Strauß sah sehr hübsch aus.

»Danke. Stellen Sie sie doch in die Vase auf der Kommode.«

Er sah seltsam aus mit dem Strauß in der Hand. Er war groß und dünn, und der Anzug saß nicht gut. Die Blumen wirkten wie verloren in seiner großen Hand.

»Die Blumen waren als eine Art verspätete Entschuldigung gedacht – für die Art, wie ich dich damals auf dem Revier behandelt habe. Ich hatte deshalb ein sehr schlechtes Gewissen.«

Sie wußte nicht, ob sie ihm glauben sollte. Shindler hatte etwas an sich, das ihr nicht gefiel. Aber immerhin, die Blu-

men waren hübsch, und er benahm sich wie ein Gentleman. Vielleicht hatte sie ihn ja doch falsch eingeschätzt.
»Das ist schon okay. Ich ... ich hatte es fast vergessen.«
»Darf ich mich setzen?«
Sie sah ihn einen Augenblick lang an, bis ihr plötzlich klar wurde, daß er sie um Erlaubnis gefragt hatte. Daran war sie nicht gewöhnt.
»Ja, natürlich.«
»Fühlst du dich besser?«
»Jetzt fühle ich mich wieder gut. Nur, der Doktor sagt mir nicht, wo mein kleiner Junge ist.«
»Deinem Sohn geht es gut, Esther. Ich habe heute morgen nachgefragt. Er ist bei einer Pflegefamilie.«
Er bemerkte ihren erschrockenen Gesichtsausdruck und fügte hinzu: »Mach dir keine Sorgen. Das ist nur eine vorübergehende Regelung. Ich halte ein Auge darauf, Esther. Niemand nimmt dir dein Baby weg. Du glaubst mir doch, oder?«
Sie musterte ihn wachsam. Irgendwo war eine Falle versteckt. Jetzt fürchtete sie sich wieder.
»Möchtest du eine Zigarette?«
»Der Doktor sagt, ich soll nicht rauchen.«
Shindler blinzelte ihr zu und streckte ihr eine Zigarette hin.
»Ich sag's nicht weiter.«
Sie war schon im Begriff, sie zu nehmen, zögerte dann aber und zog die Hand zurück.
»Nein, danke. Lieber doch nicht.«
»Stört es dich, wenn ich ...?«
»Das ist okay.«
Shindler zündete die Zigarette an.
»Du scheinst dich ja gut zu erholen.«

»Ich glaube schon.«
»Ich bin froh, daß wir dich nicht verloren haben. Du bist sehr wichtig für uns, Esther.«
Da war es wieder. Ein Warnsignal. Etwas an seiner ganzen Art, seinen Fragen, machte ihr angst. Sie war für niemanden wichtig. Sie war es auch nie gewesen.
»Esther, ich bin hier, um dich um einen Gefallen zu bitten. Meinst du, du könntest mir einen Gefallen tun?«
»Was für einen Gefallen?«
»Ich weiß, daß du nicht gern davon redest, aber ich möchte mit dir über Richie Walters und Elaine Murray sprechen.«
Sie spürte, wie ihr Herzschlag plötzlich schneller wurde. Sie hatte doch gewußt, daß noch etwas kommen würde! Warum konnte er sie nicht in Frieden lassen?
»Ich hab Ihnen doch schon gesagt, Mr. Shindler, ich weiß wirklich gar nichts davon.«
»Würdest du das alles nicht gern aufklären, ein für allemal?«
»Würde ich ja gern. Ehrlich, Mr. Shindler. Sie wollen ja nicht gemein sein. Ich weiß das. Aber es regt mich richtig auf, wenn Sie davon reden.«
»Okay. Ich weiß, daß es dich aufregt. Aber versuch es einmal so zu sehen, Esther. Sagen wir, du wärest dort gewesen.« Sie begann zu protestieren, und er hob die Hand. »Ich behaupte ja nicht, daß du dort warst. Ich nehme jetzt nur etwas an. Du weißt, daß die Morde an Richie und Elaine der wichtigste Mordfall waren, die wir je in Portsmouth hatten, nicht wahr?«
»Ich glaube schon«, sagte sie widerwillig.
»Okay. Und jemand, der uns dabei helfen könnte, diese

Morde aufzuklären, wäre natürlich eine sehr wichtige Person. Eine sehr berühmte Person. Jeder wäre ihr dankbar für die Hilfe, die sie der Allgemeinheit gewesen wäre. Jetzt kannst du dir vorstellen, warum ich der Ansicht bin, daß du sehr wichtig bist.«

»Aber, Mr. …«

»Nein, laß mich ausreden, okay?«

Esther gab es auf und ließ sich auf ihr Kissen zurücksinken.

»Es kommt vor, daß jemand etwas so Entsetzliches sieht, daß sein eigenes Gedächtnis nicht zuläßt, daß er sich daran erinnert. Hast du schon einmal von Amnesie gehört?«

»Ja, schon. Aber ich habe gedacht, das kriegt man nur, wenn jemand einem auf den Kopf schlägt.«

Shindler lächelte.

»Das ist eine Möglichkeit. Aber das Gehirn ist eine sehr ungewöhnliche Maschine, Esther. Es beschützt seinen Besitzer. Und es kann dafür sorgen, daß ein Mensch unangenehme Dinge einfach vergißt. Ich glaube, du hast gesehen, wie Richie ermordet wurde. Ich glaube nicht, daß du in irgendeiner Weise daran beteiligt warst. Ich kann Menschen gut einschätzen. Das lernt man, wenn man so lange bei der Polizei gewesen ist wie ich. Ich glaube, du bist ein viel zu nettes Mädchen, um wissentlich mit einem Mord zu tun zu haben. Aber nehmen wir einmal an, du und die Coolidges, ihr habt euch nach dieser Party damals betrunken. Weißt du noch, wie du mir erzählt hast, daß ihr dann eine Spritztour in die Stadt gemacht habt?«

Sie nickte.

»Jetzt nehmen wir an, nach der Spritztour haben die Coolidges ein Autorennen gegen Richie gefahren, und Richie hat sie von der Straße gedrängt. Und nehmen wir weiter an, sie waren wütend auf Richie und sind ihm in den Lookout Park gefolgt, und dort hat es eine Schlägerei gegeben, und du hast gesehen, wie sie Richie getötet haben. Du bist ein nettes Mädchen und würdest nie im Leben so etwas tun. Für einen Menschen wie dich wäre das so entsetzlich gewesen, daß dein Geist diesen Teil des Abends einfach ausgeblendet hätte.«

»Aber Mr. Shindler, so war das doch gar nicht.«

»Woher willst du das wissen, Esther? Du hast mir erzählt, du wärest so betrunken gewesen, daß du dich nicht erinnern konntest, was an diesem Abend passiert ist.«

»Ja, war ich auch. Aber ich würde mich erinnern, wenn so was ... es ist einfach nicht so gewesen.«

Sie schien sich wieder aufzuregen, und Shindler wartete einen Augenblick, bis sie sich beruhigt hatte.

»Esther, weißt du noch, daß ich gesagt habe, wir können das alles ein für allemal aufklären?«

»Ja. Das würde ich gern tun, Mr. Shindler.«

»Ich kenne einen Arzt, Dr. Hollander. Er ist Psychiater und ein Spezialist darin, Leute zu hypnotisieren.«

Esther fuhr sich mit der Zunge über die Lippen. Ihre Zerrissenheit war unverkennbar. Ihre schlanken Finger spielten nervös mit der Kante des Lakens.

»Dr. Hollander könnte dich hypnotisieren. Wenn man hypnotisiert ist, kann das Gedächtnis die üblen Erinnerungen nicht mehr so gut verstecken. Dr. Hollander wird mir sagen können, ob ich mich irre.«

»Ich ... ich weiß nicht, ob ich das machen will. Warum soll ich zum Psychiater gehen? Ich bin doch nicht verrückt.«

»Ich habe auch nie gesagt, daß du verrückt bist, Esther. Es ist nur zufällig so, daß der beste Experte für Hypnose, den

ich kenne, zugleich Psychiater ist. Niemand hält dich für verrückt.
Und wenn du diese Angelegenheit einmal geklärt hast, wird es dir auch besser gehen. Wenn ich mich irre, ist die Sache erledigt. Und wenn ich mich nicht irre ... ja, dann bist du eine wichtige und bekannte Person, Esther. Jeder Mensch in Portsmouth würde dir dankbar sein, weil du geholfen hast, ein fürchterliches Verbrechen aufzuklären.
Und es wird ganz bestimmt auch helfen, wenn ich deinen Sohn wieder von der Fürsorge zurückhole. Ich könnte ihnen sagen, wie hilfreich du dabei gewesen bist, einen sehr ernsten Fall aufzuklären.«
»Sie meinen, es hilft mir bei der Fürsorge, wenn ich zu diesem Doktor gehe?«
»Da bin ich mir ganz sicher.«
»Und Sie glauben, es ist wichtig?«
»Dies ist sehr wichtig, Esther. Viele Menschen würden dir sehr dankbar sein.«
»Aber, eh, es würde nicht in der Zeitung stehen, oder?«
Shindler meinte eine Spur von Interesse zu hören.
»Wenn der Doktor herausfindet, daß du die Morde gesehen hast, wärest du unsere wichtigste Zeugin.«
Shindler wartete, während sie überlegte. Es dauerte eine Weile, bis sie wieder sprach, und als sie den Mund aufmachte, verriet ihre Stimme Nervosität und Furcht. Aber unter der Oberfläche schwang noch etwas anderes mit – eine Art Erregung.
»Ich will drüber nachdenken, Mr. Shindler. Ich kann's jetzt nicht sagen. Aber vielleicht mache ich's – wenn es so wichtig ist.«

4

»Dr. Hollander, das ist Esther Pegalosi.«

Der Arzt stand vor einem altmodischen Schreibtisch mit Rolldeckel, als Esther und Roy Shindler in sein Sprechzimmer traten.

»Ich freue mich, Sie kennenzulernen, Mrs. Pegalosi«, sagte er mit seinem schönsten Lächeln. »Roy hat mir schon viel von Ihnen erzählt.«

Esther sah nervös zu Shindler auf. Der Arzt bemerkte es und fügte lachend hinzu: »Oh, es war nur Gutes. Er war ganz aufgeregt, daß Sie zugestimmt haben, ihm bei seinem Fall zu helfen, und ich bin sicher, Sie werden das alles sehr spannend finden. – Darf ich Ihnen eine persönliche Frage stellen?« fragte Hollander in einem Tonfall, der plötzlich ernst war.

»Was?« fragte Esther vorsichtig.

Hollanders Grinsen kam wieder zum Vorschein.

»Darf ich Sie vielleicht Esther nennen? Ich rede Leute wirklich nicht gern mit dem Nachnamen an. Es wirkt so fürchterlich steif.«

Esther lächelte erleichtert. Sie hatte irgendeine Frage nach ihrem Liebesleben oder ihrer frühen Kindheit erwartet, oder was auch immer Psychiater von einem wissen wollen.

Sie war überrascht, wie normal Dr. Hollander wirkte. Er war ganz anders, als sie ihn sich vorgestellt hatte.

»Natürlich. Esther ist okay.« Sie senkte den Blick. »Mich nennt sowieso niemand Mrs. Pegalosi.«

»Gut, also Esther. Wollen Sie sich setzen?« fragte Hollander, während er Esther zu einem bequemen, in Pastellfarben bezogenen Sofa hinüberführte. Es stand an einer eichenvertäfelten Wand, und darüber hing ein vielfarbiges abstraktes Gemälde.

Esther nahm die Einladung an, als sei sie ein Befehl gewesen. Hollander beobachtete, wie sie mechanisch zu dem Sofa hinüberging und sich hinsetzte, die Hände gefaltet, wie ein aufziehbares Spielzeug. Shindler wählte einen Stuhl in einer Ecke des Raumes, fast außer Sicht.

»Das ist ein hübsches Kostüm. Ist es neu?«

Esthers Miene erhellte sich, als der Arzt ihre Kleidung erwähnte. Sie trug einen grünen Rock mit passender Jacke und eine weiße Bluse. Shindler hatte sie zum Einkaufen ausgeführt, als sie sich bereit erklärt hatte, Dr. Hollander zu besuchen, und sie hatte die Kleider selbst ausgesucht. Es war das erste Mal seit Jahren, daß sie sich etwas Neues gekauft hatte.

»Sagen Sie, Esther, ich möchte wetten, Sie sind nervös. Habe ich recht?«

Esther errötete und sah auf den Boden.

»Ein bißchen nervös schon, glaube ich.«

»Gut!« antwortete Dr. Hollander mit einem vergnügten Lachen, das sie verblüffte. »Jeder Mensch, der mich besucht, ist beim ersten Mal nervös. Es bedeutet nur, daß Sie völlig normal sind. Warum erzählen Sie mir nicht, warum Sie nervös sind?«

Esther kaute auf der Unterlippe und zuckte die Achseln.
»Ich weiß nicht.«
Hollander lächelte sie an. Er hatte ein warmes, väterliches Lächeln. Sie begann, ihn zu mögen.
»Haben Sie Angst davor, hypnotisiert zu werden?«
Sie antwortete nicht sofort. Hollander wartete geduldig.
»Ein bißchen schon, glaube ich«, sagte sie schließlich.
»Okay. Das ist gut. Es freut mich, daß Sie offen und ehrlich sind, denn ich werde Ihnen gegenüber immer offen und ehrlich sein. Ich möchte, daß Sie mir etwas versprechen. Werden Sie es tun?«
»Was?«
»Versprechen Sie mir, daß Sie jedesmal, wenn Sie eine Frage haben, ganz gleich, wie albern sie Ihnen vorkommt, diese Frage stellen? Ich meine das ganz ernst. Ich möchte, daß Sie über alles Bescheid wissen, was passiert. Wir werden hier keine Geheimnisse haben. Ist Ihnen das recht?«
»Ja, schon.«
»Gut. Und nun sagen Sie mir, sind Sie jemals hypnotisiert worden?«
»Nein.«
»Haben Sie einmal gesehen, wie jemand im Fernsehen oder in einem Film oder sogar in Wirklichkeit hypnotisiert wurde?«
»Ja, einmal im Fernsehen. Und im Kino.«
»Okay. Ich möchte Ihnen sagen, daß das, was Sie im Kino oder im Fernsehen sehen können, mit wirklicher Hypnose nichts zu tun hat. Hypnose ist eine Form der Entspannung, während der es möglich ist, Suggestionen leichter zu folgen. Es ist nichts Mysteriöses daran. Es ist ein wissenschaftliches Phänomen und vollkommen natürlich.

Im Fernsehen sieht man, wie üble Hypnotiseure Menschen zu Sklaven machen, ihnen den freien Willen rauben und sie zwingen, fürchterliche Dinge zu tun. Halten Sie mich für schlecht, Esther?«

Esther kicherte.

»Nein.«

»Gut. Ich kann Ihnen auch versichern, daß ich nicht schlecht bin. Und diese Hypnosegeschichten, die Sie im Film sehen können, sind unrealistischer Blödsinn. Hypnose ist überhaupt nur möglich, wenn ein Mensch sich freiwillig darauf einläßt. Man kann einen hypnotisierten Menschen nicht dazu bringen, etwas gegen seinen Willen zu tun, denn er kann sich weigern, etwas zu tun, das ihm widerstrebt. Hypnose ist eine Methode, um Leuten zu helfen – nicht um ihnen zu schaden. Sie ist wie Medizin.«

»Und was ... wenn ich nicht hypnotisiert werden kann?«

»Machen Sie sich deswegen keine Sorgen, Esther. Jeder Mensch kann hypnotisiert werden, wenn er sich entspannt und nicht dagegen ankämpft. Sie müssen Ihren Geist nur passiv und aufnahmebereit machen und dürfen sich nicht verkrampfen, und alles andere übernehme ich.«

Hollander wurde ernst.

»Esther, Sie wissen, daß wir in erster Linie hier sind, um herauszufinden, was Sie über ein bestimmtes Ereignis wissen. Natürlich ist das ein wichtiger Aspekt, aber Hypnose kann zu mehr Zwecken dienen, als einfach nur etwas herauszufinden, das Sie vergessen haben. Sie ist auch eine Methode, Ihnen zu helfen, damit Sie sich selbst und Ihre Probleme in den Griff bekommen.

Sie waren vor kurzem wegen persönlicher Probleme im Krankenhaus, nicht wahr?«

Esther senkte den Kopf und nickte.
»Esther, lassen Sie uns einen Augenblick lang ernst werden. Wir alle wollen herausfinden, was Sie über den Mord an Richie Walters wissen, aber Sie als Person interessieren mich genauso.
Roy hat mir erzählt, daß Sie Ihren kleinen Sohn ganz allein aufziehen. Das allein sagt bereits etwas über Sie aus. Ich kann sehen, daß Sie das Potential haben, eine starke und selbstsichere Frau zu sein. Die Hypnose kann Ihnen helfen, dieses Potential umzusetzen. Durch die Hypnose kann ich Ihnen helfen, die Person zu werden, die Sie sein können. Sie sehen also, Sie helfen uns, und wir helfen Ihnen. Halten Sie das für fair?«
»Ja«, sagte Esther leise. Die Aufmerksamkeit überwältigte sie. Niemand hatte jemals soviel Interesse an ihr gezeigt.
»Na, na. Das wird jetzt schon wieder viel zu ernst. Kommen Sie, setzen Sie sich in den Sessel da bei meinem Schreibtisch, und wir fangen an.«
Hollander führte Esther zu einem großen Sessel und steckte ihr ein Kissen hinter den Kopf, als sie saß. Dann zog er sich selbst einen Stuhl heran und setzte sich ihr gegenüber.
»Ist das bequem für Sie? Gut. Jetzt entspannen Sie sich, und lassen Sie beide Füße auf dem Boden. Ich sage Ihnen genau, was nacheinander mit Ihnen geschehen wird, wenn wir anfangen – nur damit es keine Überraschungen gibt«, sagte er in einem gleichmäßigen, beruhigenden Tonfall. »Sie werden mit der Zeit feststellen, daß Sie sich zu entspannen beginnen. ... Wahrscheinlich beginnen Sie sich schläfrig zu fühlen. Sie brauchen sich nicht besonders anzustrengen. Sie brauchen nichts weiter zu tun, als Ihren Geist passiv werden zu lassen und sich zu entspannen.

Dann werden Sie feststellen, daß gewisse Dinge mit Ihnen geschehen, während Sie sich entspannen. Ich möchte, daß Sie sich auf diese Dinge konzentrieren. Ich werde Sie darauf aufmerksam machen.
Währenddessen müssen Sie im Gedächtnis behalten, daß Hypnose eine ganz normale Erfahrung ist. Jeden Abend, bevor Sie einschlafen, durchlaufen Sie einen Zustand, der einer Hypnose gleicht. Ich möchte nicht, daß Sie einschlafen, weil Sie sich dessen, was ich sage, und Ihrer eigenen Gedanken bewußt bleiben sollen. Aber wenn Sie feststellen, daß Sie einschlafen, machen Sie sich deshalb keine Sorgen. Ich möchte, daß Sie sich wohl fühlen – ich werde Sie wieder aufwecken. Ich möchte, daß dies eine angenehme und entspannende Erfahrung für Sie wird. Ich werde Ihnen keine Fragen stellen, die Sie in Verlegenheit bringen. Lassen Sie Ihren Geist passiv werden und versuchen Sie, Ihre Gedanken und Empfindungen nicht zu analysieren. Verstehen Sie?«
»Ja.«
»Gut. Jetzt lehnen Sie sich zurück. Fühlen Sie sich jetzt vollkommen wohl und entspannt?«
»Ja.«
Hollander streckte den Arm aus und schaltete einen Kassettenrecorder ein, der auf einem Tisch in der Nähe stand. Shindler setzte sich leise auf seinem Stuhl zurecht.

.....Band Nr. 1..............................

Dr. Arthur Hollander: Okay, Esther. Warum legen Sie jetzt nicht beide Hände mit der Handfläche nach unten auf Ihre Oberschenkel.

Nein, schließen Sie nicht die Augen. Beobachten Sie Ihre Hände. Wenn Sie sich auf die Hände konzentrieren, werden Sie feststellen, daß Sie sie sehr genau beobachten können. Während Sie so sitzen und sich entspannen, beginnen Ihnen Dinge aufzufallen, die Sie niemals zuvor bemerkt haben. Sie haben sich jedesmal ereignet, wenn Sie sich entspannt haben, aber Sie sind sich ihrer niemals bewußt geworden. Ich werde Sie auf diese Dinge hinweisen.
Esther, ich möchte, daß Sie sich auf alle Gefühle und Empfindungen in Ihren Händen konzentrieren, ganz gleich, was für Empfindungen es sind. Vielleicht spüren Sie die Schwere Ihrer Hand, wie sie so auf Ihrem Oberschenkel liegt, oder Sie spüren einen Druck. Vielleicht spüren Sie die Struktur Ihres neuen Rocks unter der Handfläche, oder Sie spüren die Wärme Ihrer Hand auf Ihrem Oberschenkel. Vielleicht spüren Sie auch ein Prickeln. Ganz gleich, was für Eindrücke es sind, ich möchte, daß Sie sie verfolgen.

(Pause)

Dr. Hollander: Gut, Esther. Beobachten Sie weiter Ihre Hand. Sehen Sie, wie ruhig sie ist. Wie sie in ein und derselben Stellung bleibt. Es ist Bewegung da, aber sie ist noch nicht zu bemerken. Ich möchte, daß Sie weiterhin Ihre Hand beobachten. Vielleicht gleitet Ihre Aufmerksamkeit einmal von der Hand ab, aber sie wird immer wieder zu der Hand zurückkehren, und Sie werden sich fragen, wann die Bewegung, die dort verborgen ist, sich zeigen wird.

Es wird interessant sein, zu sehen, welcher Ihrer Finger sich zuerst bewegen wird. Es könnte der Ringfinger sein oder der Daumen. Einer der Finger wird zucken oder sich bewegen. Sie wissen nicht, wann oder welche Hand es sein wird. Beobachten Sie weiter, und Sie werden beginnen, eine schwache Bewegung zu sehen, vielleicht in der rechten Hand. Da, der Daumen hat gezuckt. Er bewegt sich, einfach so.

Wenn die Bewegung sich zu zeigen beginnt, werden Sie etwas Interessantes bemerken. Die Abstände zwischen den Fingern werden ganz langsam größer werden. Die Finger werden sich auseinanderbewegen, und Sie werden feststellen, daß die Abstände zwischen ihnen größer und größer werden. Sie werden sich langsam auseinanderbewegen. Die Finger scheinen sich weiter und weiter und weiter zu spreizen. Sehen Sie, wie sie sich spreizen. Wie sie sich langsam weiter und weiter auseinanderbewegen.

Gut, Esther. Sie machen das wunderbar. Die Finger sind weit auseinander. Und bald werden Sie feststellen, daß die Finger sich von Ih-

rem Oberschenkel nach oben krümmen wollen, als versuchten sie, sich höher und höher zu heben. Achten Sie darauf, wie Ihr Zeigefinger sich hebt. Und während er das tut, werden die anderen Finger ihm folgen wollen - sie heben sich ganz langsam nach oben.
Sehen Sie, wie die anderen Finger sich jetzt heben. Während sie sich heben, werden Sie ein Gefühl der Leichtigkeit verspüren, so leicht, daß alle Finger sich nach oben biegen und die ganze Hand sich langsam hebt und aufsteigt, als sei sie so leicht wie eine Feder, als ob ein Ballon sie mit hinaufnimmt, hebt, hebt - hinauf, hinauf, hinauf - und sie höher und höher und höher hinaufzieht. Die Hand ist so leicht, so unendlich leicht. Während Sie zusehen, wie Ihre Hand sich hebt, werden Sie feststellen, daß der Arm ihr folgt, hinauf, hinauf, hinauf in die Höhe, ein bißchen höher und höher und höher.
Beobachten Sie die Hand und den Arm dabei, wie sie sich heben, und Sie werden bald merken, wie schläfrig und müde Ihre Augen werden. Während Ihr Arm sich hebt, werden Sie sich müde und entspannt und schläfrig, sehr schläfrig fühlen. Die Augen werden Ihnen schwer werden, und Ihre Lider wollen sich schließen. Und während Ihr Arm höher und höher steigt, werden Sie sich noch entspannter und schläfriger fühlen, und Sie werden das friedliche, entspannte Gefühl genießen wol-

len, wenn Ihre Augen sich schließen und Sie einschlafen.

Ihr Arm ist jetzt vor Ihnen gerade ausgestreckt. Sie können die Augen nicht von Ihrer Hand wenden, aber Ihre Lider werden schwer, sehr schwer, und Ihr Atem wird langsam und gleichmäßig. Atmen Sie tief ein und aus.

Wenn Sie weiter Ihre Hand und den Arm beobachten und sich immer schläfriger und entspannter fühlen, werden Sie feststellen, daß die Hand sich in eine andere Richtung bewegt. Der Arm wird sich beugen, und die Hand wird sich mehr und mehr Ihrem Gesicht nähern - aufwärts, aufwärts, aufwärts -, und während sie sich nähert, werden Sie langsam, aber stetig in einen tiefen, tiefen Schlaf versinken, in dem Sie sich völlig entspannen können. Der Arm wird weiter aufsteigen, aufwärts, - immer höher, bis er Ihr Gesicht berührt, - und Sie werden schläfriger und schläfriger werden, aber Sie dürfen nicht einschlafen, bevor die Hand Ihr Gesicht berührt. Wenn die Hand Ihr Gesicht berührt, werden Sie eingeschlafen, tief eingeschlafen sein.

Jetzt ändert Ihre Hand die Richtung. Sie bewegt sich sehr langsam nach oben, - auf Ihr Gesicht zu. Ihre Lider werden schwer. Sie werden schläfriger und schläfriger und schläfriger. Ihre Lider blinzeln schneller und schneller, weil Sie versuchen, gegen den

Schlaf anzukämpfen. Kämpfen Sie nicht gegen den Schlaf an, ja heißen Sie den Schlaf willkommen. Lassen Sie Ihre Augen schwer, sehr schwer werden, und lassen Sie die Hand aufsteigen zu Ihrem Gesicht. Sie werden sehr müde und schläfrig. Ihre Augen schließen sich. Wenn Ihre Hand Ihr Gesicht berührt, werden Sie fest eingeschlafen sein. Sie sind schläfrig. Ihre Lider sind wie Blei. Ihre Hand bewegt sich auf Ihr Gesicht zu. Sie berührt es beinahe. Sie berührt es, und Ihre Augen schließen sich - jetzt.
Gut, Esther. Schlafen Sie ein, schlafen Sie einfach. Und wenn Sie schlafen, werden Sie sich müde und entspannt fühlen. Ich möchte, daß Sie sich auf die Entspannung konzentrieren, auf einen Zustand müheloser Entspannung. Denken Sie an nichts anderes außer Schlaf, tiefen Schlaf.

(Pause)

Dr. Hollander: So, Esther. Erinnern Sie sich, daß ich gesagt habe, ich interessiere mich tur Sie? Daß ich sehr viel Potential in Ihnen sehe?
Esther Pegalosi: Ja.
Frage: Sehen Sie, ich habe das gesagt, weil ich Vertrauen zu Ihnen habe und sicher bin, daß Sie die starke und selbstsichere Person sein können, die Sie sein wollen. Daß Sie al-

les sein können, was Sie sein wollen. Ich werde jetzt anfangen, Ihnen beizubringen, wie Sie dieser starke und selbstsichere Mensch sein können. Wollen Sie ein solcher Mensch sein?

Antwort: Ja.

Frage: Gut. Sie können die Hand jetzt wieder sinken lassen. Entspannen Sie sich einfach. Öffnen Sie die Augen, wenn Sie wollen. Sehen Sie sich um, vergewissern Sie sich Ihrer Umgebung, und lassen Sie Ihre Augen sich wieder schließen. Genau so. Das ist richtig.

Esther, ich werde jetzt Ihr Handgelenk berühren. Ich möchte, daß Sie genau auf die Empfindungen in Ihrem Handgelenk achten. Spüren Sie die Berührung meiner Finger auf Ihrem Handgelenk sehr genau, und wenn Sie meinen, daß Sie dieses Gefühl sehr genau im Gedächtnis haben, so daß Sie sich leicht daran erinnern können, dann können Sie mir das mitteilen, indem Sie »Ja« sagen. Es wird Ihre Trance in keiner Weise beeinflussen.

(Pause)

Pegalosi: Ja.

Hollander: Gut so. Wunderbar. Wenn es Ihnen recht ist, Esther, können Sie sich jedesmal, wenn ich in Zukunft Ihr Handgelenk so berühre und die Situation entsprechend ist, an Ihre Gefühle zu diesem Zeitpunkt erinnern. Sie können sich in eine tiefe, hypnotische Trance versetzen, eine Trance, die tief genug ist, daß Sie jedes Ziel erreichen können, das Ihnen vorschwebt, ob Ihr Ziel nun ist, sich an ein angenehmes Ereignis in der Vergangenheit zu erinnern oder Unbehagen zu ignorieren, oder ob Ihr Ziel ist, sich als die starke und selbstsichere Person zu fühlen, von der Sie wissen, daß Sie sie sein können. Und wenn Ihr Unterbewußtsein gewillt ist, auf diese Weise zu reagieren, wird es dafür sorgen, daß der erste Finger der rechten Hand sich in die Luft hebt, und wir können uns fragen, ob der Finger sich bewegen wird, ob das Unterbewußtsein veranlassen wird, daß er sich bewegt. Sie können an diesen Finger denken, und er ... da bewegt er sich, er hebt sich und hebt sich immer weiter, ganz von allein. Ja. Gut. Gut! So geht das, Esther, entspannen Sie sich einfach. Und wenn ich irgendwann in Zukunft Ihr Handgelenk auf diese Weise berühre, können Sie mit Zuversicht reagieren, weil Sie wissen, wann Sie aus einer solchen Erfahrung aufwachen, werden Sie besser in der Lage sein, der Mensch zu sein, der Sie sein wollen, die Art Mensch, von der Sie immer gewußt haben, daß Sie sie sein können. Und Sie werden sich darauf freuen können, jeden Morgen aufzuwachen in dem Wissen, daß Sie sich mehr und mehr wie die Person verhalten, wie sie aussehen und wie sie sein werden, von der

Sie immer gewußt haben, daß Sie sie sein können.

Ich werde Sie jetzt gleich bitten, aufzuwachen, und Sie werden drei Suggestionen verinnerlicht haben: die Suggestion, rasch auf Ihr Zeichen zu reagieren, nämlich das Gefühl meiner Finger auf Ihrem Handgelenk, die Suggestion, mit einer hinreichend tiefen Trance zu reagieren, um das Ziel zu erreichen, das Ihnen vorschwebt, und die Suggestion, daß Sie mit der Zuversicht reagieren, jeden Tag ein in jeder Hinsicht besserer Mensch zu sein. Nicht auf einmal, sondern einfach mit jedem Tag ein bißchen besser. Mehr und mehr wie der Mensch, der Sie wirklich sein wollen. Und wann immer ich in Zukunft Ihr Handgelenk nehme und die Situation passend ist, können Sie leicht, rasch und vollständig reagieren.

Ich werde jetzt gleich von eins bis drei zählen und Sie bitten, aufzuwachen. Sie sollen sich gut und ausgeruht und ungeheuer befriedigt fühlen. Während ich von eins bis drei zähle, kann Ihr Unbewußtes auf die Zahlen und die Anleitungen achten, so daß Sie in Zukunft jederzeit, ganz gleich, wer Sie in hypnotische Trance versetzt, ob Sie die Erfahrung selbst zurückholen oder ob Sie jemand anderem gestatten, Sie in Trance zu versetzen, die Trance leicht und rasch beenden können, indem Sie einfach den Anweisungen folgen, die ich Ihnen jetzt gebe.

Eins, Sie denken daran, aufzuwachen. Zwei, Sie holen tief Luft und spüren, wie die Energie in Ihren Körper zurückkehrt. Drei, Sie sind wach, hellwach.

(Pause)

Hollander: Und wie war das nun? Wie fühlen Sie sich?
Pegalosi: Gut. Es war ... ich weiß nicht ... irgendwie komisch. Mir war richtig schwindlig, als mein Finger sich ganz von allein gehoben hat.

(Gelächter)

F: Das Erstaunliche daran ist, daß er es tatsächlich ganz von allein tut. Und Sie haben das zustande gebracht. Sie sehen, wenn Sie in Trance sind, können Sie alles erreichen – buchstäblich alles.
A: Ja, vielleicht schon.
F: Sogar Dinge, von denen Sie gar nicht wissen, daß Sie die Möglichkeit haben, sie zustande zu bringen. Verstehen Sie das jetzt?
A: Ja ... ich glaube schon.
F: Okay. Erinnern Sie sich an die Anweisungen, die ich Ihnen gegeben habe – wie Sie sich selbst in Trance versetzen können?
A: An meine Hand zu denken, meinen Sie?
F: Nein, nicht ganz. Vielleicht haben Sie ein

bißchen davon verpaßt. Erinnern Sie sich an das Gefühl von meinen Fingern auf Ihrem Handgelenk?

A: Ja, jetzt weiß ich's wieder.

F: Wollen Sie versuchen, sich nur damit in Trance zu versetzen?

A: Ich ... ich werd's versuchen.

F: Gut.

A: Kann ich sagen ... ich meine, kann ich drüber reden?

F: Natürlich.

A: Also, ich versuche jetzt, die Hand auf meinem Handgelenk zu fühlen, aber ...

F: Sie brauchen nur daran zu denken, nur daran, wie es sich angefühlt hat, und ich helfe Ihnen, sich zu erinnern. Daran zu denken ist alles, was nötig ist. Stellen Sie sich diese Hand vor, und wenn Sie wollen, schließen Sie die Augen, damit Sie sie deutlicher sehen können. Hilft Ihnen das?

A: Ja.

F: Gut. Sie sehen, daß die Finger sich bewegen und zucken, und die Hand bewegt sich nach oben. Und während sie sich Ihrem Gesicht nähert, verfallen Sie tiefer und tiefer in Ihre Trance.

A: Und die Finger spreizen sich, so?

F: Ja. Machen Sie weiter so. Sie machen das wunderbar – Sie tun genau das, was ich Ihnen gesagt habe. Wenn die Hand sich Ihrem Gesicht zu nähern beginnt, sagen Sie »Jetzt«.

(Pause)

A: Jetzt.

F: Gut. Jetzt möchte ich, daß Sie beginnen, indem Sie sich an ein sehr, sehr erfreuliches Ereignis erinnern. Ein angenehmes Ereignis. Ein Ereignis, bei dem Sie sich stark und gut gefühlt haben und bei dem alle Menschen, die Sie kennen, stolz und glücklich gewesen wären. Können Sie sich an so etwas erinnern?

A: Ja.

F: Gut. Wollen Sie mir davon erzählen?

A: Bei meiner Hochzeit habe ich mich hübsch gefühlt.

F: Ja. Das ist meistens ein schönes, befriedigendes Ereignis.

A: Ich war so glücklich.

F: Gut. Erzählen Sie mir, wie Sie sich fühlen, wenn Sie sich an dieses Ereignis erinnern.

A: Weinerlich.

F: Weinerlich?

A: Ich habe bei der Trauung die ganze Zeit geweint. Ein Richter hat uns getraut. Er hat es so nett gefunden, daß ich geweint habe. Er hat gesagt, wie schön es ist, Freudentränen zu sehen. Er hat mir sein Taschentuch geliehen, damit ich mir die Augen abwischen konnte.

F: War es das, was Sie eben getan haben, als Sie sich mit den Händen über das Gesicht gefahren sind?

A: Hm.

F: Gut. Sie können es genießen, sich lebhaft und genau an dieses schöne Erlebnis zu erinnern und sich vielleicht sogar an Dingen zu freuen, die Sie vergessen hatten. Ja. Jetzt haben Sie ein Lächeln im Gesicht. Woran erinnern Sie sich?

A: John. Meinen Mann. Er hat mir zur Hochzeit Blumen mitgebracht. Ich habe nur einmal vorher Blumen bekommen. Ach, sie waren richtig hübsch.

F: Sie machen das wunderbar, Esther. Sie kontrollieren Ihre Trance gut. Ich bin wirklich stolz auf Sie. Meinen Sie, daß wir ein bißchen weitergehen können?

A: Ich glaube schon.

F: Gut. Arbeiten wir doch wieder mit Ihren eigenen Fähigkeiten. Je mehr Sie üben, desto besser werden Sie. Denken Sie an das Gefühl in Ihrem Handgelenk. Wie es sich angefühlt hat, als ich Sie berührt habe. Und wenn Sie das Stadium erreicht haben, in dem Ihre Hand sich Ihrem Gesicht nähert und Sie die Bewegung spüren können, sagen Sie »Jetzt«.

A: Jetzt.

F: Gut. Esther, es gibt im Leben viele angenehme Dinge. Hochzeiten und Weihnachtsfeiern zum Beispiel. Was war das schönste Geburtstagsgeschenk, das Sie jemals bekommen haben?

A: Mein ... Einer von meinen Vätern hat mich zum Essen und ins Theater mitgenommen.

F: Wer war das, Esther?

A: Mein richtiger Vater, Mr. Freemont. Ich war elf oder zwölf, und wir haben uns gut angezogen dafür. Er hat einen Anzug mit Schlips angehabt, und Momma hat so schön ausgesehen. Ich hatte ein neues Kleid. Es war gelb, und Daddy hat gesagt, es ist für mich, weil ich etwas Besonderes bin.

F: Können Sie das Kleid jetzt vor sich sehen?

A: Ja.

F: Können Sie sich vorstellen, daß Sie das Kleid tragen?

A: Ja.

F: Sie haben es gerade jetzt in diesem Augenblick an, nicht wahr? Sie können es berühren. Sie fühlen sich stolz und zufrieden in Ihrem neuen Kleid. Ja, streichen Sie ruhig darüber. Spüren Sie den Stoff unter der Hand. Jetzt lächeln Sie. Freuen Sie sich über Ihr Kleid?

A: Ja. Es fühlt sich so hübsch an. Danke, Daddy.

F: Okay, Esther. Entspannen Sie sich. Gut. Das hat Spaß gemacht, nicht wahr? Jetzt können wir uns vielleicht noch an ein paar andere Dinge erinnern. Erinnern Sie sich an eine Party im November 1960? Können Sie sich an diese Party erinnern?

A: Eine Party?

F: Ja. Im November 1960.

A: Damals bin ich auf ziemlich viele Partys gegangen.

F: Erinnern Sie sich an zwei Jungen namens Coolidge?

(Pause)

F: Esther, erinnern Sie sich an zwei Jungen namens Bobby und Billy Coolidge?
A: Ja.
F: Können Sie mir sagen, ob Sie jemals mit Billy und Bobby auf einer Party waren?
A: Na ja, ich war ziemlich viel mit dieser Clique zusammen, wissen Sie. Wahrscheinlich war ich auf vielen Parties, auf denen sie auch waren.
F: Erinnern Sie sich an ein Mädchen namens Alice Fay?
A: Mhm.
F: Woran erinnern Sie sich bei Alice?
A: Sie war hübsch. Sie war unsere Prom Queen.
F: Sie sind im November 1960 zu einer Party in Alices Haus gegangen, nicht wahr?
A: Im November?
F: Ja.

(Pause)

F: Esther, erinnern Sie sich an die Party in Alice Fays Haus?
A: Ich ... ein bißchen.
F: Gut. Jetzt entspannen Sie sich und lehnen sich zurück und schließen die Augen; rufen

Sie sich einfach diesen Abend und diese Party ins Gedächtnis, soweit Sie sich erinnern können. Dabei möchte ich, daß Sie darauf vertrauen, daß Sie sich an alles und jedes, das hier geschieht, richtig oder falsch erinnern oder auch gar nicht erinnern dürfen, ganz wie Ihre unbewußten Bedürfnisse es verlangen. Und wenn Sie aufwachen, werden Sie sich frisch und ausgeruht fühlen, und Sie werden Erleichterung verspüren in genau dem Maß, in dem Sie während der Trance vielleicht Furcht oder Kummer verspürt haben. Jetzt rufen Sie sich den Abend ins Gedächtnis, und wenn Sie sich alles ins Gedächtnis gerufen haben, an das Sie sich erinnern, möchte ich, daß Sie »Jetzt« sagen.

(Pause)

A: Jetzt.

F: Gut. So, Esther, jetzt möchte ich, daß Sie die Augen schließen und sich vorstellen, Sie sähen jedes Ereignis, das sich am Abend von Alice Fays Party abgespielt hat. Tun Sie das jetzt gerade?

A: Ja.

F: Esther, ich würde den Abend gern zusammen mit Ihnen erleben. Würden Sie mir vielleicht erzählen, was Sie sehen?

A: Das Haus.

F: Wessen Haus?

A: Alices Haus.

F: Gefällt es Ihnen?

A: Es ist toll.

F: Was gefällt Ihnen an dem Haus am besten?

A: In einem Zimmer haben sie dicke Teppiche. Ich bin drübergegangen. Es war, als ob man über Wolken geht.

F: Und das hat sich gut angefühlt?

A: Und die Möbel waren so hübsch.

F: Was passiert in dem Haus? Können Sie das erkennen?

A: Da ist Musik, und es wird getanzt. Und alle haben Spaß.

F: Gut. Sie machen das sehr gut. Wenn Sie sich jetzt die Ereignisse ins Gedächtnis rufen, möchte ich, daß Sie so klar wie möglich empfinden, was Sie damals empfunden haben. Wie fühlen Sie sich, Esther?

A: Ich war nervös.

F: Nervös?

A: Wir sollten eigentlich nicht dort sein.

F: Warum sollten Sie nicht dort sein?

(Pause)

F: Warum sollten Sie nicht in Alice Fays Haus sein?

A: Da war irgendwas Schlimmes ... ich ... Ach, ich weiß auch nicht. Ich bin einfach nervös.

F: Haben Billy und Bobby Sie nervös gemacht?

A: Hm.

F: Ich habe Sie gerade nicht verstanden, Esther, können Sie lauter sprechen?

A: Wahrscheinlich schon.

F: Was haben sie getan, das Sie nervös gemacht hat?

A: Wie bitte?

F: Was haben Billy und Bobby getan, das Sie nervös gemacht hat?

A: Ich ... ich weiß nicht. Ist es heiß hier drin?

F: Ich glaube nicht, Esther. Esther, haben Billy und Bobby Sie nervös gemacht, als sie sich geschlagen haben? Ist das der Grund dafür, warum Sie so nervös sind?

A: Ich fühle mich nicht gut.

F: Was fehlt Ihnen?

A: Nichts.

F: Okay, versuchen Sie einfach, sich zu entspannen. Spüren Sie, wie angenehm es ist, die Kontrolle zu behalten, zu wissen, daß Sie die Frau sein können, die Sie sein wollen. Können Sie diese Zuversicht spüren?

A: Ja.

F: Sind Sie entspannt, und haben Sie die Kontrolle wiedergewonnen?

A: Ja.

F: Gut, Esther. Ich möchte, daß Sie an die Party zurückdenken. Daß Sie sich diesen Abend ins Gedächtnis rufen. Ich weiß, daß Sie dazu in der Lage sind. Können Sie den dicken Teppich und die schönen Möbel sehen?

A: Ja.

F: Ziehen Sie doch die Schuhe aus, und gehen Sie über den dicken Teppich. Es fühlt sich gut an, nicht wahr?

A: Das habe ich nicht gemacht.

F: Aber Sie hätten es doch gern getan?

A: Ja.

F: Sie können auch Bobby und Billy sehen, nicht wahr?

A: Drüben bei der Punschschüssel.

F: War dort auch die Schlägerei?

A: Die Schlägerei?

F: Erinnern Sie sich an die Schlägerei? Billy und Bobby haben sich geprügelt. War es das, was Sie nervös gemacht hat?

A: Ich weiß nicht mehr.

F: Sie können sich nicht an die Schlägerei erinnern?

A: Billy hat sich dauernd geschlagen.

F: Hat Billy sich im Park geschlagen?

A: Wie bitte?

F: Hat Billy sich im Park geschlagen?

A: Der ... Ich war nicht im Park.

F: Sie haben Ihre Brille nicht im Park verloren?

A: Nein. Hm.

F: Wann haben Sie die Brille verloren?

A: Schon ein bißchen vor ...

F: Vor was, Esther?

A: Dem ... Sie wissen schon, damals, als Richie ... gestorben ist.

F: Wie sind Sie denn die ganze Zeit ohne Brille ausgekommen?

A: Ich hab sie nur zum Lesen gebraucht. Ich hab sie nicht so dringend gebraucht.

F: Erzählen Sie uns doch von der Schlägerei.

A: Der Schlägerei?

F: Sie haben doch gesagt, es hätte eine Schlägerei gegeben.

A: Hab ich?

F: Wo war die Schlägerei?

A: Mir tut der Kopf weh.

F: Der Kopf tut Ihnen weh?

A: Er pocht. Ich kann nicht denken.

F: Wann, Esther? Damals, 1960, oder jetzt?

A: Mein Ohr tut auch weh.

F: Esther, ich möchte, daß Sie sich entspannen ...

A: Ich kann nicht denken.

F: Sie können einfach nicht denken?

A: Hm.

F: Okay. Ich möchte Ihnen danken, Esther, für Ihre Hilfe und für die Mühe, die Sie sich gegeben haben. Ich weiß, daß Sie in vollem Maß für Ihre Bemühungen belohnt werden. Sie lernen, die starke, zuversichtliche, selbstsichere Frau zu sein, die Sie sein wollen, und was Sie heute lernen, steht in einem direkten Verhältnis zu Ihrer Mitarbeit. Je mehr Sie mit mir arbeiten, desto schneller werden Sie der Mensch werden, der Sie sein wollen.
In einer Minute werde ich Sie bitten, aufzu-

wachen, im Vertrauen darauf, daß Sie jederzeit, wenn Sie sich in eine hypnotische Trance versetzen wollen, in Ihrer Wohnung, im Bett oder auch draußen im Trubel der Welt, diese Trance leicht, rasch und zuversichtlich erzeugen können, so wie ich es Ihnen gezeigt habe. Sollten Sie Ihre Konzentration steigern wollen, können Sie dies tun, indem Sie von eins bis drei zählen, wie ich es Ihnen beigebracht habe. Sie zählen in Gedanken bis drei und werden dabei völlig wach, aufmerksam und zuversichtlich; Sie fühlen sich wie der Mensch, der Sie im Grunde sein wollen. Wenn ich »Jetzt« sage, fangen Sie an zu zählen: eins, zwei, drei. Jetzt.

Shindler wartete, bis die Tür sich geschlossen hatte. Während der vergangenen Stunde hatte er sich sowenig wie möglich bewegt, um Hollanders Patientin nicht abzulenken; er war geradezu mit der Einrichtung verschmolzen. Jetzt streckte er sich, sagte aber nichts, während der Arzt seine Notizen vervollständigte.

»Das war absolut faszinierend für mich«, sagte Hollander, als er schließlich von dem Stenoblock aufsah, der auf seinem Schreibtisch lag. »Sind Ihnen die Kopfschmerzen und Ohrenschmerzen am Ende aufgefallen?«

»Ja.«

»Sie will nicht darüber reden, also erzeugt der Körper Schmerzen, die ihr das Denken unmöglich machen.«

»Sie glauben also, sie weiß etwas?«

»Ich bin mir nicht ganz sicher. Es ist noch zu früh. Mein Instinkt sagt, da ist etwas. Wann wollen Sie sie wieder vorbeibringen?«

»Morgen.«

»Nein. Nicht vor nächster Woche. Ich möchte, daß sie ein bißchen Zeit zum Nachdenken hat.«

»Würde es helfen, wenn ich sie zum Haus der Fays und in den Park fahren würde?«

»Vielleicht.«

Shindler streckte dem Arzt die Hand hin.

»Danke, Art. Ich kann Ihnen gar nicht sagen, wie dankbar ich für die Zeit bin, die Sie da hineinstecken.«

Hollander lachte.

»Ich sollte mich bedanken. Dies ist einer der spannendsten Fälle, die ich hatte, seit ich praktiziere. Sie können sich nicht vorstellen, wie angenehm und anregend es ist, sich einmal nicht die Beschwerden von sexuell frustrierten Hausfrauen anhören zu müssen.«

Shindler gab dem Arzt die Hand und schloß die Tür des Sprechzimmers hinter sich. Esther Pegalosi saß im Wartezimmer; sie sah nervös auf, als er sich näherte.

5

Die Lichter von Portsmouth funkelten wie abgestürzte Sterne und verblaßten dann, als die rote Aureole des Sonnenaufgangs über den Horizont stieg. Bobby Coolidge sah mit trüben, müden Augen zu. Er saß auf dem Sofa im dunklen Wohnzimmer von Sarah Rhodes' Wohnung. Das Ende einer Zigarette, die lose zwischen seinen Fingern hing, glühte rot. Er war auf dem Sofa zusammengesackt, die Füße auf der Glasplatte des niedrigen Tischs.

Es hatte eine Weile gedauert, bis er die Nacht vollständig zum Tag gemacht hatte, aber Bobbys Bewußtsein hatte den größten Teil des Prozesses verpaßt – es versuchte langsam, sorgsam, die Überreste eines Traums zusammenzusetzen.

»Stimmt irgendwas nicht?« fragte Sarah von der Schlafzimmertür her.

»Ich kann nicht schlafen. Das ist alles.«

Sarah sah im Halbdunkel zu seiner Silhouette hinüber. Sie lebten jetzt seit einem Monat zusammen, aber sie hatte sich immer noch nicht ganz an Bobby und seine Stimmungen gewöhnt.

Bobby hörte, wie ihre nackten Füße über die Dielen näher kamen, und dann gaben die Sofakissen neben ihm nach.

»Macht dir irgendwas zu schaffen, Bobby?« fragte sie leise. »Das ist jetzt die dritte Nacht, die du nicht schläfst.«
Er wandte den Kopf, um sie anzusehen. Es war warm, und sie schlief in Bikinihöschen und einem seiner T-Shirts, in dem sich unter dem Baumwollstoff die Brustwarzen abzeichneten.
»Ich bin einfach nur unter Druck wegen den Prüfungen, das ist alles«, sagte er. Es war eine Halbwahrheit. Er hoffte, sie würde die Erklärung akzeptieren und nicht weiterfragen; er wußte, er würde ihr nicht erzählen können, daß die Träume wieder begonnen hatten. Sie stahlen sich heimtückisch in sein Unterbewußtsein, nachts, wenn er sich nicht verteidigen konnte.
Er hatte geglaubt, sie in Vietnam zurückgelassen zu haben, aber nun lastete der Druck der Prüfungen immer schwerer auf ihm. Alles, sein neues Leben, seine Beziehung zu diesem Mädchen, schien davon abzuhängen, daß er an der Universität blieb. Wenn er nicht bestand ... wenn er versagte ... Er dachte ständig daran.
»Bist du ganz sicher, daß das alles ist?« fragte sie. Es rührte ihn an, wie aufrichtig ihre Besorgnis war. Niemand hatte sich jemals um sein Wohlergehen gekümmert. Er spürte, wie ihre Finger ihm leicht durchs Haar strichen, und er lehnte sich zurück und schloß die Augen.
»Es sind die Prüfungen. Ich denke ununterbrochen daran. Es macht mich einfach ziemlich fertig.«
»Dabei brauchst du dir keine Sorgen zu machen, Bobby. Ich kenne dich. Du bestehst sie.«
Sie strich ihm übers Haar, und er ließ den Kopf auf ihre Schulter sinken. Er war müde. Es war immer der gleiche Kreislauf. Nachts schlief er nicht genug, tagsüber war er

zu müde zum Arbeiten. Und hinter alldem steckten die Träume.
Er spürte, wie Sarahs Lippen seine Wange streiften, und öffnete die Augen. Sie sah ihm ins Gesicht. Er schob ihr Haar zur Seite und streichelte ihre Wange. Sie hielten einander in den Armen.
Die Sonne war aufgegangen, und das verschlafene Tal lag im Morgenlicht. Er beobachtete, wie der Nebel über die Dächer hinwegglitt wie Dampf in einer Schüssel. Sarah fühlte sich weich und nachgiebig an.
»Ich weiß schon, wie ich dir helfen kann, daß du einschläfst«, flüsterte sie, eine Spur Heiserkeit in der Stimme.
Er lächelte. Und wie sie das wußte. Sie stand langsam auf und zog die paar Kleidungsstücke aus, und Bobby folgte der schlanken, nackten Gestalt ins Schlafzimmer.
Aber diesmal half es nichts. Selbst als er in ihr war, selbst in dem Augenblick, in dem er kam, konnte er den Akt nicht wirklich genießen. Ein Teil von ihm sah ungläubig zu. Was hatte Bobby Coolidge mit diesem unwirklichen Mädchen im Bett zu suchen? Was hatte er am College zu suchen? Er gehörte nicht hierher. Er konnte nicht daran glauben, daß all dies Wirklichkeit war und daß es nicht plötzlich enden würde.
Sarah spürte, daß ihre Versuche, ihn zu entspannen, fehlgeschlagen waren. Sie spürte die Anspannung in seinem Körper, sie sah die Schwermut, als er fertig war. Bobby war ein merkwürdiger Junge. Ganz und gar nicht wie die Jungen, mit denen sie an der Highschool ausgegangen war, und dies war ein Teil seiner Anziehung auf sie. Sein Alter, die Reife seiner Freunde. Die meisten davon waren im Krieg gewesen oder doch zumindest älter als die Jungen,

mit denen die anderen Mädchen im ersten Studienjahr ausgingen. Sie fühlte sich älter und gereifter, wenn sie daran dachte, daß ein Junge, der im Krieg gewesen war – ein Junge, der getötet hatte –, sie attraktiv fand.

Sie strich mit der Hand über seine Brust und küßte ihn auf die Wange. Wie kompliziert er doch war. Auch das war ein Teil seiner Attraktivität. Die Jungen, mit denen sie sich vorher getroffen hatte, waren alle so einfach. Jeder eine Kopie der anderen. Wohlhabend und beschäftigungslos. Sportautos. Die gleiche Vergangenheit, Gegenwart und Zukunft. Aber Bobby konnte sie nicht lesen, nicht ganz. Es gab dunkle Ecken bei ihm, Geheimnisse, wie den Krieg, über den er nicht sprechen wollte, oder seine Vergangenheit, auf die er sich nur ganz allgemein bezog. Manchmal, wie heute früh, wirkte er sehr verletzlich. Eine Mischung aus Stärke und Schwäche, die sie faszinierend fand.

»Bobby, irgendwas stimmt nicht, und ich möchte, daß du es mir erzählst.«

Bobby sagte nichts. Er starrte in die Stille und atmete schwer wie ein Arbeiter, der eine große Last trägt.

»Bobby?« wiederholte sie.

»Ich kriege Angst, daß ich durchfalle, und all das hier ... Du bedeutest mir so viel. Ich denke darüber nach, was ich tun soll, wenn ich es nicht schaffe. Und über meinen Bruder.«

»Armer Junge«, sagte sie und streichelte seine Wange; dann glitt sie halb über ihn. Die glatte Haut unter seiner Hand fühlte sich gut an. »Unter der harten Schale bist du ein richtiges Kaninchen. Aber ich kenne dich, du Kaninchen, und ich weiß genau, du bist stark und klug und gut. Und ich weiß, dir gelingt alles, was du tust.«

Er lächelte traurig und drückte sie an sich.

»Du bist reiner Stahl, Sarah. Du bist das Allerbeste von allem Guten, was mir je passiert ist. Aber du kennst mich nicht richtig. Du kennst *diesen* Bobby Coolidge, aber du weißt nicht, wer ich vor dem Krieg war.«

»So sehr ändern sich die Leute nicht, Bobby. Tief im Innern warst du schon immer derselbe Mensch.«

»Nein, Sarah. Ich habe Dinge getan, die ich jetzt niemals wieder tun könnte. Üble Dinge.«

»Oh, Bobby, du übertreibst so gern. Ich weiß, du könntest keine ›üblen Dinge‹ tun. Nichts wirklich Schlimmes.«

»Das habe ich aber. Ich habe Blut an den Händen, Sarah, und ich kann es nicht aus meinen Träumen ausschließen. Immer wenn ich unter Druck bin, so wie jetzt, fangen die Träume wieder an, und dann sehe ich, was ich getan habe.«

»Was, Bobby?« fragte sie, besorgt über seine plötzliche Veränderung.

»Es tut mir leid, daß ich das gesagt … daß ich so dahergeredet habe. Bitte, tu mir einen Gefallen. Es gibt da ein paar Dinge … Dinge in meiner Vergangenheit … von denen ich nicht möchte, daß du sie weißt. Ich will nicht riskieren, dich zu verlieren, und das würde ich, wenn ich dir davon erzählte. Ich hätte gar nicht davon anfangen sollen. Aber ich hab's getan, und jetzt bitte ich dich zu vergessen, daß ich's getan habe.«

»Aber Bobby …«

»Bitte. Ich … Du bist das Wichtigste, das Anständigste, das mir je begegnet ist. Ich will dich nicht verlieren. Kannst du dich nicht in dieser einen Sache danach richten, was ich will?«

Der Blick, mit dem sie ihn ansah, war eigenartig und sehr verwundert.

»Okay, Bobby. Ich frage nicht mehr nach. Ich wollte doch nur helfen.«

»Aber du hilfst mir ja, einfach indem du da bist. Du bist meine Märchenprinzessin, und ich liebe dich.«

Er küßte sie, sanft zunächst, dann heftiger, und seine Liebe wuchs in ihm und riß ihn mit sich. Diesmal gab es keine Ablenkungen.

..... Band Nr. 2 ....

Dr. Arthur Hollander: Esther, fühlen Sie sich heute gut genug, um weiterzumachen?

Esther Pegalosi: Ja.

F: Gut. Wunderbar. Dann sehen wir mal, wie es heute geht. Wollen Sie sich einfach entspannen? Genau so. Wenn Sie spüren, wie Ihre Hand sich Ihrem Gesicht nähert, sagen Sie »Jetzt«.

(Pause)

A: Jetzt.

F: Gut. Halten Sie dieses angenehme Gefühl fest, während Sie in die Vergangenheit zurückgehen. Wir gehen heute nicht sehr weit zurück – nur bis in die letzte Woche, bis zu dem Tag heute vor einer Woche. Sie waren in diesem Sprechzimmer, und Sie haben in diesem Lehnstuhl gesessen, genau wie heute. Wir haben eine sehr, sehr befriedigende Stunde erlebt, und danach sind Sie hinausgegangen und haben draußen Roy, Mr. Shindler, getroffen. Und Sie sind mit ihm ins Auto gestiegen. Ich möchte jetzt, daß Sie sich diese Erfahrung nach bestem Wissen wieder ins Gedächtnis rufen. Erzählen Sie mir nicht davon. Lassen Sie sie vor Ihrem inneren Auge ablaufen. Alles, was geschehen ist, bevor Sie wieder in Ihre Wohnung zurückgekommen sind. Lassen Sie mich wissen, wenn Sie fertig sind; sagen Sie »Jetzt«.

(Pause)

A: Jetzt.
F: War das unangenehm?
A: Nein.
F: Wären Sie bereit, mir von dieser Erfahrung zu erzählen?
A: Hm.
F: Okay. Wenn Sie wollen, erzählen Sie mir so genau wie möglich, als ob es alles in diesem Augenblick passierte, was alles geschehen ist. Sie gehen durch diese Tür da hinaus. Sie hören, wie die Schwingtür noch einmal auf und zu schlägt.
A: Wir gehen auf den Parkplatz raus, und Mr. Shindler erzählt mir, daß Sie gesagt haben, wie gut ich das mache. Und daß er stolz auf mich ist. Ich setze mich auf den Vordersitz, und wir fahren vom Parkplatz runter.

F: Welche Straße nehmen Sie, Esther?

A: Atlanta Boulevard. Und dann zum Monroe. Wir haben über Sie geredet. Ich habe gesagt, ich finde, daß Sie ein netter Mann sind.

F: Oh, vielen Dank!

A: Ich habe gesagt, daß Sie sich nett anhören und daß Sie irgendwie alles verstehen.

Dann sind wir den Monroe raufgefahren bis zum Park, und Mr. Shindler ist in den Park abgebogen. Beim Fahren hat er mich gefragt, ob mir irgendwas bekannt vorkommt. Erst haben wir eine Stelle auf einem Hügel bei einem von den Bähnchen angesehen, wo die Straße anfängt zu steigen. Ich habe gesagt, daß es mir bekannt vorkommt, weil er mich schon mal dort hingefahren hatte. Dahin, wo er meine Brille gefunden hat. Aber sonst kenne ich die Stelle nicht.

Dann sind wir weiter raufgefahren und eine ... so eine Art kleinen Feldweg entlanggefahren. Und ich habe auf die Straße geachtet, um zu sehen, ob ich mich daran erinnern kann, daß ich eine davon entlanggerannt bin, und dann sind wir den kleinen Weg raufgefahren. Aber vorher sind wir noch an einer Stelle vorbeigekommen, ziemlich weit oben auf dem Hügel, wo eine Feuerstelle war. Da war eine Wiese, und ich dachte, da wären früher Picknickbänke und so gewesen. Und Roy hat gesagt, es wären welche dagewesen, aber sie haben sie abgebaut.

Dann sind wir an einer Stelle vorbeigefahren, wo ein paar Parkbänke waren. Wir sind nach rechts auf den Feldweg gefahren, und es war schlammig und naß, und wir sind dort raufgefahren, und Roy hat mir erzählt, daß der Mord an diesem Weg passiert ist, noch ein bißchen weiter hinten. Und ich habe gesagt, daß es mir bekannt vorkommt, aber ich wußte es nicht sicher. Aber ich habe ihm gesagt, ich glaube, am Ende kommt eine große flache Wiese, wo sie alles weggeschlagen haben, und das ganze Unkraut und so ist weg, und er hat mir die Stelle gezeigt und gefragt, ob ich mich an einen roten 55er Mercury mit roten und gelben Flammen auf der Seite erinnern kann, der bei den Bäumen auf der anderen Seite geparkt war. Aber ich habe mich nicht erinnert.
Dann haben wir da eine Weile geparkt, und Roy hat mich gefragt, ob ich mich erinnern kann, daß ich an dem Abend mit Bobby und Billy zusammengewesen bin, und das konnte ich, aber nur am frühen Abend. Und er hat gefragt, ob Bobby und Billy am Monroe Dragsterrennen gefahren sind, und ich habe gesagt, manchmal schon.
Danach sind wir um die Wiese herumgegangen, und Mr. Shindler hat mich bis zum Hang geführt und mir gezeigt, daß, wenn ein Mädchen da runtergerannt wäre, sie genau dort vorbeigekommen wäre, wo sie meine Brille gefunden haben. Aber ich habe mich an nichts

erinnert, also sind wir wieder ins Auto gestiegen.

F: Und wohin fahren Sie jetzt?

A: Wir sind wieder bergab gefahren, aber nicht zurück in die Stadt, sondern am Parkeingang links, und wir sind an dem Haus vorbeigekommen, das in der Nähe vom Eingang steht. Ich habe es bemerkt, als wir daran vorbeigekommen sind, und Roy hat gewendet und davor geparkt.

Wir sind ausgestiegen und ein Stück die Auffahrt raufgegangen, und Roy hat mich mit in den Hof genommen und gefragt: »Erinnerst du dich an bellende Hunde?« Und ich ...

F: Ja?

A: Na ja, ich bin nie dort gewesen. Das weiß ich. Aber ich habe richtig Angst gekriegt. Wie wenn man sich ganz schwach und übel fühlt. Ich habe gedacht, ich glaube, gleich kommt irgendwas raus.

F: Können Sie das jetzt auch spüren? Wären Sie bereit, sich dieses Gefühl wieder ins Gedächtnis zu rufen?

A: Lieber nicht.

F: Sie haben gesagt, Sie sind nie zuvor dort gewesen?

A: Ich weiß es nicht sicher. Aber als ich da war, war es, als wäre ich's gewesen. Und als er das von den bellenden Hunden gesagt hat, hatte ich so ein komisches Gefühl, daß er eine Art Hund meint.

F: Was für eine Art?

A: Ein Schäferhund.

F: Warum ein Schäferhund?

A: Ich weiß nicht. Nur, daß wir mal einen hatten. Mein Vater hat ihn umgebracht.

F: Er hat ihn umgebracht?

A: Das war, als meine Mutter von meinem richtigen Vater geschieden war. Ich war dreizehn, und sie hat diesen Mann geheiratet. Er war richtig streng und war ein paarmal in der Psychoklinik gewesen, nachdem er aus der Army entlassen war. Und er war Alkoholiker.
Er hat getrunken, und dann hat er uns verprügelt. Tag und Nacht. Er hat mit einem Messer nach meiner Mutter gestochen. Ich hab's gesehen. Dann hat meine Mutter uns weggebracht.

F: Sie wollten mir von dem Hund erzählen. Dem Schäferhund.

A: Ja?

F: Ja.

A: Er hat ihn umgebracht. Es war mein Hund. Wir haben am Waldrand gewohnt, und ich bin immer mit ihm ausgegangen. Er war mein einziger Freund. Dann hat er ihn umgebracht, zur Strafe, als ich einmal nicht gehorcht habe. Er hat ihn ins Auge geschossen, und ich mußte zusehen.

(Pause)

F: Möchten Sie mein Taschentuch?

A: Danke.

F: Sind Sie in Ordnung? Können Sie weitermachen?

A: Ich bin okay.

F: Warum versuchen Sie nicht, sich zu entspannen. Warum legen Sie sich nicht zurück in das kühle Gras und lassen sich den Wind über das Gesicht wehen? Ja, das ist richtig. Holen Sie tief Luft. Wenn Sie die Brise spüren und die kühlen kleinen Wölkchen sehen können, sagen Sie »Jetzt«.

(Tiefe Atemzüge, dann flachere Atemzüge)

F: Alles in Ordnung?

A: Jetzt.

F: Okay. Sie sind entspannt, und Sie lassen sich zurücktreiben in die letzte Woche. Sie und Roy sehen sich in diesem Hof um, und Sie haben ein merkwürdiges Gefühl. Erzählen Sie mir von dem Gefühl. Sie können es sich ins Gedächtnis rufen, denn Sie sind eine starke und selbstsichere Frau, die allmählich zu dem Menschen wird, der sie sein will. Eine Frau, die ihr Schicksal in der Hand hat. Fühlen Sie sich entspannt und zuversichtlich?

A: Ja.

F: Dann erzählen Sie mir, was Sie empfinden. Sie sehen diesen Hund, als ereignete es sich in diesem Augenblick, nicht wahr? Empfinden Sie, was Sie empfunden haben, als Sie diesen großen braunen Schäferhund gesehen haben. Fühlen Sie es. Wenn es etwas gibt, das Sie sagen wollen, sagen Sie es. Aber fühlen Sie das Gefühl.

A: Ich weiß, daß ich schon mal da gewesen bin.

F: Sie wissen, daß Sie schon einmal dort gewesen sind?

A: Und ich weiß, daß ich Angst hatte, als ich da war.

F: Ich möchte, daß Sie mir sagen, was Sie Ihrem Gefühl nach geängstigt hat. Was hat Sie geängstigt? Der erste Gedanke jetzt - der erste Gedanke!

A: Daß wir erwischt werden.

F: Erwischt werden? Weswegen sollte man Sie erwischen?

A: Einfach weil wir da sind.

F: Erwischt werden, weil Sie da sind? Was sollte daran so schlimm sein? Warum sollte jemand Sie erwischen wollen, weil Sie da sind?

A: Ich weiß nicht.

F: Sie wissen es nicht?

A: Ich könnte raten. Aber ich weiß es wirklich nicht.

F: In Ordnung. Würden Sie für mich raten?

A: Hm. Ich habe darüber nachgedacht, und als wir dort wieder weggefahren sind, hat Roy gesagt, daß der Mord auf dem Hügel direkt über dem Haus passiert ist und daß die Dame in dem Haus Schäferhunde hat und daß sie sich damals in der Nacht aufgeregt haben und daß sie gesehen hat, wie ein Mädchen wegrennt. Und ich habe gedacht, vielleicht war ich das.

F: Aber Sie hatten schon Angst, bevor Roy Ihnen das erzählt hat.

A: Ja.

F: Wie konnten Sie Angst haben, bevor Sie von den Schäferhunden wußten?

A: Ich weiß nicht.

F: Sie haben gesagt »daß wir erwischt werden«. Warum wir?

A: Das ist komisch.

F: Was?

A: Also, als ich da war - in der Einfahrt -, da hatte ich das Gefühl, daß ich zweimal da gewesen war. Und einmal war es in einem Auto.

F: Ach, Sie meinen, Sie waren in der Einfahrt zu dem Haus, in einem Auto. Haben Sie sich Sorgen gemacht, Sie könnten erwischt werden, weil es nach dem Mord war?

A: Ich weiß nicht, wann es war. Ich weiß nur noch, wir sind in die Einfahrt gefahren, und ich glaube, ich habe auf dem Rücksitz gesessen, und es kann sein, daß noch jemand auf dem Rücksitz war.

F: Haben Sie sie auf der Straße aufgelesen, nachdem Sie den Hügel hinuntergerannt waren?

A: Ich weiß es nicht mehr!

F: Entspannen Sie sich, Esther. So ist es gut. Lassen Sie es kommen! Lassen Sie es kommen! Lassen Sie es einfach raus! Ich bin ja hier.

A: Ich kann nicht! (Schreien, Weinen)

F: Lassen Sie es kommen. Ich bin bei Ihnen, Esther. Lassen einfach Sie alles aus sich heraus. Lassen Sie das ganze Gefühl jetzt aus sich herauskommen. Lassen Sie es ganz natürlich gehen.

A: Ich kann nicht denken. (Immer noch weinend)

F: In Ordnung. Das ist in Ordnung. Sie machen das richtig. Hören Sie ruhig eine Weile auf zu denken.

(Weinen, mehrere Sekunden lang.)

F: Geht es Ihnen jetzt besser?

A: Ich erinnere mich nicht. Ich kann nicht. Ich kann mich nicht erinnern.

F: Wenn Sie sich nicht erinnern können ...

A: Ich kann einfach nicht.

F: Ich weiß es wirklich zu schätzen, daß Sie es versuchen. Das wissen Sie, oder?

A: Wenn ich es bloß rausbringen könnte.

F: Was herausbringen?

A: Uh?

F: Was wollen Sie herausbringen?

A: Ich ... ich habe bloß gedacht. Rausfinden, ob es wirklich passiert ist oder nicht. Manchmal bin ich ganz durcheinander, weil wir dauernd in den Park gegangen sind, als ich in der Highschool war, und ich weiß nicht mehr, ob ich mich an etwas erinnere, das ich wirklich getan habe, oder ob es von dem Mord kommt.

F: Sie waren also schon vorher auf der Wiese?

A: Ich bin immer wieder da gewesen.

F: Das wollte ich klären. Sie waren dort zum Flirten oder so etwas, und …

A: Wir waren oft da oben und haben Partys gefeiert und getrunken. Es war ein richtig guter Platz zum Gespensterspielen an Halloween, weil es da sowieso schon ziemlich gruselig war. Ich bin fast jedes Halloween da oben gewesen; die anderen erschrecken, im Wald rumlaufen, solches Zeug. Nur, in der Auffahrt hatte ich nicht das Gefühl, ich kenne es von daher. Es war so komisch … dieses Gefühl … ich weiß, ich habe Angst, mich zu erinnern.

F: Da kann ich Ihnen wirklich keinen Vorwurf machen. Ich glaube, ich hätte auch Angst, mich zu erinnern.

A: Es ist, wie wenn ich träume und dann aufwache. Ich kann den Traum noch sehen, ein bißchen davon, aber ich kann mich nicht erinnern.

F: Sie träumen davon?

A: Ein bißchen.

F: Erzählen Sie mir von Ihren Träumen.

A: Manchmal sehe ich Richies Gesicht. Es ist voller Blut wie auf dem Bild, das Mr. Shindler mir gezeigt hat. Dann renne ich weg. Was passiert ist, ist schon passiert, und ich renne den Hang runter. Und da ist noch jemand, der auch rennt, und ich glaube, es ist ein Mädchen. Es ist nicht so, als ob jemand hinter mir her wäre. Ich renne nur einfach. Und dann sind wir in einem Auto. Auf der Rückbank.

F: Können Sie das Gesicht des Mädchens sehen?

A: Nein. Ich bin aufgewacht.

F: Haben Sie das mehr als einmal geträumt?

A: Zweimal, seit wir letzte Woche im Park waren.

F: Finden Sie diese Träume verstörend?

A: Ja.

F: Wie fühlen Sie sich, wenn Sie aus einem solchen Traum aufwachen?

A: Mein Herz schlägt sehr schnell, und ich kann nicht atmen. Das erstemal habe ich gedacht, es passiert wirklich.

F: Und Sie haben diese Träume zuvor niemals gehabt?

A: Doch, ein- oder zweimal.

F: Ich dachte, Sie hätten gesagt, erst nach Ihrem Besuch im Park. Als Roy Sie hingefahren hat.

A: Ja, aber ich habe von dem Gesicht geträumt. Meine Mom kann's Ihnen sagen. Als ich noch bei ihr gewohnt habe.

F: Okay. Esther, wir haben heute eine sehr anstrengende Sitzung hinter uns gebracht. Sie haben Ihr möglichstes getan, und ich bin stolz auf Sie. Ich werde Ihnen jetzt etwas sagen, das Ihnen helfen kann, wenn Sie das

nächstemal aufwachen und sich fürchten, weil Sie einen dieser Träume hatten, oder wann immer Sie sich unter Druck gesetzt fühlen oder Zweifel daran haben, daß Sie die starke und reife Frau sind, von der wir wissen, daß Sie sie sind. Eine Frau, die ganz allein ein Kind aufziehen kann, und die es im Leben allein schafft. Wir sehen, daß Sie dabei sind, die starke und zuversichtliche Person zu werden, von der Sie wissen, daß Sie sie sein können.
Wenn Sie also das nächstemal Angst haben, hier oder zu Hause oder wo auch immer, dann möchte ich, daß Sie sich entspannen und sich das Gefühl meiner Hand auf Ihrem Handgelenk ins Gedächtnis rufen. Sie brauchen das Handgelenk nicht zu sehen, und Sie brauchen auch nicht die Augen zu schließen oder irgend etwas in dieser Art. Erinnern Sie sich einfach an das Gefühl, und bald wird Ihre Hand sich Ihrem Gesicht nähern, und Sie werden sich sicher und entspannt fühlen, und die ganze Anspannung wird verflogen sein.
Und ich möchte, daß Sie mir versprechen, daß Sie das zu Hause üben werden. Sie können es jederzeit tun. Im Schlafzimmer, beim Fernsehen. Wollen Sie mir versprechen, daß Sie üben werden?

A: Ja.

F: Gut. Und in ein paar Sekunden werden Sie aus Ihrer Trance aufwachen und sich erfrischt, stark und zuversichtlich fühlen ...

Eddie!« brüllte Gary Barrick, als er Eddie Toller am anderen Ende der Bar entdeckte. Die Luft im »Satin Slipper« war rauchgeschwängert, und in dem trüben Licht verschwammen die Gesichtszüge des lockenköpfigen jungen Mannes, der eben von seinem Barhocker aufstand.

»Himmelherrgott!« sagte Eddie, als er herausgefunden hatte, wer ihn beim Namen gerufen hatte. »Und, wie geht's?«

Sie lächelten sich an und schüttelten sich kräftig die Hand.

»Du siehst ja nobel aus für jemanden, der erst seit ein paar Monaten wieder aus dem Knast ist.«

»Hey«, sagte Eddie und sah sich rasch um, um zu prüfen, ob jemand Garys Bemerkung gehört hatte. »Nicht so laut. Die meisten hier wissen nicht, daß ich gesessen habe.«

»Sorry, Eddie. Was treibst du?«

»Ich arbeite hier. Stellvertretender Manager«, sagte Eddie mit einer Spur von Stolz.

»Mensch, das ist ja toll. Freut mich, daß es bei dir so glatt läuft.«

»Yeah, es ist ganz okay soweit.« Er zuckte die Schultern. »Und was ist mit dir?«

Gary grinste.

»Wie üblich. Ich hab zur Zeit keinen Job, aber ich seh mich um.«

Eddie nahm Gary mit an einen freien Tisch und winkte einer Kellnerin. Eine attraktive, langbeinige Blondine kam zu ihrem Tisch herüber.

»Was kann ich Ihnen bringen, Eddie?« fragte sie.

»Mir gar nichts, aber für meinen Freund hier zahlt das Haus. Was trinkst du, Gary?«

Gary bestellte, und die Blondine tänzelte davon.

»Allerhand«, sagte Gary beeindruckt. »Hast du was mit der?«
»Sheila? Nein. Ich habe eine Freundin. Sie arbeitet drüben im Salon, aber heute hat sie frei. Wann bist du nach Portsmouth gekommen?«
»Letzten Monat.«
»Hast du eine Bleibe?«
»Ja, ich wohne bei einer Mieze, die ich aufgetan habe.«
Sheila brachte Garys Drink, und eine Weile unterhielten sie sich über ihre Zeit als Zellengenossen.
»Du bist also solide geworden?« fragte Gary.
»Yeah. Ich mache jetzt keinen Blödsinn mehr. Joyce und ich wollen heiraten, sobald ich ein bißchen was gespart habe.«
»Heiraten. Hey, das klingt ernst.«
Eddie errötete.
»Yeah, wahrscheinlich. Ich werde ja auch nicht jünger.«
»Schade«, sagte Gary wehmütig.
»Warum?«
Gary sah sich um und beugte sich dann vor.
»Ich habe da ein tolles Ding geplant, und ich könnte noch einen brauchen.«
Eddie dachte einen Augenblick lang nach und schüttelte dann den Kopf.
»Nein, ich will in nichts reingeraten, Gary. Der Job hier bringt nicht viel, aber es reicht, und es kommt regelmäßig. Und ich will nicht wieder in den Knast, das halt ich nicht noch mal aus. Ich werde wirklich zu alt für so was.«
Gary zuckte die Achseln.
»Jeder, wie er will. Hör mal, ich geb dir meine Adresse und die Telefonnummer.«

»Nein. Ich bin einfach nicht daran interessiert.«
»Doch nicht dafür, sondern damit man sich mal trifft. Ich würde deine Mieze gern sehen. Alte Freunde sollten in Verbindung bleiben.«

Esther legte die Babywäsche zusammen und verstaute sie in sauberen Stapeln neben ihrer eigenen Wäsche im Schrank. Sie sah sich im Wohnzimmer um. Mit dem Bügeln war sie fertig, das Geschirr war gespült, und das Baby schlief. Sie ließ sich in den Sessel fallen, der vor dem Fernseher stand, und erlaubte sich einen tiefen Seufzer. Sie war erschöpft. Und dennoch, die Hausarbeit machte sie weniger fertig als früher, bevor ihre Besuche bei Dr. Hollander begonnen hatten.
Er hatte ihr die Augen dafür geöffnet, wie wichtig ihre Arbeit war. Ihm war es zu danken, daß ihr klargeworden war, daß nicht jeder Mensch in der Lage gewesen wäre, all das zu tun, was sie tun konnte – zum Beispiel, ein Kind allein aufzuziehen. Sie hatte geglaubt, jeder könne das, aber nun verstand sie, daß es nicht so war. Es erforderte eine besondere Art von Mensch, das zu tun, was sie tat.
Sie sah auf die Uhr. Es war dreiviertel neun. Sie konnte sich die letzte Viertelstunde einer Show ansehen oder ihre Trance üben. Sie entschied sich für die zweite Möglichkeit.
Mittlerweile freute sie sich darauf, ihre Trance zu üben. Es half ihr, sich zu entspannen, wenn sie sich unter Druck gesetzt fühlte. Es half ihr, die Alltagssorgen loszuwerden und der Frau näherzukommen, von der sie wußte, daß sie sie sein konnte – der starken, zuversichtlichen Frau, die sie sein wollte. Die Trance verlieh ihr ein Gefühl innerer Zu-

friedenheit, das Alkohol oder Tabletten niemals hinterlassen hatten. Ihre Tage erschienen ihr weniger mühsam, und die Nächte brachten tiefen Schlaf.
Fast ebenso wichtig war, daß die Trance ihr half, über die Dinge nachzudenken, von denen Dr. Hollander wollte, daß sie sich an sie erinnerte. Schattenhafte, flüchtige Gedanken, die sich in den Ecken ihres Unterbewußtseins versteckten. Nach jeder Sitzung war sie sich sicherer, daß sie etwas vor sich selbst verbarg, etwas, das damals in jener Nacht geschehen war. Sie war überzeugt davon. Wenn der Doktor oder Roy über Dinge sprachen, von denen sie meinten, sie habe sie getan, klang es immer vernünftig. Wenn es geschehen war, mußte es so geschehen sein, wie sie sagten.
Esther ließ zu, daß ihre Augen sich schlossen, und stellte sich die Finger des Arztes auf ihrem Handgelenk vor. Sie empfand ein leichtes Prickeln in den Gliedern und begann zu spüren, wie ihr Körper sich entspannte und ihre Hand auf ihr Gesicht zutrieb.
Sie freute sich jede Woche auf den Besuch bei Dr. Hollander. Er war so freundlich, so – väterlich war wohl das richtige Wort. Er war nicht so, wie ihre anderen Väter gewesen waren, sondern so, wie sie sich einen Vater gewünscht hätte. Immer auf ihrer Seite. Immer half er ihr.
Inzwischen mochte sie sogar Roy. Sie mußte sich zuerst wohl in ihm getäuscht haben, denn jetzt war er sehr nett. Oft schenkte er ihr etwas. Nichts Teures, außer ihren wunderschönen neuen Kleidern, aber Kleinigkeiten wie Blumen oder Spielzeug für das Baby. Er war so aufmerksam, wie John es gewesen war. Ältere Männer schienen immer rücksichtsvoller zu sein, obwohl sie auch mit einigen zu-

sammengewesen war, die es nicht waren. Roy erinnerte sie an John. Natürlich war er viel klüger. Sie fühlte sich immer so dumm, wenn sie mit ihm und dem Doktor zusammen war, obwohl sie niemals merken ließen, daß sie sie für dumm hielten. Aber sie war es, das hatte sie schon immer gewußt.

Der einzige Grund, weshalb die Jungen in der Schule ihr jemals Aufmerksamkeit geschenkt hatten, war, daß sie hübsch war und es mit ihnen machen würde. John hatte ihr Respekt erwiesen. Und Dr. Hollander und Roy taten das auch.

Sie hatte in der letzten Nacht von Roy geträumt. Beim Aufwachen hatte sie sich deshalb unbehaglich gefühlt, denn der Traum war erotisch gewesen. Sie hatten nackt in einem großen Bett gelegen. Sie waren nicht in einem Zimmer, jedenfalls kam es ihr so vor. Es war alles verschwommen gewesen. Vielleicht waren Wolken statt Wänden dagewesen. Und er war über ihr gewesen und hatte es mit ihr gemacht.

Sie merkte, daß sie sich zu verspannen begann, und konzentrierte sich auf ihr Handgelenk und ihre Trance. Sie dachte daran, was Roy und der Doktor von ihr wollten. Sie wünschte sich so sehr, ihnen zu helfen. Über manche ihrer Fragen allerdings wunderte sie sich. Sie fragte sich, warum Roy sie nach Monroe Boulevard und einem Dragsterrennen gefragt hatte. Glaubte er, sie hätten an diesem Abend ein Rennen mit Richie gefahren? Sie war sicher, das war nicht geschehen. Irgendwann einmal war sie mit jemandem zusammengewesen, der ein Rennen mit Richie gefahren hatte, aber sie war sich nicht sicher, ob es Roger gewesen war oder ob Billy und Bobby dabeigewesen waren. Es war alles so lang her.

Aber was, wenn es diese Nacht gewesen war –? Nur, das konnte nicht sein. Aber wenn doch? Dann irrte sie sich vielleicht auch bei anderen Dingen. Sie fühlte sich nicht mehr entspannt. Sie öffnete die Augen. Irgendwie funktionierte die Trance heute abend nicht. Sie stand auf und schaltete den Fernseher ein.

6

.....Band Nr. 5..............................

Dr. Arthur Hollander: Gut. Und bald wird die Hand sich Ihrem Gesicht zu nähern beginnen. Jetzt berührt die Hand Ihr Gesicht, und Ihre Augen werden sich schließen, sobald es Ihnen angenehm ist. So. Gut. Wunderbar. Völlig entspannt. Esther, ich möchte gern wissen, ob Sie bereit wären, alles zu vergessen, was an der Sitzung heute unerfreulich sein könnte, und wenn Sie es sind, können Sie es mir mit einem »Ja« mitteilen.

Esther Pegalosi: Ja.

F: Gut. Und wenn wir diese Informationen irgendwann in der Zukunft wieder brauchen sollten, können Sie sie sich, wenn Sie soweit sind, entweder allein oder mit meiner Hilfe wieder ins Gedächtnis rufen. Aber alles, was Ihnen unangenehm ist und was Sie vielleicht nicht bewußt im Gedächtnis behalten wollen, können Sie wieder vergessen, so wie Sie einen Traum ein paar Minuten nach dem Aufwachen

wieder vergessen haben. Und das gleiche können Sie mit jedem unangenehmen Abschnitt der heutigen Sitzung tun.
Esther, ich möchte, daß Sie sich jetzt vorstellen, das Fenster Ihnen gegenüber sei in Wirklichkeit eine Leinwand - eine Filmleinwand. Und können Sie jetzt vor Ihrem inneren Auge deutlich eine Filmleinwand sehen?

A: Hm.

F: Gut. Und wenn Sie jetzt zum unteren Rand der Filmleinwand schauen, werden Sie dort einen kleinen Zähler entdecken, ein bißchen wie die Kilometeranzeige in einem Auto.

A: Hm.

F: Können Sie ihn sehen? Und können Sie sehen, daß der Stand 1967 ist?

A: Hm.

F: Gut. Und jetzt stellen Sie sich einfach mal vor, der Zähler läuft rückwärts. '67, '66, '65, in einer Geschwindigkeit, die Ihnen angenehm ist. Und wenn der Zähler zurückgelaufen ist bis zum Jahr 1960, möchte ich gern, daß Sie es mir sagen, indem Sie mir die Jahreszahl nennen

A: 1960.

F: Gut. Wenn Sie jetzt die Leinwand beobachten, werden Sie Dinge sehen, die 1960 geschehen sind - als säßen Sie im Kino und sähen einen Film. Es könnte sein, daß Sie sich selbst als einen der Stars oder Schauspieler sehen, und wenn Sie sehen, daß auf der Leinwand die

Handlung beginnt, dann möchte ich, daß Sie »Jetzt« sagen.

A: Jetzt.

F: Gut. Und wollen Sie mir erzählen, was Sie dort gerade sehen?

A: Wir sind im Bob's.

F: Bob's?

A: Das ist ein Restaurant. Bob's Hamburger Heaven. Da haben wir oft rumgehangen.

F: Wen meinen Sie, wenn Sie »wir« sagen, Esther?

A: Meine Freunde.

F: Meinen Sie die Cobras?

A: Ein paar davon.

F: Billy und Bobby Coolidge?

A: Die habe ich gekannt.

F: Was haben Sie mit den Cobras getrieben?

A: Ich weiß nicht.

F: Haben Sie mit ihnen zusammen jemals etwas Übles getan?

A: Etwas Übles?

F: Etwas Gesetzwidriges.

A: Einmal haben wir den Minigolfplatz überfallen.

F: Erzählen Sie mir davon. Wann war das?

A: '59. Im Juli. Es waren drei Jungen und ich. Sie haben die Anlage ausgeraubt, und dann haben wir gemerkt, daß sie uns kriegen würden, und sie haben das Auto den Hügel runtergefahren. Es hat dem Bruder von einem der Jungen gehört. Und wir sind so schnell wir konnten diese kurvige Straße runtergerast, und die Polizeiautos waren hinter uns her, und eins ist sogar in den Graben gefahren. Wir haben es bis unten geschafft, aber dann sind wir falsch rum in eine Einbahnstraße gefahren, und ungefähr fünf Autos haben uns dann aufgehalten.

F: Polizeiautos?

A: Hm.

F: Hatten Sie Angst?

A: Oh, ja. Ich habe gar nicht hinsehen können.

F: Und was ist danach mit Ihnen passiert?

A: Na ja, ich war so jung, wissen Sie, also haben sie mich irgendwann mit Mom heimgehen lassen. Aber vorher haben sie mich eine Weile in Jugendhaft behalten.

F: Warum haben Sie das getan – diese Anlage ausgeraubt?

A: Ich war ziemlich betrunken, und ich hab mich nie an alles erinnern können. Nicht mal vor Gericht. Sie haben mich aussagen lassen, aber ich konnte mich nicht mehr erinnern, ob wir gewußt hatten, was passieren würde. Wir waren alle betrunken. Ich weiß nur, Bones ist zu dem Stand gegangen, wo man zahlt, und hat der Frau ein Messer an den Hals gehalten und ihr gedroht, er würde sie aufschlitzen. Er hat ihr aber nicht weh getan. Ich glaube, uns ist das einfach so eingefallen. Wir waren damals so. Immer für den Augenblick leben. Die Cobras haben das immer gesagt.

F: Hatten Sie Angst, als man Sie festgenommen hat?

A: Davor hatte ich keine Angst. Das war mir schon vorher passiert. Aber ich hatte Angst vor der Jugendhaft. Das habe ich gar nicht gemocht.

F: Was genau ist Jugendhaft?

A: Das ist das, wo Sie hinkommen, wenn Sie nicht volljährig sind. Ich hatte es nicht gern, wenn ich eingesperrt war.

F: Und bei welcher Gelegenheit hatte man Sie vorher schon festgenommen?

A: Als ich nach dem Jungen gestochen habe.

F: Sie haben nach jemandem gestochen?

A: Andy Trask.

F: Andy Trask?

A: Es war bloß ein Taschenmesser, das ich in der Tasche hatte. Ich habe ihn gar nicht richtig verletzt. Ich habe ihm bloß angst gemacht. Sie haben mich gehen lassen, als Momma gekommen ist.

F: Warum haben Sie ihn gestochen?

A: Das war bei einer Schulparty, und er ist mir dumm gekommen, und ich habe ihn nicht gelassen.

F: Was meinen Sie mit »dumm gekommen«?

A: Ach, wissen Sie, an mir rumfummeln und so. Ich ... Er hat mir angst gemacht.

F: Sie haben es nicht gemocht, daß er Sie berühren wollte?

A: Ich habe es gemocht, daß er ... daß er mich

gewollt hat, aber nicht, wie er es gemacht hat.

F: Wie hat er es denn gemacht?

A: Er war grob, wie mein ... wie George. Er hat versucht, mich auf den Rücksitz von seinem Auto zu stoßen.

F: Wer ist George?

A: Mein ... mein Stiefvater ... Er hat sich immer betrunken, wissen Sie, und dann hat er Momma geschlagen und sie, Sie wissen schon, sie dazu gekriegt, daß sie's tut, und wir mußten zusehen. Er hat uns gezwungen.

Er war einfach daneben. Deswegen hat Momma ihn ja auch verlassen. Sie ist damit zurechtgekommen, aber sie hat Angst gehabt wegen uns.

F: Und dieser Junge war wie Ihr Stiefvater?

A: Er hatte getrunken, und dann hat er mich geschubst und herumkommandiert. Ich mag es, wenn Jungen nett sind. Wenn sie sagen, daß ich hübsch bin. Ich bin nicht ...

F: Okay, Esther, entspannen Sie sich. Dieses Thema regt Sie offensichtlich auf, also reden wir lieber über etwas anderes. Meinen Sie, Sie können das tun?

(Nicken)

F: Gut, dann machen wir weiter. Denken Sie an den Herbst 1960, und lassen Sie die Dinge einfach kommen. Können Sie die Filmleinwand noch sehen? Gut. Beobachten Sie sie einfach, und bald wird das Bild verschwinden und durch eine andere Szene ersetzt werden, die etwas später in diesem Jahr spielt. Im November. Auf der Leinwand können Sie eine Party sehen. Sehen Sie sie?

A: Ich kann bloß eine Weihnachtsfeier sehen.

F: Nein, Esther, über diese Party haben wir schon gesprochen. Es ist die Party in Alice Fays Haus. Ich möchte, daß Sie Alices Haus auf der Leinwand sehen. Die dicken Teppiche, auf denen Sie gegangen sind. Erinnern Sie sich? Sie haben sich angefühlt wie Wolken.

A: Ja.

F: Sie können die Schuhe ausziehen und darauf herumlaufen. Wie fühlt sich das an?

A: Wie Schweben. Als ob ich am Himmel schwebe.

F: Gut. Jetzt lächeln Sie. Sind noch mehr Leute da?

A: Ja, natürlich. Es ist eine Party.

F: Was tun sie, Esther?

A: Tanzen. Und Spaß haben.

F: Mit wem sind Sie zusammen, Esther?

A: Roger. Und Billy und Bobby Coolidge sind auch da.

F: Wer ist Roger?

A: Roger Hessey. Das ist mein Freund ... war damals mein Freund.

F: Ihr fester Freund?

A: Einfach ... wir sind miteinander gegangen.

F: Ist Roger bis zum Ende der Party geblieben?

A: Nein. Er ist gegangen, als der Ärger angefangen hat.

F: Was für ein Ärger?

A: Billy hat Ärger gemacht.

F: Was hat er getan?

A: Geprügelt. Roger hat das nicht gewollt, also ist er gegangen.

F: Warum sind Sie nicht mit Roger gegangen?

A: Ich weiß nicht.

Roy Shindler: Billy hat bei der Schlägerei ein Messer verwendet, oder nicht?

A: Das weiß ich nicht mehr.

F: Sehen Sie auf die Leinwand, Esther, können Sie das Zimmer in Alices Haus sehen, in dem die Party stattfindet?

A: Ja.

F: Sehen Sie sich selbst und Billy und Bobby bei all den anderen Leuten?

A: Ja, das kann ich sehen.

F: Sie sehen auch Tommy Cooper, nicht wahr? Auf der Leinwand?

A: Ich ...

F: Entspannen Sie sich einfach, und sehen Sie genau hin. Sie werden Tommy und Alice bei der Punschschüssel stehen sehen und Bobby und Billy in der Nähe. Sagen Sie mir Bescheid, wenn Sie das sehen können.

A: Das kann ich sehen.

F: Erzählen Sie mir von der Schlägerei. Auf der Leinwand sind Tommy und Billy dabei, sich zu prügeln, oder?

A: Die Prügelei kann ich nicht sehen. Ehrlich. Es ist viel zu schnell gegangen.

F: Aber Billy mit dem Messer können Sie sehen, oder nicht? Schauen Sie die Leinwand an. Sehen Sie den Tisch mit der Punschschüssel. Billy steht vor dem Tisch, oder?

A: Ja.

F: Was hat er an?

A: Seine Farben, wie immer. Die schwarze Lederjacke mit *Cobras* auf dem Rücken. Und Jeans. Enge Jeans.

F: Das können Sie deutlich sehen?

A: Billy war immer so angezogen.

F: Okay. Und Sie können das Messer sehen. Das Schnappmesser, das er in der Hand hat?

A: Ich kann nicht ... das kann ich nicht sehen.

F: Billy hatte doch so ein Messer, nicht wahr, Esther? Hat er es nicht die ganze Zeit herumgezeigt?

A: Ich ... das ist so lang her.

Dr. Hollander: Entspannen Sie sich, Esther. Sie brauchen sich absolut nicht aufzuregen. Denken Sie daran, Sie sehen eine Filmleinwand. Dinge, die auf einer Leinwand ablaufen, können Ihnen doch nicht schaden, oder?

A: Nein.

F: Gut. Und ich bin hier, um Ihnen zu helfen, oder?

A: Ja.

F: Ich habe Ihnen geholfen, die starke und selbstsichere Frau zu werden, die Sie immer sein wollten, nicht wahr? Wie ich es versprochen habe? Ist es nicht so?

A: Ja.

F: Und fühlen Sie sich im Augenblick selbstsicher und stark?

A: Ich ...

F: Wie fühlen Sie sich, Esther?

A: Ich habe Angst.

F: Okay. Dann möchte ich, daß Sie aufwachen.

A: Okay.

F: Eins, zwei, drei. In Ordnung.

A: Ich habe an häßliche Dinge gedacht.

F: Ich weiß. Sie haben gesagt, Sie hätten Angst. Angst wovor?

A: Ich weiß nicht. Ich schlafe nicht so gut. Letzte Nacht habe ich etwas geträumt ...

F: Den gleichen Traum, von dem Sie mir vor ein paar Wochen erzählt haben?

A: Hm. Und wenn ich wach bin, fühle ich mich schlecht. Sie sind immer so nett zu mir gewesen. Es ist wie - ich weiß, Sie wollen, daß ich mich erinnere, und ich versuch's auch, aber ich wünschte, ich müßte nicht zurückgehen.

F: Aber Sie brauchen nicht zurückzugehen, Esther. Wir können Sie doch nicht zwingen, hierherzukommen.

A: Ich weiß.

F: Wenn Sie zu Hause sind und sich ängstigen oder aufregen, machen Sie dann die Übungen, die ich Ihnen beigebracht habe?

A: Sie meinen, mich an Ihre Finger auf meinem Handgelenk erinnern?

F: Ja.

A: Ich versuch's. Manchmal ist es schwer, sich zu konzentrieren. Das Baby hält mich immer auf Trab, und Hausarbeit habe ich auch.

F: Genau bei diesen Gelegenheiten sollten Sie üben, sobald Sie spüren, daß Sie unter Druck stehen. Gerade dann wird es Ihnen am meisten helfen.

A: Ich weiß, und manchmal versuche ich's auch. Es ist nur, ich rege mich auf. Ich weiß, es ist alles in mir drin. Irgendwo da drin. Ich will es rausholen.

F: Das werden Sie auch. Jetzt entspannen Sie sich, und machen Sie es sich bequem. Spüren Sie, wie diese Finger Ihr Handgelenk streicheln. Ihre Hand wird leicht wie eine Feder. Ich möchte, daß Sie mit Ihrem ganzen Körper das Gefühl verspüren, daß Sie sich jeden Tag ein bißchen mehr wie der Mensch fühlen, der Sie sein wollen …

Roy Shindler: Du erinnerst dich daran, wie Billy den Wein genommen hat. Daran erinnerst du dich doch, oder, Esther?

A: Ja.

F: Und dann habt ihr den Wein im Auto getrunken. Kannst du das sehen, Esther?

A: Hm.

F: Wie lang habt ihr dazu gebraucht, den Wein zu trinken?

A: Ach, weiß ich nicht. Sie wissen, wie das ist, wenn man zuviel trinkt. Ich war müde, und alles hat sich irgendwie in die Länge gezogen.

F: Danach seid ihr dann in die Stadt gefahren, oder?

A: Ich glaube, ja.

F: Und jetzt seid ihr am Monroe Boulevard. Kannst du den Monroe sehen?

A: Ich kann Monroe sehen ... aber ich bin nicht ... ich erinnere mich nicht, ob ...

F: Aber du mußtest doch zum Monroe Boulevard, um nach Hause zu kommen, oder?

A: Nein. Meistens habe ich aus der Stadt die Marshall Road genommen.

F: Aber du hättest auch dort entlanggehen können?

A: Ja.

(Geflüster)

F: Okay, Esther, ich möchte, daß du dir in Gedanken den Monroe Boulevard vorstellst und uns sagst, was du am Monroe Boulevard alles siehst. Wir haben jetzt November 1960.

A: Also, ich kann mich nicht erinnern, daß ich an dem Abend dort gewesen bin.

F: An welchem Abend?

A: Als der ... der Mord, wissen Sie.

Dr. Hollander: Ja das ist schon in Ordnung, Esther. Sie können ja so tun, als wären Sie dort. Sehen Sie den Monroe Boulevard einfach auf der Filmleinwand. Können Sie ihn sehen?

A: Ja.

F: Okay. Und was sehen Sie jetzt?

A: Nicht viel. Ein paar Läden und so, wissen Sie.

(Geflüster)

F: Ja. In was für einem Auto sitzen Sie?

A: Was wollen Sie, daß ich jetzt sage?

F: Einfach die Wahrheit. Was sehen Sie auf der Leinwand?

A: Also, eigentlich ... Ich sehe mich gar nicht in einem Auto.

Roy Shindler: Was für ein Auto hatten Bobby und Billy Coolidge?

A: Also ich kann wirklich ... Einen Dodge oder einen Ford. Irgend so was.

F: Welche Farbe hatte es?

A: Uh, dunkelblau oder schwarz – irgendeine dunkle Farbe.

F: Du weißt, was Richie für ein Auto hatte, oder nicht?

A: Die Marke weiß ich nicht mehr.

F: Aber du hast es gekannt.

A: Das war das tollste Auto in der ganzen Schule. Ich war einmal dabei, als Billy und Bobby ein Rennen gegen das Auto gefahren sind.

F: Mit den beiden? War noch jemand dabei?

A: Ich glaube nicht.

F: Bist du öfter mit den Coolidges allein ausgegangen?

A: Vielleicht war noch jemand dabei. Wahrscheinlich Roger. Ich weiß nicht mehr, es ist so lang her.

F: Was ist bei dem Rennen passiert?

A: Es war einfach nur ein Dragsterrennen.

F: Es hat also keinen Unfall gegeben?

A: Nicht ... ich glaube nicht.

F: Was wolltest du eben sagen?

A: Wie bitte?

F: Du hast am Anfang »Nicht« gesagt. Wolltest du eigentlich sagen »nicht an diesem Abend«? Hat es eine andere Gelegenheit gegeben, wo du dabei warst, als die Coolidges ein Dragsterrennen gegen Richie gefahren haben, und wo es einen Unfall gegeben hat?

A: Ich glaube nicht.

F: Du glaubst es nicht, oder es hat keines gegeben?

A: Ich weiß nicht. Ich bin ganz durcheinander. An einen Unfall würde ich mich doch erinnern, oder?

F: Du hast mir erzählt, daß du dich nicht erinnern kannst, was an diesem Abend passiert ist, weil du betrunken warst.

A: Ja.

F: Also hätte da durchaus ein Dragsterrennen gegen Richie auf dem Monroe Boulevard gewesen sein können.

A: Ich bin furchtbar müde. Ich glaube nicht, daß ich heute noch was rauskriege.

Du bist heute abend ja sehr still«, sagte Shindler.
Esther wandte den Blick vom Fenster ab und sah ihn an. Er lächelte. Sie fühlte sich deshalb noch schlechter. Sie wußte, sie ließ die beiden Männer im Stich, weil sie sich nicht erinnern konnte – und jetzt war er so nett zu ihr, als machte es gar nichts aus.
»Ich bin einfach müde«, sagte sie.
»Das verstehe ich. Diese Sitzungen können für dich nicht sehr angenehm sein. Dr. Hollander und ich sind dir beide sehr dankbar dafür, daß du dir soviel Mühe gibst.«
Shindler lenkte auf die Ausfahrtspur, und Esther starrte auf ihre Hände hinunter. Sie war müde und deprimiert. Bei dem Gedanken, den Abend allein in ihrer Wohnung zu verbringen, fühlte sie sich leer. Sie wünschte, sie wäre nach den Sitzungen nicht immer so niedergeschlagen. Sie freute sich immer so sehr darauf, daß sie jedesmal danach das Gefühl hatte, etwas verloren zu haben.
Der Wohnblock ragte vor ihnen auf, und Esther schloß ein paar Sekunden lang die Augen. Roy parkte vor der Tür. Sie wollte nicht, daß er ging und sie allein ließ. Sie erinnerte sich, daß er vorhin etwas davon gesagt hatte, daß er hungrig war. Und sie fragte sich …
»Wollen Sie … Würden Sie gern noch mit hineinkommen? Ich kann uns schnell ein paar Spaghetti machen.«
Shindler war überrascht über die Einladung, aber erfreut darüber, daß sie sie aussprach. Während der letzten paar Sitzungen hatte er festgestellt, daß sie in seiner Gesellschaft weniger nervös war als zuvor.

Sie rechnete damit, daß er die Einladung ausschlug; sie war ohnehin albern gewesen. Sie war keine gute Köchin, und worüber sollten sie reden? Sie bereute bereits, ihn gefragt zu haben. Und dann nahm er an, und sofort hatte sie Angst, daß der Abend eine Katastrophe werden würde.

Shindler bezahlte die Babysitterin, und Esther ging in die Küche, um zu kochen. Das Kind schlief. Shindler fragte sie nach einem Laden in der Nähe, wo er eine Flasche Wein kaufen konnte. Esther kannte keinen. Sie kaufte Wein nicht einfach so zum Essen, und sie kam sich albern vor. Shindler sagte, er würde gehen und einen Laden suchen. Während er fort war, zog sie das neue Kostüm an, das er für sie gekauft hatte. Sie wußte nicht, wie unpassend es für den Anlaß wirkte.

»Du siehst sehr hübsch aus«, sagte Shindler, als er zurückkam. Sie errötete – die Reaktion, auf die er gehofft hatte. Sie war so leicht zu manipulieren. Die meisten Menschen waren das, wenn man sich die Zeit nahm, sie zu studieren.

Esther deckte den Tisch, und Shindler goß Wein ein. Sie hatte das Gefühl, jeden Handgriff falsch zu machen. Außer für John hatte sie kaum je für einen Mann gekocht, hatte niemals eine Beziehung zu einem Mann gehabt, wo derlei angemessen gewesen wäre. Meist hatten sich sie sich in einer Country-and-Western-Bar getroffen und waren danach in irgendeinem Motelzimmer verschwunden, und manchmal hatte es nicht einmal die einleitenden Stunden in der Bar gegeben. Und sie war niemals mit jemandem zusammengewesen, der so war wie Shindler. Er war so intelligent, und manchmal redete er über Dinge, die sie gar nicht verstand.

»Fühlst du dich jetzt besser?« fragte er, als sie mit dem Es-

sen fertig waren. Dank des Weins war sie entspannter und fühlte sich eine Spur schwindlig.
»Mir geht's gut«, sagte sie. Er half ihr, das Geschirr in die enge Küche zu tragen, und ihre Hüften berührten sich. Ihn so dicht neben sich zu spüren erregte sie, und er bemerkte ihre Reaktion.
»Wie hübsch du heute abend aussiehst«, sagte er.
»Danke«, sagte sie und wandte den Blick ab. Die Gedanken, die plötzlich über sie hinwegfluteten, erschreckten sie. Sie erinnerte sich an ihren Traum und fühlte sich schuldig für das Verlangen, das sie empfand. Sie begann eine Schüssel zu spülen, um sich abzulenken, aber er nahm sie ihr aus der Hand und stellte den Wasserhahn ab. Sie sah zu ihm auf. Er war so groß. Er war häßlich, aber das sah sie nicht. Sie sah das, von dem er wollte, daß sie es sah, und was sie sehen wollte: einen Vater, der sich um sie kümmern konnte, jemanden, der ihr sagte, was sie tun sollte.
Er strich ihr übers Haar. Es war alles so einfach.
»Du hast das extra für mich angezogen?«
Sie antwortete in einem Flüsterton, den er kaum verstand. Er streichelte ihr Kinn und hob es vorsichtig an, so daß sie ihm in die Augen sehen mußte.
Er nahm ihre Hand und führte sie ins Schlafzimmer wie ein Kind. Ihr Herz hämmerte so laut, daß sie sicher war, er müsse es hören. Sie hatte das Gefühl, im Innern flüssig zu sein. Er zog sie aus, und sie wußte, wenn er sie berührte, würde sie schmelzen.
Shindler bat sie, sich aufs Bett zu legen, und strich mit der Hand über ihren Körper. Ihre Brüste waren voll und die Brustwarzen straff. Er begann sich selbst erregt zu fühlen, aber sogar das Verlangen war kontrolliert. Sie hatte die

Augen fest geschlossen, und er beobachtete sie mit sachlicher Distanz.

Esther stöhnte und wand sich unter seiner Berührung. Er war über ihr und in ihr und um sie herum. Das Vergnügen war unerträglich. So wie jetzt war es niemals zuvor für sie gewesen. Bei anderen Männern, selbst bei John, war da immer der Geruch von Schweiß gewesen, und sie hatte gewußt, wo sie war, jeden Augenblick, den sie in ihr waren. Bei Roy verlor sie sich völlig.

Shindler spürte, wie sie zitterte und dann still wurde. Er kam und blieb in ihr. Sie weinte. Er küßte sie und hielt sie. Ihre Tränen mischten sich mit dem Schweiß auf seiner Schulter. Er beruhigte und liebkoste sie, als sei sie ein Hund. Jetzt würde alles viel einfacher sein.

7

»Jetzt hör mal, Ted, irgendwer muß die Kommunisten aufhalten. Und mir ist es lieber, wir machen es in Vietnam als in Disneyland.«
»Herrgott, ich glaub's einfach nicht«, sagte Ted Wolberg. »Wer schreibt eigentlich deine Reden – die John Birch Society?«
Ted und Bobby Coolidge vertrieben sich die Zeit in George Rasmussens Wohnung, und wie üblich stritten Ted und George über den Krieg. Bobby achtete kaum auf das, was sie sagten, denn er hatte es schon zu oft gehört. Alle Welt schien nur noch über Vietnam zu reden.
»Was meinst du, Bobby?« fragte Ted.
Bobby sah ihn an. Er ließ sich nicht gern in theoretische Diskussionen verwickeln, weil er sich in intellektuellen Fragen noch nicht sicher genug fühlte. In Seminaren hielt er sich zurück, und unter seinen Freunden war er ein Zuhörer. Das Problem war, daß er beim Thema Vietnam als Experte galt. Er wurde jedesmal darauf angesprochen, und man erwartete von ihm, daß er über jeden Aspekt des Krieges Bescheid wußte. Dabei wußte er weniger über Vietnam, seine Geschichte und seine Politik als George, der seine Armyzeit in Washington, D. C., verbracht hatte, oder

Ted, dessen Hobby Fernoststudien waren und der bereits einen Abschluß in Politikwissenschaft hatte.

»Ich glaube, in gewisser Weise habt ihr beide recht«, begann er vorsichtig. »Ich glaube, wir sollten nicht dort sein ...«

»Siehst du«, unterbrach Ted. »Das ist genau das, was die beiden Kriegsgefangenen sagen, die sie gerade freigelassen haben.«

»... aber ich bin nicht deiner Meinung, wenn du sagst, daß es hier zugeht wie bei den Nazis. Ich meine, wir haben hier keine Geheimpolizei, die vorbeikommt und dich mitnimmt, nachdem du hier offensichtlich subversive Ansichten äußerst, oder?«

»Du läßt dich von der repressiven Toleranz täuschen, mit der der militärisch-industrielle Komplex dieses Land beherrscht. Marcuse sagt ...«

»Wer?« fragte George.

Ted wollte gerade antworten, als es an der Tür klingelte. George ging öffnen, und als er ins Wohnzimmer zurückkam, brachte er Sarah mit. Sie hatte einen Brief in der Hand. Als Bobby ihn sah, spürte er, wie sein Herz zu hämmern begann und seine Lippen plötzlich trocken wurden. Der Umschlag sah aus wie diejenigen, die die Universität verwendete, um Prüfungsergebnisse zu versenden. Das Semester war zu Ende, und Bobby hatte schon die ganze Woche auf seine Ergebnisse gewartet.

Er rechnete mit dem Schlimmsten, und er wollte nicht, daß seine Freunde es herausfanden, wenn seine Noten schlecht waren.

»George, kann ich in deinem Schlafzimmer mit Sarah reden?«

»Klar, solange ihr saubermacht, bevor ihr wieder geht.«

»Du bist ein Schwein, George«, sagte Sarah, während sie Bobby durch den Gang zum Schlafzimmer folgte.

»Und?« fragte Bobby nervös, als die Tür geschlossen war. Sie sah ihn einen Augenblick lang ausdruckslos an, und die Knie wurden ihm weich. Dann brach sie in Gelächter aus und schlang ihm die Arme um den Hals.

»Du stehst auf der Dekansliste, du Esel. Ich bin so stolz.«

Er versuchte, sich von ihr loszumachen, ohne verstanden zu haben, was sie gesagt hatte.

»Was?« fragte er, als er sich freigewunden hatte und sie mit beiden Händen von sich hielt.

»Die Dekansliste!« schrie sie. »Drei A, ein B plus und ein C plus in Mathe.«

»Du schmierst mich an.«

»Wenn du bloß dein Gesicht sehen könntest, du Idiot.«

»Dekansliste. Oh, Mann. Hey, das ist unmöglich.«

Er ging im Zimmer auf und ab und sah auf das Zeugnisblatt. Da stand es schwarz auf weiß.

»Hör mal, mach dich richtig hübsch heute abend. Ich lade dich ein.«

»Du brauchst das nicht zu tun, Bobby«, sagte sie. Sie wußte, wie knapp sein Budget war.

»Ach, zum Teufel damit. Du hast keine Ahnung, was das für mich bedeutet, Sarah. Mein ganzes Leben lang habe ich gedacht, ich bin dumm. Ich war so sicher, ich würde es nie zu irgendwas bringen. Du weißt nicht, wieviel Angst ich im letzten Semester hatte. Ein Dutzend mal habe ich fast aufgegeben.«

Sie sagte nichts dazu, aber sie wußte davon. Sie hatte ihn nachts stöhnen hören, hatte gesehen, wie er über seinen

Büchern schuftete, hatte ihn ermutigt, wenn er zu niedergeschlagen war, um weiterzumachen.
»Weißt du was, Sarah, das hier ist der Wendepunkt in meinem Leben. Ich gehe nie wieder zurück.«

.....Band Nr. 8..............................

Dr. Arthur Hollander: Es freut mich, daß Sie so gut aussehen, Esther.
Esther Pegalosi: Die letzten Wochen habe ich mich richtig gut gefühlt.
F: Was glauben Sie, woran das liegt?
A: Ich ... Wissen Sie, ich glaube, es ist ... diese Sitzungen, und daß ich zu Hause die Trance übe. Ich habe es wirklich versucht und viel geübt, und alles ist jetzt viel besser.
F: Inwiefern?
A: Na ja, mein Baby, wissen Sie, ich habe immer – nicht, daß ich ihn gehaßt habe, aber ich hatte immer das Gefühl, er ist ein Klotz am Bein. Manchmal habe ich gedacht, vielleicht ist er die Strafe.
F: Die Strafe für was?
A: Ich weiß nicht. Dafür, daß ich John verloren habe vielleicht, meinen Mann. Ich weiß, das macht keinen Sinn, aber ich habe gedacht, wenn ich das Baby nicht gekriegt hätte, wäre John bei mir geblieben.
F: Sie hatten das Gefühl, Ihr Mann hätte sie wegen des Babys verlassen?
A: Na ja, jetzt weiß ich, daß das nicht ge-

stimmt hat. Ich meine, er wäre irgendwann sowieso gegangen. Aber ich habe gedacht … ich habe dem Baby die Schuld gegeben, wenn Sie wissen, was ich meine.

F: Und jetzt tun Sie das nicht mehr?

A: Nein, ich … Wie könnte ich? Ich meine, es ist doch einfach nur ein Baby. Aber bevor ich zu Ihnen gekommen bin und angefangen habe, über mich nachzudenken und darüber, was für ein Mensch ich bin, habe ich das mit dem Baby nie verstanden.

F: Jetzt haben sich Ihre Gefühle für Ihren Sohn also geändert?

A: Ja. Ich … ich liebe ihn. Ich meine, ich glaube nicht, daß ich das vorher auch schon getan habe. Aber jetzt sitze ich da und sehe ihm zu. Und ich nehme ihn öfter in den Arm und küsse ihn. Und er ist jetzt so viel ruhiger. Viel weniger anstrengend.

F: Meinen Sie, das liegt daran, daß er Ihre veränderte Einstellung spürt?

A: Ich weiß nicht. Ich bin ja kein Doktor. Vielleicht schon.

F: Und Sie haben gesagt, es hätte sich noch mehr verändert?

A: Na ja, Sie wissen ja, wir reden immer darüber, wie ich der Mensch werde, der ich sein will. Und ich glaube, das passiert jetzt gerade.

F: Woran merken Sie das?

A: Ich bin jetzt viel ruhiger, ich habe nicht

mehr soviel Angst. Wenn ich nervös bin, dann entspanne ich mich und denke an mein Handgelenk, und dann werde ich ruhiger. Dann denke ich darüber nach, was mir angst macht, und meistens kriege ich es raus und auch, wie ich damit fertig werde.

F: Ich freue mich sehr, das zu hören, und es freut mich, daß ich ... daß Sie das Gefühl haben, ich hätte Ihnen geholfen.

A: Es ist so, ich bin Ihnen sehr dankbar, und das wollte ich Ihnen sagen.

F: Vielen Dank.

A: Und, Doktor, ich habe die ganze Woche nachgedacht, und ich habe beschlossen, daß ich diesmal wirklich versuche, mich zu erinnern, weil ich genau weiß, es ist irgendwas da, und ich versuche jetzt, mich nicht dagegen zu wehren.

F: Gut! Ich bin sehr froh, das von Ihnen zu hören und zu sehen, wie Sie sich von einem ängstlichen Mädchen in eine starke, selbstsichere junge Frau verwandeln. Und ich werde Ihnen dabei helfen, weil wir heute etwas Neues versuchen werden, wenn Sie einverstanden sind.

A: Was?

F: Ich gebe Ihnen eine Injektion von Natriumamytal. Erinnern Sie sich noch, wie wir über die Schranken geredet haben, die Ihr Unterbewußtsein immer dann aufbaut, wenn wir zu nahe an die wichtigen Punkte herankommen?

A: Hm.

F: Das Natriumamytal versetzt Sie in eine Art Halbschlaf und reduziert Ihre bewußte Wahrnehmungsfähigkeit. Sie werden sich ein bißchen betrunken fühlen - und damit wird es schwieriger, Schranken aufzubauen, die Sie vor Ihren eigenen Erinnerungen schützen - so wie man ja alles langsamer tut, wenn man betrunken ist. Verstehen Sie?

A: Ich glaube schon.

F: Habe ich Ihre Erlaubnis, das auszuprobieren?

A: Ja, wenn Sie meinen, es hilft.

F: Okay. Dann versetzen wir Sie jetzt in Hypnose, und ich verstärke sie mit dem Amytal. Dann stellen Sie sich wieder die Filmleinwand vor.

A: Wissen Sie, zu Hause versuche ich es mit der Leinwand. Ich stelle sie mir vor und sehe viele richtig verrückte Sachen. Wissen Sie, das macht mich richtig nervös. Ich will nicht aus Mücken Elefanten machen, nur weil ich mir etwas vorstelle, das gar nicht passiert ist.

F: Wir werden nicht zulassen, daß das passiert. Die Leinwand verwenden wir, weil Sie sich auf diese Weise nicht am Geschehen zu beteiligen brauchen. Sie können außerhalb bleiben. Sie beobachten die Leinwand, als sähen Sie einen Film, und Sie sind zwar ein Stückchen weit beteiligt, aber es ist nicht ... es tut Ihnen zwar leid für die Heldin, daß der

Held sie nicht küßt oder irgend so etwas, aber es ist nicht das gleiche. Sie können erzählen, was geschieht, aber Sie reagieren nicht persönlich - nicht so, wie Sie reagieren würden, wenn Sie über etwas berichten, das sich in Ihrer eigenen Vergangenheit ereignet hat. Sie fühlen sich nicht so bedroht.

A: Ja, das habe ich gemerkt. Ich hatte bloß Angst, ich könnte einfach etwas erfinden, weil es doch wie ein Film ist.

F: Aber Sie haben das ja nicht getan, oder?

A: Oh, nein!

F: Dann ist ja alles in Ordnung. Fangen wir an. Ich glaube, diesmal werde ich Sie bitten, sich aufs Sofa zu legen, das ist bequemer für Sie.

A: Kann ich ein Kissen haben?

F: Natürlich. Legen Sie sich so bequem hin, wie Sie können. Wenn Sie in Ihrer Trance sind und ich Ihnen das Amytal gegeben habe, werde ich Sie bitten, rückwärts zu zählen. Und wenn wir dann einen bestimmten Punkt erreicht haben, werde ich wissen, daß die Wirkung eingetreten ist.

A: Schlafe ich dann?

F: Sie werden sich eine Spur beschwipst und schläfrig fühlen, aber ich glaube nicht, daß Sie zu schlafen meinen - nicht mehr als bisher. Vielleicht erinnern Sie sich später an weniger.

Jetzt holen Sie tief Luft, und entspannen Sie

sich. Tun Sie das zwei- oder dreimal. Lassen Sie zu, daß Sie sich entspannen, und wenn Sie soweit sind, können Sie die Hand bis vor Ihre Augen heben.

(Pause)

Okay. Jetzt werden Sie sich gleich ein bißchen high fühlen. Ich injiziere das Medikament, und Sie werden sich schläfrig fühlen. Und während ich das Medikament injiziere, möchte ich, daß Sie anfangen, von hundert rückwärts zu zählen. Jetzt. Hundert.

A: Hundert.

F: 99. Genau so ... das ist wunderbar. Und während Sie tiefer sinken, zählen Sie weiter.

A: 80, 79, 78, 77, 76, 75, 74, 73, 72, 71.

F: Das ist gut so, und jetzt können Sie sich entspannen und damit beginnen, sich an wichtigere Dinge zu erinnern. Die Ereignisse dieses Novemberabends im Jahr 1960 werden jetzt sehr deutlich. Und während Sie damit beginnen, sich an diese Ereignisse zu erinnern, und sich behaglich und Ihrer selbst sicher und ganz entspannt fühlen, stellen Sie fest, daß Sie sie ohne weiteres erwähnen können, denn Sie wissen, Sie können vergessen, sich erinnern oder sich falsch erinnern, ganz wie Ihre Bedürfnisse es verlangen.

So. Reden wir über diesen Abend, so gut Sie sich an ihn erinnern können. Ein angenehmes

Gefühl, nicht wahr? Rufen Sie sich ganz einfach den Abend ins Gedächtnis.

A: Habe ich jetzt fertiggezählt?

F: Ja. Jetzt können Sie mir erzählen, was Ihnen durch den Kopf geht.

A: Eigentlich geht mir gar nichts durch den Kopf.

F: Können Sie sich an den Abend erinnern? Irgendwas - zum Beispiel, wie Sie in Bobs Hamburgerrestaurant sitzen?

A: Hm.

F: Und dann haben Sie beschlossen, zu Alice Fays Party zu gehen.

A: Ich nicht.

F: Eh?

A: Ich habe das nicht beschlossen.

F: Nicht Sie? Was haben Sie denn getan?

A: Ich habe einen Shake getrunken. Billy wollte sich selber einladen.

F: Ich verstehe. Und dann?

A: Ich weiß nicht.

F: Sind Sie nicht zu der Party gegangen?

A: Doch.

F: Und die war bei Alice Fay, richtig?

A: Hm.

F: Bei der Party hat es eine Schlägerei gegeben, oder?

A: Ja.

F: Wer hat sich geprügelt?

A: Billy und Bobby und Tommy Cooper und ein paar Jungen, die ich nicht gekannt habe.

F: Und Billy hat ein Messer gezückt?

A: Ja.

F: Daran erinnern Sie sich?

A: Ja.

F: Können Sie es auf der Leinwand deutlich sehen?

A: Ich kann es sehen.

F: Wie ist Billys Stimmung, als er weggeht?

A: Wütend.

F: Auf Tommy Cooper?

A: Auf reiche Leute.

F: Warum reiche Leute?

A: Er hat mich angeschrien.

F: Wer? Billy?

A: Hm. Es hat mir angst gemacht.

F: Was hat er gesagt?

A: Daß er reiche Kids haßt und daß sie nicht zu arbeiten brauchen so wie er.

F: Das hat er gesagt, nachdem Sie die Party verlassen hatten?

A: Hm.

F: Gut. Sie fangen wirklich an, sich zu erinnern, nicht wahr. Ich bin sehr stolz auf Sie. Wohin sind Sie nach der Party gegangen?

A: Uh, in den Laden.

F: Wo?

A: Er ist die ganze Nacht offen. Billy hat Wein geklaut.

F: Wieviel?

A: Zwei Flaschen. Und im Auto war auch schon welcher.

F: Was für Wein?

A: Billiges Zeug. Hinterher ist mir davon schlecht geworden. Es war so süß.

F: Wo haben Sie den Wein getrunken?

A: In irgendeiner Nebenstraße, glaube ich. Vielleicht war es bei einem Park oder einem Schulhof.

F: Ein Park oder Schulhof?

A: Na ja, es waren keine Häuser außen herum, wissen Sie. Deswegen sind wir dort hingefahren, damit uns keiner sieht.

F: Wohin gehen Sie, nachdem Sie den Wein getrunken haben?

A: Das ist ziemlich verschwommen. Nach Hause?

F: Können Sie ... Sehen Sie auf die Leinwand, Esther. Sehen Sie ein Dragsterrennen, bei dem jemand Ihr Auto abgedrängt und ins Schleudern gebracht hat?

A: Mann, da waren so viele Dragsterrennen.

F: Bei diesem waren Sie mit Billy und Bobby im Auto, und jemand ist dazugekommen und hat Ihr Auto dazu gebracht, sich zu drehen. Sie sind auf dem Monroe Boulevard.

A: Hm.

F: Erinnern Sie sich?

A: Billy ist wütend geworden.

F: Warum ist Billy wütend geworden?

A: Eh?

F: Warum ist Billy wütend?

A: Ich weiß nicht.

F: Was tut Billy jetzt, wo er so wütend ist?

A: Er ist dem Auto nachgefahren.

F: Richies Auto?

A: Das hab ich nicht gesagt.

F: Erinnern Sie sich?

A: Nein.

F: Aber Sie wissen, wie Richies Auto aussieht? Sie können es auf der Leinwand sehen?

A: Ja.

F: Hätte das Auto, das Sie von der Straße abgedrängt hat, Richies Auto sein können?

A: Ich bin nicht sicher.

F: Ist es möglich?

A: Möglich ist es.

F: Okay, Billy ist dem Auto also nachgefahren. Wohin ist er gefahren?

A: Ich glaube, ich bin nach Hause gegangen.

F: Sie sind der Ansicht, Sie sind nach Hause gegangen?

A: Hm.

F: In Billys Auto?

A: Ich kann mich nicht erinnern.

F: Gut. Gehen Sie ein bißchen weiter. Sie werden sich erinnern. Sie sind dort. Sie waren dort. Sie können sich erinnern. Sie sitzen in Billys Auto. Sie sind auf dem Monroe Boulevard. Das Auto fährt an. Fahren Sie in den Park?

A: Vielleicht.

A: Okay. Und Sie fahren einen Hügel hinauf. Kommen Sie an einer Stelle mit einem Grillplatz und Picknickbänken vorbei?

A: Hm.
F: Ist das andere Auto vorher denn auch dort vorbeigekommen?
A: Ich weiß nicht.
F: Aber Sie sind ihm nachgefahren?
A: Hm.
F: Wer ist noch mit Ihnen im Auto?
A: Bobby.
F: Noch jemand?
A: Vielleicht Roger.
F: Roger Hessey?
A: Hm.
F: Haben Sie mir nicht erzählt, daß er gegangen ist, kurz nachdem Sie zu Alice Fays Party gestoßen waren?
A: Ich glaube schon.
F: Dann kann er nicht mit im Auto gewesen sein. Sehen Sie auf die Leinwand. Gestatten Sie Ihrem Geist, den Abend nachzuvollziehen. Stellen Sie sich das Innere von Billys Auto vor. Sehen Sie es?
A: Ja.
F: Okay. Ist Roger mit dabei - im Park?
A: Nein.
F: Okay. Also Sie, Billy und Bobby sitzen in Billys Auto und folgen dem anderen Auto. Sie kommen im Park an der Stelle mit dem Grillplatz und den Picknickbänken vorbei. Und was passiert als nächstes? Erzählen Sie mir, was passiert, Esther. Sie sind an dem Grillplatz vorbei. Erzählen Sie mir, was passiert. Billy

ist wütend. Sie folgen dem anderen Auto. Es ist Nacht. Was passiert?

A: Ich habe es gesehen.

F: Sie haben es gesehen?

A: Ich habe das Auto gesehen.

F: Okay. Was passiert, nachdem Sie es gesehen haben?

A: Habe ich Ihnen nicht etwas erzählt?

F: Ja, das haben Sie. Sie haben es mir erzählt.

A: Ich wache auf.

F: Ja, ich weiß.

A: Ich habe gedacht, ich hätte geschlafen.

F: Sie haben ein bißchen geschlafen. Sie haben mir gerade erzählt, daß Sie dem Auto gefolgt sind und daß Sie an der Stelle im Lookout Park vorbeigekommen sind, wo der Grillplatz und die Picknickbänke sind, und daß Sie das Auto gesehen haben.

A: Das habe ich gesagt?

F: Ja, das haben Sie, Esther. Dieses Auto hatte Sie von der Straße abgedrängt, und Billy war wütend geworden. Er war schon vorher wütend gewesen, nach der Schlägerei.

A: Das habe ich gesagt?

F: Ja, Esther. Ich kann Ihnen das Band vorspielen, wenn Sie wollen.

A: Ich glaube, ich brauche noch mehr von diesem Zeug.

F: Sie meinen, Sie brauchen mehr Natriumamytal?

A: Yeah. Ich habe Ihnen doch etwas erzählt, als ich es bekommen hatte?

F: Ja. Sie haben mir ein paar interessante Dinge erzählt. Wir sind nur nicht weit genug gekommen.

A: Okay. Dann geben Sie mir doch noch mehr.

F: So. Es ist angenehm, nicht wahr? Jetzt können Sie einfach weitermachen. Wir können Sie hier beschützen. Wenn Sie uns erzählen, was passiert ist, kann Ihnen nichts geschehen. Die Wahrheit.

A: Sagen Sie mir, was ich gesagt habe.

F: Sie haben gesagt, daß dieses Auto Sie von der Straße gedrängt hat und daß Billy ihm in den Park gefolgt ist. Und dann haben Sie das Auto gesehen, nachdem Sie an der Stelle mit dem Grillplatz und den Bänken vorbei waren.

A: Uh, das hab ich gesagt? Doktor, können Sie mir noch mehr geben?

F: Aber das habe ich doch gerade getan.

A: Oh. Es tut mir leid. Ich weiß nicht mehr, worüber ich geredet habe.

F: Sie waren mit Billy und Bobby im Auto.

A: Ich soll jetzt Billy sagen?

F: Sie sollen Billy sagen.

A: Hm.

F: Ich meine, Sie sollen sagen, was wirklich passiert.

A: Okay.

F: Waren Billy und Bobby da?

A: Hm. Ich sage Ihnen die Wahrheit.

F: Waren Sie mit Billy und Bobby zusammen?

A: (Husten)

F: Sie können sich ruhig räuspern.

A: Kann ich ein bißchen Wasser haben?

F: Hier. Stört es Sie, wenn ich das Mikrophon so halte?

A: Nein.

F: Sie haben uns doch sicher kein Märchen erzählt, als Sie gesagt haben, daß Sie mit Billy und Bobby zusammen waren.

A: Uh ... Ist das ein Lügendetektor?

F: Was?

A: Ein Lügendetektor?

F: Nein, das ist kein Lügendetektor.

A: Als Sie gefragt haben, wer im Auto gesessen hat, und ich gesagt habe, Billy und Bobby, haben Sie mich da mit einem Lügendetektor getestet?

F: Nein. Dies hier ist ein Mikrophon mit einem Kassettenrecorder.

A: Roger war nicht dabei. Ich habe das nur gesagt, weil ich mir am Anfang nicht sicher war.

F: Okay. Wer ist gefahren, Esther? Als Sie im Park waren, war es da Billy oder Bobby?

A: Uh ...

F: Können Sie sehen, wer fährt?

A: Ich versuche mich zu erinnern, was Sie zu mir gesagt haben.

F: Ich interessiere mich dafür, woran Sie sich erinnern, Esther. Wissen Sie noch – Sie wollen sich an all das erinnern, damit Sie es loswerden können?

A: Hm. Ich versuch's ja, wirklich. Ich will bloß nicht, daß ich wie ein Lügner klinge.

F: Meinen Sie damit, daß Sie befürchten, Sie könnten mir etwas erzählt haben, von dem Sie nicht sicher sind, daß es die Wahrheit war?

A: Nein, es ist nur - Sie haben gesagt, daß ich Ihnen etwas erzählt habe, aber ich kann mich nicht mehr daran erinnern, und ich will nicht, daß Sie denken, ich lüge.

F: Machen Sie sich darum keine Sorgen, bleiben Sie einfach bei dem, woran Sie sich erinnern. Ist das in Ordnung?

A: Ich versuche, mich zu erinnern.

F: Okay, erinnern Sie sich, daß Sie uns erzählt haben, wie Sie nach der Party zu einem Laden gefahren sind?

A: Hm.

F: Okay. Und jetzt erzählen Sie mir noch mal, was Sie danach getan haben.

A: Wir haben den Wein getrunken.

F: Richtig. Und danach?

A: Ich weiß nicht mehr.

F: Das konnten Sie mir schon einmal erzählen. Können Sie sich nicht mehr erinnern, was Sie gesagt haben?

A: Ich weiß noch, daß ich nach Hause gegangen bin.

F: Wissen Sie noch, was Sie mir über Monroe Boulevard und Lookout Park erzählt haben?

A: Uh. Wahrscheinlich hab ich da gelogen.

F: Wahrscheinlich haben Sie mich angelogen?

A: Kann ich gelogen haben bei dem, was ich da gesagt habe?

F: Das bezweifle ich.

A: Wir sind zu dem Laden gegangen und haben den Wein getrunken, aber ich erinnere mich an nichts, außer daß ich nach Hause gegangen bin.

F: Sie sind jetzt ziemlich wach?

A: Ich glaube schon.

F: Können Sie sagen »Fischers Fritz fischt frische Fische«?

A: Fischers Fritz fischt frische Fische.

F: Na, ich habe das Gefühl, Sie sind wach. Das sollten Sie nicht sagen können. Ich glaube, für heute hören wir auf.

Eddie Toller überprüfte die Adresse und begann dann, die wacklige hölzerne Treppe hinaufzusteigen, die an der Außenwand eines verwitterten Holzgebäudes nach oben führte. Als er das Vordach im zweiten Stock erreichte, klopfte er an die Tür. Die Unterhaltung im Inneren brach ab; er hörte Schritte, und die Tür wurde einen Spalt weit geöffnet und entließ eine Wolke scharfen Marihuanageruchs in die Nachtluft.

»Ist Gary da?« fragte Eddie das Mädchen, das durch den Spalt zu ihm herausstarrte. Das Mädchen musterte ihn. Sein Alter hatte sie mißtrauisch gemacht.

»Ich bin Eddie Toller. Er erwartet mich.«

»Oh, yeah«, sagte sie und ließ ihn ein. Der Gang war nur

mit Kerzen erleuchtet, aber Eddie sah, daß vor allem die Kleidung des Mädchens jugendlich war. In Gedanken korrigierte er ihr Alter um zehn Jahre nach oben. Sie stellte sich als Laura Kinnick, Garys Freundin, vor und führte ihn durch einen Perlenvorhang in ein Zimmer, das in einer Art altamerikanischem Gurustil eingerichtet war. Gary, der im Lotossitz auf einem mit indischem Stoff bezogenen Kissen gesessen hatte, stand auf und stellte Eddie den beiden anderen Paaren im Zimmer vor. Beide Männer trugen die Haare lang, und Eddie verabscheute sie auf den ersten Blick. Sie sahen ungewaschen aus, und er hätte darauf wetten mögen, daß sie auch so gerochen hätten, wenn man durch den Dopegeruch noch etwas anderes hätte wahrnehmen können.

»Und wie geht's, Mann?« fragte Gary später, als sie zu zweit in der Küche standen. Eddie hatte den Joint abgelehnt, zur Überraschung von Garys Freunden, und statt dessen um ein Bier gebeten. Dann war er Gary in die Küche gefolgt, wo dieser einen Sechserpack öffnete.

»Nicht besonders, Gary. Deswegen bin ich heute auch hergekommen.«

»Was ist passiert?«

»Ach, es sind diese Dreckskerle von Bewährungshelfern. Sie haben Carl auffliegen lassen, den Typ, dem der Satin Slipper gehört. Er hat dort auch mit Dope gehandelt. Mich haben sie auch verhaftet, aber ich hatte nichts damit zu tun, und sie haben die Anklage fallenlassen. Aber irgendwer hat meinem Bewährungshelfer Bescheid gesagt, und der hat gesagt, ich muß kündigen. Er will nicht, daß ich weiter dort arbeite. Ich hab ihm gesagt, daß bei mir alles okay war, und bei meinen Vorstrafen kriege ich so einen guten Job nie wieder, aber er hat nichts davon hören wollen. Und jetzt hab ich keinen Job mehr.«

»Arschlöcher«, sagte Gary mit einem mitfühlenden Kopfschütteln.

»Yeah, was soll's, vorbei ist vorbei. Nur, jetzt muß ich irgendwie Geld verdienen. Joyce hat ihren Job noch, aber ich lass' mich nicht von ihr aushalten.«

»Ich würde dir was leihen, Eddie, aber ich habe selber nichts.«

»Hey, deswegen bin ich nicht hier, Gary. Ich würde gern ein bißchen mehr über diesen Job wissen, den du da geplant hast.«

»Du willst mitmachen?«

»Nur wenn's was taugt. Erst muß ich mehr wissen. Ich bin zu alt, um noch mal im Knast zu landen. Bei meiner Vorgeschichte bin ich das nächstemal so richtig gründlich dran. Also schmier mich nicht an.«

»Mache ich auch nicht, Eddie. Es ist eine todsichere Sache, und es ist ordentlich was drin. Ich hab's genau geplant, und es eilt auch nicht.«

»Okay. Erzähl mir mal davon.«

»Laura arbeitet in dem Ärztehaus in der Cameron Street. Ich fahre sie morgens hin und hol sie auch wieder ab, und ich bin schon oft drin gewesen. Ich hab mir die Praxen und Läden angesehen. Laura hat einen Hauptschlüssel, der paßt für die Außentür von ihrem Büro und die Apotheke im Erdgeschoß. Und die nehmen wir uns vor.«

»Was ist drin?«

»Na, Medikamente, Eddie.«

»Das weiß ich auch, aber ich nehme keine Drogen mehr, und ich hab auch nicht genug Kontakte zum Pushen.«

»Den Kontakt hab ich, und zu pushen brauchen wir nicht. Der Typ zahlt bei der Lieferung.«

»Wer ist der Typ?«

»Ich hab ihn im Knast getroffen. Das ist ein großer Fisch, Eddie. Er kennt alle Welt.«

»Woher weißt du, daß der dich nicht auflaufen läßt?«

»Ich hab schon mit ihm zu tun gehabt.«

Eddie machte eine Kopfbewegung zum Wohnzimmer hin. »Was ist mit ihr?«

»Laura? Die hat keine Ahnung davon. Ich habe mal an einem Wochenende die Schlüssel genommen und nachmachen lassen. Sie weiß nicht mal, daß ich sie habe.«

»Ich weiß nicht.«

»Hey, was gibt's da zu wissen? Das ist narrensicher. Wir haben die Schlüssel, Mann. Die kriegen nie raus, was eigentlich passiert ist.«

»Ich will mir's in Ruhe überlegen, und ich will den Laden selbst sehen.«

»Klar, Eddie. Keiner drängt dich. Was meinst du, sollen wir uns am Dienstag mal umsehen?«

»Okay, Dienstag. Aber ich muß mir sicher sein. Überleg doch mal, in meinem Alter. Ich kann's mir nicht leisten, noch mal Mist zu machen.«

»Ich bin so stolz auf dich«, flüsterte Roy Shindler Esther ins Ohr. Sie schnurrte und küßte ihn. Sie war so glücklich. Sie wünschte nur, sie könnte ihm helfen, indem sie sich an alles erinnerte, von dem er wollte, daß sie sich daran erinnerte.

Es war halb fünf. Sie würden sich bald anziehen müssen, um zu Dr. Hollander zu fahren. Sie hätte dem Doktor gern von dem Geheimnis erzählt, das sie mit Roy teilte, aber Roy hatte gesagt, daß sie niemandem davon erzählen durfte.

Sie wünschte sich auch, Roy könnte mehr Zeit mit ihr verbringen. Er hatte gesagt, daß es nur vor und nach den Sitzungen ungefährlich war. Er hatte gesagt, es würde falsch verstanden werden, wenn jemand später, während der Verhandlungen, von ihrer Beziehung erfuhr. Sie wußte, daß er recht hatte, aber die paar gemeinsamen Stunden waren nicht annähernd genug, wenn man jeden wachen Augenblick damit verbrachte, an einen anderen Menschen zu denken.

Roy ging ins Bad, um zu duschen. Die Babysitterin würde bald kommen, und sie mußte noch aufräumen. Sie fühlte sich sehr gut heute. Sehr zuversichtlich. Sie war sicher, heute würde sie sich erinnern. Sie mußte. Für Roy. Er hatte ihr gesagt, daß die Schranken fast verschwunden waren. Auch sie selbst spürte es. Sie hatte in letzter Zeit seltsame Träume gehabt.

Aber was, wenn sie sich alles nur einbildete? Mit einemmal fühlte sie sich niedergeschlagen. Sie hatte Bobby einmal sehr gemocht. Sie wollte ihm nicht schaden. Wenn es nicht wahr war, sie aber sagen würde, es sei wahr ... Sie wollte nicht daran denken. Es war wahr. Roy hatte das gesagt. Sie schob die schlechten Gedanken fort.

.....Band Nr. 10...........................

Esther Pegalosi: Ich erinnere mich an ein Autorennen.

Roy Shindler: Okay. War irgendwas Besonderes

an dem Auto, gegen das ihr das Rennen gefahren habt?

A: Sie haben uns ins Schleudern gebracht.

Dr. Hollander: Sehr gut! Sehen Sie, wie Ihre Erinnerungen Stück für Stück zurückkommen? Können Sie das andere Auto beschreiben?

A: Nein. Nur, daß es leuchtend war.

F: Leuchtend?

A: Es war Feuer drauf.

F: Es hat gebrannt?

A: Ich ... Ich weiß, wie das Auto aussehen müßte, aber ich will nicht voreingenommen sein.

F: Ich will auch nicht, daß Sie voreingenommen sind. Ich möchte nur, daß Sie mir erzählen, woran Sie sich erinnern. Wissen Sie noch, daß Sie gesagt haben, heute würden Sie uns die Wahrheit erzählen?

A: Hm.

F: Gut. Warum sagen Sie, daß auf dem Auto Feuer war? Hatte es Aufkleber? Wollten Sie damit sagen, daß die Flammen aufgemalt waren?

A: Ich weiß, was da sein müßte, und ich weiß, wie es aussieht, und es ist furchtbar schwer, mir das nicht in den Kopf zu setzen.

F: Ich möchte nicht, daß Sie das tun.

A: Ich kann mich wirklich nicht erinnern. Es hat ausgesehen wie Feuer. Ich mag es nicht, wenn jemand so schnell fährt. Wahrscheinlich habe ich nicht hingesehen, weil ich doch nur Angst bekommen hätte.

F: Okay, und nach dem Dragsterrennen, was ist da passiert?

A: Sie waren wütend.

F: Wer war wütend?

A: Billy. Er wollte sie einholen. Er hat das Mädchen gekannt.

F: Billy hat das Mädchen gekannt?

A: Oh ...

F: Könnten Sie lauter sprechen? Ich kann Sie nicht verstehen.

A: Es ist in dieser Nacht passiert.

F: Was ist passiert?

A: Mir ist gar nicht gut.

F: Sie machen das sehr gut. Wer war das Mädchen, Esther?

(Schluchzen)

F: Entspannen Sie sich. Nehmen Sie mein Taschentuch. Sie machen das sehr gut. Geht es Ihnen besser? Trinken Sie doch einen Schluck Wasser. Okay. Und jetzt holen Sie tief Luft.
Jetzt sagen Sie es mir. Sagen Sie es Roy. Wer war das Mädchen?

A: Darf ich flüstern?

F: Nein, Esther. Heute ist der Tag der Wahrheit. Heute müssen Sie die starke, selbstsichere Frau sein, von der Roy und ich wissen, daß Sie sie geworden sind. Wollen Sie es uns sagen?

A: (Schluchzen) Kann ich ...?

F: Nein, Esther. Antworten Sie einfach auf meine Frage, wenn Sie mir helfen wollen. Wer war das Mädchen?

A: Elaine Murray. Billy hat sie gesehen und das gesagt.

F: Okay. Es ist okay, Esther. Und dann ist Billy wütend geworden?

A: Ja.

F: Was hat er getan?

A: Sie haben rumgeflucht, und eine Weile haben sie das Auto nicht gesehen.

F: Sind sie hinter ihm hergefahren?

A: Hm. Aber sie haben es nicht gefunden.

F: Wohin sind sie gefahren?

A: In den Lookout Park.

F: Sie sind in den Park gefahren?

A: Ich glaube. Das kann ich mir nicht eingebildet haben.

F: Nein. Sie machen das sehr gut. Ihr Gedächtnis funktioniert besser als jemals zuvor. Was ist als nächstes passiert?

A: Wir ... Ich habe das Auto gesehen.

F: Das Auto, gegen das Sie das Rennen gefahren hatten?

A: Sind Sie sicher, daß ich mich nicht nur deswegen daran erinnere, weil ich's hinter mich bringen will, und daß ich mich in Wirklichkeit gar nicht daran erinnere?

F: Ich glaube, Sie erinnern sich daran, weil Sie jetzt so weit sind, daß Sie es können. Und ich weiß, daß Sie es hinter sich bringen wollen.

A: Ist es okay, wenn ich rauche?

F: Nein. In ein paar Minuten lasse ich Sie rauchen. Also, Sie haben das Auto gesehen, und was dann?

A: Ich sage es Ihnen, wenn ich mich erinnere. Aber jetzt ist alles irgendwie leer.

F: Sie machen das gut. Sehen wir doch mal, wie gut Ihr Gedächtnis ist.

A: Es ist so schwierig, weil ich weiß, was sie getan haben. Ich weiß, was ich sagen müßte, und ich möchte gern sicher sein, daß ich mich dran erinnere und es nicht einfach sage ... irgendwas, das ich weiß.

F: Was Sie sagen müßten, ist vielleicht nicht wahr. Ich möchte, daß Sie sich erinnern.

A: Okay. Wir fahren durch den Park. Wissen Sie, da sind Kurven, richtig scharfe, und überall ist Wald. Und Billy war so wütend, er ist richtig schnell gefahren, und der Sand hat gestaubt. Ich weiß nicht, wo wir überall waren. Wir sind lange dort in der Gegend rumgefahren. Dann sind wir auf derselben Strecke immer hin und her gefahren, und dabei sind wir an einer Stelle mit einem Grill und ein paar Bänken vorbeigekommen, und dann ist da eine kleine Straße abgegangen, und als wir da vorbeigekommen sind, habe ich irgendwas gesehen.

F: Was haben Sie gesehen?

A: Ich erinnere mich nicht mehr ... Ich will mich nicht dran erinnern, eigentlich.

F: Ich weiß, daß Sie sich nicht daran erinnern wollen.

A: Wirklich, ich kann mich nicht ...

F: Ist irgendwas passiert dort im Park?

A: Hm.

F: Was war das? ... Sie schütteln den Kopf. Was ist passiert?

A: Ich hab's nicht gesehen.

F: Was haben Sie nicht gesehen?

A: Ich bin weggerannt.

F: Wovor sind Sie weggerannt?

A: Ich ...

F: Es ist schon gut. Hier, nehmen Sie das Taschentuch. Wir werden Sie beschützen. Sie sind ganz sicher bei uns.

A: Ich ...

F: Holen Sie tief Atem. Es ist alles in Ordnung.

A: (Weinen)

F: Weshalb sind Sie fortgelaufen?

A: Der Mord.

F: Das habe ich nicht verstanden.

A: Der Mörder.

F: Sie haben den Mord gesehen?

A: Sie haben geschrien.

F: Wer?

A: Alle. Sie haben gesagt, sie wollten ihn zusammenschlagen.

F: Wen?

A: Den Jungen in dem anderen Auto.

F: Warum ist er nicht weggefahren?

A: Weil sie ihn beleidigt hatten.

F: Sie hatten ihn beleidigt?

A: Seine Freundin.

F: Was hatten sie gesagt?

A: Billy hat scheußliches Zeug gesagt.

F: Was hat Billy gesagt? Hat er Hure gesagt? Erinnern Sie sich?

A: Und der Junge hat gesagt, er soll den Mund halten.

F: Der Junge hat gesagt, Billy sollte den Mund halten?

A: Ich weiß nicht, ob das wirklich in meinem Kopf ist.

F: Sie sprechen deshalb weiter, weil Ihr Gedächtnis Ihnen das sagt. Wir sind sehr stolz auf Sie. Und Sie sind eine starke Frau.

A: Dann haben sie angefangen, sich zu prügeln.

F: Wie hat das angefangen? Die Schlägerei?

A: Billy hat etwas gesagt, und der andere hat gesagt, so redet man nicht von einer Dame. Mit Beleidigungen. Und er hat gesagt, er soll es zurücknehmen, und Billy hat ihm eine reingeschlagen.

F: Billy hat ihn geschlagen?

A: Und sie haben ihn geschlagen, und dann haben sie das Mädchen geholt.

F: Wo war das Mädchen?

A: Im Auto.

F: Was haben Sie getan?

A: Mir ist nicht gut. Können wir jetzt aufhören?

F: Nein, Esther. Wir hören bald auf.

A: Ich erinnere mich nicht mehr.

F: Doch, Sie erinnern sich. Wir sind so stolz auf Sie, Esther.

A: Er hatte kein Gesicht.

F: Wer?

A: Richie.

F: Richie hatte kein ...? Beruhigen Sie sich. Wollen Sie ein Taschentuch?

(Schluchzen)

A: Ich bin weggerannt. (Weinend)

F: Sind Sie weggerannt, als Sie Richies Gesicht gesehen haben? Sie nicken. Wo war das Mädchen?

A: Sie haben sie ins Gras gezerrt. Das ist alles, was ich weiß. Ich bin weggerannt.

F: Sind Sie hingefallen, als Sie gerannt sind?

A: Hm.

F: Haben Sie beim Rennen irgend etwas fallen lassen oder verloren?

A: Meine Handtasche. Die Brille ist rausgefallen.

F: Und nachdem Sie gefallen und wieder aufgestanden waren, wohin sind Sie gelaufen?

A: Zur Straße runter.

F: Haben Sie ... Sind Sie dabei auf Hunde getroffen?

A: Ich bin in den Hof rein, und sie haben mich ... mich gejagt. Ich hab sie zuerst nicht gesehen, und dann sind sie auf mich losgegangen.

F: Wie sind Sie davongekommen?

A: Sie waren angebunden. Mit einer Leine.

F: Okay, den Hunden sind Sie also entkommen. Und wohin sind Sie dann gegangen?

A: An der Straße entlang. Ich wollte nach Hause.

F: Wie sind Sie nach Hause gekommen?

A: Jetzt bin ich zu wach von diesem ganzen Zeug. Ich weiß nicht mehr, was ich sagen müßte.

F: Ich möchte nicht hören, was Sie sagen müßten. Ich möchte das hören, woran Sie sich erinnern.

A: Weil ich weiß, was ich sagen müßte, und, wissen Sie, ich sage die Wahrheit. Ich erfinde das nicht.

F: Ich weiß, Esther. Schließen Sie eine Minute die Augen, und entspannen Sie sich einfach. Ich werde Ihnen gleich noch eine Injektion geben.

Dr. Hollander: Wie sind Sie nach Hause gekommen?

A: Billy und Bobby und ... Sie haben das Auto angehalten.

F: Sie haben Sie im Auto mitgenommen?

A: Ich bin die Straße entlanggegangen, und sie haben gehalten. Sie sind von hinten gekommen und haben gesagt, ich soll einsteigen.

F: Wer ist gefahren?

A: Bobby, glaube ich.

F: Und wo war Billy?

A: Hinten, mit einem Mädchen.

F: Elaine?

A: Ja.

F: Ist es ihr gutgegangen?

A: Sie war nicht tot. Sie war okay.

F: Woran haben Sie das gesehen?

A: Sie hat aufrecht dagesessen und mich angesehen. Aber er hat sie festgehalten.

F: Wie hat er sie festgehalten?

A: An den Armen und um die Schultern. Sie hat fast ausgesehen, als ob sie geschlafen hätte.

F: Benommen?

A: Ja.

F: Wo sind sie mit ihr hingefahren?

A: Ich weiß nicht. Sie haben mich nach Hause gebracht. Sie haben mich einfach mitten auf der Straße abgesetzt und sind weggefahren.

F: Und sie haben nichts zu Ihnen gesagt?

A: Nein. Vielleicht habe ich mich deswegen am nächsten Tag nicht daran erinnert, als ich es in der Zeitung gelesen habe.

F: Wie meinen Sie das?

A: Ich habe das gelesen, das mit dem Mord an Richie, aber ich hatte den Jungen nicht aus der Nähe gesehen, also habe ich gedacht, daß er es nicht gewesen sein kann, und dann habe ich es vergessen. Und außerdem war ich ziemlich betrunken.

F: Warum weinen Sie jetzt?

A: Ich bin müde.

F: Meinen Sie, das, worüber wir jetzt gesprochen haben, ist alles, woran Sie sich erinnern?

A: Ich weiß nicht.

F: Aber Sie erinnern sich daran, daß Sie den Mord an dem Jungen gesehen haben?

A: Nein, das habe ich nicht gesehen.

F: Haben Sie nicht gesagt, Sie hätten die Schlägerei gesehen?

A: Nein, nein, ich habe nicht gewußt, daß das ein Mord war – erst später. Ich habe nicht gewußt, was da passiert. Ich habe gedacht, sie schlagen ihn zusammen, so wie sie's immer gemacht haben.

F: Haben Sie nicht gesagt, Sie hätten Richies Gesicht gesehen?

A: Das habe ich später gesehen.

F: Haben sie jemals mit Ihnen gesprochen, Bobby und Billy, nach dieser Sache? Ihnen gedroht vielleicht?

A: Na ja, wissen Sie, wir sind zusammen rumgehangen. Wir haben einander nicht verpfiffen. Und außerdem, ich wollte nicht in ein Heim. Wissen Sie, da war ja noch das mit der Minigolfanlage, die wir ausgeraubt hatten, und der Richter hat gesagt, wenn ich noch mal was anstelle, dann würde er mich in ein Heim schicken.

F: Haben Sie Elaine Murray nach diesem Abend jemals wiedergesehen?

A: Nein. Billy und Bobby habe ich auch nicht mehr oft gesehen.

F: Nicht mal in der Schule?

A: Sie haben einen Autounfall gehabt, im ... ganz kurz nach Neujahr, und dann waren sie im Krankenhaus. Und dann habe ich aufgehört, mit den Cobras rumzuziehen, und bin mehr zu Hause geblieben. Sie haben ihren Abschluß fast nicht geschafft, das weiß ich noch. Aber wahrscheinlich wollte die Schule sie einfach loswerden.

Roy Shindler: Wann bist du weggelaufen?

A: Von dem Hügel?

F: Ja.

A: Ich glaube, als sie den Jungen getreten haben, und dann sind sie hinter dem Mädchen hergerannt. Es geht ein bißchen durcheinander in meinem Gedächtnis, es ist alles so schnell gegangen.

Dr. Hollander: Sie erinnern sich heute sehr genau.

A: Aber davor habe ich mich nicht erinnert. Ehrlich nicht.

F: Da bin ich mir ganz sicher.

A: Warum? (Weinend)

F: Warum Sie sich nicht erinnern konnten?

A: Habe ich denn etwas Falsches getan? Ich habe doch nicht gewußt, daß ihr etwas passieren würde.

F: Nein, ich bin sicher, daß Sie das nicht gewußt haben.

A: Ich habe gewußt, es war eine Schlägerei, aber ich habe nicht gedacht, daß ein Mord passieren würde und ... und das andere.

F: Was hätten Sie denn getan, wenn Sie gewußt hätten, daß sie sie vergewaltigen und ermorden würden?

A: Ich hätte sie abgehalten.

F: Wie?

A: Irgendwie. Sie hätten gar nichts ... (Weinen)

F: Weinen Sie ruhig.

A: Ich glaube nicht ... Ich glaube nicht, daß sie das vorgehabt haben. Ich glaube nicht, daß sie das getan haben.

F: Sie können sich nicht vorstellen, daß sie das getan haben? Nicht bei Bobby?

A: Der war ein mieser kleiner Typ, aber ...

F: Nicht bei Billy?

(Pause)

A: Vielleicht. Ich weiß nicht. Billy hat sich gern geschlagen. Vielleicht ist er zu weit gegangen und hat's nicht gemerkt. Ich weiß noch, daß er Leute geschlagen hat. Mehr als einmal.

F: Was war das letzte auf dem Hügel, woran Sie sich erinnern können?

A: Ich glaube, sie haben den Jungen beim Auto festgehalten. Als ob sie ihn filzen würden.

F: Als ob sie ihn filzen würden?

A: Ich glaube, sie wollten ihn ausrauben. Vielleicht haben sie gedacht, der Junge muß reich sein, wenn er mit diesem Mädchen ausgeht.

F: Haben sie darüber geredet, daß das Mädchen reich ist?

A: Ich glaube nicht. Ich habe jetzt nur geraten.

F: Okay. Aber raten sollen Sie eigentlich nicht. Sagen Sie uns einfach, was Sie wissen. Wer ist auf dem Hügel zuerst ausgestiegen?

A: Billy, und der Junge war auch draußen.

F: Als sie sich geschlagen haben, wo war das Mädchen da?

A: Ich weiß nicht. Im Auto wahrscheinlich.

F: Hat sie geschrien?

A: Ich weiß nicht mehr.

F: Hatten Billy oder Bobby irgend etwas in der Hand, als sie ausgestiegen sind?

A: Ich erinnere mich nicht.

F: Haben Sie gesehen, wie einer von ihnen den Jungen auf den Kopf geschlagen hat?

A: Nein.

F: Haben sie Richie auf den Boden heruntergezerrt?

A: Das habe ich nicht gesehen.

Roy Shindler: Esther, als du wieder ins Auto gestiegen bist, als sie dich mitgenommen haben, hat das Mädchen mit Billy auf dem Rücksitz gesessen?

A: Ja.

F: Und er hat sie um die Arme und Schultern gehalten?

A: Hm.

F: Hatte sie irgendwas um den Hals?

A: Nein.

F: Kein Seil oder etwas in dieser Art.

A: Es war ziemlich dunkel im Auto, und ich habe nicht viel sehen können. Ich habe sie nur einen Moment gesehen, und ich war betrunken, und mir war nicht sehr gut von der Rennerei und den Hunden.

F: Wohin seid ihr dann gefahren?

A: Sie haben mich nach Hause gefahren.

F: Hat sie versucht, aus dem Auto zu flüchten, oder sich gewehrt?

A: Nein.

F: Sie hat nicht versucht, aus dem Auto herauszukommen?

A: Warte. Wie oft habe ich Sie beide darüber schon belogen? Ich wollte nicht ...

F: Du lügst nicht. Haben sie ihr den Mund zugehalten?

A: Vielleicht.

Dr. Hollander: Erinnern Sie sich, wie das Mädchen auf all das reagiert hat?

A: Sie war ruhig. Wie benommen.

F. Hat sie geweint?

A: Ich hab sie nicht lang angesehen, wissen Sie. Sie könnte geweint haben, aber vielleicht ist das auch nicht wahr.

F: Erzählen Sie uns, woran Sie sich erinnern, und machen Sie sich keine Sorgen darüber, ob es wahr ist. Das, woran Sie sich erinnern, wird die Wahrheit sein.

8

»Mr. Boggs, sind Sie homosexuell?«

»Einspruch, Euer Ehren!«

Harry Jamison war aufgesprungen und brüllte, noch bevor die letzten Worte der Frage auf der anderen Seite des Gerichtssaals bei dem ängstlichen kleinen Mann im Zeugenstand angekommen waren. Richter Jacob Samuels versuchte, sein Mißfallen an Philip Heider zu verbergen, aber die Jury konnte nicht anders, als den vernichtenden Blick zu bemerken, den er dem Staatsanwalt zuwarf.

Heider ließ es sich nicht anmerken, aber er war entzückt über Jamisons Reaktion. Er hatte damit gerechnet. Ganz gleich, wie der Richter die Angemessenheit der Frage beurteilte, ein erster Zweifel war gesät.

»Ich möchte Sie beide kurz sprechen«, sagte Samuels, raffte seine schwarze Robe zusammen und verschwand durch eine Tür hinter seinem erhöhten Sitz.

Harry Jamison watschelte hinter ihm her; sein gigantischer Bauch wogte bei jedem Schritt. Er war eine tragikomische Figur, die eher auf die Bühne gehört hätte als in einen Gerichtssaal, und die wüst konkurrierenden Streifen und Karos seiner Kleidung verstärkten diesen Eindruck noch.

Im Gegensatz zu ihm war Philip Heider eine stromlinienförmige Gestalt – von Kopf bis Fuß ganz der intelligente, aufstrebende junge Mann. Diejenigen, die ihn kannten, wußten, daß er kalt, bedenkenlos und pragmatisch war. Wer ihn nur im Gerichtssaal sah, ließ sich meist von dem roten Haar und den Sommersprossen täuschen, die ihm einen gewissen Tom-Sawyer-Charme verliehen.

Richter Samuels saß hinter seinem Schreibtisch, als Heider und Jamison sein holzgetäfeltes Amtszimmer betraten. Er hatte seit einer halben Stunde auf Heiders Frage gewartet – seit Jamison bei der direkten Befragung des Angeklagten, Lowell Boggs, seine eigenen, unglaublich dummen Fragen gestellt hatte. Dabei fand er die Richtung, die die Angelegenheit genommen hatte, widerlich. Er wußte, er würde entscheiden müssen, ob sie Boggs' Chancen hinreichend gefährdete, um ihn die Verhandlung in einer Mordsache wegen Verfahrensmängeln abbrechen zu lassen, oder ob sie wichtig genug war, um die Untersuchung zuzulassen.

Samuels musterte angewidert die beiden Anwälte. Jamison war eine inkompetente Witzfigur. Er hatte seit Beginn des Prozesses einen Fehler nach dem anderen gemacht; ein System, das jemandem wie Jamison auch nur gestattete, Mandanten zu vertreten, war zu bedauern.

Und Heider ... Das war etwas anderes. Er war vom Scheitel bis zur Sohle Stewart Heiders Sohn – abgefeimt, ohne Prinzipien. Stewart Heider hatte sich sein Geld hart verdient. Er hatte versucht, sich die Ehrbarkeit zu kaufen, indem er seinen Sohn auf die besten Schulen schickte. Aber das Erbe ließ sich nicht verleugnen. Der kriminelle Zug, von dem geflüstert wurde, er stecke hinter dem Geld, das Heider im Bauholzhandel verdient hatte, äußerte sich nun

in der Art und Weise, in der Philip Heider seine Fälle vertrat.
Das Problem war, daß der Sohn genau wie der Vater die schmale Grenzlinie zum unethischen Verhalten nie wirklich überschritt. Und wie sein Vater, so mußte Samuels sich widerwillig eingestehen, war der Sohn gut – sehr gut sogar. Samuels hatte während seiner siebzehn Jahre auf der Richterbank viele Juristen gesehen, und trotz Heiders relativer Unerfahrenheit – er arbeitete erst seit zwei Jahren für die Bezirksstaatsanwaltschaft – war er einer der besten, mit denen der Richter je zu tun gehabt hatte.
»Ich will, daß dies wegen Verfahrensmängeln beendet wird. Ich habe das Gericht gewarnt, daß Mr. Heider so etwas versuchen würde. Ich wüßte nicht, wie Mr. Boggs jetzt noch einen fairen Prozeß erwarten könnte, nachdem Mr. Heider seine widerliche Bühnennummer abgezogen hat.«
»Mr. Heider?« fragte der Richter.
»Euer Ehren, dies steht in direktem Zusammenhang mit dem Motiv. Ich bin der Auffassung, daß Boggs homosexuell ist und daß er Bobby Washington während eines Streits unter Liebenden getötet hat. Die Kraft, mit der Mr. Washington erstochen wurde, weist auf große Leidenschaft seitens des Mörders hin.«
»Aber es gibt keine Beweise dafür, daß Mr. Boggs homosexuell ist«, winselte Jamison. »Das ist alles Spekulation. Er muß Beweise erbringen, wenn er diesen Dreck da mit hineinziehen will, und das hat er bei der Anklage nicht getan.«
»Ja, Mr. Heider. Ich habe in dieser Hinsicht eine Entscheidung getroffen, bevor die Verhandlung auch nur begonnen hatte. Ich habe entschieden, daß wir dieses Gebiet aussparen, solange es keine Beweise gibt.«

»Das weiß ich, Euer Ehren, und ich habe es auch nicht erwähnt, aber Mr. Jamison hat in seinem Verhör von Mr. Boggs selbst davon angefangen. Er hat versucht, den Punkt anzuführen, daß Washington homosexuell war und Mr. Boggs belästigt hat, der ihn daraufhin in Selbstverteidigung erstochen hat, nachdem er Washington das Messer entwunden hatte.
Mr. Jamison hat den sexuellen Aspekt als erster aufgebracht, und ich bin der Ansicht, daß ich das Recht habe, ihn im Kreuzverhör wiederaufzunehmen.«
Heider beobachtete Jamisons Gesichtsausdruck, während er sprach. Dem älteren Anwalt ging plötzlich auf, was er angerichtet hatte. Ein Grinsen huschte über Heiders Gesicht, als er den Moment der Erkenntnis genoß, und Richter Samuels sah den triumphierenden Ausdruck und unterdrückte seinen aufwallenden Ärger. Heider war ein Schuft, ohne die geringste berufliche Verantwortung.
Jamison schwatzte inzwischen verzweifelt drauflos. Versuchte, sich herauszuwinden mit wirren Erklärungen, was er mit seinen Fragen beabsichtigt und nicht beabsichtigt hatte. Samuels ließ ihn reden, denn er wußte, wie er entscheiden mußte, und er wollte wenigstens dafür sorgen, daß Jamison jede denkbare Chance bekam.
»Ich fürchte, Mr. Heider hat recht, Harry. Ich war sehr erstaunt, Sie diese Fragen stellen zu hören, vor allem nach unserer Unterhaltung hier im Amtszimmer. Aber nun haben Sie es einmal getan, und ich werde Mr. Heider erlauben müssen, in diesem Sinne noch eine Weile weiterzumachen.«
»Ich verstehe«, sagte Jamison kläglich. Er war vernichtet, und als er sich von seinem Stuhl erhob und in den Gerichts-

saal zurückkehrte, schien er in sich zusammengefallen zu sein.
Samuels hielt Heider zurück, bevor auch er den Raum verlassen konnte.
»Das war ein billiger Kniff, Mr. Heider, und ich habe ein Auge auf das, was Sie jetzt tun. Wenn Sie keine akzeptable Argumentation daraus machen oder wenn Sie zu weit gehen, bekommt Mr. Jamison seine Verfahrensfehler.«
»Ich verstehe, Euer Ehren«, antwortete Heider höflich. Er hatte gewonnen; offener Triumph würde ihm nichts weiter einbringen. Er warf einen schnellen Blick zu Jamison hinüber, als er an seinen Platz zurückkehrte. Der Fettsack ist zu dumm, um ohne Anleitung seine Schuhe zuzubinden, dachte er. Ein guter Anwalt hätte aus diesem Fall etwas ganz anderes machen können. Aber Heider gehörte nicht zu den Leuten, die einem geschenkten Gaul noch ins Maul sahen. Der Sieg würde seinem Ruf nicht gerade schaden, und er selbst hatte ohnehin nichts dagegen, wenn der alberne kleine Schwule hinter Gittern landete. Er haßte Schwäche, und Boggs war schwach. Er hatte es während der ganzen Verhandlung gespürt und bei jeder anderen Gelegenheit, bei der er mit dem Angeklagten zu tun hatte. Boggs war ein Wurm, der die Jury um eine zweite Chance anbettelte. Und er hätte sie vielleicht sogar bekommen, dachte Heider, wenn sein Anwalt nicht so unfähig gewesen wäre. Die Jury hätte einen siebenundsechzigjährigen weißen Buchhalter ohne Vorstrafen durchaus vom Verdacht des Mordes an einem drogensüchtigen Schwarzen freisprechen können. Aber einen Schwulen, der seinen Liebhaber ermordet hatte, würden sie niemals freisprechen. Heider lehnte sich in seinem Stuhl zurück und sah quer durch den

Gerichtssaal zu Boggs hinüber. Dann warf er einen Blick auf seinen Notizblock und stellte die nächste Frage.

Fünf Stunden später marschierte Heider durch die Tür bei Fanny Masers Theke herein und strebte den Büros des Bezirksstaatsanwalts zu, zwei Reporter im Schlepptau. Er grinste.

»Schuldig?« fragte ein junger Staatsanwalt, der gerade im Gang stand, als Heiders Staffel vorbeifegte.

»Was sonst?« fragte Heider zurück, und die Reporter lachten. Sie mochten Heider. Er war unterhaltsam und interessant und immer bereit, mit ihnen zu reden.

»Mr. Heider«, schrie Fanny ihm nach, »Mr. Holman will Sie sprechen. Er sagt, es ist wichtig.«

Heider fragte sich, was der Bezirksstaatsanwalt von ihm wollen könnte. Herb Holman war nicht nur sein Vorgesetzter, sondern auch ein alter Freund der Familie, der seine gegenwärtige Position nicht zuletzt Stewart Heiders finanzieller und politischer Unterstützung verdankte.

Heider entschuldigte sich, und die Reporter setzten sich an einen kleinen Tisch und begannen sich Notizen für ihre Berichte zu machen. Heider kam unterwegs an mehreren seiner Kollegen vorbei, aber wenige beglückwünschten ihn oder machten sich auch nur die Mühe, sich nach dem Urteil im Fall Boggs zu erkundigen. Heider war bei den anderen Deputies nicht eben beliebt – eine Einstellung, die zum Teil auf seine offensichtliche Bevorzugung durch Holman und zum Teil auf Heiders überhebliche Art zurückging.

Herb Holman war ein kleiner Mann mit rosigem Gesicht. Er lächelte, als Phil eintrat, und streckte ihm die Hand hin. »Sehr gut gemacht. Richter Samuels' Assistent hat mich angerufen.«

Heider zuckte die Achseln und grinste.
»Jamison als Gegner, das ist fast so, als hätte man einen Verbündeten.«
Holman lachte, und sie setzten sich.
»Phil, haben Sie immer noch vor, sich nächstes Jahr als Kandidat für den Senat aufstellen zu lassen?«
»Dad und ich haben ein paarmal drüber geredet«, antwortete Heider etwas verwundert. »Er denkt, ich kann es schaffen, und ich glaube es auch.«
»Okay. Also, da ist etwas aufgetaucht, das Ihnen helfen könnte. Was wissen Sie noch über den Mordfall Murray-Walters?«
»Murray-Walters? War das nicht diese Geschichte mit Mord und Vergewaltigung im Lookout Park, vor fünf, sechs Jahren ungefähr?«
»Genau.«
»Ich erinnere mich einigermaßen. Ich war damals noch auf dem College, und ich weiß, daß es sogar in den Ostküstenzeitungen stand.«
»Heute nachmittag hat mich ein Detective namens Roy Shindler angerufen. Kennen Sie Shindler?«
»Sicher. Er hat ein paar von meinen Fällen bearbeitet. Sehr guter Mann.«
»Ja, das denke ich auch. Shindler glaubt, er hätte genug Material, um Anklage im Fall Murray-Walters erheben zu können. Ich will, daß Sie mit ihm reden. Wenn Sie der gleichen Meinung sind, können Sie's vors Große Geschworenengericht bringen.«
Heider konnte sein Herz hämmern hören. »Murray-Walters« war in Portsmouth zu einem Begriff geworden. Eltern verwendeten ihn, um ihre halbwüchsigen Kinder

nachts vom Lookout Park fernzuhalten. Den Fall zu übernehmen hieß, daß Heider monatelang auf allen Titelseiten stehen würde. Wenn er es fertigbrachte, innerhalb eines Monats Anklage zu erheben, und wenn der Prozeß in den nächsten drei Monaten begann, könnte die Sache bis zu seiner Bewerbung um die Kandidatur vorhalten.

Holman lächelte.

»Ich hab's mir doch gedacht, das es Sie interessieren würde. Zum Teufel, wenn ich glaubte, daß ich nächsten Herbst Konkurrenz bekomme, würde ich den Fall selbst übernehmen. Shindler wartet auf Ihren Anruf. Behandeln Sie ihn wie ein rohes Ei. Und, Phil, keine undichten Stellen.«

»Ich verstehe schon.«

»Guter Junge.«

Heider hörte zu und dachte nach, während Shindler fuhr und redete. Das Ganze war einfach unglaublich. Allein die Probleme, die die Sache mit sich brachte ... Wie brachte man eine Jury dazu, einer Zeugin Glauben zu schenken, die erst sechs Jahre nach dem Verbrechen zu dem Schluß gekommen war, daß sie eine Zeugin war? Die Zeitungen würden von Voodoo-Beweisführung reden. Andererseits war Shindler kein übereifriger Phantast. Er war verläßlich und intelligent, nicht der Typ Mann, der voreilige Entscheidungen traf. Alles hing von dem Mädchen ab. Aus diesem Grund hatte Heider darauf bestanden, sie selbst kennenzulernen. Wenn er ihr nicht glaubte, würde auch die Jury ihr nicht glauben.

»Und Dr. Hollander ist sich sicher, daß sie die Wahrheit sagt?«

»Oh, unbedingt. Wir sind ihre Geschichte zigmal durchgegangen.«

»Und jetzt hat sie eine unabhängige Erinnerung daran?«

»Ja.«

»Ich meine, unabhängig von den Bändern? Sie braucht sich die Bänder nicht anzuhören?«

»Nein. Sie kann es aus dem Gedächtnis erzählen. Dr. Hollander sagt, die Blockierungen sind verschwunden, als sie mit Hilfe der Droge durchgekommen ist.«

»Es ist nämlich so, wenn sie sich nur mit Hilfe der Bänder erinnert, wird es aussehen, als hätte man sie manipuliert.«

»Nein, das ist jetzt echte Erinnerung. Wir haben noch mehr Zeugen, die ihre Geschichte bestätigen können. Den Mann, der das Dragsterrennen gesehen hat, und die Frau mit den Hunden. Und die Leute, die auf der Party waren und Billy Coolidge mit dem Messer gesehen haben.«

Heider betrachtete die Häuser, an denen sie vorbeifuhren. Shindler rief sich ins Gedächtnis, daß er nicht zuviel reden sollte. Es war schwer. Er war überglücklich. Er hatte so lang und so hart an diesem Fall gearbeitet, und es hatte hoffnungslos ausgesehen, und nun das Ende vor sich zu haben ... er spürte eine schreckliche Ruhe in seinem Körper und ein unglaubliches Hochgefühl des Geistes, als sei nur ein Teil von ihm erdgebunden, während ein anderer aufstieg, unaufhaltsam.

Esthers Wohnung war nur noch ein paar Meter entfernt. Er hatte sie angerufen, nachdem Heider sich bei ihm gemeldet hatte, und ihr gesagt, daß sie vorbeikommen würden. Er hatte zwei Wochen lang nicht mit ihr gesprochen, und sie hörte sich an wie ein Hündchen, überglücklich darüber, von ihm zu hören, ängstlich nachfragend, wes-

halb er sich nicht gemeldet hatte. Als er ihr gesagt hatte, er würde den Staatsanwalt mitbringen, hatte sie zuerst furchtsam reagiert, aber er hatte sie mit dem Versprechen beruhigt, er werde am Abend vorbeikommen.
»Da sind wir«, sagte Shindler und fuhr das Auto an den Bordstein.

Hast du die Taschenlampe mitgebracht?« fragte Eddie.
»Yeah, hier«, antwortete Gary, während er Toller die Lampe gab. »Mensch, sei doch nicht so nervös. Das geht einem ja auf die Nerven.«
»Ich bin nicht nervös. Ich will nur sicher sein, daß wir alles haben.«
»Okay, ich habe sie.«
Eddie zog den Reißverschluß seiner Jacke zu und schlug den Kragen hoch, um sein Gesicht zu verdecken. Es gab hier eigentlich keinen Sicherheitsdienst, aber er wollte kein Risiko eingehen.
Gary hatte auf der Rückseite des Gebäudes geparkt. Eddie sah zum drittenmal in zwei Minuten auf die Uhr und leckte sich nervös über die Lippen. Es war drei Uhr morgens, und die Nacht war mondlos. Sie waren in den Nächten zuvor ein paarmal durch die Straße gefahren, um die Gegend auf Streifenwagen zu untersuchen. Aber das Ärztehaus lag in einer ruhigen Wohngegend, und um diese Tageszeit war kein Mensch auf der Straße.
Gary zog sich die Handschuhe an und griff nach dem Kissenbezug, den sie als Behälter mitgebracht hatten. Der Parkplatz hinter dem Haus war wie ausgestorben, und sie hatten das Auto bei der Hintertür abgestellt. Die Rückfront war dunkel, aber Eddie hatte Bedenken, denn die

Apotheke an der Straßenfront war hell erleuchtet. Er hatte Gary darauf hingewiesen, aber der hatte ihm erklärt, daß der Lagerraum mit den Medikamenten nach hinten lag und von der Straße aus kaum zu sehen war.

Gary nahm die Schlüssel aus der Tasche und probierte einen davon an der Hintertür aus. Die Tür ließ sich mühelos öffnen, und Gary lächelte, als er voranging in das leere, dunkle Gebäude.

»Kinderkram, Eddie«, flüsterte er.

Eddie sah sich vorsichtig um. Es brachte Unglück, davon zu sprechen, wie leicht irgendein Job sein würde. Irgend etwas an diesem hier hatte ihn von Anfang an beunruhigt.

Der Gang war zu Ende, und Gary wandte sich nach rechts. Eddie sah die Straße durch die gläserne Ladentür. Gary trabte nach links und blieb vor einer schweren hölzernen Tür stehen. Während er die Schlüssel nacheinander ins Schloß schob, leuchtete Eddie mit der Taschenlampe nervös den Gang auf und ab. Dann hörte er Gary fluchen und drehte sich um.

»Der Scheißschlüssel paßt nicht.«

»Was?«

»Es funktioniert nicht.«

»Laß mich mal.« Er gab Gary die Taschenlampe und versuchte es noch einmal mit beiden Schlüsseln. Keiner davon paßte.

»Was soll das?« flüsterte er, eine Spur Panik in der Stimme.

»Ich weiß nicht. Der hier sollte eigentlich die Apothekentür öffnen.«

»Was heißt das, sollte eigentlich. Hast du ihn denn nicht ausprobiert?«

»Herrgott, Eddie, und wenn mich einer gesehen hätte?«
»Oh, Scheiße. Du meinst ... Wieso hast du gedacht, der ist für diese verdammte Tür hier?«
»Ich hab Laura mal sagen hören, der hier ist für die Haustür und der ist für alle Büros.«
»O nein. Sie hat wahrscheinlich *ihre* Büros gemeint, du blöder ...«
Gary hob die Hand, und Eddie verstummte.
»Jetzt reg dich bloß nicht auf, Eddie. Das ist doch kein Problem. Ich weiß Bescheid über den Laden. Ich weiß, wo sie das Brecheisen haben. Wir müssen ein bißchen arbeiten, das ist alles. Wart hier auf mich.«
Eddie wollte antworten, aber Gary war schon fort, und dem Geräusch seiner Schritte nach zu urteilen, lief er den Gang entlang und dann eine Treppe hinauf. Eddie wußte, daß er jetzt eigentlich verschwinden sollte. Er hatte ein übles Gefühl bei der Sache. In der Dunkelheit meinte er, ein Geräusch zu hören, und er schaltete die Taschenlampe aus und versuchte, sich in eine Ecke bei der Tür zu zwängen.
»Mach die Scheißlampe wieder an, Eddie, ich bin's«, flüsterte Gary. Er hatte die Arme voller Werkzeug, das er auf dem Boden vor der Tür ablud; dann wählte er ein Brecheisen aus. Eddie setzte sich mit dem Rücken zur Wand auf den Boden und wiederholte in Gedanken »Ich hab's gewußt«, immer wieder, während Gary die Tür bearbeitete. Ein paar Minuten lang hörte er ihn grunzen und keuchen, dann winkte Gary ihm zu, und die Tür schwang nach außen. Gary duckte sich, und Eddie folgte ihm ins Innere.
Er richtete sich eine Sekunde lang auf, und dann wurde ihm klar, weshalb Gary in der Hocke blieb. Die Apotheke war taghell erleuchtet, und zur Straße hin lagen Schaufen-

ster. Wenn sie sich aufrichteten, konnte man sie von draußen sehen.
Gary bewegte sich im Schutz einiger Bänke zu einer Tür in der Wand eines kleinen Nebenraums. Die untere Hälfte der Wand war undurchsichtig, die obere jedoch war aus Glas. An den Wänden standen Regale mit Medikamenten; weiter hinten war ein Kühlschrank.
»Na, dann los«, sagte Gary, während er sich aufrichtete und Medikamentenpackungen in eine der Kissenhüllen zu stopfen begann.
»Moment mal«, sagte Eddie. »Was ist das für ein Zeug? Das ist doch nichts wert.«
»Klar ist es was wert«, gab Gary zurück, während er sich das nächste Fach vornahm.
Eddie nahm ein paar Schachteln und Flaschen in die Hand und sah sie sich an. Es waren Schmerzmittel, Beruhigungsmittel, Hustensaft. Keine Narkotika.
»Für dieses Zeug will der Typ dich bezahlen?« fragte Eddie ungläubig.
»Yeah. Klar. Hör mal, Eddie, halt den Mund und tu was.«
»Herrgott, Gary, das ist doch wertlos.«
Gary warf den Kissenbezug hin und begann zu brüllen.
»Halt's Maul, halt doch einfach das Maul. Du hast heute noch nichts gemacht, als dich zu beschweren. Ich hab dich mitgenommen, weil du mir im Knast die ganze Zeit erzählt hast, was du für ein Profi bist. Ein Scheißprofi bist du. Jetzt füll die verdammten Bezüge, oder ...«
Gary erstarrte, und seine Augen weiteten sich. Eddie fuhr herum und hörte, wie Gary zur Hintertür rannte. Er lief ihm nach. Durch die Schaufensterscheibe starrten zwei Polizisten zu ihnen herein.

Eddie konnte nur an das Auto denken. Er stürmte um eine Ecke und merkte plötzlich, daß er Gary aus den Augen verloren hatte. Ach, scheiß auf den. Er würde nicht in dieser Klemme stecken, wenn dieser blöde ...
Er kam vor einer Wand jäh zum Stehen. Mist. Er wußte nicht mehr, wo der hintere Gang war. Als er um eine weitere Ecke bog, sah er die Hintertür. Hinter sich hörte er Schritte. Die Bullen waren im Haus. Er rannte zur Tür, und plötzlich erschien ein Polizist im Türrahmen, die Waffe auf ihn gerichtet, klassische Schießstandpose. Die Schritte von hinten kamen näher. »Keine Bewegung, du Arschloch«, sagte der Polizist durch die Glasscheibe. Eddie sank auf den Boden und verschränkte die Hände hinter dem Kopf.

Norman Walters sah zu, wie die zufallende Tür seines Büros Shindler aus seinem Sichtfeld verschwinden ließ, und wünschte sich, der Mann selbst könnte ebensoleicht zum Verschwinden gebracht werden.
»Keine Anrufe jetzt«, sagte er in die Sprechanlage. Er fühlte sich sehr alt und sehr müde. Er wollte die Augen schließen und lange Zeit schlafen, aber er wußte, statt dessen mußte er seine innere Kraft sammeln, die seit dem Tod seines Sohnes immer weniger geworden war, und nach Hause gehen und es Carla erzählen.
Carla. Es ihr erzählen. Er fühlte sich schon beim Gedanken daran erschöpft. In den sechs Monaten nach Richies Tod hatte er sie alt werden sehen. Der Funke, der sie ewig jugendlich zu halten schien, war von Shindlers Besuch ausgelöscht worden. Sie hatte sich erholt, natürlich. Die Zeit heilt Wunden, und so weiter. Aber niemals ganz erholt. Sie war stiller jetzt und müder.

Auch er selbst hatte sich verändert. Ein großer Teil seines Selbstvertrauens war dahin. Die Dinge, an denen ihm früher soviel gelegen hatte – seine Kanzlei, seine Autos, das Golfspiel –, interessierten ihn immer weniger. In ihrer beider Leben fehlte eine Dimension.

Immerhin, sie hatten es geschafft, und die seither vergangenen Jahre hatten die Erinnerung an den gesunden, warmherzigen Jungen, der ihr Sohn gewesen war, etwas verblassen lassen. Bis jetzt. Bis Shindler ihn den Schmerz von neuem hatte spüren lassen, so stark, wie er ihn das erstemal verspürt hatte. Und bald – sobald er den Mut aufbrachte – würde er nach Hause gehen und Carla den gleichen Schmerz zufügen müssen.

Detective Avritt schlug die Tür auf der Fahrerseite zu, und Shindler sah sich nach dem Streifenwagen um, der ihnen vom Gericht her gefolgt war. Heider hatte ihn angerufen, sobald das Große Geschworenengericht die Anklage bestätigt hatte, und er war zum Gericht geeilt, um die Haftbefehle von einem Richter unterschreiben zu lassen. Auf dem Weg hatte er sich an die Scham und die Frustration erinnert, die er empfunden hatte, als die Abteilung ihm damals den Fall entzogen hatte. Keiner von seinen Kollegen wußte von seinen wöchentlichen Besuchen bei Dr. Hollander. Er hatte die Ermittlungen in seiner Freizeit weitergeführt. Als er sein Material beisammenhatte, hatte er es dem Captain vorgelegt. Es freute ihn immer noch, wie sein Vorgesetzter sich bei ihm entschuldigt hatte, als Shindler ihm den Fall zurückgebracht hatte.

Nachdem er die Haftbefehle erhalten hatte, war er zu Norman Walters' Kanzlei gefahren. Er hatte sich von Richies

Vater eine heftigere Reaktion erwartet; andererseits konnte er sich vorstellen, was der Mann empfunden haben mußte, als er erfuhr, daß sein Sohn endlich gerächt werden würde. Walters war ihm gegenüber in den letzten Jahren recht kühl gewesen, aber Shindler nahm an, es müsse daran gelegen haben, daß er selbst bei der Lösung des Falls versagt hatte. All das würde sich jetzt ändern.
Shindler tastete geistesabwesend nach dem Haftbefehl in der linken Innentasche seines Jacketts und sah zu den Fenstern der Wohnung im dritten Stock hinauf, in der Sarah Rhodes wohnte. Seine Uhr zeigte halb zwölf. Es war ein warmer, sonniger Tag – beginnender Frühling. In einer halben Stunde würden Detectives mit einem ähnlichen Haftbefehl im Staatsgefängnis eintreffen.
Die uniformierten Beamten waren inzwischen ausgestiegen, und Shindler betrat mit Avritt das Wohnhaus. Die innere Ruhe war noch immer da. Es war das Gefühl des Sieges, der Befriedigung. Er hatte es gewußt, die ganze Zeit, vom ersten Augenblick an, in dem er Billy Coolidge gesehen hatte. Er dachte an die langen Jahre, während derer der Fall in der Schwebe gehangen hatte. Wie oft war er fast verzweifelt an der Notwendigkeit, das zu beweisen, von dem er im tiefsten Innern wußte, daß es die Wahrheit war.
Shindler hielt vor der Wohnungstür inne und wartete auf die anderen. Als sie ihn eingeholt hatten, klingelte er. Ein Mädchen öffnete.
»Miss Rhodes?«
»Ja.«
Er zeigte ihr seine Marke. Das Mädchen wirkte verwirrt. Aus einem Zimmer rief eine Männerstimme, und Shindlers Herz begann zu rasen.

»Ist Bobby Coolidge hier?« fragte er.
»Ja. Ist irgendwas passiert?«
Shindler lächelte. Er war der Fischer, der Jäger. Die Beute war ganz nah, die Schnur war straff.
»Wir haben etwas mit Mr. Coolidge zu besprechen. Würden Sie ihn bitten, einen Augenblick herauszukommen?«
»Natürlich«, sagte das Mädchen zögernd. Dann verschwand sie in einem der Zimmer, und die Polizisten drängten durch die Wohnungstür.
Sarah kam zurück. Shindler musterte Bobby, als er den Gang entlangkam. Die Entenschwanzfrisur war fort, die Arroganz ebenso. Er hatte etwas Gewicht zugelegt, aber er war derselbe Mann, den Shindler damals an dem Abend im Jahr '61 gesehen hatte, als er die Brüder auf dem Revier verhört hatte.
»Robert Coolidge?«
»Ja.«
»Ich habe einen Haftbefehl gegen Sie. Sie werden uns aufs Revier begleiten müssen.«
Bobby lächelte und sah von einem Gesicht zum anderen.
»Ist das ein Witz?«
»Ich fürchte, nein«, sagte Shindler, während er Bobby eine Kopie des Haftbefehls aushändigte. Bobby sah ihn gar nicht an.
»Was wird mir denn vorgeworfen?«
»Mr. Coolidge, ich bin hier, um Sie wegen Mordes an Elaine Murray und Richie Walters festzunehmen.«

VIERTER TEIL:

SCHATTEN UND GERÜCHTE

[redacted]

1

Bobby war wieder in dem Dorf, und er hatte Angst. Es waren keine Sterne da, und der einheitlich schwarze Himmel schien keine Dimensionen zu haben – wie ein Hintergrund zu einem Hollywoodfilm. Nebelschwaden zogen um die runden, grasgedeckten Hütten und verbargen die Verletzten, bis der unheimliche Eindruck entstand, der Nebel selbst sei es, der stöhnte und schrie.

Bobby sah sich nach dem Rest seines Trupps um, konnte aber niemanden entdecken. Er hörte ein Geräusch wie von einer Spinne, die im Dunkeln umherhuschte, und dann etwas wie ein Rascheln in den Baumkronen. Er preßte den Karabiner an seine khakibekleidete Brust und schlich vorwärts, tief vornübergebeugt; seine Augen huschten in dem pechschwarzen Nebel hin und her.

Seine Stiefelspitze traf auf einen Gegenstand, und er fuhr erschrocken zurück. Der Nebel teilte sich rings um einen Fleck Erdboden. Im Staub lag ein alter Mann. Er war offensichtlich tot, aber er war nicht tot. Seine Augen sahen Coolidge flehentlich an, und Bobby spürte eine Welle kopflosen Entsetzens. Er stürzte sich schreiend auf den alten Mann und stach zu. Das Messer traf immer wieder, und überall war Blut. Fontänen von Blut, die rot in den Nachthimmel stiegen, während die uralten, schmerzerfüllten Augen ihn anflehten und die eigenen Schreie ihm in den Ohren gellten.

»Halt's Maul, verdammt noch mal!«

»Was?«

Mehrere Stimmen brüllten, er sollte Ruhe geben. Bobbys Augen waren jetzt weit offen, und er war in seiner Zelle und nicht im Dschungel.

»Ich hab gesagt, halt's Maul, sonst schlag ich's dir ein«, schrie jemand den Gang entlang.

Bobby murmelte eine Entschuldigung. Er war schweißgebadet, und sein Herz schlug rasend schnell. Er fuhr sich mit der Hand über das Gesicht. Wenigstens war er nicht mehr im Dschungel. Er stellte fest, daß er die Decke bis zum Hals heraufgezerrt hatte und sie immer noch umklammert hielt. Er ließ sie los, schwang die Beine über den Rand seiner Pritsche und ließ den Kopf schwer in die Hände sinken. Er konnte sich nicht mehr entspannen. Tiefe Atemzüge halfen nicht. In seinem Inneren war Leere. Als sie ihm die Anklage vorgelesen hatten, hatte sich alles, was er gewesen war oder sich erträumt hatte, in Luft aufgelöst.

Er war allein gewesen, seit sie ihn gestern nachmittag verhaftet hatten. Niemand hatte ihn besucht, außer den Detectives, und die hatten sich geweigert, mit ihm zu sprechen. Er fragte sich, warum Sarah nicht gekommen war.

Die Zelle war klein. Sie enthielt eine Pritsche und eine Toilette und sonst nichts. Er hätte genug Platz gehabt, um auf und ab zu gehen, aber er hatte kein Bedürfnis danach, sich zu bewegen. Die letzten achtzehn Stunden hatte er verbracht wie eine Stoffpuppe. Jede Bewegung kostete Anstrengung. Es war, als seien seine Knochen zu einer Flüssigkeit geworden und sein Herz zu einem flatternden Vogel, der sich vor dem leisesten Flüstern fürchtete. Als sie gestern abend die Lichter ausgeschaltet hatten, hatte er geweint, nicht vor Wut, sondern aus Verzweiflung. Er war verloren.

Er wollte, daß jemand ihn in den Armen hielt und ihm versicherte, es werde alles gut ausgehen. Er wollte den Kopf in Sarahs Schoß vergraben; er wollte, daß sie ihm übers Haar strich und von ihrer gemeinsamen Zukunft sprach. Er wollte daran glauben.

Nachdem er eine Weile auf der Bettkante gesessen hatte, wurde sein Atem ruhiger; er war sehr müde. Er ließ sich aufs Bett zurückfallen und zog die Decke über sich und schloß die Augen. Aber sobald er es getan hatte, packte ihn wieder die Furcht. Es war Vietnam und sogar die Zeit davor. Zu schlafen hieß, zu träumen. O Gott, laß mich ausruhen. Bitte! Aber in seinem Kopf dröhnte es. Wach zu bleiben, das war der Damm, der die Flut von Träumen zurückhielt; Schlaf war die Schleuse, die sie einließ. Es gab hier keinen Schnaps und keine Sarah. Er öffnete langsam die Augen und starrte an die Decke. In der Dunkelheit konnte er Geräusche hören. Das Kratzen von Rattenklauen auf dem trockenen Zementboden.

Eine attraktive junge Frau und ein Mann, der ihm bekannt vorkam, saßen im Wartezimmer, als Mark Shaeffer das Büro betrat.

»Ich weiß nicht, ob Sie sich an mich erinnern«, sagte der

Mann. »Ich bin George Rasmussen. Vor ein paar Monaten haben Sie mir mal aus der Klemme geholfen.«

Der Name rief ihm den Vorfall wieder ins Gedächtnis. Richtig – der Student, der wegen Trunkenheit am Steuer verhaftet worden war. Er fragte sich, ob das Mädchen Rasmussens Frau war. Er hatte Schwierigkeiten, die Augen von ihr zu wenden. Sie wirkte sehr angespannt, und George ebenso. Er führte die beiden in sein privates Büro.

»Worum geht es?« fragte er, als sie sich gesetzt hatten. Sein Blick glitt zu dem Mädchen. Sie trug Hosen und einen engen Pullover, der ihre Figur zur Geltung brachte. Sie hatte etwas Verstörendes, das ihn sexuell ansprach. Sie wirkte weich und verloren, und ihre Nähe erweckte in ihm den Wunsch, sie zu beschützen und zu berühren. Seine Beziehung zu Cindy war in letzter Zeit recht sporadisch gewesen, und er stellte fest, daß das Mädchen ihn erregte.

»Mein Freund ist gestern verhaftet worden«, sagte sie. Ihre Stimme zitterte beim Sprechen. Mark holte einen gelben Notizblock und einen Kugelschreiber hervor.

»Ist er jetzt im Gefängnis?«

»Ja. Sie wollen uns nicht zu ihm lassen. Ich habe George angerufen, und er hat gesagt, wir sollten zu Ihnen gehen.«

»Haben Sie versucht, ihn auf Kaution freizubekommen?«

»Das geht nicht. Wir haben uns erkundigt.«

»Das muß gehen. Mit wem haben Sie denn gesprochen?«

»An den Namen erinnere ich mich nicht. Er war Sergeant.«

»Wo? Hier im Ortsgefängnis?«

»Ja.«

»Der sollte das aber wirklich wissen.«

Mark drehte seinen Stuhl und griff zum Telefon.

»Wie heißt Ihr Freund?«

»Bobby. Bobby Coolidge. Sie haben ihn wahrscheinlich unter Robert.«

»Sie haben gesagt, bei einer Mordanklage gibt es keine Kaution«, fügte George hinzu.

Mark legte den Hörer wieder auf. Er spürte ein Kribbeln auf der Kopfhaut.

»Ihr Freund steht unter Mordanklage?«

Das Mädchen warf einen nervösen Blick auf George.

»Das haben sie jedenfalls zu Sarah gesagt, als sie ihn verhaftet haben, und zu mir, als ich nachgefragt habe.«

»Ich weiß, daß er so etwas nicht getan haben kann. Wir sind in den letzten Monaten fast die ganze Zeit zusammengewesen. Wann sollte er es gemacht haben? Es ergibt doch gar keinen Sinn.«

»Wen soll er denn umgebracht haben?«

»Zwei Leute. Einen Mann und eine Frau. An die Namen erinnere ich mich nicht mehr.«

Das Wort »Mord« hat mystische Qualitäten für jeden Menschen, der mit dem Strafrecht zu tun hat. Sein Klang verursacht fast unmerkliche Veränderungen in der Atmosphäre. Die elektrische Spannung in der Luft steigt. Mark vergaß für den Augenblick das Mädchen und rief im Gefängnis an.

»Mein Name ist Mark Shaeffer. Ich habe gehört, bei Ihnen sitzt ein Mann namens Robert Coolidge in Untersuchungshaft.«

Sarah beobachtete Marks Gesicht, während er sprach, und suchte nach Hinweisen. Er kam ihr zu jung vor, als daß man ihm Bobbys Sicherheit anvertrauen sollte, aber George hielt große Stücke auf ihn, und er wirkte intelligent und interessiert. Sie hörte, wie er am Telefon eine Jahreszahl wiederholte, 1960, und sah einen verwirrten Ausdruck über sein Gesicht huschen.

»Ja, ich komme gleich raus und rede mit ihm. Können Sie mir einen privaten Besprechungsraum geben statt dem Zimmer für die Staatsanwälte? Vielen Dank, das wäre wirklich sehr hilfreich.«

Mark legte auf und drehte sich wieder zu Sarah um.

»Miss Rhodes, sagen Ihnen die Namen Elaine Murray und Richie Walters etwas?«

Sarah spürte eine Veränderung in Mark. Nun wirkte auch er angespannt. Sie begann sich unbehaglich zu fühlen.

»Ich glaube, das sind die Namen der Leute, von denen sie bei der Polizei gesagt haben, daß Bobby sie umgebracht hat.«

»Ja, aber wissen Sie, wer die beiden waren und wann sie umgekommen sind?«

Sarah sah George an. George wirkte eine Spur ratlos, als sagten ihm die Namen etwas und als könne er sich nicht erinnern, was.

»Ich … nein, sie klingen überhaupt nicht vertraut.«

»Leben Sie in Portsmouth? Sind Sie von hier?«

»Nein, ich bin aus Kanada – Toronto.«

Mark atmete tief ein und lehnte sich in seinem Stuhl zurück. Seine Gedanken jagten. Dies könnte der Fall sein, der seinen Ruf begründen würde. Hier in Portsmouth war der Fall Murray-Walters jedem Menschen bekannt. Es würde Fernsehberichte und Schlagzeilen nach sich ziehen und vielleicht genug kostenlose Werbung, um seiner Kanzlei die nötige Starthilfe zu geben.

»Miss Rhodes, vor ungefähr sieben Jahren wurde ein jun-

ger Mann namens Richie Walters im Lookout Park ermordet. Einige Wochen später hat man seine Freundin Elaine Murray tot an der Küstenstraße gefunden. Bobby wirft man vor, 1960 diese beiden Morde begangen zu haben.«
Er beobachtete die Reaktion des Mädchens. Sie wurde grau im Gesicht und schien vollkommen sprachlos zu sein.
George beugte sich vor.
»Das ist doch lächerlich. Mensch, Bobby ist ja fast so eine Art Pazifist. Er will nicht mal über seine Kriegserlebnisse reden. Ich glaub das nicht.«
»Ich sage ja nicht, daß er schuldig ist, George. Ich sage Ihnen nur, was man ihm vorwirft.
Miss Rhodes, ich bringe das jetzt nicht gern zur Sprache, aber irgendwann muß ich's tun, und in einem so ernsten Fall sollten wir ehrlich miteinander sein. So etwas wie einen einfachen Mordfall gibt es nicht. Selbst die am wenigsten komplizierten Fälle erfordern, daß der Anwalt eine Menge Zeit investiert.
Nach dem, was ich bisher über den Fall weiß, kann ich mit einiger Sicherheit sagen, daß er sehr kompliziert wird. Wir haben es mit einem Verbrechen zu tun, das sieben Jahre zurückliegt. Ich werde sehr viel Zeit mit Recherchen und Vorbereitung verbringen müssen. Vielleicht brauche ich Fachgutachter. Möglicherweise muß ich einen privaten Ermittler anheuern. Es kann passieren, daß ich andere Fälle ablehnen muß, weil ich nicht die Zeit haben werde, mich mit ihnen zu befassen.
Worauf all das hinausläuft, ist folgendes: Hat Bobby genug Geld, um sich einen Anwalt zu nehmen? Die Angelegenheit wird ihn vermutlich mindestens ein paar tausend Dollar kosten.«

Sie antwortete zögernd. Mark sah ihr an, daß sie innerlich zerrissen war. Er hatte diesen Gesichtsausdruck schon öfter bei Freunden und Angehörigen von Menschen gesehen, denen man ein Verbrechen zur Last legte. Er verriet beginnende Zweifel, erste Fragen. Jetzt überlegte sie sich, wer Bobby Coolidge wirklich war. Sie hatte den ersten Blick auf eine dunklere Seite geworfen, von der sie vielleicht nicht geahnt hatte, daß sie da sein könnte. Wenn die Anklage auf Mord lautete, waren die Fragen noch schwieriger zu beantworten.

»Bobby hat kein Geld ... Oder jedenfalls nicht genug, um das zu bezahlen.«

»Ich spreche von einer Summe um die zehntausend Dollar.«

Sarah antwortete nicht sofort. Sie musterte Mark lange und eindringlich. Was wußte sie denn wirklich über Bobby? Zehntausend Dollar! Eine solche Summe diesem Fremden zu geben, dafür, daß er einen Mann verteidigte, der ... Der was? Sie ging davon aus, daß er schuldig war. Warum war das ihre erste Reaktion? Jetzt war es an ihr, sich schuldig und beschämt zu fühlen. Ihre Familie hatte Geld, und auch sie selbst hatte beträchtliche Ersparnisse.

»Ich bin ziemlich sicher, daß ich das Geld aufbringen kann. Meine Familie ist ... wohlhabend. Ich brauche ein bißchen Zeit, um mit meinen Eltern zu reden.«

»In Ordnung. Ich fahre jetzt zum Gefängnis und rede mit Bobby. Ich rufe Sie heute abend an. Können Sie es mir bis dahin sagen?«

»Ich versuch's.«

Mark erhob sich, und George und Sarah folgten ihm zur Tür. Sarah drehte sich um und streckte ihm die Hand hin.

Sie wirkte etwas benommen, aber gefaßt. Er nahm ihre Hand und hielt sie fest.

»Vielen Dank für Ihre Hilfe, Mr. Shaeffer. Wenn Sie Bobby treffen, würden Sie ihm sagen, daß ich versucht habe, ihn zu besuchen? Und fragen Sie ihn, ob ich irgendwas für ihn tun kann.«

»Ich rufe Sie heute abend an und erzähle Ihnen, was eigentlich los ist.«

George schüttelte ihm die Hand, und sie gingen. Mark konnte seine Erregung kaum beherrschen. Er hatte einige Male Leute vertreten, denen durchaus ernste Verbrechen zur Last gelegt wurden, aber ein Mordfall war etwas anderes als alle anderen Kriminalfälle. Und dieser Mordfall war anders als alle anderen Mordfälle.

Und sein Honorar. Wenn sie das Geld aufbrachte, dann würden die zehntausend ihn über das erste Jahr bringen. Es war einer der Fälle, von denen alle Anwälte träumten. Vielleicht würde sogar Cindy zufrieden sein.

Sie hatten sich an diesem Morgen wieder einmal gestritten. Kurz bevor er seine eigene Kanzlei eröffnete, hatte er sich bei einer kleinen Firma namens Rosedale & Collins vorgestellt. Nun hatte man ihm angeboten, als Teilhaber einzusteigen, für ein Gehalt, das deutlich über dem lag, was er im Augenblick verdiente. Wenn er die Stelle annahm, konnte Cindy aufhören zu arbeiten, und sie konnten ihr Baby bekommen. Sie hatte ihn angebettelt, er solle die Stelle nehmen, aber er hatte abgelehnt. Er war gern sein eigener Chef, und die ersten Mandanten begannen sich einzufinden. Er brachte nicht viel Geld nach Hause, aber inzwischen brauchte er sich auch keine Sorgen mehr zu machen, ob er seine Unkosten decken konnte. Als er an diesem Morgen aus dem Haus gegangen war, hatte er Cindy in Tränen aufgelöst zurückgelassen. Er war drauf und dran, in Gedanken »wie üblich« hinzuzufügen, hielt sich aber zurück. Das war unfair. Er konnte Cindys Standpunkt verstehen – aber, verdammt noch mal, sie könnte wenigstens versuchen, seinen auch zu verstehen.

Die Erinnerung an den Streit verdarb ihm die Laune. Dann fiel ihm Sarah Rhodes ein. Sie wirkte so ganz anders als Cindy. Sie dachte an jemand anderen als nur an sich selbst. Sie war bereit, eine große Summe ihres eigenen Geldes auszugeben, um Coolidge zu unterstützen. Nun, wenn er den Fall bekam, würde ein so hohes Honorar vielleicht helfen. Er wußte es nicht.

Das Bezirksgefängnis bestand aus massiven grauen Steinblöcken und stammte aus einer Ära vor der Zeit der modernen Architektur, einer Ära, in der Bauten aussehen sollten wie das, was sie waren. Es beherbergte Männer, die auf ihren Prozeß warteten, und ihre Furcht und Ungewißheit hätten nur dem unempfänglichsten Besucher verborgen bleiben können. Das Gefängnis machte keinen Unterschied zwischen dem Verkehrssünder, der seine Kaution nicht bezahlen konnte, und dem Vergewaltiger. Sie waren alle zusammen untergebracht, so lange, bis die Gerichte sie entweder ins Staatsgefängnis schickten oder freiließen.

Aufgrund seines besonderen Status war Bobby Coolidge in einer der wenigen Einzelzellen im Hochsicherheitstrakt untergebracht. Mark wartete in dem Verhörraum im Keller des Gebäudes darauf, daß Bobby hereingebracht wurde. Der Raum war lang, schmal und fensterlos, und man betrat ihn durch eine große Stahltür. Die einzigen Möbel waren ein langer Tisch und mehrere hölzerne Stühle. Mark hatte sich den Stuhl genommen, der am weitesten von der Tür entfernt stand, um ein paar Sekunden Zeit für einen ersten Eindruck zu haben. Er wollte sichergehen, daß er eine klare Vorstellung von Coolidge bekam. Wenn Coolidge ihm nicht traute, konnte er sich anderswo einen Anwalt suchen.

Die Tür zum Verhörzimmer öffnete sich mit einem metallischen Scheppern. Ein junger Mann Mitte Zwanzig stand in der Öffnung, einen Wachmann hinter sich. Er trug schlechtsitzende Jeans und ein blaues Arbeitshemd, dessen Brusttasche teilweise abgerissen war. Er brachte eine Aura des Besiegten mit, die Mark sofort bemerkte. Er hatte die Augen niedergeschlagen und sah niemals geradeaus. Er machte keine Anstalten, den Raum zu betreten, bis ihn der Wachmann dazu aufforderte, und als er eintrat, ging er langsam. Sein Blick fiel auf Mark, glitt aber sofort ab, als Mark versuchte, einen Augenkontakt herzustellen. Er sah sich mit raschen, unruhigen Kopfbewegungen im Raum um, als erwarte er, irgend etwas in einem Winkel versteckt zu finden.

Einen kurzen Augenblick lang wurde Mark klar, welche Verantwortung er übernahm, wenn er diesen Mann vertrat. Der Wachmann schlug die Tür zu, und Coolidge sah sich nach dem Geräusch um. Mark erhob sich und wartete, bis Coolidge sich wieder zu ihm umgedreht hatte.

»Mein Name ist Mark Shaeffer. Ich bin Anwalt«, sagte er, während er die Hand ausstreckte. Coolidge sah ihn einen Augenblick lang an, bevor er sie ergriff. Sein Händedruck war leblos, und jeder der beiden Männer ließ die Hand des anderen rasch und etwas verlegen wieder los.

Mark setzte sich und wies auf einen Stuhl. Coolidge sank auf den Sitz.

»Sarah hat mich gebeten, Ihnen zu sagen, daß sie versucht hat, Sie zu sehen. Sie haben sie nicht hereingelassen. George Rasmussen ist mit ihr zu mir gekommen.«

»Wie ... Wie denkt sie über all das?«

»Sie steht zu Ihnen, Mr. Coolidge. Sie wird Sie am Sonntag besuchen.«

»Ach, das ist ja schön«, sagte Coolidge in müdem Ton. Seine Hand bewegte sich auf seine Brusttasche zu und hielt inne.

»Haben Sie eine Zigarette?«

»Tut mir leid, ich hab's vor einem Jahr aufgegeben. Ich kann einen Wachmann fragen.«

Coolidge schüttelte den Kopf.

»Nein, ist schon okay.«

Er machte eine Pause, bevor er weitersprach.

»Mr. ...?«

»Shaeffer. Mark Shaeffer.«

»Mr. Shaeffer, bevor wir weitermachen, sollten Sie wissen, daß ich mir keinen Anwalt leisten kann.«

»Miss Rhodes wird sich darum kümmern.«

Coolidge schüttelte ruckartig den Kopf.

»Nein. Ich will nicht, daß sie mit in die Sache reingezogen wird.«

»Mr. Coolidge, Sie sollten diese Angelegenheit realistisch betrachten. Unschuldig oder schuldig, Sie sind eines Doppelmordes angeklagt. Sie brauchen einen Fachmann. Miss Rhodes hat das Geld, um mich zu beauftragen, und Sie haben es nicht. Sie können ihre Hilfe aus Stolz ablehnen, aber ohne Anwalt sind Ihre Chancen sehr gut, daß Sie den Rest

Ihres Lebens in einem Käfig verbringen werden. Wollen Sie das etwa?«

Coolidge sah auf seine Schuhe hinab und antwortete nicht. Als er wieder aufblickte, wußte Mark, daß kein Widerspruch mehr kommen würde.

»Okay«, sagte er. »Die Anklage wirft Ihnen vor, am oder um den 25. November 1960 eine Frau namens Elaine Murray und einen Mann namens Richie Walters getötet zu haben. Haben Sie das getan?«

»Absolut nicht. Nein.«

»Haben Sie sie gekannt?«

»Natürlich. Jeder hat davon gewußt. Ich war mit ihnen zusammen auf der Highschool.«

»Was glauben Sie, warum die Polizei Sie verhaftet hat?«

»Ich weiß nicht. Ich habe versucht, es rauszufinden. Mein Bruder und ich sind auch damals schon verhaftet worden, als es passiert ist, aber sie haben uns wieder gehen lassen. Warum sollten sie so lange warten, bevor sie mich wieder verhaften, wenn sie mich für schuldig halten?«

»Das weiß ich vorläufig auch noch nicht. Ich habe nur die Anklage gesehen, in der Sie und Ihr Bruder beschuldigt werden.«

»Billy! Er ist auch verhaftet worden?«

»Das nehme ich an.«

Bobby strich sich mit der Hand über den Mund; ein paar Sekunden lang war er in Gedanken versunken.

»Bobby, sagt Ihnen einer der folgenden Namen etwas? Es sind die Leute, die in der Anklage als Zeugen vor dem Großen Geschworenengericht aufgeführt sind. Roy Shindler, Arnold Shultz, Thelma Pullen, Esther Pegalosi, Dr. Arthur Hollander.«

»Nein, ich habe von keinem von denen je gehört.«
Mark dachte einen Augenblick lang nach.
»Bobby, Sie haben erwähnt, daß die Polizei Sie festgenommen hat, als es damals passiert ist. Warum hat man das getan?«
Bobby zuckte die Achseln.
»Ich weiß nicht. Sie haben mir einen Haufen Fragen über diesen Abend gestellt. Wahrscheinlich haben wir den Ärger gekriegt, weil wir uns geprügelt haben, und Billy hat ein Messer gezogen – auf einer Party, zu der wir uns selbst eingeladen hatten. Und ich glaube, sie haben etwas davon gesagt, daß sie eine Brille gefunden haben, die einem Mädchen gehörte, das wir gekannt haben. Im Park, in der Nähe von der Stelle, wo Walters umgebracht worden war. Aber das war alles.«
»Erzählen Sie mir, was Sie am Abend des 25. November getan haben, so gut Sie sich daran erinnern.«
»Das ist so lang her. Ich weiß nicht. Ich weiß noch, daß ich mit Billy – meinem Bruder – zusammen war, und mit ... uh ... Roger ... Roger Hessey. Und dann war da noch das Mädchen mit der Brille, die sie später gefunden haben, Esther Freemont.«
»Einen Augenblick«, unterbrach Mark. »Könnte Esther Freemont Esther Pegalosi sein? Hat sie geheiratet?«
Bobby schüttelte den Kopf.
»Ich weiß nicht. Ich bin gleich nach der Schule zur Army gegangen und habe sie aus den Augen verloren. Wir waren nicht gerade enge Freunde.«
Mark machte sich auf seinem gelben Block ein paar Notizen.
»Machen Sie weiter.«

»Okay. Wir haben uns zu einer Party eingeladen, die dieses Mädchen veranstaltet hatte.«

»Wie hieß sie? Wenn Sie von nun an Leute erwähnen, geben Sie mir gleich den vollen Namen und die Adresse, wenn Sie sie wissen.«

»Bei Adressen kann ich Ihnen wahrscheinlich nicht helfen, aber an die Namen müßte ich mich erinnern.«

Coolidge erzählte von dem Zwischenfall bei der Party und dem gestohlenen Wein, und Mark machte sich Notizen, während er sprach. Zugleich beobachtete er Coolidge aufmerksam und versuchte, sich ein Bild von ihm zu machen. Bobby war intelligent und drückte sich gewandt aus; er war der Typ von Mandant, der seinem Anwalt im Verfahren helfen konnte. Aber sagte er die Wahrheit? Er hatte aufrichtig gewirkt, als er seine Schuld bestritt. Es war das erste Mal überhaupt gewesen, daß er mit Nachdruck gesprochen hatte. Aber trotz seiner Unerfahrenheit hatte Mark schon genug Mandanten vertreten, um zu wissen, wie schwierig es war, festzustellen, ob ein Mensch die Wahrheit sagte oder nicht.

»Was ist passiert, nachdem Sie den Wein getrunken hatten?« fragte er. Coolidge zuckte die Achseln.

»Ich glaube, wir sind ein bißchen durch die Stadt gefahren, dann haben wir Esther nach Hause gebracht und sind selbst nach Hause gegangen.«

»Sie glauben?«

»Na ja, es ist eine Weile her. Aber so kommt es mir jetzt vor.«

Mark ließ den Block sinken und lehnte sich in seinem Stuhl zurück.

»Okay. Das ist genug für heute. Ich rede mit dem Staatsan-

walt und versuche, etwas über diese Zeugen rauszufinden.«
Mark stand auf, und Coolidge sah zu ihm auf. Er fuhr sich nervös mit der Zunge über die Unterlippe, bevor er fragte: »Mr. Shaeffer, wie sieht es aus?«
»Das kann ich Ihnen wirklich nicht sagen, bevor ich nicht weiß, was der Staatsanwalt an Material hat.«
Bobby sah wieder auf den Boden.
»Können ... glauben Sie, Sie können mich hier rausholen? Ich meine, auf Kaution oder so was?«
»In Mordfällen braucht das Gericht keine Freilassung auf Kaution zu erlauben, und selbst wenn sie's täten – ich fürchte, sie würden die Kaution so hoch ansetzen, daß Sie sie nicht zahlen könnten.«
»Oh«, sagte Bobby in einem Tonfall, der fast ein Seufzen war. »Na ja, versuchen Sie's trotzdem, bitte. Die letzte Nacht war ziemlich übel. Ich sage Ihnen, ich glaube nicht, daß ich das lang mitmache hier drin.«

Eddie Toller betrat den Besprechungsraum des Bezirksgefängnisses und entdeckte seinen Pflichtverteidiger, der am anderen Ende des Zimmers saß und Zeitung las. Eddie war nicht besonders erpicht darauf, den jungen Trottel wiederzusehen. Ihre einzige Begegnung bisher, unmittelbar nach der Anklageerhebung, hatte ungefähr zehn Minuten gedauert. Der Blödmann hatte ihm seine Karte gegeben und ihm gesagt, er solle sich keine Sorgen machen, und dann war er davongestürzt. Eddie hatte inzwischen sogar seinen Namen vergessen.
Der Typ schien seine Zeitung nur widerwillig fortzulegen, als Eddie sich dem Tisch näherte, und Eddie murmelte leise

vor sich hin: »Scheißkerl.« Er bezweifelte, daß der Trottel verstehen würde, was er ihm zu sagen hatte, selbst wenn er ihm zuhörte.

»Mr. Toller, ich fürchte, ich habe schlechte Nachrichten für Sie«, sagte der Anwalt, als Eddie sich gesetzt hatte.

»Ach ja, was für welche denn?«

»Ich habe mit dem Staatsanwalt gesprochen, der für Ihren Fall zuständig ist, und ich fürchte, er wird sich in Anbetracht Ihres Vorstrafenregisters bei der Anklage auf keinen Handel einlassen. Darüber hinaus hat er mir gesagt, er wird sich für die Höchststrafe von zwanzig Jahren aussprechen, wenn es zum Prozeß kommt und Sie verurteilt werden. Und ich fürchte, das ist angesichts der überwältigenden Beweislast gegen Sie sehr wahrscheinlich.
Allerdings hat der Staatsanwalt auch gesagt, er würde keine Strafempfehlung geben und die Festlegung der Strafe voll und ganz dem Richter überlassen, wenn Sie sich in der Sache schuldig bekennen. Im Augenblick scheint mir das die beste Lösung zu sein.«

»Was? Ich soll auf schuldig plädieren und zwanzig Jahre kriegen?«

»Na ja, der Richter braucht Ihnen ja keine zwanzig Jahre aufzubrummen. Sie waren sehr kooperativ, als man Sie verhaftet hat. Das wird zu Ihren Gunsten sprechen.«

»Nee. Ich plädiere nicht auf zwanzig Jahre Knast. Hören Sie, die Bullen haben mir nicht mal meine Rechte erklärt, bevor wir beim Revier angekommen waren. Zählt das etwa nicht?«

»Ich fürchte, nein, Mr. Toller. Verstehen Sie ...«

Der Anwalt schwafelte weiter über Eddies Rechte und darüber, daß sie nicht verletzt worden waren, aber Eddie hörte nicht mehr zu. Etwas auf der Titelseite der Zeitung, die der Anwalt gelesen hatte, hatte seine Aufmerksamkeit erregt. Es war das Foto eines jungen Mädchens, von dem er meinte, daß er sie schon einmal gesehen hatte, vor vielen Jahren einmal. Eddie reckte den Hals, um die Schlagzeile lesen zu können. Die Zeitung war zusammengefaltet, und er sah nur die Hälfte der Seite.

»... wollen Sie, daß ich weiter vorgehe?«

»Was?«

»Ich habe Sie gefragt, wie ich weiter vorgehen soll«, wiederholte der Anwalt, offensichtlich verärgert über Eddies Unaufmerksamkeit.

»Hören Sie, Sie sind mein Anwalt. Sagen Sie's mir. Bloß, ich plädiere nicht auf zwanzig Jahre.«

»Aber Sie können doch keinen Prozeß wollen. Sie sind im Inneren des Gebäudes verhaftet worden und haben gestanden, nicht nur ein-, sondern zweimal.«

»Sagen Sie mal, für wen arbeiten Sie eigentlich? Für mich oder den Staatsanwalt? Wenn er keinen Deal macht, dann will ich einen Prozeß. Das Ganze war doch sowieso nicht meine Idee. Gary Barrick hat's geplant, und ich nehme das nicht alles auf mich.«

Der Anwalt stand auf.

»Na, ich sehe mal, was ich tun kann. Warum denken Sie nicht noch mal drüber nach.«

»Klar. Kann ich mal einen Moment die Zeitung haben?«

Der Anwalt sah gereizt aus, aber er gab Eddie die Zeitung. Eddie faltete sie auf. Die Überschrift lautete:

ZWEI VERHAFTUNGEN IM MORDFALL MURRAY-WALTERS. Und darunter: NACH SIEBEN JAHREN ZEICHNET SICH EINE LÖSUNG AB.

Eddie überflog den Bericht und konzentrierte sich dann auf das Foto des Mädchens. Sie mußte es sein. Der Anwalt wurde ungeduldig, und Eddie reichte ihm die Zeitung zurück und begann zu lächeln.

»Danke vielmals«, sagte er und schüttelte dem Mann kräftig die Hand. Der Anwalt war irritiert, lächelte aber zurück und ging dann zur Tür. Eddie setzte sich wieder hin, um nachzudenken. Zur Abwechslung einmal schien er Glück zu haben. Er spürte es. Der Anwalt blieb in der Tür noch einmal stehen und sah ratlos zu ihm zurück. Toller winkte ihm zu.

Mach's gut, Arschloch, dachte er. Dich brauch ich auch nicht mehr lang.

Mark fand Esther Pegalosis Adresse im Telefonbuch, entschied sich aber gegen einen Anruf. Die Wohnung lag in einem der älteren Stadtteile, aber das Gebäude wirkte von außen gepflegt. Esthers Name stand in Maschinenschrift auf einem Papierschild, das auf einen der metallenen Briefkästen geklebt worden war. Mark fand im Foyer einen uralten Gitteraufzug; der Käfig stieg langsam, und er konnte die Ketten und Räder quietschen hören. Im dritten Stock kam der Aufzug rüttelnd zum Stehen, und Mark trat in einen dunklen Gang. Esthers Wohnung lag ganz am Ende. Er klopfte und drückte dann noch auf den Klingelknopf. Von drinnen kam kein Geräusch, und er klingelte noch einmal. Diesmal hörte er das Tappen nackter Füße, die sich der Tür näherten. Es folgte ein schnappendes Geräusch, und er hatte den Eindruck, daß er durch den Türspion gemustert wurde.

»Mrs. Pegalosi?« fragte er.

»Wer ist da?«

»Mein Name ist Mark Shaeffer, Mrs. Pegalosi. Ich bin Anwalt, und ich würde mich gern mit Ihnen unterhalten.«

»Worüber?«

»Könnte ich einen Moment reinkommen? Es ist ein bißchen schwierig, das durch die Tür zu erklären. Wenn Sie einen Ausweis sehen wollen, kann ich Ihnen eine von meinen Karten unter der Tür durchschieben.«

Er hörte das Schnappen von Schlössern, und dann öffnete sich die Tür so weit, daß er eine Karte hineinreichen konnte. Die Frau, die sie entgegennahm, war auf eine etwas flittchenhafte Art attraktiv. Sie trug Jeans und ein T-Shirt, und ihr langes schwarzes Haar war ungekämmt, aber die Brüste, die sich unter dem T-Shirt abzeichneten, waren groß genug, um Marks Aufmerksamkeit zu erregen, und ihr dunkler Teint mit den großen braunen Augen gefiel ihm. Sie studierte die Karte durch eine Lesebrille und reichte sie ihm dann zurück.

»Was wollen Sie?«

»Ich bin beauftragt worden, Bobby Coolidge zu vertreten, einen alten Freund von Ihnen. Er ist im Gefängnis, und ihm wird ein sehr ernstes Verbrechen vorgeworfen. Sie haben dem Großen Geschworenengericht gegenüber ausgesagt, und es würde mich interessieren, was Sie gesagt haben.«

Die Frau war unverkennbar alarmiert; sie sah aus, als werde sie gleich die Tür schließen.

»Es wird nur ein paar Minuten dauern. Ich bin genauso interessiert daran wie die Polizei, herauszufinden, was passiert ist. Vielleicht ist Mr. Coolidge schuldig ...«

»Ja.« Die Frau schrie beinahe. »Er war es.«

»In diesem Fall möchte ich mich unbedingt mit Ihnen unterhalten, damit ich weiß, was ich meinem Mandanten raten sollte. Warum halten Sie ihn für schuldig?«

»Nein, ich will nicht darüber reden. Sie haben gesagt, ich brauche mit niemandem zu reden, wenn ich nicht will, und ich will nicht.«

»Wer hat das gesagt, Mrs. Pegalosi?«

»Roy ... Mr. Shindler und Mr. Heider.«

»Mr. Heider, der Staatsanwalt?«

»Ja. Er hat gesagt, ich muß mit niemandem reden, wenn ich nicht will.«

»Das stimmt. Ich möchte Sie ganz bestimmt nicht zwingen, mit mir zu reden, wenn Sie es nicht wollen, aber Bobby wird ein Mord vorgeworfen. Er könnte den Rest seines Lebens im Gefängnis verbringen. Es würde Ihnen doch nicht weh tun, mit mir zu sprechen, und wenn da irgendein Fehler passiert ist, könnten Sie mir auf diese Weise helfen, ihn aufzuklären.«

»Ich kann nicht ... ich will nicht drüber reden.«

»Mrs. Pegalosi, Sie werden während der Verhandlung auf meine Fragen antworten müssen, wenn Sie aussagen. Warum fürchten Sie sich davor, jetzt mit mir zu sprechen?«

»Bitte. Gehen Sie weg. Ich will nicht mit Ihnen reden.« In Esthers Stimme schwang Panik mit, und Mark zuckte zusammen, als sie die Tür zuschlug. Er war ärgerlich, und einen Augenblick lang erwog er, so lange an die Tür zu hämmern, bis sie aufmachte. Dann fiel ihm ein, daß er keinen rechtlichen Anspruch darauf hatte, mit ihr zu reden, und sein Ärger verlagerte sich auf Philip Heider, der Esther zu diesem Verhalten geraten hatte.

Er sah auf die Uhr. Es wurde spät. Er hatte die Adressen von Pullen, Shultz und Hollander. Shindler, so vermutete er nach Esthers Aussagen, war wahrscheinlich ein Polizist. Er beschloß, es bei Thelma Pullen zu versuchen.
Mark kehrte um sieben Uhr in sein Büro zurück. Er zog das Jackett aus, krempelte die Ärmel hoch und rief seine Frau an. Das Telefon klingelte mehrmals, bevor Cindy abnahm.
»Mark?«
»Ja.«
»Wo bist du? Ich habe bei dir im Büro angerufen, und sie haben nur gesagt, daß du unterwegs bist und für einen Fall recherchierst.«
»Nicht einfach für irgendeinen Fall. Du hast ja keine Ahnung, wen ich vertrete.«
Cindy spürte die Erregung in Marks Stimme.
»Wen?« fragte sie vorsichtig.
»Hast du heute die Zeitung gelesen? Die Titelseite?«
»Ja.«
»Ich bin gerade damit beauftragt worden, Bobby Coolidge zu vertreten. Einen der beiden Angeklagten im Fall Murray-Walters.«
»Die beiden Morde?« fragte sie zögernd.
»Genau die.«
Es folgte eine Pause.
»Mark«, sagte sie dann, »bist du sicher ...? Ein Mord, das ist so etwas Ernstes. Meinst du, du hast genug Erfahrung dafür?«
Er war enttäuscht und ärgerlich. Er hatte erwartet, Cindy würde so aufgeregt sein, wie er selbst es den ganzen Tag gewesen war. Und jetzt hatte sie es ihm verdorben. Es war

ihre eigene Unsicherheit, die sie auf ihn übertrug. Ihre eigene Überforderung.

»Ja, das kann ich schon«, sagte er in nüchternem Ton.

»Zahlen sie dir denn viel dafür?«

»Ich habe zehntausend verlangt«, sagte er. Das hätte eigentlich die große Überraschung werden sollen, aber sie hatte ihm die Begeisterung mit ihren Befürchtungen bereits ausgetrieben.

»Zehntausend! Oh, Mark!«

Jetzt ist sie high, dachte er bitter. Nicht etwa, weil jemand genug von meinen Fähigkeiten hält, um mich für einen Fall dieser Größenordnung zu engagieren, sondern wegen des Geldes.

»Haben sie schon bezahlt?«

»Ich muß heute abend noch anrufen und mich vergewissern, daß sie das Geld auftreiben können.«

»Dann bist du gar nicht sicher, daß du es bekommst?« fragte sie enttäuscht.

»Nein. Ich werde jetzt anrufen.«

Eine weitere, verlegene Pause.

»Wann kommst du nach Hause?«

Tatsache war, daß er in diesem Augenblick am liebsten gar nicht nach Hause gegangen wäre.

»Demnächst. Ich rufe dich noch an, bevor ich hier weggehe.«

»Mark, ich freue mich wirklich, daß du den Fall bekommen hast.«

Bißchen spät dafür, dachte er. Laut sagte er: »Bis bald«, küßte ins Telefon und legte auf.

Dann holte er tief Luft und suchte aus dem Coolidge-Ordner Sarahs Telefonnummer heraus. Er spürte eine seltsame Erregung, als er wählte. Zum Teil deshalb, weil er bald Genaueres über sein Honorar wissen würde; teilweise aber auch deshalb, so stellte er fest, weil er wieder mit ihr sprechen wollte.

»Sarah? Hier ist Mark ... Mark Shaeffer.«

»Oh ... ja?« fragte sie unsicher.

»Ich habe Ihnen doch gesagt, ich würde heute abend noch anrufen. Wissen Sie noch?«

»Ja. Wegen des Geldes. Haben Sie mit Bobby geredet?«

»Wir haben uns im Gefängnis ungefähr eine Stunde lang unterhalten. Ich war den ganzen Nachmittag unterwegs und habe Zeugen besucht. Morgen treffe ich mich mit dem Staatsanwalt.«

»Wie sieht es aus?«

»Das kann ich noch nicht sagen. Die Zeugin, um die es mir vor allem ging, wollte nicht mit mir reden. Ich habe mit zwei anderen Leuten gesprochen, aber nichts von dem, was sie mir erzählt haben, scheint Bobby mit dem Verbrechen in Verbindung zu bringen. Morgen beim Staatsanwalt erfahre ich hoffentlich mehr über den Fall.«

»Wie ist ... wie geht es Bobby?«

»Er ist ziemlich deprimiert. Ich habe ihm gesagt, Sie kommen ihn am Sonntag besuchen. Und ich habe dafür gesorgt, daß Sie ihn in einem privaten Sprechzimmer treffen können und nicht bei all den anderen Gefangenen im Besuchsraum.«

»Danke.«

Mark wartete darauf, daß sie weitersprach, aber sie sagte nichts mehr.

»Äh, was das Honorar angeht. Haben Sie mit Ihren Eltern gesprochen?«

»Nein. Ich ... Sie waren nicht da. Ich muß es noch mal versuchen. Kann ich Ihnen morgen Bescheid sagen?«
Mark begann eine Spur unruhig zu werden. Immerhin hatte er auf ihr Versprechen hin bereits begonnen, den Fall zu bearbeiten.
»Natürlich. Wann wollen Sie vorbeikommen?«
»Am späteren Nachmittag? So gegen fünf?«
Mark warf einen Blick in seinen Terminkalender.
»Das paßt mir gut. Bis morgen also.«
Sie legten auf. Mark ließ die Hand auf dem Hörer liegen und versuchte, sich Sarahs Gesicht und Figur ins Gedächtnis zu rufen. Er sah noch vor sich, wie sich ihre Brüste unter dem Pullover abgezeichnet hatten, den sie heute morgen getragen hatte. Ein paar Sekunden lang stellte er sie sich nackt im Bett vor. Dann rief er sich zur Ordnung. Er dachte an Cindy und an das, was gerade mit ihrer Ehe geschah. Es machte ihn traurig.

Sie haben einen Mann geschickt. Er hat gesagt, er wäre ein Anwalt. Wie hat er mich gefunden? Du hast doch gesagt, ich muß erst bei der Verhandlung etwas sagen.«
Sie ist fast hysterisch, dachte Shindler. Er nahm Esther bei den Schultern. Er durfte nicht zulassen, daß sie jetzt durchdrehte. Nicht, nachdem er so weit gekommen war.
»Langsam. Beruhige dich erst mal«, sagte er nachdrücklich. Sie schlang ihm die Arme um den Hals und begann zu weinen.
»Ich bin so froh, daß du da bist. Ich bin fast verrückt geworden. Er ist einfach gekommen. Ich ...«
Shindler drückte sie fest an sich. Er hatte bereits befürchtet, daß er sie in genau diesem Zustand vorfinden würde,

als er ihren Tonfall am Telefon gehört hatte. Und er war vom Revier hierhergefahren, kaum daß er aufgelegt hatte.

»Wer ist gekommen?« fragte er, sobald sie sich weit genug beruhigt hatte, um zu sprechen.

»Ich habe seine Karte«, sagte sie, während sie sich losmachte und zum Küchentisch hinüberging. Sie gab ihm die Karte und setzte sich.

»Er hat gesagt, daß er Anwalt ist«, fügte sie hinzu. Ihre Stimme klang wie belegt vor Furcht.

»Wahrscheinlich war er das«, sagte Shindler. Er hatte noch nie verstanden, weshalb Leute wie Esther eine solche Ehrfurcht vor Anwälten hatten. »Was hast du getan?«

»Was du und Mr. Heider mir gesagt habt. Ich habe ihm gesagt, daß ich nicht mit ihm reden will.«

Er trat hinter sie und begann ihr die Schultern zu massieren.

»Und ...?«

»Dann ist er weggegangen.«

»Gut«, sagte er leise. Er spürte, wie die Muskeln ihrer Schultern sich unter dem dünnen Baumwollstoff zu lokkern begannen. »Das war doch nicht schwer, oder?«

»Nein«, antwortete sie verlegen.

»Und du bist ganz allein zurechtgekommen, oder etwa nicht?« fragte er beschwichtigend.

»Ja«, sagte sie in einem beschämten Flüstern. »Aber ich habe Angst gehabt. Ich hab nicht gewußt, wie er mich gefunden hat, und ich war ganz allein.«

»Du bist nicht allein, Esther. Du hast mich. Und deinen Namen hätte er auf hundert verschiedene Arten herausfinden können. Alte Zeitungen, die Anklageschrift, alles mögliche.«

»Ja, wahrscheinlich«, sagte sie. »Es ist nur, ich habe dich zuletzt nicht mehr so oft gesehen. Und manchmal kriege ich wieder Angst, wie damals, bevor ich zu Dr. Hollander gegangen bin.«

»Aber es gibt nichts, wovor du Angst haben müßtest«, sagte Shindler leise. »Jetzt steh auf und dreh dich um.«

Sie gehorchte, aber sie sah ihm nicht ins Gesicht. Er nahm ihr Kinn in die Hand und hob ihren Kopf an, bis ihre Blikke sich trafen.

»Hast du jetzt noch Angst?« fragte er.

»Nein, Roy«, antwortete sie steif. Sie wollte ihn so sehr. Sie wollte spüren, wie er sie festhielt, sie wollte ihn in sich spüren. Sie wollte sich an ihn klammern und sich sicher fühlen.

»Schläft das Baby?« fragte er. Seine Stimme klang leise und beruhigend.

»Ja, Roy.«

Ihr Mund war trocken geworden, und sie zitterte. Er streckte die Hand aus und streichelte ihre nackte Brust unter dem T-Shirt. Die Knie wurden ihr weich, und sie merkte, daß sie feucht wurde. Er trat zurück, so daß er sie sehen konnte. Sie zog sich das T-Shirt über den Kopf und zog die Jeans aus, bis sie nichts mehr anhatte außer dem rotseidenen Bikinihöschen, von dem er sagte, daß er es mochte. Sie stand da, als erwarte sie einen Befehl, den Kopf gesenkt, weil sie sich fürchtete, ihn anzusehen. Er streckte die Hand aus und strich ihr übers Haar, und sie begann zu weinen.

2

Die Sprechanlage summte, und Albert Caproni meldete sich. Philip Heider war am anderen Ende der Leitung; er wollte Al sprechen. Al sortierte seine Papierstöße, kennzeichnete bestimmte Seiten mit abgerissenen Papierstreifen und legte die Notizblöcke in der richtigen Reihenfolge aufeinander. Dann ging er den Gang hinunter zu Heiders Büro.

Wenn ein wichtiger Fall wie zum Beispiel Murray-Walters anstand, wurde ein Staatsanwalt abgestellt, der sich ganz allein um diesen Fall kümmerte und keine anderen Pflichten hatte. Oft hatte dieser noch einen Assistenten, der entsprechend weniger andere Aufgaben bekam. Al betrachtete es als eine Ehre, unter allen Deputies des Bezirksgerichts ausgesucht worden zu sein, damit er Heider bei dieser Aufgabe helfen konnte. Er war sicher, die Beförderung würde folgen, sobald der Fall abgeschlossen war.

Al hatte noch niemals mit soviel Enthusiasmus gearbeitet wie in den vergangenen Wochen. Er genoß den Luxus, sich für einen Fall die Zeit nehmen zu können, die er brauchte. Er hatte bereits die Berge von Polizeiberichten durchgelesen, die sich im Lauf der letzten sieben Jahre angesammelt hatten. Nun, da es zwei Verdächtige gab, war es erstaun-

lich, wie wichtig einige der kleinen Einzelheiten in den Berichten plötzlich geworden waren.
Heider winkte Al zu einem Stuhl vor dem Schreibtisch und diktierte seinen Brief zu Ende. Heider war nicht der angenehmste Vorgesetzte, aber Al schätzte seine Gründlichkeit und bewunderte seine Intelligenz. Heider war Perfektionist. Selbst sein Diktat auf Band war präzise. Al hätte darauf wetten mögen, daß Heider niemals ein Wort falsch schrieb. Er arbeitete im Augenblick vielleicht härter als jemals zuvor, aber er lernte auch mehr über die richtige Art und Weise, einen Fall anzugehen, als er auf irgendeinem anderen Weg hätte lernen können.
»Kennen Sie einen Anwalt namens Mark Shaeffer?«
»Ich glaube, ja. Vor ein paar Monaten habe ich bei einem Prozeß mit ihm zu tun gehabt. Wir haben in mehreren Fällen einen Deal ausgehandelt.«
»Was haben Sie für einen Eindruck von ihm? Er kommt in ein paar Minuten rauf.«
»Ich weiß nicht. Scheint kompetent zu sein. Kein Star vielleicht, aber auch kein Idiot. Nach einem einzigen Prozeß ist das schwer zu sagen. Warum?«
»Er vertritt Bobby Coolidge.«
»Ach?« fragte Caproni überrascht. »Ich hätte eigentlich gedacht, das macht jemand mit mehr Erfahrung.«
Heider zuckte die Achseln.
»Für uns macht es die Sache leichter. Wissen Sie, ob er jemals ein schweres Verbrechen bearbeitet hat?«
Al schüttelte den Kopf.
»Nein, das weiß ich nicht. Ich kann's nachsehen.«
Heider machte sich ein paar Notizen.
»Al, ich möchte, daß Sie dableiben, wenn er kommt, und

mir helfen, mir ein Bild von ihm zu machen. Und dann habe ich einen kleinen Job für Sie. Ein Mann, der zur Zeit in Untersuchungshaft sitzt – ein Mann namens Toller, Eddie Toller –, hat sich gestern an einen Wachmann gewandt. Er behauptet, etwas über den Fall Murray-Walters zu wissen, aber er will nur mit einem Staatsanwalt reden. Wahrscheinlich steckt überhaupt nichts dahinter, aber Coolidge ist im selben Gefängnis, und vielleicht hat er dem Kerl irgendwas erzählt. Wenn wir mit Shaeffer hier fertig sind, fahren Sie raus und reden mit ihm.
Ich hab mir Tollers Vorstrafenregister angesehen. Es ist ziemlich lang. Keine Gewaltverbrechen, meist Ladeneinbrüche, Autodiebstahl, ein paar Drogensachen. Was wir gegen ihn vorliegen haben, ist absolut wasserdicht; wahrscheinlich erzählt er Ihnen irgendein Märchen, in der Hoffnung, einen Deal auszuhandeln. Finden Sie raus, was er weiß. Machen Sie keine Versprechungen. Wenn es so aussieht, als hätte er irgendwas anzubieten, dann sagen Sie ihm, daß Sie für mich arbeiten und daß ich alle Abmachungen erst genehmigen muß. Haben Sie das alles?«
Al nickte lächelnd.
»Okay. Zurück zu Shaeffer. Was meinen Sie, wieviel wir ihm sagen sollten?«
»Ich weiß nicht. Ich glaube, wir sollten ihm zumindest in großen Zügen sagen, was wir vorliegen haben. Die Niederschriften von Esthers Hypnosesitzungen geben wir ihm lieber nicht, da steckt zuviel drin, mit dem er herumspielen kann.«
»Ich bin ganz Ihrer Meinung, Al. Ich habe mir gedacht, ich erzähle ihm genug, daß es ihm mulmig wird, aber er bekommt keine Berichte und keine Niederschriften. Wir

müssen ihm natürlich Kopien von den Aussagen geben, die sein Mandant damals '61 gemacht hat, und die Zeugenaussagen muß ich ihm auch geben, aber das mache ich erst einen Tag bevor die Leute vor Gericht auftreten. Bis dahin hat er zuviel mit der Verhandlung selbst zu tun, um noch viel damit anfangen zu können.«

Die Sprechanlage summte, und Heider drückte eine Taste.

»Schicken Sie ihn rein«, sagte er, und ein paar Augenblicke später saß Mark Shaeffer auf einem Stuhl neben Caproni.

»Was kann ich für Sie tun?« fragte Heider mit einem breiten Lächeln.

Mark war nervös. Er kannte Heiders Ruf, und er hatte das Gefühl, sich auf unbekanntem Terrain zu bewegen. Er fühlte sich unsicher einem Mann mit Heiders Erfahrung gegenüber. Zudem war er sich im klaren darüber, daß er nur auf sehr wenige Informationen einen gesetzlichen Anspruch hatte. Er wollte Heider nicht gegen sich aufbringen, sonst redete der Staatsanwalt am Ende gar nicht mehr mit ihm. Dabei wußte er, irgendwann im Lauf der Unterhaltung würde er Esther Pegalosis – und nach den Erfahrungen dieses Vormittags auch Dr. Hollanders – Weigerung, mit ihm zu sprechen, erwähnen müssen.

»Ich vertrete Bobby Coolidge.«

»Ja, das habe ich gehört. Sie wissen, daß Bobby und Billy Sie bekannt machen werden? Die klingen doch wie ein Duo von Westernsängern. Gutaussehende Jungs außerdem. Das ist die Sorte von Fall, bei der ich mir wünsche, ich hätte meine eigene Kanzlei.«

Heider zwinkerte, und Mark lachte. Vielleicht war Heider letzten Endes gar nicht so übel. Bisher war er jedenfalls ausgesprochen umgänglich.

»Sagen Sie mal, Mark, wollen Sie einen Kaffee?«
»Nein, danke.«
»Was würden Sie also gern wissen?«
»Na ja, zuerst mal, warum Sie Mr. Coolidge nach all den Jahren verhaftet haben.«
Heider lachte.
»Ganz einfach. Wir haben Beweise gegen ihn.«
Mark bemerkte, wie selbstverständlich Heider den Satz aussprach. Er sah, daß der Staatsanwalt sich in seinem Stuhl zurücklehnte, das Jackett offen, vollkommen gelassen. Keine Spur von der Anspannung und Nervosität, die Mark selbst verspürte. Er wünschte, auch nur einen Bruchteil dieser Selbstsicherheit zu besitzen.
»Und was sind das für Beweise?« fragte er, während er seine Nervosität mit einem unsicheren Lächeln zu überspielen versuchte.
Heider beugte sich in seinem Stuhl vor.
»Wissen Sie, Mark, ich bin nicht verpflichtet, Ihnen viel über unsere Position zu erzählen, aber der Fall ist so ungewöhnlich, daß ich Ihnen ein paar Informationen geben werde.
Als Richie Walters ermordet wurde, damals im Jahr 1960, hat die Polizei eine Brille und ein paar andere Sachen, die eindeutig einer Frau gehörten, am Abhang unterhalb des Mordschauplatzes gefunden. Sie können all das in den Zeitungen nachlesen. Als Besitzerin der Brille wurde ein Mädchen namens Esther Freemont identifiziert, die allerdings behauptete, die Brille sei schon vor dem Mord gestohlen worden.
Inzwischen hat sich herausgestellt, daß Esther den Mord gesehen hat und so traumatisiert war, daß sie eine Amnesie

entwickelt hat. Wir haben sie zu einem Psychiater geschickt ...«

»Dr. Hollander?«

Heider nickte.

»Und der hat es geschafft, ihre Widerstände zu überwinden. Sie hat jetzt wieder eine eigene Erinnerung an die Ereignisse. Wir wissen aufgrund der Aussagen Ihres Mandanten und seines Bruders, daß sie zum ungefähren Zeitpunkt des Mordes in Gesellschaft der beiden war. Wir haben unabhängige Zeugen, die aussagen werden, daß Billy Coolidge bei einer Schlägerei etwas früher am selben Abend, dem 25. November, nur ein paar Stunden vor dem Mord, ein Schnappmesser gezogen hat. Der Gerichtsmediziner wird bestätigen, daß ein Messer des beschriebenen Typs die Verletzungen hätte verursachen können, an denen Richie Walters gestorben ist.«

»Sie sagen also, daß Esther gesehen hat, wie die Coolidges Walters und das Mädchen getötet haben?«

»Sie hat die Ereignisse auf dem Hügel gesehen.«

»Und was ... Was sagt denn sie, wie es passiert ist?«

Heider lehnte sich wieder zurück und kippte den Stuhl dabei gefährlich weit nach hinten, so daß er die Fersen auf den Schreibtisch legen konnte. Er lächelte.

»Ich fürchte, auf die Antwort zu dieser Frage werden Sie bis zur Verhandlung warten müssen. Oder Sie können Esther fragen.«

»Das habe ich gestern versucht, Phil«, sagte Mark. Er fühlte sich sehr unbehaglich bei der Verwendung des Vornamens. »Sie hat gesagt, Sie hätten ihr geraten, nicht mit mir zu reden.«

»Hey«, sagte Heider, während er die Hand hob. »Das habe

ich ihr nie geraten. Ich habe ihr gesagt, sie müßte selbst entscheiden, mit wem sie reden will. Wahrscheinlich hat sie einfach entschieden, daß sie diesen Fall nicht mit mehr Leuten besprechen will als unbedingt nötig. Sie ist ein ängstliches Mädchen, wissen Sie. Man kann etwas so Brutales wie diese Morde nicht einfach beobachten, ohne daß es eine Wirkung hinterläßt. Vergessen Sie nicht, die Erfahrung war für sie so entsetzlich, daß sie eine Amnesie entwickelt hat, weil ihr Bewußtsein einfach nicht damit fertig geworden ist.«

»Dr. Hollander hat auch nicht mit mir geredet.«

Heider zuckte die Achseln.

»Es gibt solche Leute. Es tut mir leid, ich kann Ihnen da nicht helfen.«

»Sie könnten ihn anrufen und ihm sagen, daß es in Ordnung ist, wenn er mit mir redet.«

»Sehen Sie, Mark, ich bin der Ansicht, daß diese Entscheidung jeder Mensch selbst treffen sollte. Ich möchte den Mann ganz bestimmt nicht in irgendeine Richtung beeinflussen.«

»In anderen Worten, Sie werden ihm nicht sagen, daß nichts dagegen spricht, den Fall mit mir zu besprechen.«

Mark begann ärgerlich zu werden.

»Genau das habe ich zu ihm gesagt, als er mich gefragt hat. Mir scheint, er hat ganz einfach entschieden, daß er nicht mit Ihnen reden will.«

»Ich verstehe«, sagte Mark.

»Gut«, lächelte Heider. Es war ein Lächeln selbstgefälliger Zufriedenheit, das Lächeln des Mannes mit den besseren Karten. Mark verspürte den überwältigenden Wunsch, aus Heiders Büro zu verschwinden. Sie besprachen noch ein paar Einzelheiten wie Datum und voraussichtliche Dauer des Prozesses, und Heider gab Mark Kopien der Polizeiberichte über Bobby Coolidges Aussage bei seinem Verhör im Jahr 1961. Als Shaeffer gegangen war, wandte sich Heider Albert Caproni zu und lachte.

»Kinderspiel«, sagte er.

Sarah Rhodes hatte in der vergangenen Nacht nicht viel geschlafen. Statt dessen hatte sie nachgedacht. Was wußte sie denn wirklich über Bobby Coolidge? Er schien ein netter Junge zu sein. Ein Mann, genaugenommen. Das, dachte sie, mußte einen Teil der Anziehungskraft ausgemacht haben. Er war herumgekommen, er war in der Army gewesen, die Leute, mit denen er umging, waren anders als die Leute, die die meisten anderen Mädchen im ersten Studienjahr kannten. Sie fühlte sich reifer, wenn sie in Gesellschaft eines Mannes wie Bobby war.

Aber Bobby hatte noch eine andere Seite. Eine dunkle Seite. Seine Verhaftung wegen Mordverdachts hatte lebhafte Erinnerungen an schlaflose Nächte und an eine Unterhaltung zurückgebracht, die sie einmal in den frühen Morgenstunden geführt hatten. Sie hörte noch den Kummer in seiner Stimme, als er ihr von dem Menschen erzählte, der er vor dem Krieg gewesen war. Dem Menschen, der »üble Dinge« getan hatte. Es war eine so kindliche Feststellung gewesen, seltsam unpassend bei einem so starken Mann. Fast so, als spräche jemand anderes durch ihn, ein unsichtbarer Bauchredner vielleicht.

Und war er denn wirklich ein starker Mann? Ja, an der Oberfläche. Nur ein starker Mann hätte den Krieg so hinter sich bringen können, wie Bobby es getan hatte. In schwachen Augenblicken hatte er ihr von einigen seiner Erfahrungen erzählt, und sie wußte, sie selbst hätte sie nicht ertragen. Und nur ein starker Mann konnte sich vor dem Hintergrund von Bobbys Herkunft so intensiv um eine Ausbildung bemühen.

Aber dann wieder die andere, verborgene Seite. Der Eindruck, den sie von Zeit zu Zeit gehabt hatte – daß er wie eine Porzellanvase war, die jeden Augenblick zerbrechen konnte, wenn die richtige Art von Druck ausgeübt wurde. In den Ecken und Winkeln seines Geistes versteckte sich das schlechte Gewissen und fraß sich langsam, ganz langsam weiter. Ein schlechtes Gewissen, das sich so leicht mit dem Wissen darum erklären ließe, daß er einen jungen Mann erstochen und eine junge Frau vergewaltigt und erwürgt hatte. Und wenn das wahr war – wenn er ein Mann war, der so etwas tun konnte, absichtlich und kaltblütig –, wie konnten sie dann weiter zusammenbleiben? Wie könnte sie einen solchen Mann in den Arm nehmen, sich von ihm berühren lassen, wenn sie wußte, was seine Hände getan hatten?

Dies waren die Dinge, über die sie in der Nacht nachgedacht hatte, als sie sich überlegte, ob sie ihre Eltern anrufen sollte. Sie hatte den Bericht über den Fall Murray-Walters in der Zeitung gelesen. Sie hatte die Schlagzeilen gesehen, nachdem sie und George Marks Büro verlassen hatten, und hatte sich eine Zeitung gekauft. Die Details waren grauenhaft. Konnte sie ihre Eltern um Geld bitten, um einen Mann zu verteidigen, der solche Dinge getan haben sollte? Ja, wenn – und es war ein großes Wenn – sie ihn liebte. Aber liebte sie ihn? Und dies war die Frage, die sie innerlich zerriß.

Bobby war anders als alle Männer, die sie je gekannt hatte. Er sah gut aus, und im Bett ergänzten sie sich gut, aber diese Dinge waren Bestandteile der Liebe, nicht die Liebe selbst. Sie wußte nicht, was Liebe war und ob sie dazu fähig war, und sie wußte nicht, ob das, was sie für Bobby empfand, Liebe war.

Und so hatte sie geweint, aber ihre Eltern hatte sie nicht angerufen. Statt dessen hatte sie dreitausend Dollar von ihrem Privatkonto abgehoben, und jetzt saß sie in Mark Shaeffers Büro und war darauf vorbereitet zu lügen. Sie konnte Bobby nicht im Stich lassen, und die dreitausend Dollar, dessen war sie sich sicher, würden Mr. Shaeffer veranlassen, den Fall zu behalten. Aber vorläufig und bevor sie nicht mit Bobby gesprochen hatte, hatte sie nicht den Mut, ihre Familie mit in die Sache hineinzuziehen.

»Mein Vater war auf einer Geschäftsreise, als ich angerufen habe. Er kommt in einer Woche zurück, und dann kann ich ihn fragen, aber ich bin sicher, er wird sagen, daß das in Ordnung ist.«

Mark sah auf den Scheck über dreitausend Dollar und hörte kaum etwas von dem, was sie sagte. Er hatte niemals ein Honorar in auch nur annähernd dieser Größenordnung bekommen, und auf den Gedanken, der Rest der zehntausend könne ausbleiben, kam er nicht einmal.

»Das reicht mir fürs erste. Damit komme ich eine ganze Weile gut aus.«

Es war nach fünf Uhr, und Marks Sekretärin war bereits gegangen.

»Was hat der Staatsanwalt Ihnen denn gesagt?« fragte Sarah ängstlich. Mark stellte fest, daß sie heute weniger selbstsicher wirkte. Allein die Stille in seinem Büro und ihre Gegenwart sorgten dafür, daß er sich eine Spur unbehaglich fühlte. Er hätte sie gern beruhigt, aber seine Phantasien darüber, wohin das führen könnte, machten ihm angst.

»Der Staatsanwalt hat mir nicht viel erzählt, das ich nicht schon gewußt hätte. Nur, er sagt, sie haben eine Augenzeugin – ein Mädchen, das zum Zeitpunkt des Mordes angeblich mit Bobby und seinem Bruder zusammen war.«

»Sie hat gesehen, wie sie es getan haben?« fragte Sarah ungläubig.

»Sie sagt, sie hätte es gesehen – behauptet der Staatsanwalt. Das bedeutet nicht, daß sie die Wahrheit sagt. Da gehen ein paar merkwürdige Dinge vor sich, und ich möchte mehr darüber herausfinden.

Zum Beispiel, warum hat sie sich vor sieben Jahren nicht gemeldet? Der Staatsanwalt sagt, sie hatte eine Amnesie, weil sie zusehen mußte, wie diese beiden Leute umgebracht wurden, aber warum kommt jetzt auf einmal die Erinnerung zurück?

Und außerdem, warum sorgt Heider dafür, daß seine Hauptzeugen nicht mit mir reden? Wenn mit dem Fall alles in Ordnung wäre, würde er das doch kaum tun.«

»Glauben Sie ... glauben Sie, Bobby hat ...?«

»Ob ich ihn für schuldig halte, meinen Sie?« fragte Mark, während er sich über seinen Schreibtisch lehnte. »Im Augenblick habe ich dazu keine Meinung. Bobby sagt, er hat's nicht getan, und das ist gut genug für mich.«

Sarah schämte sich, weil sie ihre Zweifel ausgesprochen hatte.

»Ich gehe jetzt besser«, sagte sie, während sie Anstalten machte aufzustehen.

»Soll ich Sie fahren? Ich wollte auch gerade gehen.«

»Oh, aber ich möchte nicht, daß Sie sich unnötig Mühe machen.«

»Kein Problem. Ich muß sowieso in die Richtung.«

Er lächelte, und ihr fiel plötzlich auf, wie gut er aussah. Sie lächelte zurück und nahm das Angebot an.

Während der Fahrt zu Sarahs Wohnung versuchte Mark, nicht über den Fall zu sprechen, denn er merkte, wie verstört sie war. Als sie den Parkplatz hinter sich hatten und er sich in den fließenden Verkehr eingeordnet hatte, fragte er:

»Warum sind Sie zum Studieren eigentlich an eine amerikanische Universität gegangen?«

»Ich habe es mir aufregend vorgestellt, im Ausland zu studieren«, antwortete sie lächelnd. Die Fenster waren offen, und der Wind zauste ihr goldenes Haar.

»Und macht es Ihnen Spaß, mit den Eingeborenen zu studieren?«

»Es ist okay.«

»Ihre Eltern schwimmen wohl im Geld?« fragte er.

Vor Überraschung blieb ihr der Mund offenstehen. Dann warf sie den Kopf zurück und lachte.

»Sie haben Nerven.«

Mark zuckte die Achseln.

»Sie haben gesagt, daß Sie wohlhabend sind, und Ihre Wohnung liegt in einer ziemlich noblen Gegend.«

»Ja. Wir haben eimerweise Geld«, sagte sie. Sie begann ihn wirklich zu mögen. Sie war froh, einen so netten Mann als Bobbys Anwalt gefunden zu haben. »Sind Sie jetzt neidisch?«

Mark überlegte einen Augenblick.

»Ich hätte nichts dagegen, reich zu sein. Es würde eine Menge Probleme lösen.«

»Oh, Sie werden bald nicht mehr wissen, wohin mit dem Geld. Anwälte verdienen doch eine Menge.«

»Manche schon.«

»Ich habe Vertrauen zu Ihnen«, antwortete sie lächelnd. »Sonst hätte ich Sie ja nicht engagiert.«

Mark sah sie an, und sekundenlang trafen sich ihre Augen. Er wandte rasch und verunsichert den Blick ab. Bildete er sich etwas ein, oder hatte sie damit mehr sagen wollen, als sie ausgesprochen hatte?

Er fuhr in die Hügel hinauf. Sarah sah zum Fenster hinaus, um nicht noch einmal seinen Blicken zu begegnen, denn der Ausdruck, mit dem er sie angesehen hatte, verwirrte sie; sie war froh, als sie ihre Wohnung erreicht hatten. Sie wollte Mark nicht ermutigen; andererseits war es von Vorteil für sie, wenn er an ihr interessiert war, schon in Anbetracht ihrer Unentschlossenheit wegen des Geldes. Außerdem würde es nicht schwer sein, Mark glauben zu lassen, daß sie ihn attraktiv fand, denn sie fand ihn tatsächlich attraktiv. Er hatte sie während der Fahrt aufgeheitert, und bis zu dem Augenblick, als sie ihm ins Gesicht gesehen hatte, hatte sie ihre Sorgen vergessen.

Sie sah zu, wie Marks Auto den Hügel hinunter verschwand, und mit einemmal hatte sie ein schlechtes Gewissen. Bobby war ihr Freund, und jetzt saß er unter Mordanklage im Gefängnis. Die Lage wurde einfach zu kompliziert. Es geschah zuviel auf einmal, und vielleicht war es besser, eine Weile nicht nachzudenken. Sie legte eine Platte auf, und dann saß sie im Dunkeln und lauschte der Musik.

Mr. Toller, mein Name ist Albert Caproni, und ich arbeite für die Staatsanwaltschaft. Ich habe gehört, Sie wissen etwas über den Fall Murray-Walters.«

Toller musterte Caproni und sah dann an ihm vorbei zu der Tür ihres privaten Besprechungsraumes hin.

»Wo ist Heidman? Ist der nicht für den Fall verantwortlich?«

»Ich bin Mr. Heiders Assistent. Mr. Heider wäre selbst gekommen, aber es hat sich etwas ergeben, das seine Anwesenheit erfordert.«

»Yeah? Wissen Sie, das hier erfordert genauso seine Aufmerksamkeit, wenn Sie rauskriegen wollen, was mit diesem Mädchen passiert ist.«

»Welchem Mädchen?«

»Dem, von dem Sie sagen, daß die Coolidges sie umgebracht haben. Ich weiß, daß sie's nicht waren.«

»Sie meinen Elaine Murray?«

»An den Namen erinnere ich mich nicht, aber sie ist's. Ich hab das Foto in der Zeitung gesehen, und ich hab sie sofort erkannt.«

»Wenn die Coolidges Elaine Murray nicht ermordet haben, wer hat es dann getan?«

Toller lehnte sich in seinem Stuhl zurück und warf Albert Caproni einen langen Blick zu. Dann begann er zu lachen.

»Herrgott, Sie müssen mich vielleicht für dämlich halten. Ich sitze hier und weiß was über den größten Fall, den Sie hier in der Stadt seit Jahren gehabt haben, und kriege womöglich zwanzig Jahre aufgebrummt, und Sie wollen, daß ich Ihnen alles, was ich weiß, für nichts und wieder nichts erzähle. Also, geschenkt kriegen Sie es nicht. Ich will was dafür, verstehen Sie?«

»Mr. Toller, ich habe nicht die Kompetenz, um Zusagen zu machen. Mr. Heider ist befugt, mit dem Angeklagten Kompromisse auszuhandeln, aber er wird bestimmt nichts dergleichen in Betracht ziehen, solange er nicht weiß, was Sie anzubieten haben.«
»Wenn ich Ihnen jetzt alles erzähle, wer garantiert mir dann, daß Sie mich nicht einfach zum Teufel schicken?«
»Niemand garantiert Ihnen irgend etwas. Andererseits, wenn ich jetzt diesen Raum verlasse, kann ich Ihnen garantieren, daß nicht noch einmal ein Staatsanwalt vorbeikommen wird.«
Tollers gespielte Selbstsicherheit geriet ins Wanken; Caproni sah, daß er überlegte.
»Mr. Toller, warum erzählen Sie nicht Ihrem Anwalt, was Sie wissen, und überlassen ihm alles Weitere?«
Toller wischte den Vorschlag mit einer Handbewegung zur Seite.
»Der ist ein junger Kerl, grün hinter den Ohren, ich glaube nicht, daß der sich das alles merken kann. Hören Sie, wenn ich's Ihnen erzähle und Sie's überprüfen können, was könnten Sie dann für mich tun? Ich wollte heiraten, als der Laden aufgeflogen ist. Und dann hab ich meinen Job verloren. Ich hab gewußt, daß es eine blöde Idee war, aber ich war ziemlich fertig. Ich mache immer dummes Zeug, wenn ich fertig bin.«
»Mr. Toller, Sie sollten diese Details wirklich nicht mit mir besprechen. Meine Behörde ist es, die Anklage erheben wird.«
Toller lachte wieder, aber diesmal klang das Lachen bitter.
»Junge, hier komme ich anders sowieso nicht raus. Das weiß ich. Ich bin ziemlich verzweifelt. Ich hab da dieses

Mädchen gefunden, Joyce, eine richtig erstklassige Frau, wissen Sie? Und dann hab ich's vermurkst. Ich weiß nicht mal, ob sie noch zu mir hält, wenn ich hier wieder rauskomme. Aber ich werde allmählich einfach zu alt für den Knast, und ich weiß genau, da lande ich, wenn ich den Deal hier nicht kriege.«

»Ich habe wirklich Verständnis für Ihre Lage«, sagte Al, und das hatte er tatsächlich. »Aber ich kann Ihnen nichts garantieren. Sie werden mir einfach vertrauen müssen. Wenn ich den Eindruck habe, daß Sie mir wirklich etwas mitzuteilen haben, dann verspreche ich Ihnen, daß ich versuchen werde, Ihnen zu helfen. Wenn die Information wichtig ist, natürlich.«

Toller studierte seine Fingernägel, und Caproni wartete schweigend. Schließlich sah Toller auf und seufzte.

»Sieht so aus, als müßte ich's riskieren.«

Caproni nahm einen Block aus seinem Aktenkoffer.

Es war die zweite Januarwoche des Jahres 1961, und Eddie Toller fühlte sich miserabel. Von Ende November bis Ende Januar fühlte er sich immer miserabel. Mit den ersten Februartagen begann das Gefühl dann abzuebben.

Der Grund für dieses seelische Elend war nichts Geringeres als der Eckstein der amerikanischen Demokratie, der Kapitalismus – mit dem Kommerzialismus, den diese ökonomische Theorie mit sich brachte. Von Ende November bis Anfang Januar folgte ein Feiertag auf den anderen – Thanksgiving, Weihnachten, Neujahr –, und jeder von ihnen war begleitet von einer Werbeflut, die die amerikanische Familie pries und die Freuden des Feiertags im Kreise einer solchen.

Und genau das war Eddies Problem. Er vermißte seine Momma, denn sie war tot, und einen Daddy hatte er schon lange nicht mehr, und folglich hatte er keine amerikanische Familie, mit der er abends vor dem Kaminfeuer sitzen konnte; statt dessen hatte er zwei Monate lang Depressionen.

Da man bereits die zweite Januarwoche schrieb, war Eddies Depression am Abklingen, aber sie war nach wie vor stark genug, um ihn Trost an der Bar suchen zu lassen, nur ein paar Häuser von dem miesen kleinen Hotel entfernt, in dem er untergekommen war, bis er in Portsmouth Arbeit gefunden hatte.

Eddie war an diesem Abend nicht allein an der Bar. Er hatte die Bekanntschaft eines unrasierten jungen Mannes gemacht, der eine schwarze Motorradjacke trug und sein Haar zu der Frisur zurechtgekämmt hatte, die man gemeinhin Entenschwanz nannte. Die Unterhaltung begann mit der Motorradjacke. Eddie wußte eine ganze Menge über Motorräder, und das gleiche galt für den Mann, der in der Jacke steckte und der sich als Willie Heartstone vorstellte.

Sie redeten eine Weile über Motorräder, und dann begann die Unterhaltung sich anderen Themen zuzuwenden, und schließlich, als sie beide schon wunderbar entspannt und ziemlich betrunken waren, war sie dort angekommen, wo die meisten Bargespräche unter Männern anzukommen pflegen, wenn es nicht gerade um Sport geht – beim Thema Muschi.

Eddie erzählte Willie von der großen schwarzen Muschi, mit der er es in Georgia zu tun gehabt hatte, als er noch in der Army war und als er eines Tages so betrunken gewesen

war, daß die Pisse ihm praktisch bis zum Kinn stand, und Willie erklärte ihm daraufhin, eine Niggermuschi würde er nicht anrühren, weil er mal gehört hatte, daß die zurückbissen. Daraufhin begannen beide zu johlen, und der Barkeeper mußte sie ermahnen, weil sie so sehr lachten, daß Eddie dabei das Glas von der Theke wischte.
»Ich sag dir was«, begann Eddie, während er die nächste Runde bestellte, »grade jetzt wäre 'ne nette kleine Muschi genau das, was ich brauche.«
Heartstone war so betrunken wie Eddie, und das Bier schwappte auf seine Kleidung, wann immer er den Arm schwenkte, um seinen Aussagen Nachdruck zu verleihen.
»Wie wär's mit 'ner netten großen Muschi?« antwortete er und verlieh auch dieser Frage Nachdruck. Eddie brüllte, und Willie verschüttete einen Teil seines Biers über Eddies Hosen.
»Jede Größe von Muschi«, lenkte Eddie ein. »Solang sie keine Zähne hat.«
Er fing wieder an zu lachen, aber Willie dachte offensichtlich nach und begann jetzt etwas verschlagen auszusehen.
»Hör mal, Eddie, ich weiß, wo du 'ne nette Muschi abkriegen kannst, bloß kostet es ein bißchen. Hast du bißchen Geld für was Gutes?«
Eddie mußte überlegen. Er stützte sich auf die Bar, wobei er die Platte mit dem Ellenbogen fast verfehlte; aus irgendeinem Grund wollte der Barhocker nicht stillhalten. Als er wieder Halt gefunden hatte, griff er langsam nach hinten und zog die Brieftasche hervor. Er hatte fünfunddreißig Dollar, und dann natürlich noch das Geld, das er in seinem Zimmer gelassen hatte.
»Wieviel soll's denn kosten, die Muschi, Willie? Weil ich

nämlich ziemlich pleite bin, und Arbeit hab ich hier auch noch nicht gefunden.«

Willie beugte sich vor und warf einen Blick in Eddies Brieftasche.

»Ach, scheiß drauf, Eddie, du bis' 'n feiner Kerl. Fünf Dollar, wie is' damit?«

Eddie dachte daran, wie wenig er insgesamt noch übrig hatte, und dann dachte er daran, daß er seit San Antonio keine Frau mehr gehabt hatte, und dann rutschte er von seinem Barhocker.

»Gehn wir. Ich sag immer, du lebs' nur einmal.«

Willie schlug ihm auf den Rücken.

»Nur einmal.«

Eddie warf ein paar Münzen auf die Theke, und sie schwankten hinaus ins Freie. Willies Auto stand auf dem Parkplatz der Bar. Sie fuhren in halsbrecherischem Tempo vereiste Straßen entlang; in jeder Kurve drohte das Auto von der Fahrbahn zu geraten. Willies Fahrstil begann Eddie zu ernüchtern; auf Willie dagegen schien das Tempo geradezu berauschend zu wirken, und er fuhr immer waghalsiger in die Dunkelheit.

Eddie mußte nach einer Weile eingenickt sein, weil sie in der Stadt losgefahren waren, sich aber in der freien Landschaft befanden, als er die Augen wieder öffnete. Das Scheinwerferlicht fiel auf Bäume, und das Auto stand schräg an einem Hang. Willie stieß ihn an, und er stellte fest, daß sie auf einer unebenen, ungeteerten Zufahrt vor einem verwitterten einstöckigen Holzhaus parkten.

»Wir sind da, Junge. Muschi ist gleich um die Ecke«, sagte Willie mit einem Grinsen, das mehrere faulende Zähne enthüllte.

Unter dem Vordach stolperte Willie über einen leeren Farbeimer und fluchte laut. Dann stieß er die Vordertür auf, aus Frustration darüber, daß er den Schlüssel erst beim dritten Versuch ins Schlüsselloch bekommen hatte. Eddie kicherte, und Willie begann wieder zu lachen, kaum daß sie im Haus waren.

»Wer macht eigentlich den Scheißkrach?« brüllte eine Stimme aus einem der hinteren Räume. Eddie spähte den Gang entlang, um zu sehen, ob er den Ursprung der Stimme ausmachen konnte, aber es war zu dunkel.

»Ich bin's, Ralph. Ich hab einen guten Freund mitgebracht, und wir machen jetzt einen drauf.«

Eddie hörte, wie jemand hastig aus dem Bett kroch. Er warf einen Blick in das vordere Zimmer. Das Haus war ein Schweinestall – Bierdosen auf dem Boden, aus einem Sofakissen quoll die Füllung.

Ein Mann kam den Gang entlang, während er sich noch die Hosen anzog. Als er Eddie sah, blieb er stehen. Unmut malte sich auf seinem Gesicht, und er packte Willie am Arm.

»Wer ist das, du Arschloch?«

Willie wirkte etwas verärgert, versuchte aber nicht, sich loszumachen.

»Nur keine Aufregung, Ralph, das hier ist mein Kumpel Eddie. Weiß mehr über Muschis und Motorräder als irgendeiner sonst.«

»Du hast ihn hergebracht? Bist du verrückt? Willst du …«, begann Ralph. Dann warf er einen prüfenden Blick auf Eddie und beschloß, den Satz unbeendet zu lassen.

»Du da, verpiß dich.«

Eddie sah Willie an. Zum erstenmal ging ihm auf, daß er

nicht wußte, wo sie eigentlich waren, und daß er Willie nicht besonders gut kannte. Er beschloß, die Sache auf sich beruhen zu lassen, und begann sich rückwärts zur Tür zu schieben. Willie riß sich von Ralph los und griff nach seinem Arm.

»Jetzt wart mal einen Moment, Ralph. Eddie ist okay, und er hat gesagt, er zahlt zehn Dollar für 'ne gute Muschi, stimmt's, Eddie?«

Willie zwinkerte ihm zu, und Eddie beschloß, ihm im Hinblick auf die Details des Abkommens lieber nicht zu widersprechen. Er schüttelte nur den Kopf.

»Yeah, klar. Aber ich will keinen Ärger. Wenn dein Freund ...«

»Der macht keinen Ärger. Wart hier, wir haben was zu besprechen. Und dann zeig ich dir 'ne schöne Muschi.«

Willie und Ralph verschwanden im Gang. Eddie hörte sie leise debattieren, konnte aber nur einzelne Worte verstehen. Dann öffnete sich die Tür eines Zimmers, und sie kamen wieder heraus. Willie legte Eddie väterlich einen Arm um die Schultern und führte ihn in eine Ecke.

»Hör zu«, flüsterte er ihm ins Ohr, »mein Kumpel liebt die Muschi so sehr, daß er sie nicht teilen will, aber ich hab mit ihm geredet und ihm gesagt, was du für 'n guter Kerl bist, und da hat er ja gesagt. Bloß, ich hab zwanzig Dollar sagen müssen. Das ist okay, oder?« fragte Willie, während er Eddies Schulter herzlich drückte. »Weil, wenn du die Muschi mal probiert hast, sagst du sicher, das ist 'ne Hundert-Dollar-Muschi.«

Eddie begann sich zu fürchten. Durch den Bierdunst hindurch roch er Willies Atem, und Ralph, der vom Gang her drohend zu ihm herüberstarrte, war ihm unheimlich.

»Klar, zwanzig ist okay«, brachte er mit einem matten Lächeln heraus.

»Prima«, brüllte Willie, während er ihm auf die Schulter schlug. »Dann gib mir jetzt die zwanzig, und dann gehen wir uns amüsieren.«

Eddie gab Willie zwanzig Dollar, und Willie gab sie an Ralph weiter. Dann führte Willie ihn in eine finstere Küche. Neben dem Kühlschrank war eine mit einem schweren Schloß gesicherte Kellertür. Willie öffnete das Schloß und schaltete die Kellerbeleuchtung ein. Sie bestand aus einer einzigen 60-Watt-Birne, die den größten Teil des Raums dunkel ließ. Die wackelige Holztreppe ächzte bei jedem Schritt, und in seinem alkoholisierten Zustand mußte Eddie sich am Geländer festhalten, um nicht die Stufen hinunterzustolpern.

Er konzentrierte sich so sehr auf die Treppe, daß er kaum etwas anderes bemerkte, bis er wieder festen Zement unter den Füßen hatte. Es war kalt in dem Kellerraum, aber er spürte etwas Wärme von einem altmodischen Ofen her, der an der gegenüberliegenden Wand stand. Willie ging zu dem Ofen hinüber, und Eddie meinte zu hören, daß sich dort etwas bewegte.

»Wie findest du das?« fragte Willie leise. Seine Stimme klang verändert; die Worte hatten jetzt einen Nebenklang von brutaler Gier.

Der Raum war trotz der Glühbirne finster, und die Ecke, in die Willie zeigte, lag zum größten Teil im Schatten, aber Eddie erkannte eine Gestalt, die auf einer Matratze unter einer Decke kauerte. Die Matratze verströmte einen modrigen Geruch, und auf einer Ecke waren Flecken zu sehen, die nach getrocknetem Blut aussahen. Nur der Kopf der

Person war zu erkennen, und als Eddie näher trat, sah er, daß es ein Mädchen war. Sie hatte sich nicht bewegt, seit die beiden Männer in ihr Blickfeld getreten waren, aber ihre Augen waren offen, und sie beobachtete jede Bewegung. Das Haar des Mädchens war schmutzig, strähnig und verfilzt, und Eddie konnte zunächst kaum erkennen, ob es schwarz oder braun war; beim Näherkommen sah er, es war braun.

»Die hier haben wir gut ausgebildet, Eddie. Haben wir doch, oder?« fragte Willie, halb zu Eddie und halb zu dem Mädchen gewandt. Das Mädchen antwortete nicht. Ihr Gesichtsausdruck war leer, als kümmerte sie das alles nicht mehr.

»Die hier tut alles, was du willst, oder nicht, Liebling?«

Eddie hörte Willie schwer atmen, während er die Jacke auszog. Willie trug einen dicken Ledergürtel, den er öffnete und aus den Schlaufen zog, während er sprach. Dabei beobachtete er das Gesicht des Mädchens.

Dann riß er mit einer plötzlichen Bewegung die Decke fort. Das Mädchen trug Hosen und eine Bluse. Die Bluse war offen, und das Mädchen hielt die Hälften mit der Hand zusammen.

Als die Decke fortgezogen wurde, bewegte sie sich zum erstenmal. Es war kaum eine wirkliche Bewegung – eher ein Zittern, begleitet von einem Wimmern und einem metallischen Klirren. Eddie bemerkte die Quelle des Geräuschs – es war eine Kette, die den rechten Fußknöchel des Mädchens mit einer Metallkrampe in der Kellerwand verband.

Eddie begann ein Gefühl der Übelkeit zu verspüren. Für solche Späße hatte er nichts übrig. Er hätte das Ganze gern abgeblasen, aber er fürchtete sich zu sehr vor Willie und Ralph, um etwas zu sagen.

»Freust du dich auch, mich zu sehen, Liebling?« fragte Willie in einem leisen Singsang, und während er sprach, schlug er mit dem zusammengelegten Gürtel leicht gegen seinen Oberschenkel. Die Augen des Mädchens waren immer noch auf den Gürtel geheftet und begannen sich jetzt mit Tränen zu füllen. Willie ging in die Hocke und nahm ihr Kinn in die Hand, so daß sie ihm ins Gesicht sehen mußte.

»Ich hab dich gefragt, ob du dich auch freust, mich zu sehen.«

Das Mädchen krächzte etwas, das wie ein Ja klang.

Willie lachte leise und ließ ihr Kinn los.

»Das hab ich mir gedacht. Das hab ich mir doch glatt gedacht. Weil du ja weißt, was in meiner Hose drinsteckt, was? Du weißt, was da Gutes drinsteckt.«

Das Mädchen biß sich auf die Lippen, um die Tränen zurückzuhalten, aber der Versuch war zwecklos. Ihre Hilflosigkeit schien Heartstones sadistisches Vergnügen noch zu steigern. Er klatschte den Gürtel beiläufig auf die Hüften des Mädchens. Eddie war sich sicher, daß der Schlag nicht kräftig genug gewesen war, um ihr weh zu tun, aber sie fuhr zusammen, als hätte Willie wirklich zugeschlagen.

»Das hier ist mein Freund Eddie, Liebling. Ich möchte, daß du ihm zeigst, was du zu bieten hast.«

Eddie wollte die Sache beenden, jetzt, in diesem Augenblick, aber er wußte inzwischen, daß er beim ersten falschen Wort sterben würde. Wußte es mit Sicherheit.

Das Mädchen zog sich mit schnellen, ruckartigen Bewegungen die Hosen herunter. Jeder Griff schien ihr Schmerzen zu verursachen. Als die Hosen über den Knöcheln hingen, zog Heartstone sie ihr ganz aus. Darunter war sie nackt.

»Jetzt die Bluse«, sagte Willie in einem heiseren Flüstern. »Zeig dem Mann deine hübschen Titten.«

Das Mädchen gehorchte matt und legte sich dann mit gespreizten Beinen auf die Matratze zurück. Heartstone zog den Gürtel über ihren Bauch nach unten und streifte dabei eine ihrer Brustwarzen. Die Spitze des Gürtels kam genau dort zur Ruhe, wo das lockige braune Schamhaar begann. Willie grinste Eddie über die Schulter hinweg an.

»Da sieh mal, wie gut sie ihre Lektionen gelernt hat. Hat ein bißchen Mühe gebraucht, bis sie sich hinlegt und die Beine breit macht. Lauter interessante Lektionen.« Er schüttelte den Kopf und schloß die Augen, um die Erinnerung genießen zu können. »Aber sie ist ja klug, sie lernt schon. Wir geben dir morgen sogar was zu essen, wenn du zu meinem Freund Willie nett bist.«

Trotz seines Abscheus konnte Eddie die Augen nicht vom Körper des Mädchens wenden. Er sah, wie ausgezehrt sie war. Die Rippen traten hervor, und sie hatte dunkle Schatten unter den Augen.

Eddie war sicher, daß Willie sie zuerst besteigen würde, während er selbst zusah, aber ganz plötzlich schien Heartstone das Interesse zu verlieren. Er schloß den Reißverschluß seiner Hose und trat zurück.

»Ich geh pinkeln. Amüsier dich. Wenn sie irgendwas nicht machen will, ruf mich.«

Eddie hörte, wie seine Schritte sich die Treppe hinauf entfernten; dann wurde die Tür geschlossen und von außen abgeschlossen. Das Mädchen schauderte sichtlich vor Erleichterung. Eddie begann zu fürchten, daß nun auch er ein Gefangener sein könnte, und begann zur Treppe zu gehen.

»Nein«, murmelte das Mädchen schwach. »Bitte, gehen Sie nicht.«

Es klang flehentlich. Er wandte sich zu ihr zurück.

»Hören Sie, Miss, ich ... ich weiß nicht, was hier los ist, aber ich tu Ihnen nichts. Ich versprech's.«

Er flüsterte – er hatte ebensoviel Angst davor, daß Heartstone ihn hören könnte, wie sie selbst. Er wollte nichts weiter, als zu verschwinden.

»Nicht reden«, bat sie im Flüsterton. »Wenn er hört, daß ich rede, dann ...«

Sie begann zu schluchzen.

»Sie brauchen keine Angst zu haben. Ich zwinge Sie zu nichts«, flüsterte er in einem Versuch, sie zu trösten. Aber als er sich zurückzuziehen versuchte, wurde sie panisch.

»Nein. Sie müssen. Es wird noch schlimmer für mich, wenn sie rausfinden, daß Sie ... daß ich nicht gemacht habe, was ich soll.« Sie wandte das Gesicht ab. »Nur, machen Sie's kurz.«

Tollers Stimme war immer leiser geworden, als seine Geschichte sich dem Ende näherte. Während er sprach, hatte Caproni die gleiche Furcht und den gleichen Ekel verspürt, die Toller nun zum zweitenmal zu empfinden schien. Als der Gefangene schließlich abbrach, herrschte in dem Verhörzimmer zunächst Schweigen.

»Haben Sie Verkehr mit ihr gehabt?« fragte Caproni schließlich mit erstickter Stimme. Toller schüttelte den Kopf.

»Ich hatte zuviel Angst. Ich hab's nicht hingekriegt. Ich

hab im Leben ein paar üble Dinger gedreht, aber so was hab ich nie jemandem angetan.«

»Was haben Sie denn getan, als Heartstone zurückgekommen ist?«

»Ist er nicht. Ich hab an die Kellertür hämmern müssen. Er hat mich gefragt, wie's war, und ich hab irgendein Märchen erzählt. Dann hat er mich in die Stadt zurückgefahren und noch mal fünf Dollar fürs Benzin berechnet. Ich hatte die ganze Zeit Schiß, aber er hat sonst nichts gemacht. Am Morgen hab ich gepackt und bin aus der Stadt verschwunden. Ein paar Tage später hab ich in der Zeitung gelesen, daß sie das Mädchen im Graben an der Straße gefunden haben. Ich hab gewußt, daß sie's war, von dem Foto in der Zeitung.«

»Warum sind Sie nicht zur Polizei gegangen?«

»Hören Sie mal, ich geh nicht zur Polizei, nicht bei meinen Vorstrafen und nachdem ich's nicht gleich gemeldet hatte. Ich hatte Angst, und außerdem haben die Bullen noch nie was für mich getan. Und sie war sowieso schon tot.«

Ja, das war sie wohl, dachte Caproni. Lang bevor sie sie umgebracht haben. Er versuchte sich vorzustellen, wie es für das Mädchen gewesen sein mußte, dort in dem kalten feuchten Kellerraum zu liegen, zu verängstigt, um auch nur zu sprechen.

»Haben Sie Heartstone oder Ralph später noch einmal gesehen?«

»Nein, Sir. Und wenn, dann wär ich in die andere Richtung gegangen. Wie ich gesagt habe, ich hab eine Menge Mist gemacht, aber so was nie. Ich hab gewußt, zu was die fähig sind.«

»Kennen Sie Ralphs Familiennamen?«

»Er hat ihn immer bloß Ralph genannt, und ich hab nicht nachgefragt.«
Caproni machte sich ein paar abschließende Notizen. Dann legte er den Block in seinen Aktenkoffer und stand auf.
»Was Sie mir erzählt haben, könnte sehr wichtig werden, Mr. Toller. Ich werde mit Mr. Heider reden. Wenn er der gleichen Ansicht ist, können wir vielleicht etwas für Sie arrangieren. Ich möchte Ihnen nichts versprechen, aber ich möchte Ihnen sagen, daß ich es sehr zu schätzen weiß, daß Sie mir diese Informationen gegeben haben.«
Toller wirkte sowohl geschmeichelt als auch verlegen angesichts von Capronis Aufrichtigkeit, und einen Augenblick lang vergaß er den Grund, aus dem er sich an die Behörde gewandt hatte. Sie gaben sich die Hand, und Caproni ging. Die Unterhaltung mit Toller hatte ihn mitgenommen; er war dankbar, als er wieder ans Tageslicht trat.

3

Shindler war in Heiders Büro wie an jedem Nachmittag der vergangenen Woche und half dabei, das Material zu sichten, das sich über die Jahre der Ermittlungen hinweg angesammelt hatte, als Caproni zurückkehrte. Heider sah ihm die Aufregung an und winkte ihn sofort zu einem Stuhl.

»Was hat es gegeben im Gefängnis?« fragte er.

»Etwas, das wir uns ansehen sollten. Vielleicht sind die Coolidges gar nicht schuldig.«

Heider warf einen raschen Blick zu Shindler hinüber. Der Detective hatte sich nicht bewegt, aber etwas an seiner Haltung schien sich verändert zu haben.

»Raus damit, Al, spannen Sie uns nicht auf die Folter«, sagte Heider leichthin. In seinen Gedanken setzte sich bereits ein Räderwerk in Bewegung. Berechnungen wurden neu in Angriff genommen. Die Bezirksstaatsanwaltschaft hatte öffentlich und in der Presse die Theorie vertreten, daß die Coolidges Murray und Walters ermordet hatten. Heider war der Sprecher des Amtes gewesen. Es waren seine Glaubwürdigkeit und seine politische Zukunft, die auf dem Spiel standen, wenn die Coolidges unschuldig waren.

»Ich habe mit diesem Mann im Gefängnis geredet. Eddie Toller. Er hat mir erzählt, daß er Mitte Januar 1961 in Portsmouth war. In einer Bar hat er einen Mann namens Willie Heartstone kennengelernt. Toller hat erwähnt, daß er gern eine Frau bumsen würde, und Heartstone hat ihm angeboten, gegen Bezahlung etwas zu arrangieren.
Danach hat er ihn irgendwohin aufs Land gefahren, nicht zu weit draußen, zu einem Haus, wo ein Mann namens Ralph gewohnt hat. Toller glaubt, daß Heartstone auch dort gewohnt hat, aber sicher ist er sich nicht.
Ralph und Heartstone hatten in einem Keller ein Mädchen eingesperrt. Sie hatte eine Kette mit Vorhängeschloß um den Knöchel. Toller sagt, es hätte ganz so ausgesehen, als würden sie sie schlagen und hungern lassen. Und er sagt, daß er ein paar Tage später Elaine Murrays Foto gesehen hat, als die Leiche gefunden wurde, und daß er dieses Mädchen in ihr erkannt hat. Er sagt, er ist sich sicher, daß sie es war. Er hat damals nichts gesagt, weil er schon früher Ärger mit der Polizei hatte und weil er vor Ralph und Heartstone Angst hatte. Er wollte nicht noch mal mit ihnen zu tun kriegen.«
»Ich verstehe«, sagte Heider skeptisch. »Und was hat Mr. Toller an Beweisen zu bieten, um diese Geschichte zu untermauern?«
»Gar keine, außer ... Nur sein Wort. Aber ich glaube ihm. Es war einfach die Art, wie der Mann geredet hat. Es hat ihn ziemlich mitgenommen, als er das Mädchen beschrieben hat. Und die Angst hat man ihm angemerkt. Ich glaube nicht, daß er mir das alles hätte vorspielen können.«
Shindler lachte.
»Al, ich muß mich wirklich wundern. Sie sind doch selbst

Polizist gewesen. Hat Sie eigentlich nie einer drangekriegt?«

Al errötete.

»Doch, zigmal. Ich glaube nur nicht, daß dieser Mann mich dranzukriegen versucht.«

»Vielleicht nicht. Vielleicht erzählt er ja die Wahrheit, so gut er es weiß. Aber es könnte auch ein anderes Mädchen gewesen sein«, sagte Heider.

»Nein. Da war er sich sicher. Er hat ein, zwei Tage später ihr Foto gesehen, und seine Beschreibung paßt genau zu der Beschreibung der Kleider, die Murray getragen hat, als sie sie gefunden haben, und zu ihrer Haarfarbe.«

»Sie müssen zugeben, braunes Haar, Hosen und eine Bluse sind nicht gerade ungewöhnlich. Außerdem hätte er das alles auch aus der Zeitung haben können. Sie wärmen zur Zeit die ganze Sache wieder auf, die Zeitungen sind jeden Tag voll davon«, sagte Shindler.

»Und einen wichtigen Punkt haben Sie ganz vergessen«, fügte Heider etwas selbstzufrieden hinzu.

»Nämlich?«

»Wann will Toller dieses Mädchen lebend gesehen haben?«

»In der zweiten Januarwoche, ein paar Tage, bevor sie die Leiche gefunden haben.«

»Al, nach Dr. Beauchamps Autopsiebericht war Elaine Murray schon vier bis sechs Wochen tot, als man sie gefunden hat. Wie hätte sie dann in der zweiten Januarwoche noch am Leben sein können?«

Einen Augenblick lang sah Caproni verwirrt aus. Dann fiel ihm etwas ein.

»Die Leiche. Die Leiche des Mädchens. Der Körper war in

keinem so schlechten Zustand, wie man erwartet hätte, wenn er die ganze Zeit im Freien gelegen hätte. Das stand in einem von Ihren Berichten, Roy. Vielleicht hat Beauchamp sich geirrt. Wenn ich mich recht entsinne, hat er in seinem Bericht die Theorie aufgestellt, das kalte Wetter hätte den Körper so gut erhalten.«

Heider schüttelte den Kopf.

»Kommt nicht in Frage, Al. Dieser Toller ist einfach ein Schwindler, der einen Deal machen will.«

»Das glaube ich nicht«, widersprach Al sehr entschieden. »Sie hätten dabeisein müssen. Der Mann hat richtig Angst gehabt, als er die Geschichte erzählt hat. Ich glaube, wir sollten's überprüfen.«

»Okay, Al. Dann gehen Sie wieder an die Mitschriften, und ich setze Roy drauf an.«

Caproni war besänftigt von Heiders Zusage. Sie besprachen noch ein paar andere Fragen, bevor Caproni ging. Als die Tür sich hinter ihm geschlossen hatte, fragte Heider: »Was meinen Sie?«

»Bockmist. Ein Schwindler mit einem Märchen.«

»Na, hoffen wir's. Ich riskiere meinen Arsch bei dieser Sache, ich kann's mir nicht leisten, daß was danebengeht. Fahren Sie raus zum Gefängnis. Reden Sie mit diesem Toller. Wenn es Probleme gibt, sagen Sie mir Bescheid. Wir kriegen das dann schon hin.«

Roger Hessey hatte es gar nicht übel getroffen. Er hatte ein wirklich nettes Mädchen geheiratet, zwei prächtige Kinder gezeugt und war gleich am Anfang mit eingestiegen, als sein Schwiegervater sich eine Lizenz besorgte und eine Filiale einer Kette von Brathähnchenrestaurants übernahm. Niemand hatte erwartet, daß das Restaurant ein solcher Erfolg werden würde, und Roger verdiente genug, um mit seiner Familie in ein kleines Haus in einem Vorort ziehen zu können, nur ein paar Autominuten von einem Einkaufszentrum, einem Golfplatz und einer Grundschule entfernt.

»Für mich hat sich seit der Highschool einiges geändert«, sagte er und wiegte den Kopf. »Wir haben damals verrücktes Zeug getrieben. Sagen Sie mal, wollen Sie ein Bier oder irgendwas sonst?«

»Nein, vielen Dank, Mr. Hessey«, antwortete Mark Shaeffer. Sie saßen auf Gartenstühlen auf Rogers Terrasse, und seine beiden Töchter rannten lärmend im Garten umher. Roger lächelte etwas nostalgisch und nickte vor sich hin.

»Ich kann Ihnen sagen, ich war ganz schön geschockt, als ich gelesen habe, daß sie Billy und Bobby verhaftet haben, aber besonders überrascht hat's mich nicht.«

»Warum sagen Sie das?«

»Na ja, Sie sind Bobs Anwalt, Ihnen kann ich's also ruhig erzählen, aber das waren ziemlich wüste Jungs. Ich meine, das waren wir damals alle. Dauernd Prügeleien. Billy war einer von den schlimmsten. Er hat sogar ein bißchen mit Drogen gehandelt. Hasch meistens, aber vergessen Sie nicht, das war 1960. Damals haben noch alle gedacht, das Zeug wär schlimmer als Heroin.«

»Mir fällt gerade auf, daß Sie eben nur von Billy geredet haben.«

»Na, Bobby war wild, aber er war nicht so bösartig wie sein Bruder. Ich meine, ich war ja auch ganz schön wild. Wir sind in Lagerhäuser eingebrochen und hatten Bandenschlägereien. Nicht gerade das, worauf man heute noch

stolz sein könnte. Aber es war alles, wie soll ich sagen, ach, alles nur so zum Spaß, meistens jedenfalls.
Ich meine, die meisten von uns, wir haben uns mit 'nem Typ geprügelt und versucht, ihn anständig zu verdreschen, aber wir haben nicht versucht, ihn zum Krüppel zu schlagen oder auf Dauer irgendwas anzurichten. Schwer zu sagen, was das für 'ne Grenze war, die wir da gezogen haben, aber es hat eine gegeben.
Und dann waren da noch solche Jungs wie Billy. Der hat überhaupt keine Grenzen gekannt. Wahrscheinlich hatten die meisten von uns deswegen ein bißchen Angst vor ihm.«
»Sie haben auch Esther Freemont gekannt, oder nicht?«
Roger warf den Kopf zurück und brüllte vor Lachen. Die beiden kleinen Mädchen brachen ihr Spiel erstaunt ab, als sie das Geräusch hörten. Als sie feststellten, daß es von ihrem Vater auf der Terrasse kam, spielten sie weiter.
»Was ist daran so komisch?« fragte Mark.
»Gar nichts, eigentlich, nur bei Esther fällt mir alles mögliche ein. Die hatte die größten Titten ...«
Roger schüttelte bewundernd den Kopf, und Mark rutschte unbehaglich auf dem Plastikgitter seines Aluminiumstuhls hin und her. Roger hatte sich zurückgelehnt. Er trug ein Hawaiihemd, eine Sonnenbrille und karierte Bermudashorts. Von Zeit zu Zeit klopfte er sich zufrieden auf den Bauch oder trank einen Schluck aus einer Dose Coors. Die Samstagssonne brannte, und Mark wünschte sich, er könnte schwimmen gehen, statt zu arbeiten.
»Was wissen Sie noch über den Abend, an dem Elaine und Richie umgekommen sind?«
»Nicht gerade viel, fürchte ich. Ich hab das den Bullen schon ein paarmal erzählt. Wir sind zu Bob's gegangen.

Das war ein Hamburgerrestaurant, wo wir gern waren. Ich glaube, inzwischen hat es zugemacht. Dann ist Bobby oder Billy, einer von den beiden, auf die Idee gekommen, wir sollten uns zu Alice Fays Party einladen. Ich hab gewußt, daß das Ärger gibt, also hab ich gesagt, ich würde nicht gehen. Aber dann hab ich nicht dumm dastehen wollen und bin doch mitgekommen. Dann hab ich's mir anders überlegt und bin gegangen, bevor die Schlägerei losgegangen ist. Gesehen hab ich eigentlich gar nichts.«

»Erzählen Sie mir doch ein bißchen von Esther.«

Roger beugte sich vor und senkte die Stimme.

»Nettes Mädchen, aber da oben war nicht viel los bei ihr, wenn Sie wissen, was ich meine. Damals hat man so was wie sie ein loses Mädchen genannt. 'türlich, das war alles vor der ›sexuellen Revolution‹, und wenn ein Mädchen nicht mehr Jungfrau war, wenn sie geheiratet hat ... Na, Sie wissen, was ich meine.

Sie ist mit den Cobras rumgezogen. Zwei Sorten Mädchen haben das gemacht. Richtige feste Freundinnen und Mädchen, die bei der Bande rumgehangen, aber mit keinem speziellen Typ gegangen sind. Esther war irgendwas mittendrin. Sie hat gut ausgesehen, und eigentlich ist jeder ganz gern ein paarmal mit ihr ausgegangen, aber dann ist sie jedem ziemlich schnell auf die Nerven gegangen.«

»Warum das?«

»Ach, sie hat immer gewollt, daß man in sie verliebt ist. Dauernd hat sie einen gefragt, ob man auch in sie verliebt ist. Und dann hat's jedesmal 'ne Szene gegeben.« Hessey zuckte die Achseln. »Sie können sich's denken.«

Mark machte sich ein paar Notizen. Das alles schien nichts weiter herzugeben. Er stellte noch ein paar Fragen; dann bedankte er sich bei Hessey und machte Anstalten zu gehen.

»Warum haben sie eigentlich so lang gewartet, bis sie Bobby verhaftet haben?« fragte Hessey, als er ihn bis zum Gartentor brachte.

»Nach dem, was der Staatsanwalt mir erzählt hat, hatte Esther die ganze Zeit Amnesie. Und jetzt behauptet sie, sich an den Mord erinnern zu können.«

»Wie sind die denn überhaupt draufgekommen, daß sie was damit zu tun hat?«

»Sie haben ihre Brille am Mordschauplatz gefunden.«

»Sie meinem im Lookout Park?«

»Ja.«

»Und was soll das bedeuten?«

»Ich nehme an, sie gehen davon aus, daß sie die Brille in der Mordnacht verloren hat.«

»Damals hat sie sie aber nicht verloren.«

»Was?«

»Ich hab ihr die Brille von der Nase geschlagen, da oben im Park, ungefähr eine Woche, bevor der Mord passiert ist.«

Sarah sah auf die Uhr und hoffte, daß Bobby es nicht merkte. In zwanzig Minuten würde die Besuchsstunde vorbei sein. Sie hatte das Gefühl, sie würde es nicht durchstehen.

Der Besuch war eine Katastrophe gewesen – von dem Augenblick an, als der Wachmann die Metalltür hinter ihnen geschlossen hatte. Sein Kuß war zu lang gewesen, und sie hatte das Gefühl, daß er sich an sie klammerte wie ein ertrinkender Mann an ein Stück Treibholz.

Die Unterhaltung begann mit einem Dutzend Variationen

von »wie geht es dir« und wurde dann zu einem unsicheren, gezwungenen Gespräch über Allgemeinheiten mit langen, verlegenen Pausen dazwischen. Je länger sie blieb, desto deutlicher wurde ihr, daß der Mann, der jetzt mit hängenden Schultern vor ihr saß und dessen Blicke nie den ihren begegneten, nicht der Mann war, der in den letzten Monaten ihr Bett geteilt hatte. Ihr Liebhaber war ein starker, wirklicher Mann. Dies war ein Schatten. Der Gefangene tat ihr leid, und sie fühlte sich unbehaglich in seiner Nähe.

Der Wachmann hämmerte an die Tür und schrie: »Fünf Minuten.« Es war Zeit, die Fragen zu stellen, derentwegen sie gekommen war.

»Bobby«, unterbrach sie ihn.

Er sah sie an und merkte an dem Zittern in ihrer Stimme, was sie sagen würde. Er hatte den Augenblick gefürchtet; in der Einsamkeit seiner Zelle hatte er ihn tausendmal kommen sehen.

»Hast du ...? Diese beiden Leute ... Ich muß es einfach wissen.«

Es erforderte seinen ganzen Mut, nach ihrer Hand zu greifen und ihr in die Augen zu sehen.

»Nein, Sarah. Ich habe nie ...«

»Weißt du noch, damals die Nacht, in der wir miteinander geredet haben? Die Nacht vor den Prüfungen, als du nicht schlafen konntest? Du hast mir damals erzählt, du hättest Blut an den Händen. Warum wolltest du nicht, daß ich weiterfrage?«

Die Frage traf ihn wie ein Schlag. Er erinnerte sich sehr gut an diese Nacht, aber er hatte gehofft, sie hätte sie vergessen. Er hatte das Gefühl, innerlich auseinanderzubrechen.

»Ich ... in Vietnam ... da habe ich ... einen alten Mann getötet. Ein Unfall ...«

Er sprach weiter; er erzählte ihr von der Nacht im Dschungel und fragte sich, ob sie ihm glaubte. Es wurde alles zuviel für ihn. Wenn sie ihn liebte, warum fragte sie dann? Warum konnte sie ihm nicht einfach vertrauen? Er begann zu weinen.

Sie legte den Arm um ihn und ließ ihn an ihrer Schulter weinen. Es war ihr peinlich, das war alles. Sie wollte fort von ihm, fort aus der sterilen Enge des Besuchszimmers, weg von dem Geruch nach Hoffnungslosigkeit und Niederlage.

»Sarah, du bist alles, was ich habe. Du mußt mir glauben. Ich habe nicht ... Du bist alles, was ich habe.«

Der Wachmann klopfte an die Tür, und sie half ihm, aufzustehen und sich zusammenzunehmen.

Als sie auf der Autobahn nach Hause fuhr, dachte sie über das Treffen nach. Hatte er die Wahrheit gesagt, als er versicherte, er habe den Jungen und das Mädchen nicht umgebracht? Sobald sie sich die Frage stellte, wurde ihr klar, daß die Antwort im Grunde nicht mehr wichtig war, denn ihr lag nichts mehr an Bobby Coolidge.

Esther saß im Dunkeln am Fenster. Sie hatte einen der hölzernen Küchenstühle ins Zimmer getragen und ihn so plaziert, daß man sie von der Straße aus nicht sehen konnte. Mit der rechten Hand hielt sie den Rand der Gardine so weit vom Fenster fort, daß sie hinaussehen konnte, ohne Aufmerksamkeit zu erregen.

Esther war sich sicher, daß sie beobachtet wurde. Zuerst war der Anwalt an ihre Tür gekommen. Dann, einige Tage

später, hatte er sie angerufen. Sie hatte ihm erneut erklärt, daß sie nicht mit ihm reden wollte, und gedroht, die Polizei zu benachrichtigen.
An diesem Abend hatte sie geglaubt, sie könne jemanden in ihrer Wohnung umhergehen hören, aber als sie das Licht eingeschaltet hatte, war niemand dagewesen. Manchmal hörte sie ein seltsames Echo im Telefon, und sie war sicher, daß ein blauweißer Ford seit dem Anruf des Anwalts mindestens viermal vorbeigefahren war.
Sie hatte all das Roy erzählt, und er hatte gemeint, sie bilde es sich ein. Sie hatte gesagt, alles würde in Ordnung sein, wenn er nur bei ihr bliebe. Wenn sie mit ihm zusammen war, fühlte sie sich sicher. Sie wollte ihm nicht erzählen, daß sie an Bobby gedacht hatte. Wie er sich wohl fühlte, im Gefängnis, ihretwegen in einer Zelle für den Rest seines Lebens. Das war die Strafe, von der Roy auf ihre Frage gesagt hatte, daß er sie bekommen würde.
Sie meinte, eine Bewegung in einem Hauseingang zu sehen, aber es war niemand auf der Straße. Sie mußte sich geirrt haben. Trotzdem konnte sie nicht schlafen. Sie war zu verstört. Sie versuchte, sich Dr. Hollanders Finger auf ihrem Handgelenk vorzustellen, aber sie konnte sich nicht lang genug konzentrieren. Immer wieder dachte sie an Bobby und daran, wie es wohl sein würde, ihn vom Zeugenstand aus zu sehen und die gleichen Dinge zu ihm zu sagen, die sie Roy und dem Doktor privat im Sprechzimmer erzählt hatte.
Wenn Roy bei ihr wäre – wenn er sie im Arm halten würde, während sie sprach –, dann könnte sie es tun. Aber sie wußte, daß das im Gerichtssaal nicht erlaubt sein würde. Er hatte es ihr gesagt. Sie würde Bobby allein gegenüber-

treten müssen. Jetzt hatte sie wieder Angst. Sie wünschte, Roy würde vorbeikommen. Er war immer so nett zu ihr, so sanft. Seine Gegenwart ließ sie alle schlechten Gedanken vergessen.

Ein Mann, der an einem Fenster des Wohnhauses gegenüber gesessen hatte, stand auf. Es war ein alter Mann in einem ärmellosen Unterhemd. Von einer Stehlampe hinter seinem Stuhl flutete Licht über seine blasse Haut, als er sich vom Fenster entfernte. Esther sah Inseln von grauem Haar auf seinen Armen. Der Anblick widerte sie an. Sie stellte sich vor, wie der alte Mann im Dunkeln durch ihre Wohnung schlich. Sie spürte, wie seine klamme Hand ihre Wange berührte. Sie schauderte.

Warum fühlte sie sich so? Sagte sie denn nicht die Wahrheit? Dr. Hollander hatte das gesagt. Es war die Amnesie gewesen, die sie daran gehindert hatte, sich schon früher an alles zu erinnern. Nur deshalb erinnerte sie sich erst jetzt. Sie wußte, daß das die Wahrheit war. Bobby würde es wissen, wenn er sie sprechen hörte. Er konnte sie nicht dafür hassen, daß sie die Wahrheit sagte.

Sie sah das Telefon auf dem Tischchen neben dem Sofa. Vielleicht sollte sie Roy anrufen. Sie hätte es gern getan. Nur hatte er das letzte Mal, als sie angerufen hatte, so ärgerlich gewirkt. Sie wollte seine Stimme hören, selbst wenn er ärgerlich war. Sie stand auf und ging zum Telefon hinüber. Waren sie denn nicht ein Paar? Hatte er ihr nicht Dinge zugeflüstert? Ihr gesagt, wie wichtig sie war. Wenn sie wichtig war, konnte sie ihn auch anrufen.

Sie berührte das kalte schwarze Plastik des Hörers. Sie versuchte, ihn abzuheben, aber es ging nicht. Sie schlug die

Hände vors Gesicht und wiegte sich vor und zurück. Sie wollte anrufen, sie wollte es so sehr. Bitte, Roy, laß mich anrufen. Sei nicht wütend. Sie konnte es nicht ertragen, wenn er wütend war, denn dann würde er sie vielleicht verlassen, und sie liebte ihn, sie brauchte ihn so sehr.

Sie meinte ein Geräusch im Schlafzimmer zu hören. Zuerst wollte sie nachsehen, dann hatte sie plötzlich Angst. Sie mußte Roy anrufen. Wenn jemand in ihrer Wohnung herumschlich, konnte er nicht wütend werden. Sie setzte sich aufs Sofa und wählte seine Nummer. Ihre Augen blieben auf die Schlafzimmertür gerichtet.

4

Mark klopfte zum zweitenmal und begann sich zu fragen, ob Sarah zu Hause war. Er fing an, sich Sorgen um sie zu machen. Sie hatte in dieser Woche schon zwei Termine nicht eingehalten, und am Telefon wich sie ihm aus. Cindy hatte sich darüber beschwert, daß er soviel Zeit auf den Fall Coolidge verwandte, und sie fragte jeden Tag nach dem restlichen Geld.

Auch Mark selbst machte sich Sorgen um das Geld, aber es war mehr als das. Er wollte Sarah sehen. Er dachte ständig an sie. Er sah ihr blasses Gesicht und ihr langes blondes Haar vor sich und wünschte sich mehr und mehr, sie zu berühren.

Sie war so schön wie in seiner Erinnerung, aber den Blick, den sie ihm zuwarf, konnte er nicht mißverstehen. Er verriet eine Mischung von Überraschung und Verlegenheit, ganz als habe er sie bei etwas ertappt, dessen sie sich schämte.

»Was ist passiert?« fragte sie nervös.

»Nichts ist passiert. Ich ... ich wollte nur mit Ihnen reden. Über den Fall«, antwortete er.

»Kommen Sie rein.«

Sie klang, als sei sie in Gedanken anderswo, und sie

strich sich fahrig übers Haar, als sie ihn ins Wohnzimmer führte.

»Ich hatte Sie am Freitag eigentlich in meinem Büro erwartet«, sagte er, als sie auf dem Sofa saßen.

»Ich hab's nicht geschafft. Ich ... Es tut mir leid, daß ich nicht angerufen habe. Ich ... Mir ist etwas Wichtiges dazwischengekommen.«

»Das ist schon okay«, sagte er rasch. Er wollte nicht, daß sie den Eindruck hatte, kritisiert zu werden, und er versuchte, sich die Enttäuschung über ihre plumpe Lüge nicht anmerken lassen.

»Was macht der ... Bobbys Fall? Sie haben gesagt, Sie wollten mir etwas erzählen.«

»Er kommt voran«, antwortete er, dankbar dafür, daß er sie nicht direkt auf ihr Verhalten ansprechen mußte. »Ich habe einen Zeugen entdeckt, der uns weiterhelfen kann.«

Er erzählte von Roger Hessey, sehr rasch, damit sie nicht das Interesse verlor. Sie gab vor, zuzuhören, sah sich dabei aber nervös im Zimmer um und verstand nur die Hälfte dessen, was er sagte. Sie wünschte, er würde gehen. Sie wußte, er würde nach dem Geld fragen, und sie wußte nicht, was sie dann sagen sollte.

»Das hört sich ja gut an«, sagte sie in der Hoffnung, enthusiastisch zu klingen.

»Ich möchte Ihnen keine falschen Hoffnungen machen, aber ich könnte mir vorstellen, daß ich da einen Ansatz gefunden habe.«

Sie saßen einen Augenblick schweigend nebeneinander. Sarah wußte nicht, was sie noch sagen sollte. Sie bekam Kopfschmerzen und wünschte sich, er würde gehen.

»Ich ... bevor ich's vergesse«, begann Mark, »haben Sie mit Ihren Eltern gesprochen? Über den ... den Rest?«

»Dieses Geld, Mark. Ich habe meine Eltern nicht angerufen.«

Er antwortete nicht gleich. Er wartete wie betäubt, bis ihm klargeworden war, was sie gesagt hatte. Dann sah er ihr in die Augen. Sie saß so dicht neben ihm, daß er sehen konnte, wie glatt ihre Haut war, und sein Verlangen nach ihr machte es ihm fast unmöglich, die Worte zu akzeptieren.

»Aber Sie haben doch gesagt, Sie würden ...«

Sie berührte seinen Arm, und es war wie ein elektrischer Schlag.

»Ich will nicht, daß Sie jetzt wütend auf mich werden, Mark, aber ich habe es nicht fertiggebracht. Ich hatte vor, es zu tun. Ich habe Sie nicht angelogen, als ich das gesagt habe. Als sie Bobby verhaftet haben, habe ich es einfach nicht geglaubt. Und dann habe ich ihn im Gefängnis besucht.«

Sie ließ seinen Arm los und starrte auf ihren Schoß hinunter. Er wollte sie in den Arm nehmen. Sie trösten. Es tat ihm weh, ihren Kummer mit ansehen zu müssen.

»Mark, ich weiß nicht mehr, was ich denken soll. Wenn er dieses Mädchen wirklich umgebracht hat ... dann will ich nicht, daß Sie diesen Fall weiter bearbeiten, wenn Sie es nicht wollen. Ich habe das Geld nicht. Ich ... ich habe Sie angelogen. Nicht am Anfang, aber danach konnte ich meine Eltern nicht mehr bitten. Was hätte ich ihnen denn sagen sollen?«

Sie zitterte, und in ihren Augen standen jetzt Tränen.

»Verstehen Sie das denn nicht? Hätte ich sagen sollen, bitte helft diesem Mann, der ein Mädchen vergewaltigt und erwürgt hat, das genausogut ich hätte sein können?«

Sie brach zusammen. Er kam näher und nahm sie in den Arm, versuchte, sie zu beruhigen, während seine eigenen Gefühle im Aufruhr waren.

Durch das große Fenster sah er die Stadt unter sich liegen. Ein silbernes Flugzeug schwebte im blauen Sommerhimmel. Tränen rannen wie winzige Perlen über ihre sanft geschwungenen Wangen. Er küßte sie fort, und dann plötzlich küßte er ihre Lippen, und sie umarmten sich mit einer Heftigkeit, die ihm den Atem verschlug. Was tat er eigentlich? Er machte sich los, erschrocken über die Tiefe seiner Leidenschaft für sie.

»Mark«, sagte sie.

Er stand auf und entfernte sich.

»Es tut mir leid. Ich ...«

»Machen Sie sich keine Vorwürfe. Sie haben nichts Unrechtes getan.«

Er drehte sich um und sah sie hoffnungsvoll an. Sie verstand den Ausdruck in seinen Augen.

»Mark, ich kann nicht. Nicht jetzt. Bitte versuchen Sie, das zu verstehen. Es ist alles zu verwirrend. Das geht alles zu schnell. Behalten Sie das Geld, das ich Ihnen gezahlt habe. Sagen Sie Bobby, er muß sich einen anderen Anwalt suchen.«

»Das kann ich nicht tun«, antwortete er. »Und ich ... Es ist schon in Ordnung mit dem Geld. Wenn Sie nur ...«

Sie wandte sich ab. Es wäre einfacher gewesen, wenn er wütend geworden wäre. Sie sah, wie vernichtet er war, und sie ertrug seine Nähe nicht mehr. Er tat einen Schritt auf sie zu und überlegte es sich dann anders.

Als sich die Tür geschlossen hatte, sank sie aufs Sofa. Sie sah zum Fenster hinüber, und dabei fiel ihr Blick auf ihr Abbild im Spiegel. Sie sah weg. Die Wohnung erschien ihr mit einemmal sehr dunkel und sehr einsam. Sie fühlte sich unsauber.

Shindler ging an der Empfangstheke vorbei und zu Phil Heiders Büro. Er war erschöpft, weil er die halbe Nacht damit verbracht hatte, Esther zu beruhigen. Er machte sich ihretwegen Sorgen. Wenn sie nicht durchhielt, war der Fall verloren, und sie begann innerlich auseinanderzufallen.

Bisher hatte er Heider noch nichts von ihren mitternächtlichen Anrufen und den Szenen erzählt, die er in ihrer Wohnung erlebt hatte. Er hatte Hollander dazu gebracht, ein paar Beruhigungsmittel zu verschreiben, von denen er hoffte, daß sie ihr über die zwei Wochen bis zum Prozeßbeginn hinweghelfen würden.

Der Prozeß. Er schüttelte den Kopf. Niemand würde bei ihr sein, um ihr zu helfen, wenn sie aussagte. Was, wenn sie im Zeugenstand zusammenbrach? Er hatte erwogen, zu ihr zu ziehen, die Möglichkeit aber als zu riskant wieder verworfen. Das Problem war, sie hatte schon einmal versucht, sich umzubringen. Andererseits, sollte es jemals bekanntwerden, daß der wichtigste Ermittler in diesem Fall mit der Hauptzeugin schlief, würde Heider niemals ein Urteil erwirken können.

»Roy.«

Shindler blieb stehen und sah sich um. Al Caproni hatte ihn von der Tür seines Büros aus angesprochen.

»Was kann ich für Sie tun?«

»Es würde mich interessieren, ob Sie etwas über Toller herausgefunden haben.«
»Wen?«
»Eddie Toller, den Untersuchungsgefangenen, der gesagt hat, er hätte das Murray-Mädchen Mitte Januar noch lebend gesehen.«
Shindlers Gesicht verdüsterte sich.
»Das ist abgeschlossen, Al. Vergessen Sie's.«
»Haben Sie es überprüft?«
»Da gab es nichts zu überprüfen.«
»Ich weiß nicht. Er hat sich so aufrichtig angehört. Vielleicht sollten wir den Anwälten der Coolidges Bescheid sagen. Schließlich ist es unsere Pflicht, die Verteidigung über entlastendes Material zu informieren, von dem wir wissen, und …«
»Hören Sie mal«, sagte Shindler in leisem, wütendem Ton. »Ich wüßte nicht, was an einer wilden, unbelegten Story, die sich irgendein Krimineller ausgedacht hat, um seinen Arsch zu retten, entlastend sein soll. Diese zwei Dreckskerle haben ein wehrloses Mädchen vergewaltigt und erwürgt und einen jungen Mann abgeschlachtet, der zehn von ihrer Sorte wert war. Haben Sie die Bilder gesehen? Das Gesicht von diesem Jungen? Und wollen Sie der Verteidigung immer noch Bescheid sagen? Wenn Sie das machen, verlieren wir nämlich den Fall, und Sie sind dafür verantwortlich, daß dieser Abschaum wieder frei rumläuft.«
Caproni war von Shindlers Ausbruch völlig überrascht. Der Detective hatte immer vollkommen ruhig und beherrscht gewirkt.
»Ich habe auch nicht vorgehabt, gleich jetzt hinzugehen

und es ihnen zu sagen, Roy. Nur dann, wenn an Tollers Geschichte etwas dran ist.«

»Es tut mir leid, daß ich so hochgegangen bin«, entschuldigte sich Shindler, sobald ihm klar wurde, was er getan hatte. »Die Nacht war ziemlich anstrengend. Hören Sie, ich habe mit Toller geredet. An der Geschichte ist nichts dran. Ich habe ziemlich hartnäckig nachgefragt, und er hat eine ganze Menge zurückgenommen.«

»Zum Beispiel?«

»Details«, antwortete Shindler ausweichend. »Mir fällt im Augenblick nichts Spezielles ein. Vergessen Sie's einfach, okay? Ich muß jetzt zu Heider.«

Shindler ging, und Caproni kehrte in sein Büro zurück. Er glaubte Shindler nicht. Irgend etwas stimmte nicht. Die Frage war, was er nun tun sollte. Er wollte nicht überstürzt und ohne Beweise bei Heider auftauchen, und er wollte ganz sicher nicht die Verteidigung informieren, wenn Tollers Geschichte frei erfunden war. Und dann war da noch das Prolem des Todeszeitpunktes. Wenn der Gerichtsmediziner recht hatte, hatte Toller sich entweder geirrt, oder er log.

Caproni sah einen Stoß Berichte durch und zog Dr. Beauchamps Bericht über die Autopsie an Elaine Murray hervor. Etwas an dem Bericht war ihm seltsam vorgekommen, als er ihn zum erstenmal gelesen hatte, aber er war der Sache nicht weiter nachgegangen, weil er damals noch nichts von Eddie Toller gewußt hatte. Er fand den Abschnitt und las ihn noch einmal. Er verstand nicht genug von Biologie, um sagen zu können, ob er sich irrte oder nicht, aber er kannte jemanden, der helfen konnte. Er griff zum Telefon und rief die medizinische Fakultät der Universität an.

Um elf Uhr morgens am Tag darauf summte Capronis Sprechanlage.
»Ein Anruf für Sie von einem Dr. Rohmer. Wollen Sie ihn nehmen?«
»Ja«, sagte Caproni, während er versuchte, sich seine Aufregung nicht anmerken zu lassen. Kyle Rohmer war ein junger Gynäkologe, der an der Universitätsklinik arbeitete. Caproni hatte ihn ein Jahr zuvor auf einer Party kennengelernt und ihn seither ein paarmal in Gesellschaft getroffen.
»Al«, sagte Rohmer, »ich habe die Informationen, die Sie haben wollten. Ich hatte Glück; Dr. Gottlieb hatte tatsächlich auf diesem Gebiet geforscht, also hatte ich meine Quellen ziemlich schnell beieinander.«
»Schießen Sie los.«
»Okay. Sie haben gesagt, der Arzt, der die Autopsie an dem toten Mädchen gemacht hat, hat geschrieben, daß sie schon vier bis sechs Wochen tot gewesen war, als sie sie gefunden haben, und daß er morphologisch identifizierbares Sperma in ihrer Scheide gefunden hat. Das ist einfach nicht möglich.
In Dr. O. J. Pollaks Artikel über die morphologische Überlebensdauer von Spermatozoen in den *Archives of Pathology* von 1943 heißt es, daß dreißig Minuten bis vierundzwanzig Stunden die Regel sind. Dr. Bornstein schreibt in einem Artikel im *Medical Trial Technique Quarterly* von 1963, daß die höchste morphologische Überlebensdauer für Spermatozoen seiner Ansicht nach bei achtundvierzig Stunden liegt. Bei den Doktoren Gonzales, Vance, Helpern, Milton, Charles und Umberger heißt es in *Legal Medicine* von 1954, daß Spermatozoen bis zu drei bis vier

Tage nach ihrer Einführung noch aus der Vagina gewonnen werden können. W. F. Enos, G. T. Mann und W. D. Dolan berichten in einem Artikel im *American Journal of Clinical Pathology* von 1950, daß Fragmente von Spermatozoen noch vier Tage nach einer angeblichen Vergewaltigung identifiziert werden konnten. Die längste Überlebensdauer, die ich in der Fachliteratur gefunden habe, lag bei vierzehn Tagen. Aber das war in der Vagina einer lebenden Frau, und der Bericht ist von vielen Autoritäten angezweifelt worden. Dr. Gottlieb sagt, seiner Meinung nach sind etwa zweiundsiebzig Stunden wahrscheinlich das äußerste. Hilft Ihnen das weiter?«

»Ja. Sehr sogar. Können Sie mir Kopien der Artikel und Buchseiten schicken, von denen Sie mir gerade erzählt haben?«

»Natürlich. Wollen Sie, daß ich sonst noch irgendwas nachsehe?«

»Nein. Vielen Dank – Sie sind mir wirklich eine große Hilfe gewesen.«

Caproni legte auf und schloß die Augen. Wie sollte es weitergehen? Er hatte jetzt konkretes Material, das Tollers Geschichte stützte. Er konnte zu Heider gehen und erzählen, was er wußte, aber ein vages Gefühl warnte ihn. Heider hatte den Fall übernommen, um die Öffentlichkeit zu beeindrucken. Caproni hatte genug Gerüchte gehört und bei seiner Arbeit für Heider auch genug gesehen, um sich darüber im klaren zu sein, daß Heider diesen Fall für seine politische Karriere brauchte. Der Fall selbst war völlig unwichtig. Er diente lediglich dazu, Heiders Namen Woche für Woche in die Zeitungen zu bringen. Heider würde einen Fall dieser Größenordnung nicht aufgrund von Ergeb-

nissen in ein paar medizinischen Fachzeitschriften aufgeben. Schon gar nicht, wenn alles andere auf eine Schuld der Angeklagten hinwies.
Und ebendies war für Caproni der kritische Punkt. Er hatte das Material studiert und war zu dem Schluß gekommen, daß die Coolidges schuldig waren. Tollers Geschichte ließ es möglich erscheinen, daß sie es nicht waren – aber eben nur möglich und dabei sehr unwahrscheinlich. Doch selbst unter diesen Umständen war die Anklage aufgrund der Entscheidung, die der Oberste Gerichtshof der Vereinigten Staaten im Fall Brady gegen Maryland getroffen hatte, verpflichtet, der Verteidigung alles Material zukommen zu lassen, das den Angeklagten entlasten konnte. Und Tollers Geschichte erfüllte diese Bedingung, wenn Toller die Wahrheit sagte. Wenn die Anklage Tollers Bericht geheimhielt und die Verteidigung es herausfand, würden die Coolidges jedes Recht haben, das Urteil anzufechten, wenn sie schuldig gesprochen wurden. Und noch wichtiger war für Caproni selbst ein anderer Aspekt – wenn die Anklage Tollers Informationen nicht an die Verteidigung weitergab, würde sie den juristischen Ehrenkodex verletzen. Falls Toller die Wahrheit sagte!
Caproni seufzte. Er war wieder dort angekommen, wo er begonnen hatte. Er mußte eine Möglichkeit finden, die Fakten in Tollers Geschichte zu verifizieren. Und eine solche Möglichkeit gab es, wie ihm mit einemmal klar wurde. *Heartstone finden.* Er hatte eine Idee. Ein Mensch wie Heartstone mußte ein Vorstrafenregister haben. Vielleicht war er vor kurzem verhaftet worden. Wenn das der Fall war, gab es eine Akte und in dieser Akte einen Polizeibericht mit der Adresse. Caproni ging in den Aktenraum.

Er hatte Glück. Elf Monate zuvor war William Lewis Heartstone verhaftet worden, wegen Trunkenheit in der Öffentlichkeit und weil er eine versteckte Waffe bei sich gehabt hatte. Officer Clark McGivern war alarmiert worden, als es in einer Bar in einer heruntergekommenen Gegend Streit gegeben hatte. Heartstone hatte betrunken herumgebrüllt und andere Gäste mit einem mit Klebeband umwickelten Besenstiel bedroht, den McGivern bei der Verhaftung unter Heartstones Mantel versteckt gefunden hatte. Caproni warf einen Blick auf den Abschnitt des Berichts, wo die Adresse des Angeklagten hätte stehen sollen. Er war nicht ausgefüllt.

Caproni kehrte in sein Büro zurück und rief das Polizeihauptquartier an. Officer McGivern war auf Streife, aber der Mann am Telefon versprach, ihn über Polizeifunk rufen zu lassen. Zwanzig Minuten später rief McGivern an. Um halb sechs am selben Nachmittag saß er in einem Café einige Straßen vom Gerichtsgebäude entfernt und trank Kaffee, während Caproni ihm erklärte, daß er ihn mit einer vertraulichen Ermittlung betrauen wollte.

»Ich erinnere mich vage dran«, sagte McGivern, nachdem er eine Kopie des Polizeiberichts gelesen hatte, die Caproni ihm mitgebracht hatte. McGivern war jung, groß und gut gebaut. Er hatte blaue Augen, ein sympathisches Lächeln, das zwei Reihen makelloser Zähne enthüllte, und rötlichblondes Haar, das sich vorzeitig zu lichten begann. »Was ist mit ihm passiert? Zum Prozeß ist es doch nie gekommen, oder?«

»Nein. Heartstone hat eine Kaution gezahlt und ist zur Verhandlung nicht aufgetaucht.«

»Wundert mich nicht. Wahrscheinlich hatte er vergessen,

daß er überhaupt verhaftet worden war, als der Schnapsdunst verflogen war.«
»Meinen Sie, Sie könnten ihn für mich finden?«
»Ich kann's versuchen, aber es kann eine Weile dauern. Der Typ hat ausgesehen wie ein Penner. Vielleicht ist er gar nicht mehr in der Stadt.«
»Das ist mir klar, aber es ist sehr wichtig. Und da ist noch etwas anderes. Ich möchte, daß das unter uns bleibt. Sagen Sie bitte niemandem, was Sie tun oder für wen Sie es tun – und das gilt auch für Polizeibeamte, Staatsanwälte und so weiter.«
McGiverns Stirn legte sich in Falten. Er musterte Caproni mißtrauisch.
»Das ist doch nichts Illegales?«
»Nein, es ist nicht illegal, aber die Sache, an der ich gerade arbeite, ist sehr kritisch. Wenn die falschen Leute etwas davon erfahren, könnte es jede Menge Ärger geben.« Er erwähnte nicht, daß er derjenige sein würde, der den Ärger bekam.
Caproni zog eine Karte hervor und schrieb seine Privatadresse und Telefonnummer auf die Rückseite. Dann gab er McGivern die Karte.
»Wenn Sie Heartstone gefunden haben, will ich's sofort wissen. Tag und Nacht.«
McGivern nahm die Karte und schob sie in seine Brieftasche. Dann gaben sie sich die Hand, und Caproni ging.

Bobby Coolidge stand auf dem Balkon im zweiten Stock eines großen Landhauses. Das Haus war eine seltsame Mischung von ionischen Säulen, rohen Betonblöcken und ungestrichenen Brettern. Es war nicht fertig geworden, und

Zimmer mit Perserteppichen und Tiffanylampen führten weiter in kahle Räume, deren westliche Wand nicht existierte und deren Decke der Himmel war.
Bobby sah über eine weite, wellige Rasenfläche, üppig und grün, von der der Duft nach frischgemähtem Gras aufstieg. Eine niedrige Hecke trennte die Gärten von einem dunklen, bedrohlichen Waldstück, und ein von einem Holzbogen überspanntes Gittertor bildete die einzige Verbindung. Unter den Rosen, die sich um die dünnen, weißgestrichenen Latten des Bogens rankten, stand Sarah. Sie trug ein weißes Kleid mit Reifrock und sah aus, als habe sie gerade an einem Ball auf der Plantage eines reichen, georgianischen Landbesitzers teilgenommen.
Er sah, daß sie eine Orchidee im Haar trug, und ihre blonden Locken wehten hinter ihr her wie honigfarbene Flügel, als sie in den Wald hineinwirbelte, verschwand und wieder erschien mit einem Aufleuchten weißer Unterröcke.
Bobby sah hilflos zu, als sie tiefer und tiefer in den dunklen Wald hineintanzte. Panik packte ihn, und er stürzte durch die Gänge des leeren Hauses und suchte nach einem Weg ins Freie. Plötzlich stand er am Kopf einer Wendeltreppe, die sich abwärts bis in den großen Ballsaal wand. Eine Gestalt stieg die Treppe herauf auf ihn zu, das Gesicht im Schatten. Sie streckte die Hand aus. Bobby schrie, als er tief in die Augen des alten Mannes blickte.
Der junge Wachmann hörte verständnisvoll zu, als Bobby um einen Arztbesuch bat, und versprach, er würde sich sofort darum kümmern. Später notierte er die Bitte zusammen mit denen mehrerer anderer Gefangener in einem Bericht.
In seiner Zelle lag Bobby auf der Pritsche, den Unterarm

fest über die geschlossenen Augen gepreßt. Wie schaffe ich das noch eine Nacht, fragte er sich. Wie überstehe ich die Verhandlung?
Er dachte über die Bedeutung des Traums nach. Das unvollendete Haus – seine Hoffnungen. Der düstere Wald – seine Zukunft. Die flüchtige Vision von Sarah, weit entfernt und verblassend in der Stille des Waldes. Er weigerte sich, über die Bedeutung dieses letzten Elements nachzudenken.
Bobby dachte an das Leben in der Hölle. Es war ein Gebiet, über das er Bescheid wußte, denn er lebte dort. Tot zu sein wäre besser, als für den Rest seines Lebens eingesperrt zu sein, vor allem jetzt, nachdem er einen Blick auf das Paradies geworfen hatte.
Er erwog, aufzustehen und ein paar gymnastische Übungen zu machen. Er verlor an Gewicht, aber sein Körper wurde schlaff dabei. Mit Gymnastik könnte er sich in Form halten. Er wußte all das, aber er hatte die nötige Energie nicht und sah auch keinen Grund, sich zu bewegen.

FÜNFTER TEIL:

INQUISITION

[redacted]

1

»Ja?« gähnte Caproni. Das Klingeln des Telefons hatte ihn aus tiefem Schlaf gerissen. Die Leuchtzeiger des Weckers teilten ihm mit, daß es ein Uhr nachts war.

»Mr. Caproni, es tut mir leid, daß ich Sie wecke, aber hier ist Officer McGivern. Ich habe Heartstone ausfindig gemacht.«

Caproni setzte sich auf und knipste die Leselampe an.

»Nämlich wo?«

»Cedar Arms, Zimmer 310. Das ist eine Absteige an der Kreuzung Third und Wallace.«

Caproni notierte sich die Adresse auf einem Block, der auf dem Nachttisch lag.

»Ich bin in einer halben Stunde da. Warten Sie nicht vor der Tür, sonst sieht er Sie vielleicht.«

»Machen Sie sich keine Sorgen«, sagte McGivern. »Ich stehe einen Block weiter an der Prescott Avenue. Von da aus kann ich den Vordereingang sehen.«

Caproni legte auf und zog sich an. Er wollte Heartstone finden, hätte sich aber gewünscht, McGivern hätte ihn nicht gerade heute nacht aufgespürt. Die Coolidges hatten sich für getrennte Prozesse entschieden, und Bobbys Prozeß hatte letzte Woche begonnen. Es hatte mehrere Tage gedauert, bis die Jury ausgewählt war, und zur Zeit legte die Staatsanwaltschaft ihre Argumente dar. Caproni war dabei, bestellte die Zeugen, recherchierte juristische Details und half bei Pannen und Zwischenfällen. Das Tempo war mörderisch, und am Spätnachmittag, wenn das Gericht Pause machte, war seine Arbeit noch nicht zu Ende. Um fünf Uhr kehrten Heider und er ins Büro zurück und bereiteten sich auf den nächsten Tag vor. An diesem Abend war er um zehn Uhr wie zerschlagen nach Hause gekommen.

Caproni fuhr rückwärts aus der Garage und lenkte das Auto in Richtung Stadtzentrum. Er gähnte und schaltete das Radio ein. Noch hatte es keine Abweichungen von Heiders sorgfältig erstelltem Drehbuch gegeben. Natürlich waren die Zeugen bisher vor allem Polizisten gewesen, die an den Ermittlungen beteiligt gewesen waren, und ein paar Zivilisten, darunter die Eltern der Opfer, die der Jury den Hintergrund geschildert hatten. Der wichtigste Abschnitt, der die Coolidges mit den Morden in Verbindung bringen würde, begann morgen; Heider würde Roger Hessey als Zeugen aufrufen. Hessey würde den Ablauf bis zu der Party in Alice Fays Haus schildern. Als nächstes waren die Leute an der Reihe, die die Party besucht und die Schlägerei beobachtet hatten.

Danach kamen zwei Jungen, inzwischen längst erwachsene Männer, die sich am Abend des Verbrechens vor dem Kino mit Richie Walters und Elaine Murray unterhalten hatten und damit die letzten Menschen waren, die die beiden lebend gesehen hatten. Mr. Shultz würde der Jury von dem Dragsterrennen auf dem Monroe Boulevard erzählen, und mehrere Leute würden das Auto beschreiben, das

Bobby und Billy am Abend des 25. November 1960 gefahren hatten.

Thelma Pullen würde von dem Mädchen berichten, das sie in der Nacht des Verbrechens durch ihren Hof hatte rennen sehen, nachdem ihre Hunde sie geweckt hatten. Dr. Webber würde erklären, wie man Esthers Brille zu ihr zurückverfolgt hatte. Dr. Trembler würde die Brille als Esthers Brille identifizieren. Dr. Hollander würde einen Vortrag über Hypnose und Amnesie halten und erklären, wie er Esther behandelt hatte. Esther würde ihre Aussage machen, und Dr. Beauchamp würde mit einer anschaulichen Beschreibung der Todesursache abschließen, unterstützt von einigen der grausigsten Fotos, die Caproni jemals gesehen hatte.

Einerseits fand Caproni die technische Brillanz der Anklagevertretung aufregend; andererseits war er enttäuscht über die traurige Figur, die Mark Shaeffer bei alldem abgab. Shaeffer wirkte verwirrt und zerstreut. Er hatte nur wenige der Manöver versucht, mit denen Caproni und Heider gerechnet hatten, und die Punkte, die er angesprochen hatte, waren schlecht recherchiert und wurden schlecht vertreten. Richter Samuels, dem der Prozeß übertragen worden war, hatte mehr als einmal die Geduld mit Shaeffer verloren, weil der Anwalt so unzureichend vorbereitet war.

Caproni verspürte mehr denn je den Wunsch, das Geheimnis um Tollers Geschichte aufzuklären. Er hatte nicht vor, die Verteidigung zu unterstützen, aber er besaß ein ausgeprägtes Gerechtigkeitsgefühl. Shaeffer lieferte so jämmerliche Arbeit, daß die Wahrheit in der Verhandlung vielleicht niemals ans Tageslicht kommen würde. Und deshalb war

die Begegnung mit Heartstone von entscheidender Wichtigkeit.
Caproni parkte hinter McGiverns Auto und ging zur Fahrertür. McGivern stieg aus und gab ihm ein Foto von Heartstone. Caproni war immer wieder überrascht, was das Leben menschlichen Wesen antun konnte. Das Gesicht auf dem Foto war lang und hager, mit eingefallenen Wangen und fauligen Zähnen, die zwischen den aufgesprungenen Lippen zu sehen waren. Heartstone war nicht das schlimmste Exemplar eines verzweifelten Mannes, das Caproni jemals gesehen hatte; trotzdem löste das Foto bei ihm heftigen Abscheu und Mitleid aus.
»Gehen wir«, sagte Caproni. »Ich möchte, daß Sie draußen vor dem Hotel warten. Ich muß allein mit dem Mann reden.«
»Er könnte gefährlich sein«, sagte McGivern.
»Das ist mir ebenfalls klar, aber da kann man nichts machen.«
Der Eingang zum Hotel Cedar Arms war eine schmale Tür mit Glasscheiben darin; an einer davon klebte ein Schild mit der Aufschrift »Zimmer frei«. Es gab kein Foyer. Eine mit Linoleum ausgelegte Treppe führte zu einem Treppenabsatz hinauf, der von einer trüben Glühbirne erleuchtet wurde. Der rissige Putz der Wände verströmte den Geruch von Chilibohnen aus der Büchse. Caproni versuchte, nicht zu atmen.
Die metallene »3« an Heartstones Tür hing kopfüber an dem unteren Nagel. Caproni bezweifelte, daß die Tür gestrichen worden war, seit man das Haus fertiggestellt hatte. Er klopfte laut. In einem der anderen Zimmer des Gangs spielte ein Radio. Bettfedern quietschten, und eine

Stimme in Heartstones Zimmer fragte in einem verschliffenen Nuscheln: »Waswillsu?«
»Mr. Heartstone«, sagte Caproni leise und klopfte noch einmal. Die Stimme antwortete: »Kommaschon, dammochmal«, und ein Schuh plumpste von einem Fuß, den sein Besitzer offenbar nicht unter Kontrolle hatte, auf den teppichlosen Boden. Das Schloß klickte, und das Gesicht von dem Foto spähte durch einen Türspalt. Der Atem des Mannes betäubte Caproni beinahe; er brauchte Heartstones trübe, blutunterlaufene Augen nicht zu sehen, um zu wissen, daß der Mann getrunken hatte. Der Anblick eines Menschen in einem Anzug schien eine ernüchternde Wirkung zu haben. Heartstone war nicht besonders intelligent, verfügte aber über eine gewisse tierische Gerissenheit. In der Welt, in der er lebte, wurden Anzüge von Männern getragen, die ihm schaden wollten, in der Regel Vertretern des Gesetzes. Er sagte nichts und wartete darauf, daß Caproni sich zu erkennen gab. Caproni schob eine seiner Karten durch den Türspalt.
»Mr. Heartstone, mein Name ist Al Caproni. Ich arbeite für die Staatsanwaltschaft, und ich brauche in einem bestimmten Fall Ihre Hilfe. Darf ich hereinkommen?«
Er hatte die Worte »brauche Ihre Hilfe« sehr bedacht gewählt. Er konnte sich vorstellen, daß es eine Weile her war, seit Willie Heartstone das letztemal um Hilfe gebeten worden war – oder in der Lage gewesen war, sie zu leisten.
»Bei was?« fragte Heartstone. Sein Interesse war geweckt.
»Das würde ich lieber nicht hier draußen besprechen, wo uns jeder hören kann«, antwortete Caproni in einem Ton, von dem er hoffte, er klinge verschwörerisch.
Heartstone versuchte einen Augenblick lang, die Möglich-

keiten gegeneinander abzuwägen, stellte aber fest, daß die Aufgabe ihn überforderte. Offenbar schien es ihm einfacher, Caproni einzulassen, denn er trat zurück und öffnete die Tür.

Das Zimmer roch nach muffiger Kleidung und ungewaschenem Körper. Ein zerwühltes Bett war unter das einzige Fenster geschoben worden. Das Fenster stand offen, und die Geräusche der nächtlichen Straße trieben herein.

Irgend jemand hatte ein Spitzendeckchen auf die Kommode gelegt. Jemand anderes hatte Flecken darauf hinterlassen. Es gab einen dickgepolsterten Sessel unter einer uralten Stehlampe, und in der dem Fenster gegenüberliegenden Ecke war ein Waschbecken angebracht. Caproni setzte sich in den Sessel, während Heartstone den Wasserhahn aufdrehte und sich kaltes Wasser ins Gesicht spritzte. Über dem Waschbecken hing ein kleiner Spiegel an einem rostigen Nagel. Die Farbe war von dem billigen Rahmen abgeplatzt, und stellenweise war das Zink der Rückseite zu sehen, so daß das Spiegelbild Flecken bekam. Heartstone starrte in den Spiegel und rieb sich die Augen, als könne er nicht glauben, was er sah. Dann wandte er sich ab und trocknete sich mit einem Handtuch, das über der Kommode hing, das Gesicht ab. Er setzte sich Caproni gegenüber auf die Bettkante. Auf dem Nachttisch standen eine Flasche billiger Scotch und ein ebenfalls billiges Glas. Heartstone füllte das Glas und trank. Er hustete und wischte sich den Mund; dann fiel ihm plötzlich ein, daß Caproni im Zimmer war, und er bot ihm die Flasche an.

»Nein, vielen Dank, Mr. Heartstone«, sagte Caproni.

»Wissiwolln«, antwortete Heartstone und füllte nach. Der Alkohol schien ihn nüchterner zu machen.

»Ich bin hier, um Sie um Informationen zu einem Fall zu bitten, an dem ich gerade arbeite.«

Heartstone musterte ihn mißtrauisch.

»Ich red nich' mitem Bulln. Lessesmal hamse mich einelocht, unes war der andre damme Schweinehund.«

»Es geht um einen Fall, der schon eine Weile zurückliegt.«

Heartstone stand auf. Er wirkte sicherer auf den Füßen, als er beim Hinsetzen gewesen war, und sein Gesichtsausdruck war hinterhältiger.

»Hörnse, wenns die Sache is, wose mich drannekriegt haben wegen 'ner Waffe, ich red mit kein' Bullen. Das war 'ne Falle. Scheißbarkeeper hat mich aneschmiert. Außerem«, fügte er etwas verlegen hinzu, während der Ärger in seiner Stimme rasch zu Beschämung wurde, »ich weiß nich' mehr viel vonem, was passiert is'.«

»Dies hat nichts damit zu tun, Mr. Heartstone«, versicherte Caproni. Heartstone wirkte erleichtert und setzte sich wieder hin. Caproni warf einen raschen Blick zur Tür und zum Fenster, um sich die Ausgänge einzuprägen für den Fall, daß der Mann gewalttätig wurde. Er sah sich auch unauffällig nach versteckten Waffen im Zimmer um. Heartstone streckte die Hand nach der Whiskyflasche aus und packte sie am Hals.

»Haben Sie in den Jahren 1960 und 1961 hier in Portsmouth gelebt?«

»Klar«, sagte Heartstone mißtrauisch, die Hand immer noch am Hals der Flasche. »Ich hab noch nie woanners gelebt.«

»Und wo genau haben Sie damals gewohnt?«

Heartstone fuhr sich mit der anderen Hand übers Gesicht, als wolle er die Spinnweben fortwischen, mit denen die

Korridore seiner verblaßten, alkoholisierten Erinnerungen verhangen waren.

»Shit, weiß ich nich'«, sagte er schließlich.

»Haben Sie mit einem Mann namens Ralph zusammengewohnt?«

Heartstones Gesicht verfinsterte sich, und seine Stimme klang schärfer und gefährlicher.

»Wieso wollen Sie was von Ralph? Der is' lang weg. Is' schon vorn paar Jahren nach Arizona gegangen.«

»Wir wollen gern mit ihm sprechen.«

»Worüber? Was soll das?«

Caproni beschloß, daß es nun an der Zeit war, mit der Wahrheit herauszurücken.

»Wir glauben, daß Ralph im Januar 1961 ein Mädchen ermordet hat.«

Caproni konnte die Bewegung nicht sehen, aber er hörte das tierische Brüllen, das aus Heartstones Kehle drang, als die Flasche auf seine Schläfe traf. Einen Augenblick lang war er blind, und er fiel. Dann schlug sein Kopf hart auf dem Fußboden auf, und Heartstones Stiefel traf noch härter auf seinen Hinterkopf.

Als er zu sich kam, war eine halbe Stunde vergangen, und das Zimmer war verlassen. Heartstone hatte sich empfohlen. Die Tür eines kleinen Schranks stand offen, und der Schrank war leer. Zwei Schubladen waren halb herausgezogen. All das konnte Caproni von seiner Position auf dem Fußboden aus sehen. Sein Kopf schmerzte entsetzlich, und es wurde noch schlimmer, als er sich aufzusetzen versuchte. Er biß die Zähne zusammen und kniff die Augen zu, aber sich wieder hinzulegen war das einzige, was half.

Er kam sich entsetzlich albern vor. Wie hatte dieser Suffkopf ihn nur so unvorbereitet erwischen können? Er hätte nie erwartet, daß Heartstone so schnell sein konnte. Er versuchte noch einmal, sich aufzusetzen, und schaffte es, indem er sich auf die Seite rollte und dann auf die Knie kam. Er berührte seinen Kopf. Die Stelle war empfindlich, und er verzog das Gesicht vor Schmerz, aber wie durch ein Wunder spürte er kaum Blut. Flaschenscherben waren im ganzen Raum verstreut, und er versuchte, sich nicht an ihnen zu schneiden.

Als er schließlich auf die Füße gekommen war, ging er zum Waschbecken und wusch sich das Gesicht. Er fragte sich, weshalb McGivern nicht heraufgekommen war und nach ihm gesucht hatte; dann fiel ihm ein, daß er ihn angewiesen hatte, unten zu bleiben. Was war er doch für ein Idiot gewesen. Er ging davon aus, daß Heartstone inzwischen das Weite gesucht hatte. Es mußte einen Hinterausgang geben, denn hätte er die Vordertür genommen, hätte McGivern ihn entweder verhaftet, oder er wäre die Treppe heraufgekommen, um nachzusehen, wo er selbst blieb. Caproni kam zu dem Schluß, daß er den Tritt gegen den Kopf verdient hatte. Er hatte die Sache vollkommen vermasselt.

Als er sich einigermaßen erholt hatte, schob er sich vorsichtig die Treppe hinunter. McGivern lehnte an einem parkenden Auto; als Caproni aus dem Haus taumelte, stürzte er zu ihm herüber.

»Was ist passiert?«

»Er hat mir eine Flasche Scotch über den Schädel geschlagen, und noch ein paar andere Dinge, die gerade bei der Hand waren«, antwortete Caproni.

»Sind Sie okay?«

»Ich glaube schon.«

»Ich gebe seine Beschreibung durch, und wir lassen ihn hopsnehmen.«

»Nein«, sagte Caproni rasch. Alles, was er tat, geschah hinter Heiders Rücken und gefährdete unter Umständen den Fall für die Staatsanwaltschaft. Er konnte nicht riskieren, daß Heider davon erfuhr.

McGivern sah ihn verwundert an und zuckte dann die Achseln.

»Ich sollte Sie ins Krankenhaus fahren, damit Sie sich röntgen lassen können.«

»Ja, ich bin ganz Ihrer Meinung. Aber erst mal will ich zum Gefängnis. Da sitzt ein Untersuchungsgefangener, mit dem ich reden will.«

Der Haupteingang des Gefängnisgebäudes sah aus wie das Portal einer Burg. Caproni drückte auf einen Klingelknopf, der in die kalten Steinblöcke eingebettet war und dort völlig fehl am Platz wirkte, und gleich darauf schwangen die rotgestrichenen Eisenstäbe des Tors nach innen.

Er stieg eine kurze Treppe hinauf und kam in ein kreisrundes Foyer. Rechts war eine Empfangstheke, und dahinter führte ein Gang zum Büro des Direktors. Hinter der Theke saß ein Wachmann. Er legte ein Heft mit »Wahren Detektivgeschichten« zur Seite, nahm die Füße vom Tisch und stand auf.

»Ich arbeite für die Bezirksstaatsanwaltschaft. Ich muß einen Gefangenen namens Edward Toller sprechen. Es ist sehr wichtig.«

Der Wachmann sah sich Capronis Ausweis an und gab ihn zurück.

»Den habe ich gleich gefunden«, sagte er und drückte auf

den Knopf der Sprechanlage. Nach einem Knackgeräusch meldete sich eine Stimme. Der Wachmann sagte: »Ich brauche den Zellenblock von Edward Toller.«

Eine Sekunde lang herrschte Schweigen, dann sagte die Stimme über die Sprechanlage: »Der ist nicht hier. Sind Sie sicher, daß das der richtige Name ist?«

Der Wachmann sah Caproni an, und Caproni nickte.

»Sehen Sie mal in den Akten nach, bitte. Ich habe einen Staatsanwalt hier, der mit ihm reden will.«

Es folgte ein längeres Schweigen.

»Hab ihn«, sagte die Stimme schließlich. »Der wurde vor anderthalb Wochen entlassen.«

»Fragen Sie, warum«, sagte Caproni. Hier ging etwas vor, das ihm nicht gefiel.

»Die Anklage wurde fallengelassen. Mehr weiß ich nicht«, sagte die Stimme.

»Von wem?« fragte Caproni.

»Hier steht einfach, auf Anordnung des Bezirksstaatsanwalts.«

McGivern fuhr Caproni ins Krankenhaus und wartete, bis dieser um vier Uhr morgens wieder entlassen wurde. Dann fuhr er ihn zurück zu seinem eigenen Auto. Caproni sehnte sich nach ein paar Stunden Schlaf, aber er hatte eine Entscheidung getroffen, die ihn um dieses Vergnügen bringen würde. Es war keine leichte Entscheidung für ihn; mehr als alles andere wollte er selbst Bezirksstaatsanwalt sein, und was er als nächstes tun würde, konnte ihn seinen Job kosten. Es war nicht einmal eine Entscheidung, von der er sich sicher war, daß sie richtig war, nicht nur, weil er fürchtete, er könnte zwei Mördern helfen zu entkommen, sondern auch deshalb, weil es eine Kompromißlösung war. Im tiefsten Inneren wußte er, er sollte mit seinem Wissen zu Richter Samuels gehen; das aber hätte das Ende seiner Karriere bedeutet. Statt dessen hatte er sich für einen Mittelweg entschieden.

Im Gericht hatte ein Wachmann Nachtschicht. Caproni zeigte ihm seinen Ausweis und nahm den Aufzug zu Heiders Büro hinauf. Es war ein unheimliches Gefühl, mitten in der Nacht durch die Gänge des verlassenen Amtes zu gehen, und Caproni meinte, jeden Augenblick Schritte oder Atemzüge zu hören. Er fand das, wonach er gesucht hatte, und trug den Papierstoß zum Kopiergerät. Um sechs Uhr kehrte er nach Hause zurück, duschte, rasierte sich, aß ein ausgiebiges Frühstück und ging zur Arbeit.

2

»Ihr nächster Zeuge, Mr. Heider«, sagte Richter Samuels.

»Die Anklage ruft Roger Hessey, Euer Ehren.«

Mark Shaeffer sah zu, wie der Gerichtsdiener Hessey aus dem Gang hereinrief. Hessey trat durch die prächtige Doppeltür in den Saal, gekleidet eher wie ein lebenslustiger Single als wie ein Zeuge in einem Mordfall. Er war sichtlich nervös, und sein Gesichtsausdruck wechselte zwischen tödlichem Ernst und einem unangebrachten, überbreiten Lächeln, während Philip Heider ihn über seine Rolle bei den Ereignissen des 25. November 1960 befragte.

Shaeffer rieb sich die Augen und wünschte, er könnte sich einen Augenblick hinlegen. Der Prozeß laugte ihn völlig aus. Er arbeitete bis spät in die Nacht und schlief nicht gut. Er warf einen Blick auf Coolidge, der neben ihm saß. Sein Mandant war mit den Gedanken wieder einmal anderswo, und Mark beugte sich vor und flüsterte ihm etwas zu, einzig und allein um den Eindruck zu erwecken, daß der Angeklagte Anteil an seinem eigenen Prozeß nahm.

Mark hatte ausdrücklich erklärt, wie die Jury es interpretieren würde, wenn der Angeklagte gleichgültig wirkte, aber Coolidge hatte die erste Woche des Prozesses hinter sich gebracht, ohne eine Spur von Anteilnahme erkennen zu lassen. Von Zeit zu Zeit wurde sein Blick glasig, als sei er bereits tot und als werde nur über seinen Körper verhandelt. Mark hatte ernsthaft erwogen, den Prozeß unterbrechen und Coolidge psychiatrisch untersuchen zu lassen, um festzustellen, ob er überhaupt in der Lage war, seinen Anwalt zu unterstützen. Dann aber war er zu dem Schluß gekommen, daß Coolidge nicht unzurechnungsfähig war, sondern lediglich aufgegeben hatte.

Als das Gericht die Verhandlung am Tag zuvor unterbrochen hatte, hatte Mark zugesehen, wie die Wachmänner Bobby den langen Gang zum Gefängnisaufzug hinunterführten, und mit einemmal hatte ihn ein Schwindelgefühl erfaßt, ähnlich der verstörenden Empfindung in einem Augenblick von Déjà vu. Es mochte der Winkel des einfallenden Sonnenlichts gewesen sein, aber der Anblick von Coolidge in Handschellen, mit gesenktem Kopf und hängenden Schultern, scheinbar kleiner und kleiner werdend, als er den Gang hinabtrieb, ein Anblick, den er wieder und wieder gesehen hatte – es hatte ihn überwältigt. Er sah in aller Klarheit seine Verantwortung in der Sache, und nur mit einer heftigen Willensanstrengung hatte er sich davor bewahren können, verzweifelt aufzugeben.

Als Shaeffer sich zu Coolidge umwandte, hatte er Sarah im Hintergrund des Gerichtssaals sitzen sehen. Ihr Anblick ärgerte ihn. Er hatte dafür gesorgt, daß sie Bobby besuchen konnte, wann immer sie wollte, aber sie hatte sich geweigert, zu ihm zu gehen. Mark war gezwungen gewesen, Bobby anzulügen, als er erklärte, warum Sarah ihn nicht besuchen kam.

Sarah war Mark seit jenem Tag in ihrer Wohnung aus dem

Weg gegangen, und allmählich war er zu der Erkenntnis gekommen, daß sie ihn ausgenutzt hatte. Er hätte sie gern zur Rede gestellt, aber seine Schuldgefühle des Verlangens wegen, das er nach ihr verspürte, machten es ihm unmöglich. Er fragte sich, weshalb sie auch weiterhin Tag für Tag der Verhandlung beiwohnte, und kam zu dem Schluß, daß sie ihren Glauben an Bobbys Schuld bestätigt sehen wollte – so konnte sie vor sich selbst rechtfertigen, daß sie einen Mann, der sie liebte, verlassen und ihn selbst belogen hatte.

»Mr. Hessey, der Angeklagte war Mitglied einer Jugendbande, die sich die Cobras nannte, nicht wahr?« fragte Heider.

»Ja«, antwortete Hessey.

Richter Samuels sah von den Papieren auf, in denen er gelesen hatte, und zu Shaeffer hinüber, um zu sehen, wie dieser auf die Frage reagieren würde. Shaeffer schien sich der Gefahr, die Samuels in aller Deutlichkeit sah, gar nicht bewußt zu sein.

Shaeffer tat Richter Samuels leid. Er schien ein netter Junge zu sein, aber er hätte einen Fall dieser Größenordnung niemals annehmen dürfen. Samuels hatte versucht, ihm ein paar vorsichtige Tips für den Aufbau seiner Verteidigung zu geben, als ihm Shaeffers Unerfahrenheit bewußt geworden war, aber der Anwalt wirkte nervös und zerstreut und schien nichts davon verstanden zu haben.

»Was war der Zweck dieser Bande, Mr. Hessey?«

»Was, uh, was wir gemacht haben, meinen Sie?« fragte Hessey verunsichert zurück. Er war ein nervöser Zeuge, der bei jeder Antwort den Richter oder die Jury ansah, als suche er Bestätigung.

»Genau das.«
Hessey rutschte auf seinem Stuhl herum und strich mit den Händen über die Armlehnen.
»Wir, na ja, wir haben uns getroffen, wissen Sie. Parties gefeiert ...«
Er brach ab.
»Waren die Mitglieder dieser Bande nicht ständig in Schlägereien verwickelt und ...«
»Mr. Shaeffer«, dröhnte Richter Samuels, »wollen Sie gegen diese Frage nicht Einspruch erheben?«
Shaeffer sah aufgeschreckt von seinen Notizen hoch. Er war so mit den Gedanken an Sarah beschäftigt gewesen, daß er die letzten paar Fragen verpaßt hatte. Seine Verwirrung war auch für Samuels unverkennbar, und der Richter wurde rot vor Ärger, als ihm klar wurde, daß Mark gar nicht wußte, wovon die Rede war. Shaeffers Inkompetenz zwang Samuels dazu, eine aktivere Rolle bei der Verhandlung zu übernehmen, als eigentlich angebracht war, aber sein Gewissen und sein professioneller Ehrenkodex machten es ihm unmöglich, Tag für Tag untätig zuzusehen, wie Heider seinen Gegner einfach überrollte.
»Es tut mir leid, ich ...«, stotterte Shaeffer. Samuels starrte ihn einen Augenblick wütend an und wandte seinen Ärger dann gegen Heider.
»Dieses Gericht hat zunehmend den Eindruck, daß die Vertreter beider Seiten die bei der Vernehmung von Zeugen geltenden Regeln vergessen haben. Ein Jurist mit Ihrer Erfahrung, Mr. Heider, sollte wissen, daß die gesamte Richtung, die Ihr Verhör soeben nimmt, inakzeptabel ist.«
Heider erhob sich und nahm die Herausforderung an. Er

schien die Bemerkungen des Richters nicht übelzunehmen; seine Reaktion war liebenswürdig und einsichtig.

»Euer Ehren, wenn die Tendenz meines Verhörs ungehörig ist, werde ich selbstverständlich nicht fortfahren. Da keine Einwände von der Verteidigung kamen, bin ich davon ausgegangen, daß die Fragen akzeptabel waren.«

Der kleine Hundesohn hat doch immer die richtige Antwort, dachte Samuels. Bei der Jury hatte er mit dieser Reaktion sicherlich keine Sympathien verloren, und zugleich hatte er Shaeffer in einem üblen Licht erscheinen lassen.

Heider schloß seine Befragung Hesseys mit den Ereignissen bei Alice Fays Party ab. Er ließ ihn Bobbys und Billys Einstellung reichen Leuten gegenüber beschreiben. Shaeffer schien seine frühere Unaufmerksamkeit nun damit ausgleichen zu wollen, daß er mehrfach Einspruch erhob, der in der Regel abgewiesen wurde.

»Keine weiteren Fragen«, sagte Heider.

»Ihr Zeuge, Mr. Shaeffer.«

»Danke, Euer Ehren.«

Mark warf einen letzten Blick in seine Notizen. Die Aussicht darauf, Hessey ins Kreuzverhör nehmen zu können, war aufregend. Zum ersten Mal in diesem Prozeß hatte er das Gefühl, er würde Boden gutmachen können. Die Staatsanwaltschaft gründete ihre Argumentation auf die Glaubwürdigkeit von Esther Pegalosi. Sie hatte Esther über ihre Brille mit dem Schauplatz des Mordes in Verbindung gebracht. Mark hatte sich darauf vorbereitet, das entscheidende Bindeglied zwischen der Hauptzeugin und dem Schauplatz zu eliminieren.

»Mr. Hessey, Sie sind im Jahr 1960 mehrfach mit Esther Pegalosi ausgegangen, nicht wahr?«

»Ja, ich denke schon.«

»Sie und Mrs. Pegalosi hatten eine sexuelle Beziehung, nicht wahr?«

Hessey ließ den Kopf hängen und grinste etwas verlegen.

»Ich und dann noch so ziemlich jeder andere, den ich gekannt hab.«

Heider sprang auf und erhob Einspruch, und die Zuhörer lachten.

»Mr. Hessey, beantworten Sie bitte nur die Frage«, sagte Richter Samuels.

»Mr. Hessey, hat Esther eine Brille getragen?«

»Nicht immer. In der Schule hatte sie eine auf und im Kino. Bei solchen Sachen eben. Manchmal hat sie sie hinterher auch aufgelassen.«

»Wäre es richtig, zu sagen, daß der Lookout Park 1960 von vielen jungen Paaren als Ort für private Verabredungen genutzt wurde?«

Hessey lächelte.

»Ja, Sir«, sagte er eine Spur zu enthusiastisch, und mehrere Zuhörer lachten.

»Waren Sie selbst auch zu diesem Zweck im Lookout Park?«

»Ja, Sir«, antwortete Hessey noch enthusiastischer, und diesmal stimmten Philip Heider und Richter Samuels in das Gelächter ein.

»Waren Sie ungefähr eine Woche vor den Morden an Richie Walters und Elaine Murray zum Zweck eines privaten Stelldicheins im Lookout Park?«

Heiders Gesicht verdüsterte sich, und das Gelächter im Saal verstummte.

»Worauf will der jetzt raus?« flüsterte Heider Caproni zu,

aber Caproni schüttelte den Kopf und konzentrierte sich auf die Fragen.

»Ja, Sir. Ungefähr eine Woche davor.«

»Wie kommt es, daß Sie das noch wissen?«

»Na ja, ich weiß noch, als sie Richie Walters da oben gefunden haben, da hab ich einen dummen Witz drüber gemacht, daß es genausogut ich hätte sein können, weil ich bloß eine Woche vorher auf genau dem Hügel gewesen war.«

»Dessen sind Sie sich sicher?«

»Ja.«

»Wo waren Sie gewesen, bevor Sie eine Woche vor den Morden in den Park hinaufgefahren sind?«

»Im Kino.«

»Mit wem?«

»Mit Esther.«

»Als Sie zum Lookout Park gefahren sind, hat Esther da ihre Brille getragen?«

»Ja.«

»Woher wissen Sie das?«

Hessey sah auf einmal ernsthaft und verlegen aus.

»Na ja, ich hab versucht, sie ihr abzunehmen, als ich geparkt hatte, aber sie hat mich nicht gelassen ... sie hat gesagt ›Finger weg‹.«

»Von ihrer Brille?«

»Sie, ah, sie hat nicht ... ah, sie hat nicht knutschen wollen.«

»Warum denn nicht?«

»Also, ich hatte, ah, ich hatte mich mit einem anderen Mädchen getroffen.« Er zuckte die Achseln. »Wahrscheinlich war sie eifersüchtig.«

»Als sie Ihnen sagte, daß sie nicht mit Ihnen knutschen wollte, sind Sie da ärgerlich geworden?«

Hessey ließ den Kopf hängen.

»Ja, schon.«

»Was haben Sie getan?«

»Na ja, sie hat also von diesem Mädchen angefangen. Ich weiß nicht mal mehr, wie sie geheißen hat. Und ich hab zurückgebrüllt, und dann ist sie ausgestiegen und weggerannt.«

»Sind Sie hinterhergelaufen?«

Hessey nickte.

»Sie müssen laut sprechen, Mr. Hessey.«

»Ja.«

»Wo hatten Sie geparkt, als sie aus dem Auto gestiegen ist?«

»Auf der Wiese.«

»Der Wiese? Ist das dieselbe Wiese, auf der Richie Walters' Leiche gefunden wurde?«

»Yeah. Alle Welt ist da zum Knutschen hingefahren. Im Sommer war's da immer ziemlich voll.«

»Was haben Sie getan, als Sie Esther eingeholt hatten?«

Hessey murmelte etwas.

»Sie müssen lauter sprechen, Mr. Hessey. Was haben Sie getan?«

»Ich hab ihr eine Ohrfeige gegeben.«

»Und was ist mit der Brille passiert?«

»Die ist runtergefallen.«

Ein scharfer Atemzug ging durch den Raum. Mehrere der Geschworenen schrieben wie rasend mit. Heider und Caproni hielten hastig Kriegsrat.

»Keine weiteren Fragen«, sagte Shaeffer. Sein eigener

Herzschlag dröhnte ihm in den Ohren, und seine Hände zitterten.

»Mr. Heider«, sagte Richter Samuels, insgeheim amüsiert über Heiders Unbehagen.

»Einen Augenblick bitte, Euer Ehren.«

Shaeffer wandte den Kopf, um zu sehen, wie Bobby auf die Bombe reagiert hatte. Zum ersten Mal im Verlauf des Prozesses beugte sich Coolidge interessiert vor. Mark drehte sich zu Sarah um, aber sie wich seinem Blick aus. Heider und Caproni hatten ihre Unterredung beendet.

»Mr. Hessey, war es in Ihren jüngeren Jahren Ihre Gewohnheit, Frauen zu ohrfeigen?«

»Ich hab doch gesagt, ich hab damals einen Haufen Sachen gemacht, auf die ich nicht gerade stolz bin.«

»Hatten Sie Esther früher auch schon geohrfeigt?«

»Ja.«

»Und ihr schon einmal die Brille von der Nase geschlagen?«

Hessey zögerte.

»Einmal, glaub ich.«

»Was hat sie getan, als Sie es taten?«

Hessey sah aus, als wolle er unter den Tisch kriechen.

»Geweint, wahrscheinlich.«

»Nein, Mr. Hessey, ich meine in bezug auf die Brille. Was hat sie mit der Brille gemacht?«

Hessey zögerte.

»Sie aufgehoben, wahrscheinlich.«

»Und was hat sie getan, als Sie ihr im Lookout Park die Brille von der Nase geschlagen haben?«

Hessey starrte Heider mit offenem Mund an und schüttelte dann den Kopf.

»Das weiß ich nicht mehr.«
»Haben Sie sie vom Park nach Hause gefahren?«
»Ja, da bin ich ziemlich sicher.«
»Ist es wahrscheinlich, daß sie die Brille vergessen hat?«
»Nein«, sagte Hessey nachdenklich.
»Erinnern Sie sich noch, ob sie die Brille aufgehoben hat?«
»Nein.«
»Aber Sie würden nicht darauf schwören, daß sie es nicht getan hat?«
»Nein. Ich bin mir nicht sicher.«
»Hat sie ihre Handtasche fallen lassen, als Sie sie geohrfeigt haben, Mr. Hessey?«
»Nein ... nein, ich bin ziemlich sicher, das hat sie nicht getan.«
»Hat sie an dem Abend, an dem Sie sie geohrfeigt haben, ein Feuerzeug verloren?«
»Nein, nur die Brille.«
»Oder einen blauen Kamm?«
»Nein.«
Heider lächelte dem Zeugen zu.
»Keine weiteren Fragen.«
Richter Samuels sah Mark an, um zu erfahren, ob dieser noch Fragen zu stellen hatte. Mark schüttelte nur den Kopf.
»Ich glaube, dies wäre ein guter Zeitpunkt, um für heute zu unterbrechen«, sagte Samuels. »Wir treffen uns morgen um neun Uhr dreißig wieder.«
»Er hat uns erledigt, stimmt's?« fragte Bobby bitter, als die Geschworenen im Gänsemarsch den Saal verließen.
»Nein, ich glaube, bei Hessey haben wir wirklich was rausgeholt«, sagte Mark, aber er glaubte selbst nicht dar-

an. Er wußte, daß er seine Sache nicht eben glänzend machte, aber er hatte gehofft, bei Hessey Boden gutmachen zu können. Jetzt blieb ihm gar nichts mehr. Heider hatte die Wirkung von Hesseys Aussage über die Brille völlig zunichte gemacht. Und er hatte klargestellt, daß Esther noch eine Woche vor den Morden im Besitz ihrer Brille gewesen war.

»Bis morgen also, Mister Staranwalt«, sagte Bobby sarkastisch, als er hinausgeführt wurde. Mark beobachtete mit einer gewissen Bitterkeit, wie Heider ging, und begann seine Papiere zusammenzusuchen.

»Mark, ich muß mit Ihnen reden.«

Mark sah auf. Albert Caproni stand hinter ihm. Er hatte so leise gesprochen, daß Shaeffer ihn kaum verstanden hatte.

»Kann ich heute abend zu Ihnen ins Büro kommen?«

»Natürlich«, sagte Mark. Caproni sah sich um, als fürchtete er sich davor, daß jemand sehen könnte, wie er mit Mark sprach.

»Was ist eigentlich los?« fragte Mark verwundert.

»Das kann ich Ihnen jetzt nicht erklären. Versprechen Sie mir, daß Sie niemandem von unserem Treffen erzählen werden, nicht mal Ihrer Frau.«

Mark wollte Caproni schon fragen, was eigentlich nicht stimmte, überlegte es sich aber anders. Caproni hatte Angst, und er respektierte ihn genug, um auf die Bitte einzugehen.

»Ich erzähle kein Wort.«

»Um acht«, sagte Caproni und ging rasch aus dem Saal.

Albert Caproni wartete in den Schatten des Foyers, als Mark in seinem Bürogebäude eintraf. Er weigerte sich, zu sprechen, bevor sie sich in Marks Büro eingeschlossen hatten. Sobald die Tür zu war, stellte er seinen Aktenkoffer vor sich auf den Tisch.

»Es gibt da ein paar Bedingungen, denen Sie zustimmen sollten, bevor ich Ihnen irgendwas sage.« Mark bemerkte den scharfen Klang von Capronis Stimme und das nervöse Trommeln seiner Finger auf der Schreibtischplatte. »Zunächst einmal müssen Sie mir schwören, daß Sie unter keinen Umständen jemals jemanden von diesem Treffen erzählen werden. Wenn Sie es täten, könnte mich das meinen Job kosten.«

»Al, hat das etwas mit Bobbys Fall zu tun? Wenn ja, weiß ich nicht, ob ich Ihnen mit gutem Gewissen irgendwas versprechen kann.«

»Dann müssen Sie Ihrem Gewissen eben ein bißchen was zumuten. Mit dem, was ich Ihnen zu sagen habe, können Sie vielleicht Ihren Prozeß gewinnen, aber ich riskiere meine Karriere dabei, und bevor Sie's nicht versprechen, sage ich gar nichts.«

Mark zögerte; dann ließ er sich auf Capronis Bedingung ein.

»Okay. Manches von dem, was ich Ihnen erzähle, könnte dazu führen, daß das Verfahren eingestellt wird, aber nur dann, wenn ich als Zeuge aussage. Habe ich Ihr Versprechen, daß Sie nicht versuchen werden, mich als Zeugen aufzurufen, ganz gleich, was ich Ihnen erzähle?«

»Sie wissen etwas, das zur Einstellung des Verfahrens führen könnte, und Sie wollen mein Versprechen, daß ich Sie nicht aufrufen werde?« fragte Mark fassungslos.

»Ja. Ich werde Ihnen noch weitere Informationen geben, die Ihren Mandanten möglicherweise entlasten werden;

also ist das, was ich weiß, vielleicht gar nicht notwendig. Jedenfalls werden Sie von mir nichts bekommen.«

»Was habe ich denn für eine Wahl?« fragte Mark. »Sie haben mein Wort.«

Caproni seufzte und lehnte sich in seinem Stuhl zurück. Während der nächsten halben Stunde erzählte er von den Ereignissen, über die Eddie Toller berichtet hatte, von Tollers Verschwinden und von seiner eigenen Begegnung mit Heartstone. Er teilte Shaeffer auch mit, was Dr. Rohmer für ihn herausgefunden hatte.

»Das Problem bei alldem ist, daß nichts davon nachgeprüft werden kann. Toller ist weg, also kann man ihn nicht aussagen lassen, und Heartstone auch. Angesichts von Tollers Hintergrund stehen die Chancen gut, daß er seine Geschichte erfunden hat, um einen Deal auszuhandeln. Und Heartstone ist vielleicht aus Gründen abgehauen, die mit dem Mord an Elaine Murray gar nichts zu tun haben.«

»Aber irgendwas muß man damit doch machen können«, sagte Mark.

»Ich habe nachgedacht, und ich habe eine Idee. Das wichtigste an Tollers Geschichte ist, daß er behauptet, Elaine Murray lebend in diesem Kellerraum gesehen zu haben, sechs Wochen, nachdem die Coolidges sie angeblich ermordet haben. Hat Ihr Mandant ein Alibi für die erste Januarhälfte?«

Mark überlegte einen Augenblick; dann erhellte sich sein Gesicht.

»Sie waren im Krankenhaus. Ein Autounfall oder irgend so was. Moment, ich habe es hier irgendwo.«

Er sah ein paar Papiere durch, bis er das richtige gefunden hatte.

»Vom dritten Januar 1961 bis Anfang Februar.«

»Na dann«, sagte Caproni. »Wenn Sie beweisen können, daß Elaine Murray im Januar noch am Leben war, bekommen Sie den Freispruch.«

»Aber wie soll ich das machen?«

»Lassen Sie die Leiche exhumieren und noch einmal untersuchen.«

»Was?«

»Zwingen Sie uns dazu, die Leiche auszugraben.«

Mark sah Caproni ins Gesicht, um sich zu überzeugen, daß er es ernst meinte. Caproni starrte zurück. In seinem Gesicht zeigte sich keine Spur von Humor. Mark hatte das Gefühl, daß ihm die Dinge aus der Hand glitten.

»Wie soll ich das machen? Sie haben gesagt, Sie wollen nichts damit zu tun haben. Ich weiß nicht, wie ich Richter Samuels dazu kriegen soll, daß er eine gerichtliche Verfügung unterschreibt.«

Shaeffers Reaktionen begannen Caproni zu ärgern. Er hatte erwartet, Mark würde wie elektrisiert sein. Statt dessen schien er sich vor dieser neuen Verantwortung geradezu zu fürchten.

»Das habe ich mir auch überlegt. Trommeln Sie die besten Gynäkologen von Portsmouth zusammen, und lassen Sie sie aussagen. Sie werden bezeugen, daß die Säure in der Vagina kurz nach Murrays Tod jede Spur von Sperma zerstört haben muß. Dann zeigen Sie Samuels Dr. Beauchamps Autopsiebericht, und Sie haben Ihre Begründung.«

Mark machte sich hastig Notizen, während Caproni sprach. Er fragte sich, wo er das Geld hernehmen sollte, um die Ärzte zu bezahlen. Vom Rest seines Honorars konnte er es nicht nehmen, sonst hätte er den Fall umsonst übernommen.

»Ich habe Ihnen noch etwas mitgebracht, das Ihnen vielleicht weiterhilft«, sagte Caproni, während er einen dicken Papierstoß auf den Schreibtisch legte. »Das hier ist eine Kopie der Abschriften, die wir von Esther Pegalosis Hypnosesitzungen gemacht haben. Sie können sie vielleicht für Ihr Kreuzverhör verwenden.«

Caproni stand auf und schloß seinen Koffer.

»Ich ... ich bin Ihnen wirklich sehr dankbar für alles«, sagte Mark. »Ich weiß, was Sie da riskieren, und ich ...«

Caproni war erschöpft, und er wollte nur noch schlafen.

»Bedanken Sie sich nicht bei mir, Mark. Beten Sie, daß ich nicht dabei geholfen habe, einen Mörder auf freien Fuß zu setzen.«

3

»Was meinen Sie?« fragte Mark.

»Ich meine, es besteht eine sehr gute Chance, daß Esther nicht gesehen hat, wie der junge Walters ermordet wurde«, antwortete Dr. Nathan Paris.

Mark atmete vor Erleichterung tief auf. Er hatte das Gefühl, auf sein Kreuzverhör mit Esther Pegalosi gut vorbereitet zu sein, aber er brauchte eine medizinische Erklärung für ihre Aussage, wenn er die Jury von ihrer Unglaubwürdigkeit überzeugen wollte. Dr. Paris war Professor an der medizinischen Fakultät, Mitglied des American Board of Psychiatry and Neurology und ein angesehener Autor und Redner auf dem Gebiet der Gedächtnisforschung und Hypnose. Zusätzlich zu seinen Referenzen verfügte er über eine jungenhafte Attraktivität und ein offenes, direktes Wesen, das jede Jury beeindrucken würde.

Sie waren soeben erst aus dem Gericht, wo heute Dr. Hollander ausgesagt hatte, in Marks Büro zurückgekehrt. Zur Unterstützung von Dr. Hollanders Aussage waren Teile der Bandmitschnitte von Esthers Hypnose- und Amytalsitzungen vorgespielt worden. Dr. Paris hatte die Erlaubnis erhalten, sich die Bänder anzuhören, um die Sitzungen beurteilen zu können. Mark hatte ihn vorbereitet, indem er ihm die Abschrift über das Wochenende mitgegeben hatte.

»Warum meinen Sie, daß sie lügt?«

»Es ist nicht gesagt, daß sie lügt. Kennen Sie den Ausdruck ›Konfabulation‹?«

Mark schüttelte den Kopf.

»›Kon‹ bedeutet mit, und ›Fabulation‹ heißt Rede oder Gespräch. Konfabulation kann bedeuten, einfach ein Gespräch zu führen oder eine Fabel zu konstruieren, es kann aber auch die engere Bedeutung haben, die die Neurologen dem Begriff gegeben haben. In diesem Fall geht es um einen Typ von Erzählung, der den Zuhörer beeindrucken soll, der aber in Wirklichkeit eine Interpretation der Fakten ist, wenn der Erzähler an einem Gedächtnisausfall leidet. Mit anderen Worten, der Erzähler konstruiert eine Fabel, um die Gedächtnislücke auszufüllen. Sie können das bei Trinkern mit Hirnschäden sehen, die ein paar Monate im Krankenhaus waren. Sie fragen sie, wo sie am Tag zuvor waren, und bekommen die Antwort, sie wären an diesem oder jenem Ort gewesen und hätten sich bestens amüsiert.«

»Kommt Konfabulation nur bei Leuten mit Hirnschäden vor?«

»Nein. Bei Psychiatern und Neurologen bedeutet der Begriff einfach, daß eine Geschichte erfunden wird. Es gibt eine interessante Studie, die 1954 von zwei Wissenschaftlern der Universität Yale, Rubenstein und Newman, durchgeführt wurde. Die beiden wollten die Relevanz von Erinnerungen prüfen, von denen Menschen unter Hypnose erzählt hatten. Sie sind zu dem Schluß gekommen, daß es nur eine Möglichkeit gibt, eventuelle Konfabulation

oder Beeinflußbarkeit bei Menschen zu überprüfen, die sich angeblich an bestimmte Ereignisse erinnern. Solche Personen wurden in eine hypnotische Trance versetzt und dann aufgefordert, sich zehn Jahre in die Zukunft zu versetzen und zu beschreiben, was gerade geschah. Wenn jemand beschreiben kann, was in der Zukunft geschieht, dann würde das gewisse Zweifel an seiner Fähigkeit wekken, sich an die Ereignisse von 1939 zu erinnern.
Die beiden Forscher haben mit fünf Testpersonen gearbeitet und dabei herausgefunden, daß diese sich stetig und folgerichtig in diese ›zukünftigen‹ Erfahrungen versetzen konnten, wenn ihnen unter Hypnose ein bestimmtes Alter oder ein Datum suggeriert wurde. Die Zukunftsbilder, die sie für sich entworfen haben, waren plausibel und durchaus im Bereich des Möglichen, nach den Persönlichkeitsstudien zu urteilen, die von jeder Testperson angefertigt worden waren.
Sie sehen also, Sie können sich an Dinge erinnern, die wirklich passiert sind, an Dinge, die nur in Ihrer Einbildung passiert sind, und an Dinge, die überhaupt nicht passiert sind.«
»Und Esther?« fragte Mark.
»Wenn jemand unter Hypnose zusätzlich Amytal bekommt, zu dem Zweck, das Bewußtsein zu unterdrücken, wird diese Person in einen Zustand erhöhter Beeinflußbarkeit versetzt. Wenn die Person an Amnesie leidet, verwenden wir Hypnose oder Medikamente, um die Schutzfunktionen, die über die verdrängten Erinnerungen wachen, zu schwächen. Wenn das geschehen ist, kann die Information leichter zurückgewonnen werden. Aber das ist eine zweischneidige Angelegenheit. Der Patient wird anfälliger für

die Suggestionen des Fragenden, beabsichtigte oder unbeabsichtigte, einfach weil seine psychologischen Schutzfunktionen unterdrückt werden und seine Fähigkeit, Wirkliches gegen Unwirkliches abzuwägen, ausgeschaltet ist.

Aus den Mitschnitten und Abschriften habe ich den Eindruck gewonnen, daß Esther Pegalosi ein sehr geringes Selbstwertgefühl hat. Sie hat einmal versucht, sich umzubringen. Sie sehnt sich danach, sich selbst als eine starke und selbstsichere Frau betrachten zu können. Und sie sehnt sich nach Liebe. Ich glaube, Dr. Hollander und in geringerem Maß auch Detective Shindler sind während der Therapie für sie zu Vaterfiguren und Liebesobjekten geworden. Unter diesen Umständen hätte sie alles, was die beiden ihr suggerieren, bereitwillig übernommen – sowohl aus Furcht davor, ihre Zuneigung zu verlieren, als auch aus dem Wunsch heraus, ihnen einen Gefallen zu tun.

Esther hat am Anfang behauptet, sie hätte an dem betreffenden Abend so viel getrunken, daß sie sich nicht mehr daran erinnern kann, was sie getan hat. Und da haben Sie Ihre Gedächtnislücke, die nur darauf wartet, mit einer Fabel ausgefüllt zu werden.

Ich könnte Ihnen mehrere Situationen zeigen, wo Fragen über wichtige Einzelheiten in einer Art und Weise gestellt wurden, die die Antwort bereits suggerierte. Nehmen Sie die Stelle auf Band Nr. 5, wo Esther mitgeteilt wird, daß sie in die Stadt gefahren ist, nachdem der gestohlene Wein ausgetrunken war. Dann wird suggeriert, daß sie über den Monroe Boulevard nach Hause gegangen ist. Sie widerspricht und sagt, daß sie in der Regel die Marshall Road genommen hat. Der Fragende sagt daraufhin: ›Aber du hättest auch dort entlanggehen können‹ – nämlich auf dem Monroe Boulevard. Danach wird Esther aufgefordert, sich vorzustellen, daß sie am Abend des Verbrechens auf dem Monroe Boulevard war.

Die ganze Methode – den Patienten das Geschehen auf einer Filmleinwand verfolgen zu lassen – begünstigt die Entstehung von Fiktionen.

Und hören Sie sich an, was Dr. Hollander sonst noch zu ihr sagt.« Dr. Paris schlug eine Seite in seiner Abschrift auf, die er mit einer Büroklammer markiert hatte.

»Hier, auf Band Nr. 8, nachdem er ihr gerade zum erstenmal Amytal gegeben hat. Er sagt zu ihr, sie dürfte vergessen, sich erinnern oder, und das ist wichtig, sich falsch erinnern, ganz wie ihre Bedürfnisse es verlangen.

Oder hier, auf Band Nr. 10. ›Erzählen Sie uns, woran Sie sich erinnern, und machen Sie sich keine Sorgen darüber, ob es wahr ist. Das, woran Sie sich erinnern, wird die Wahrheit sein.‹ Das sind doch geradezu Aufforderungen zum Erfinden von Geschichten.

Und dann ist da noch etwas, das mich sehr stark vermuten läßt, daß der ganze Hergang ein Produkt von Esthers Einbildung ist.«

»Nämlich?«

»Ich finde die ganze Theorie, daß sie ein Trauma erlitten hat, als sie den Mord an Walters gesehen hat, und daraufhin Amnesie entwickelte, völlig inakzeptabel. Dieses Mädchen hat ihr ganzes Leben lang Gewalttätigkeiten miterlebt. Sie erzählt, daß sie zugesehen hat, wie ihr Vater mit dem Messer auf ihre Mutter losgegangen ist. Und dann die Sache, als die Polizei hinter ihr her war nach dem Raubüberfall auf den Minigolfplatz. Ihr Vater erschießt den

Hund, den sie liebt, und zwingt sie, zuzusehen. Und bei alldem keine Spur von Amnesie. Nein, ich ...«

Das Telefon klingelte. Es war nach fünf Uhr, und Marks Sekretärin war schon gegangen. Er nahm ab.

»Ist da Mr. Shaeffer?« fragte eine Frauenstimme.

»Ja.«

»Sie sind doch der, der den Coolidge-Jungen verteidigt, oder?«

»Ja.«

»Ich hab Ihnen was zu sagen über den Fall. Wie sie Esther gefoltert haben.«

»Wie bitte?« fragte Mark, einen Augenblick lang im Zweifel, ob er richtig verstanden hatte.

»Esther war gar nicht dabei bei dem Mord. Die bei der Polizei haben sie gezwungen, das zu sagen.«

»Aha«, sagte Mark, während er sich fragte, wie er die Unterhaltung beenden konnte. Er hatte seit dem Beginn des Prozesses eine ganze Reihe solcher Anrufe von Verrückten bekommen. »Woher wissen Sie denn, daß die Polizei Esther gefoltert hat?«

»Ich hab's doch gesehen, was sie mit ihr gemacht haben. Ich bin ihre Mutter.«

Der kleine dünne Mann, der die Tür öffnete, ging leicht gebückt. Seine nackte Brust war mit dichtem Haar bedeckt, im Gegensatz zu seinem Kopf, der kahl war bis auf einen Kranz von dunklem Haar, der vor den Ohren begann und sich um den Hinterkopf herumzog. Ein runder, etwas hervorstehender Kiefer und die überlangen Arme verliehen ihm eine gewisse Ähnlichkeit mit einem Schimpansen.

Das Wetter war klar und sonnig, aber die Rolläden waren heruntergelassen, und Mark hörte im abgedunkelten Wohnzimmer die Fernsehübertragung eines Baseballspiels.

»Ich bin Mark Shaeffer. Mrs. Taylor wollte mich sprechen.«

»Sie ist da drin, im Schlafzimmer«, antwortete der Mann kriegerisch, als sei das Anliegen bereits eine Beleidigung. In der rechten Hand hielt er eine Bierdose, und mit der linken wischte er sich den Schweiß von der Brust.

»Wer ist da?« schrie eine Stimme aus den hinteren Räumen.

»Sie ist dahinten«, sagte der Mann. Mark hatte erwartet, ins Schlafzimmer geführt zu werden, aber der Mann kehrte zu seinem Baseballspiel zurück und überließ es dem Besucher, der Stimme nachzugehen.

Mrs. Taylor war ein wahrer Fleischberg, aufrecht gehalten von einem Turm von Kissen. Ihr fleischiges Gesicht hatte die Farbe von hellem Kerzenwachs, und ihr graues Haar war ungekämmt. Der Nachttisch war beladen mit Pillen- und Tropfenbehältern, einer Leselampe und ein paar Heften mit Lebensbeichtegeschichten. Ein tragbarer Fernseher stand auf einem zweiten Nachttisch; es lief eine Seifenoper.

»Setzen Sie sich«, sagte sie, während sie auf einen mit schmutziger Wäsche beladenen Stuhl zeigte. »Schmeißen Sie das einfach runter. Soll mein Mann mal was tun, der faule Hund.«

Den letzten Satz sprach sie laut genug aus, um im ganzen Haus gehört zu werden. Das einzige Geräusch, das aus dem Wohnzimmer herüberdrang, war die Stimme eines Sportreporters, der den Stand von drei zu zwei bekanntgab.

»'tschuldigung, daß ich nicht auf bin. Ich hab 'n Arzt dagehabt.«

Mark nickte mitfühlend.

»Sie haben gesagt, Sie hätten Information über Esther Pegalosi.«

Esthers Mutter schüttelte den Kopf.

»Ich hätte gar nicht erlauben sollen, daß sie mit dem Bullen redet«, sagte sie halb zu sich selbst. »Bullen machen bloß Ärger.«

»Was war das für ein Polizist?«

»Dieser, ah, Shindler. Das ist der, der sie gefoltert hat.«

»Wann ist das mit dieser ›Folter‹ geschehen, Mrs. Taylor?«

»'61, damals, als es gerade passiert war. Jetzt ist sie 'n Fernsehstar. Aber wegen mir ist keiner gekommen. Ich hätte denen ein paar Sachen erzählen können. Das Mädchen lügt, weil sie das mit ihr gemacht haben.«

»Was genau hat Detective Shindler denn mit ihr gemacht?«

Mrs. Taylor schloß die Augen und ließ den Kopf in die Kissen zurücksinken. Sie schien das Interesse an der Unterhaltung verloren zu haben.

»Haben Sie 'ne Zigarette?« fragte sie.

Mark schüttelte den Kopf, was sie zu ärgern schien. Eine Sekunde lang fürchtete er, sie würde das Gespräch einfach abbrechen.

»Holen Sie mir eine aus der Schublade«, sagte sie, während sie auf den Nachttisch mit dem Fernseher deutete. »Das Ding da können Sie ausmachen.«

Mark ging um das Bett herum, schaltete das Gerät aus und gab Mrs. Taylor eine Zigarette. Sie riß ein Streichholz aus einem Streichholzbrief und zündete sie an.

»Esther ist nie auf dem Hügel gewesen«, sagte sie nach einem Augenblick. »Sie haben ihr angst gemacht, damit sie das sagt.«
»Wie haben sie ihr angst gemacht?«
»Mit dem Bild. Wissen Sie, sie hat Alpträume gehabt von dem Bild, bis sie ausgezogen ist, und das war 'n paar Jahre später. Ich wollt den Typ anzeigen. Ich hätt's machen sollen.«
»Was war das für ein Bild?« fragte Mark. Er merkte, wie er ungeduldig wurde.
»Shindler hat sie mit aufs Revier genommen und ihr 'n Bild gezeigt von dem Gesicht von dem Walters-Jungen, nachdem sie's ihm eingeschlagen hatten. Widerlich. Dann ist sie dauernd aufgewacht und hat geschrien.«
»Haben Sie sie jemals gefragt, ob sie gesehen hatte, wie Richie ermordet wurde?«
»Natürlich. Hat sie nicht. Das hat sie jedesmal gesagt. Bloß, sie hat gesagt, Shindler hat sie dazu kriegen wollen, daß sie sagt, sie war da. Und als sie's nicht gemacht hat, hat er ihr das Bild gezeigt.«
»Und das war 1961, direkt nach den Morden?«
»Yeah. Das war 'ne Gehirnwäsche. Ich seh so was. Seit sie das Bild gesehen hat, ist sie ganz anders. Bloß, sie hat immer gesagt, sie hat nicht gesehen, wie sie den Jungen umgebracht haben.«

Ich kann das nicht«, weinte Esther. Shindler hielt sie an sich gedrückt und kämpfte gegen den Wunsch an, sie zu schlagen.
»Das ist doch alles gelogen«, schluchzte sie.
»Es ist die Wahrheit, Esther. Das hast du mir gesagt und

Dr. Hollander auch. Wenn wir glaubten, daß du lügst, würden wir dich nicht aussagen lassen.«
Er versuchte, ruhig zu klingen, aber seit ihrem Anruf waren seine Gedanken in Aufruhr gewesen. Sie war hysterisch, und er begann zu fürchten, sie würde noch einmal versuchen, sich umzubringen. Während der überstürzten Fahrt zu ihrer Wohnung hatte er an die Jahre der Planung und Ermittlung gedacht. So nah, und jetzt ruinierte ein hysterisches Kind alles.
»Ich weiß nicht mehr, was echt ist und was du mir in den Kopf gesetzt hast.«
»Ich habe dir gar nichts in den Kopf gesetzt, Esther. Du warst da ...«
»Nein.«
»Und du hast gesehen, wie Billy und Bobby Coolidge auf Richie Walters' Kopf eingeschlagen haben, bis er nur noch eine Masse von Blut und zerfetztem Fleisch war ...«
»Nein.«
»Und dann haben sie dieses Mädchen genommen und vergewaltigt und erwürgt ...«
Esthers Schluchzen wurde heftiger, und sie begann zu zittern.
»Und das wirst du bezeugen, Esther ...«
»O Gott.«
»Oder ich verlasse dich, und du siehst mich nie wieder. Verstehst du?«
Er hob ihr Kinn an und brachte sie dazu, ihm in die Augen zu sehen. Sie wollte nicht. Sie hatte Angst vor dem Feuer. Sie sah die Hölle dort. Aber er zwang sie, zu ihm aufzusehen, und hielt ihr Kinn mit seiner harten, schwieligen Hand fest, so daß sie den Blick nicht abwenden konnte. Sie

wollte sterben. Sie zitterte, und Tränenspuren zogen sich über ihr Gesicht.
»Bitte nicht«, bettelte sie.
»Nie wieder, Esther. Dann lebst du allein und stirbst allein.«
»Nein«, schluchzte sie und sank langsam auf die Knie, griff in den dünnen Stoff seiner Hosenbeine und vergrub das Gesicht an seinen Knien.
Er sah hinunter auf die kniende Gestalt und empfand nichts als Abscheu.

4

»Würden Sie uns Ihren vollen Namen nennen und den Familiennamen buchstabieren, bitte?«

»Esther Pegalosi. P – e – g – a – l – o – s – i.«

»Danke. Würden Sie in den Zeugenstand treten?«

Esther nahm ihren Platz ein. Sie trug ein neues graues Strickkostüm, das Roy eigens für sie besorgt hatte. Roy hatte sie auch in einen Schönheitssalon geschickt, und ihr Haar fühlte sich sauber an und sah genau richtig aus. Sie zog den Rock gerade, während sie sich hinsetzte, und berührte geistesabwesend das Gestell der Brille, von der Roy gesagt hatte, sie solle sie heute tragen. Sie konzentrierte sich auf Mr. Heider, wie man es ihr gesagt hatte. Sie hätte ohnehin nicht den Mut gehabt, zu Bobby hinüberzuschauen.

Die Hände begannen ihr zu zittern, und sie griff mit der rechten Hand nach der linken, damit das Zittern aufhörte. Es waren so viele Leute im Gerichtssaal. Sie hatte Angst gehabt, als Roy und der andere Polizist sie den Gang entlanggeführt hatten. Unzählige Leute hatten sich an sie herangeschoben, einander geschubst und gestoßen. Die Reporter redeten alle auf einmal, und sie verstand keine einzige Frage. Eine alte Frau hatte versucht, sie zu berühren. Der

Lärm in dem Gang klang wie das Donnern eines heranbrausenden Zuges in einem Tunnel.
Aber die Furcht, die sie draußen im Gang empfunden hatte, war nichts im Vergleich zu der Furcht, die sie spürte, als sich die Tür des Gerichtssaals hinter ihr schloß und sie allein an den Stuhlreihen vorbeigehen mußte, nach vorn zu der Schranke und zum Zeugenstand. Ihr Blick konzentrierte sich auf den Richter. Er wirkte sehr streng und unnahbar. Jetzt konnte sie seine Gegenwart rechts und über sich spüren; er schwebte dort wie Gott selbst und wartete darauf, daß sie log, um sie dann schnell und entsetzlich zu bestrafen.
»Mrs. Pegalosi, Sie leben in Portsmouth?« fragte Philip Heider.
»Ja.«
»Wie lang haben Sie schon in Portsmouth gelebt?«
»Mein ganzes Leben.«
»Entschuldigen Sie, Euer Ehren«, sagte eine Stimme von vorn rechts, »aber ich kann die Zeugin kaum hören.«
»Ja, Mrs. Pegalosi«, dröhnte die Stimme des Richters von oben, »Sie werden etwas lauter sprechen müssen, so daß Mr. Shaeffer und die Geschworenen Sie verstehen können.«
Esther schämte sich, als habe sie etwas Falsches getan. Sie versuchte, lauter zu sprechen, aber ihre Kehle war zu trokken. Sie fuhr sich unwillkürlich mit der Zunge über die Lippen.
»Vielleicht könnten wir ein Glas Wasser für Mrs. Pegalosi bekommen?« sagte Mr. Heider.
Der Gerichtsschreiber füllte ein Glas mit Wasser aus einem Krug, der auf dem Richtertisch stand, und reichte es ihr.

Sie war dankbar für die Entschuldigung dafür, nicht sprechen zu müssen.

»Haben Sie in den Jahren 1960 und 1961 die Highschool besucht?« fragte Heider, als sie soweit war.

»Ja.«

»Sind Sie mit einer Bande herumgezogen, die sich die Cobras nannte?«

»Einspruch, Euer Ehren, gegen die Beschreibung als Bande«, sagte Shaeffer.

»Oh, aber Euer Ehren –«, begann Heider.

»Wir haben all das schon einmal besprochen, Mr. Heider«, sagte Richter Samuels.

»Jawohl. Hatten Sie Verbindung zu einer Clique, die als die Cobras bekannt war?«

»Ja.«

»War der Angeklagte ein Mitglied dieser Gruppe?« fragte Heider mit einer gewissen Betonung des letzten Wortes.

»Ja.«

»Und sein Bruder, Billy Coolidge?«

»Ja.«

»Und Roger Hessey?«

Esther nickte.

»Ich möchte Ihre Aufmerksamkeit jetzt auf den Abend des 25. November 1960 lenken und Sie fragen, ob Sie zur Zeit eine eigenständige Erinnerung daran haben, was Sie an diesem Abend getan haben.«

Esther hörte ein Summen im Gerichtssaal. Sie bewegte den Kopf, weil ihr Nacken vor Anspannung zu schmerzen begann, und dabei bemerkte sie Bobby. Er saß aufrecht auf seinem Stuhl und sah sie direkt an. Sie wandte den Blick ab.

»Mrs. Pegalosi«, sagte Heider.

»Ja.«

»Sie haben eine eigenständige Erinnerung?«

»Ja.«

»Bitte erzählen Sie dem Gericht und der Jury, was Sie an diesem Abend getan haben.«

»Ich bin um halb sieben von zu Hause losgegangen und ins Bob's gegangen, weil …«

»Entschuldigen Sie die Unterbrechung, aber was ist denn Bob's?«

»Da haben sie Hamburger, Milchshakes … Ein Restaurant.«

»Und haben sich Mitglieder der Cobras dort oft aufgehalten?«

»Ja.«

»Bitte sprechen Sie weiter.«

»Roger war schon da und Billy und Bobby auch.«

»Roger Hessey und die Brüder Coolidge?«

»Ja. Jedenfalls, wir haben da gesessen, und dann hat Billy oder Bobby gesagt, wir sollten uns zu einer Party einladen. Roger wollte nicht, aber er ist am Ende doch mitgekommen.«

»Wessen Party war es?«

»Alice Fays.«

»Wenn Sie sagen, Sie wollten sich selbst einladen, wie genau ist das zu verstehen?«

»Na ja, wir waren nicht eingeladen, wissen Sie, weil diese Leute uns nicht besonders gemocht haben. Aber Billy hat gesagt, wir sollten trotzdem hingehen.«

»Was für eine Sorte ›Leute‹ waren Alice Fay und ihre Freunde?«

»Sie waren reich ... viel reicher als wir. Sie haben die Cobras nicht gemocht.«

»Haben Billy und Bobby reiche Jugendliche gemocht?«

»Billy hat gesagt ...«

»Einspruch. Billy Coolidge ist hier nicht angeklagt.«

»Stattgegeben«, sagte Richter Samuels.

»Beschränken Sie sich einfach auf den Angeklagten«, sagte Heider.

»Nein, Bobby hat sie nicht gemocht. Er hat gesagt, sie kriegen alles einfach so und sie haben's nicht verdient.«

»Was ist auf der Party passiert?«

»Wir sind da hingekommen, und Billy hat gleich angefangen, Ärger zu machen. Roger ist nervös geworden, und dann ist er rausgegangen, und wir haben uns gestritten. Als ich wieder reingekommen bin, ist Billy zu einem Tisch gegangen, wo sie eine Punschschale und das Essen hatten, und dann hat es eine Schlägerei gegeben.«

»Wer hat sich geschlagen?«

»Billy und Bobby haben sich mit Tommy Cooper geprügelt, Alices Freund, und ein paar von seinen Freunden.«

»Womit haben die Coolidges denn gekämpft?«

»Bobby hat nur geschlagen, wissen Sie, mit den Händen. Aber Billy hat ein Messer gehabt.«

»Was für ein Messer?«

»Ein Schnappmesser.«

»Hatten Sie dieses Messer schon früher einmal gesehen?«

»Ja, sicher. Wir alle. Billy hat immer damit angegeben, wie er ...«

»Einspruch. Hörensagen«, sagte Mark Shaeffer.

»Euer Ehren, wir erwähnen diese Dinge nicht, um die

Wahrhaftigkeit der Aussagen zu beweisen. Wir versuchen aufzuzeigen, daß der Bruder des Angeklagten gelegentlich ein Messer gebraucht hat.«

»Das ist nicht zulässig, Euer Ehren. Es mag andere Vorfälle gegeben haben, aber hier geht es um einen einzelnen, angeblich wirklich passierten Vorfall.«

»Ja, Mr. Heider. Beschränken wir uns auf die Ereignisse dieses Abends«, entschied der Richter.

»Ja. Als er mit dem Messer gekämpft hat, hat Billy da irgend etwas gesagt?«

»Er ... er hat gesagt, er würde einen von den Jungen schneiden.«

»Wie ist der Kampf ausgegangen?«

»Ein paar von den Jungen hatten Bobby am Boden, und Billy hat mit dem Messer gefuchtelt, und dann hat Billy gesagt, sie sollen Bobby loslassen, dann würden wir gehen, und sie haben's getan.«

»Wie haben sich Billy und Bobby verhalten, als sie die Party verlassen haben?«

»Bobby war ziemlich ruhig. Er hat so gewirkt, als wäre er einfach nur froh, daß wir da raus waren. Aber Billy war wütend. Er hat rumgeschrien über reiche Kids, und als ich gesagt habe, er hätte doch selbst angefangen, hat er das Auto angehalten und gesagt, er würde mir eine knallen und daß die reichen Kids nichts wert sind. Ganz genau weiß ich es nicht mehr.«

»Er war ärgerlich?«

»Sehr ärgerlich.«

»Wohin sind Sie dann gefahren?«

»Wir sind ein bißchen rumgefahren, und dann ist Billy in einen Laden gegangen und hat Wein gestohlen. Dann sind wir zu einer Schule gefahren und haben ihn getrunken, und ich war ziemlich betrunken.«

»Wieviel haben Sie getrunken?«

»Ich weiß nicht mehr. Aber es war ziemlich viel. Mir war schlecht, als ich nach Hause gekommen bin.«

»Was haben Sie getan, nachdem Sie den Wein getrunken hatten?«

Esther zögerte.

»Mrs. Pegalosi, haben Sie die Frage verstanden?« fragte der Richter.

»Wir sind in die Stadt gefahren.«

»Sind Sie den Monroe Boulevard hinuntergefahren?«

»Einspruch, Euer Ehren. Die Staatsanwaltschaft stellt Suggestivfragen.«

»Ja, Mr. Heider, ich werde Mr. Shaeffers Einspruch stattgeben.«

»Erzählen Sie der Jury, was in der Stadt passiert ist.«

»Wir sind eine Weile einfach nur rumgefahren. Die ganzen Filme waren aus, und alles war voller Leute, und jede Menge Autos auf der Straße, und alle sind rumgefahren und haben angegeben.

Dann habe ich gesagt, mir ist nicht gut, wegen dem Wein, und Bobby hat gesagt, sie sollten mich nach Hause fahren. Wir sind den Monroe Boulevard raufgefahren. Wir sind an eine Ampel gekommen, und da war schon ein Auto mit einem Jungen und einem Mädchen, und Billy hat gesagt, er kennt das Mädchen. Er hat sich daneben gestellt und den Motor heulen lassen, und die Ampel ist grün geworden, und wir sind losgefahren.«

»Haben Sie gesehen, wer in dem Auto gesessen hat, mit dem Sie sich das Rennen geliefert haben?«

»Nein. Da noch nicht.«

»Wie kann das sein?«

»Also, Bobby war hinten bei mir eingestiegen, und er hat, ah, versucht, ah, wissen Sie, er hat knutschen wollen, und ich hab auch geknutscht, obwohl ich mich nicht so gut gefühlt hab. Und dann hat das Rennen angefangen, und sie waren richtig schnell, und ich hatte Angst und habe nicht hingesehen.«

»Was ist dann passiert?«

»Billy ist zu nah rangefahren, und wir haben sie gerammt. Dann hat das andere Auto uns wieder gerammt, und wir haben uns gedreht. Ich hab geschrien, aber Billy hat das Auto abgefangen, und wir haben angehalten.«

»Wie haben Billy und Bobby es aufgenommen, daß das andere Auto Sie so abgedrängt hat?«

»Sie waren richtig sauer. Sie haben gesagt, sie kriegen sie noch, und dann sind sie schnell in die Richtung gefahren, in die das andere Auto gefahren war.«

»Haben sie das andere Auto gefunden?«

»Nicht gleich. Erst sind sie zu weit den Monroe Boulevard raufgefahren, und wir haben sie nirgends gesehen. Dann hat Bobby gesagt, er könnte wetten, daß sie im Park sind, und wir sind zurückgefahren.«

«Was war das für ein Park?«

»Lookout Park. Wir sind rumgefahren, aber wir haben sie nicht gefunden. Und dann habe ich das Auto auf der Wiese gesehen.«

»Polizeibeamte haben Sie zu der Wiese gefahren, wo die Leiche von Richie Walters gefunden worden war, nicht wahr?«

»Ja.«

»Und man hat Ihnen das Auto gezeigt, in dem die Leiche gefunden wurde, nicht wahr?«

»Ja.«

»War das Auto, das Sie gesehen haben, Richie Walters' Auto?«

»Ja.«

»Was ist dann passiert?«

Esther trank einen weiteren Schluck aus ihrem Wasserglas. Sie spürte Bobbys Blick und merkte, wie ihr Kopf sich zum Tisch der Verteidigung wandte. Sie hatte erwartet, Furcht oder Ärger in Bobbys Augen zu sehen. Statt dessen sah sie gar nichts. Es war, als blicke er an ihr vorbei zu einer Szene, die sie nicht sehen konnte.

»Billy hat das Auto auf die Wiese gefahren, hinter das andere Auto, und die Fahrertür von dem anderen ... von Richies Auto ist aufgegangen, und Richie ist ausgestiegen.«

»Konnten Sie sehen, daß es Richie war?«

»Ich glaube, er war's. So gut habe ich es nicht sehen können, weil es dunkel war.«

»Was ist dann passiert?«

»Sie haben sich angeschrien, und dann hat Billy den anderen Jungen auf einmal geschlagen, und Bobby ist auch ausgestiegen und um das Auto rumgerannt.«

»Was haben Sie getan?«

»Ich bin ausgestiegen und hab zugesehen.«

»Hatten Sie Angst?«

»Nein. Eigentlich nicht. Ich hab gedacht, sie wollen ihn nur verprügeln. Ich hatte schon oft erlebt, daß Billy das tut. Eine Menge Prügeleien.«

»Was ist dann passiert?«

Plötzlich wurde es Esther übel und schwindlig.

»Mrs. Pegalosi, geht es Ihnen nicht gut?« fragte Richter Samuels.

»Ich bin nur ... Wenn ich noch ein bißchen Wasser kriegen könnte.«

»Wäre es Ihnen lieber, wenn wir eine Pause machten?« fragte der Richter. Sie schüttelte den Kopf. Sie wußte selbst nicht, warum, denn auf einmal hatte sie das Gefühl, keinen Augenblick länger im Gerichtssaal bleiben zu können. Aber zugleich hatte sie ebensoviel Angst davor, sich von der Stelle zu bewegen. Sie wünschte, Roy wäre da. Wenn sie ihn nur sehen könnte ...

Der Gerichtsschreiber reichte ihr das Glas. Sie trank einen Schluck und lehnte sich zurück.

»Es ist schon in Ordnung, jetzt«, hörte sie sich sagen. Es klang wie die Stimme eines anderen Menschen.

»Was ist passiert, nachdem Sie aus dem Auto ausgestiegen waren?«

»Sie haben ein paarmal auf ihn eingeschlagen, und er ist hingefallen. Richie ist hingefallen, aber sie haben immer weiter zugeschlagen.«

»Haben Sie gesehen, ob sie mit einem Gegenstand zugeschlagen haben?«

»Ich weiß nicht ... erinnere mich nicht, ob ... ich habe nicht drauf geachtet, weil ich das Mädchen in dem Auto gesehen habe.«

»Das Mädchen?«

»Das Licht war an, weil die Tür nicht richtig zu war, und man konnte ins Innere sehen. Und als sie sich geprügelt haben, war niemand ... Es hat nicht so ausgesehen, als ob noch jemand im Auto wäre. Und dann hat dieses Mädchen sich aufgesetzt, und Billy hat sie gesehen, und Billy und

Bobby sind um das Auto rumgerannt, und ich bin hingegangen, wo der Junge gelegen hat.«

»Haben Sie den Jungen angesehen?«

Sie spürte die Tränen aufsteigen, und sie spürte Schmerzen in der Kehle, als sie zu sprechen versuchte. Sie konnte nicht sprechen. Sie konnte nur weinen.

»Mrs. Pegalosi, ich weiß, dies ist schwer für Sie, aber wir müssen Bescheid wissen. Diese Jury muß Bescheid wissen. Was haben Sie gesehen, als Sie den Jungen am 25. November 1960 auf dieser Wiese im Gras liegen sahen?«

»Er hatte kein Gesicht«, hörte sie sich schreien. »Er hatte kein Gesicht.«

Das Gericht mußte eine Pause einlegen, bevor sie in der Lage war, weiterzumachen. Mr. Heider und Roy saßen bei ihr in einem kleinen Zimmer neben dem Gerichtssaal, und Roy sprach beruhigend auf sie ein. Sie wollte sterben. Sie sagte ihnen, sie könne niemals in den Saal zurückkehren, wo all die Leute sie anstarrten, nachdem sie sich so zum Narren gemacht hatte. Sie antworteten, es sei alles in Ordnung, und sie wand sich und verkroch sich in sich selbst, aber schließlich erklärte sie sich bereit, weiterzumachen.

»Mrs. Pegalosi, nachdem Sie Richie im Gras haben liegen sehen, was haben Sie getan?«

»Ich glaube, ich bin weggerannt. Immer den Hügel runter.«

»Und wohin sind Sie gekommen?«

»Erst in einen Hof. Ich bin da reingelaufen, und diese Hunde haben angefangen zu bellen und sind auf mich losgegangen. Ich bin aus dem Hof rausgerannt und auf die Straße raus.«

»Was für eine Straße?«

»Monroe Boulevard.«

»Was ist dann passiert?«

»Ich bin losgegangen, und jedesmal, wenn ein Auto gekommen ist, bin ich zur Seite gesprungen, in die Büsche, damit sie mich nicht sehen. Und dann habe ich gemerkt, daß ich nicht den ganzen Weg nach Hause laufen kann und daß ich mich mitnehmen lassen muß. Und als ich Lichter gesehen habe, bin ich wieder aus den Büschen rausgekommen und auf die Straße gegangen, und das Auto hat angehalten, und sie waren es.«

»Wer?«

»Billy und Bobby und das Mädchen.«

»Was für ein Mädchen?«

»Elaine Murray.«

»Woher wissen Sie, daß es Elaine Murray war?«

»Ich habe sie von der Schule her gekannt. Sie war sehr beliebt.«

»Erzählen Sie uns, was Sie beobachtet haben.«

»Bobby ist gefahren, und Elaine hat hinten gesessen mit Billy. Er hatte sie an den Armen und um die Schultern gefaßt, und sie hat irgendwie, ich weiß nicht, benommen ausgesehen.«

»Hat sie etwas gesagt oder hat sie versucht zu flüchten?«

»Nein.«

»Was ist weiter mit Ihnen geschehen?«

»Sie haben mich vor unserem Haus abgesetzt. Auf der Straße.«

»Haben sie etwas zu Ihnen gesagt?«

»Nein. Sie haben mich einfach abgesetzt.«

»Und haben Sie die Coolidges danach noch gesehen?«

»Nicht oft. Ein bißchen später hatten sie einen Unfall, und

dann waren sie im Krankenhaus, und dann waren Ferien, und meine Mutter hat gesagt, ich darf nicht mehr mit ihnen rumziehen, weil ich so betrunken war, als ich nach Hause gekommen bin, und schlecht war mir auch.«

»Mrs. Pegalosi, haben Sie am Abend des 25. November 1960 etwas verloren?«

»Ja. Meine Brille, ein Feuerzeug und einen blauen Kamm.«

Heider reichte Esther einen Plastikbeutel mit einer Damenbrille, einem blauen Kamm und einem Feuerzeug.

»Ich gebe Ihnen jetzt die als Beweisstücke 35, 36 und 37 bezeichneten Gegenstände und frage Sie, ob Sie diese Dinge erkennen.«

»Ja. Das sind die, die ich an dem Abend verloren habe.«

»Die Polizei hat wegen dieser Gegenstände kurz nach dem Mord an Richie Walters Kontakt mit Ihnen aufgenommen, nicht wahr?«

»Ja.«

»Was haben Sie der Polizei im Hinblick auf diese Brille erzählt?«

»Ich habe gesagt, ich hätte sie schon drei Monate früher verloren.«

»Warum haben Sie das gesagt?«

»Ich habe gedacht, es stimmt.«

»Gut. Sie haben ausgesagt, daß Sie 1960 mit einem gewissen Roger Hessey ausgegangen sind.«

»Ja.«

»Und können Sie uns von einer Auseinandersetzung erzählen, die Sie und Mr. Hessey im Jahr 1960 kurz vor dem Walters-Mord hatten?«

»Ja. Wir sind ins Kino gegangen und dann rauf zu der Wiese im Lookout Park. Jeder ist dort hingegangen, wissen

Sie. Und ich war wütend, weil er sich mit einem anderen Mädchen getroffen hatte, und ich hatte es rausgefunden, und also habe ich ihn nicht geküßt, und dann bin ich ausgestiegen und weggerannt. Er hat mich eingeholt und mir die Brille weggeschlagen.«

»Und was ist dann passiert?«

»Ich hab die Brille aufgehoben, und er hat mich nach Hause gefahren.«

»Waren Sie mehrfach zu Sitzungen bei Dr. Hollander, während derer Sie hypnotisiert wurden und bei denen Ihnen manchmal auch Natriumamytal verabreicht wurde?«

»Ja.«

»Wie viele solche Sitzungen haben stattgefunden?«

»Also, ich ... Eine ganze Menge. Mehr als zehn, das weiß ich.«

»Haben Sie sich vor diesen Sitzungen schon an das erinnert, was Sie uns heute erzählt haben?«

»Nein.«

»Und als Sie uns heute erzählt haben, was am 25. November 1960 passiert ist, haben Sie aus eigener unabhängiger Erinnerung gesprochen?«

»Ja, das habe ich.«

»Keine weiteren Fragen.«

Mark sah rasch noch einmal die Notizen durch, die er sich nach den Bändern und Abschriften gemacht hatte, und vergewisserte sich, daß die übrigen Unterlagen, die er für sein Kreuzverhör brauchen würde, in Ordnung waren. Sie hatten Esther nach Kräften herausgeputzt; sie sah aus wie eine Sekretärin oder Lehrerin. Korrekt und ehrbar, aber nervös – sehr nervös.

Er hatte viel Zeit damit verbracht, die Abschriften der

Bandmitschnitte durchzuarbeiten. Als er Esther, den Arzt und Shindler die Worte aussprechen hörte, die er zuvor gelesen hatte, hielt er die Erklärung für immer wahrscheinlicher, die Dr. Paris bezüglich Esthers Aussage gemacht hatte. Sie log, oder man hatte sie einer Gehirnwäsche unterzogen, und er mußte die Jury dazu bringen, das zu erkennen.

»Mrs. Pegalosi, ich habe zweimal versucht, mit Ihnen über den Fall zu reden, nicht wahr?«

»Ja.«

»Und Sie haben sich beide Male geweigert, den Fall mit mir zu besprechen, stimmt das?«

Esther sah auf ihre Hände hinunter.

»Sie haben mir bei einer Gelegenheit die Tür vor der Nase zugeschlagen, nicht wahr?«

Sie nickte.

»Aber jetzt werden wir über den Fall sprechen müssen, oder? Sie sagen, Sie seien beschwipst gewesen, nachdem Sie den gestohlenen Wein getrunken hatten, und hätten sich nicht gut gefühlt?«

»Ja.«

»Und Sie sind mit in die Stadt gefahren und haben die Coolidges dann gebeten, Sie nach Hause zu bringen?«

»Ja.«

»Und die Coolidges sind vom Stadtzentrum von Portsmouth aus zum Monroe Boulevard gefahren, um Sie nach Hause zu bringen?«

»Ja.«

Mark stand auf und trug einen Stadtplan von Portsmouth zu einer Staffelei, die neben dem Zeugenstand aufgestellt worden war.

»Monroe Boulevard ist doch nicht der kürzeste Weg zu Ihrem Haus, wenn man aus der Innenstadt kommt, oder?« fragte er.

Esther starrte zuerst den Plan und dann Mark an.

»Ich ... ich weiß nicht.«

»Warum sehen Sie nicht auf den Plan und sagen der Jury, welche Strecke Sie normalerweise genommen haben, wenn Sie aus dem Stadtzentrum nach Hause wollten?«

»Ich glaube nicht, daß ich so einen Weg genommen habe.«

»Nicht, Mrs. Pegalosi? Das ist aber interessant«, sagte Mark, während er zu seinem Tisch zurückkehrte und eine Karteikarte von einem Stoß nahm.

»Erinnern Sie sich noch, auf Band Nr. 5 die folgenden Fragen gestellt bekommen zu haben und die folgenden Antworten gegeben zu haben?

F: Dann seid ihr in die Stadt gefahren, oder?

A: Ich glaube, ja.

F: Und jetzt seid ihr am Monroe. Kannst du Monroe sehen?

A: Ich kann den Monroe sehen, aber ich bin nicht ... ich erinnere mich nicht, ob ...

F: Aber du mußtest doch zum Monroe Boulevard, um nach Hause zu kommen, oder?

A: Nein. Meistens habe ich aus der Stadt die Marshall Road genommen.«

»Daran erinnere ich mich nicht.«

»Möchten Sie, daß ich Ihnen das Band vorspiele?«

»Nein, ich ...«

»Ist es nicht wahr, Mrs. Pegalosi, daß die normale Strecke,

die übliche Strecke, die Sie genommen haben, wenn Sie im Jahr 1960 vom Stadtzentrum aus nach Hause wollten, die Marshall Road war?«

»Ich glaube schon.«

»Und ist es nicht wahr, daß Sie Dr. Hollander mehrfach gesagt haben, Sie könnten sich nicht daran erinnern, an diesem Abend auf dem Monroe Boulevard gewesen zu sein?«

»Das war, bevor ...«

»Bevor sie Ihnen eingeredet haben, daß Sie doch auf dem Monroe Boulevard waren?«

Heider sprang auf und erhob Einspruch.

»Ich ziehe die Frage zurück, Euer Ehren«, sagte Mark, bevor er wieder zu seinem Platz ging.

»Sie sagen aus, daß Sie Ihre Brille, Ihr Feuerzeug und Ihren Kamm am Abend des 25. November 1960 verloren haben?«

»Ja.«

Mark nahm den Polizeibericht von einem Stoß Akten und schlug eine Seite auf.

»Erinnern Sie sich daran, in der zweiten Januarwoche 1961 von zwei Polizeidetectives namens Roy Shindler und Harvey Marcus besucht worden zu sein?«

»An das Datum erinnere ich mich nicht mehr so genau, aber sie sind gekommen. Mr. Shindler ist mehrmals gekommen.«

»Ich spreche vom ersten Besuch. Er fand bei Ihnen zu Hause statt, und Ihre Mutter war anwesend.«

»Das weiß ich noch.«

»Erinnern Sie sich daran, den beiden Beamten erzählt zu haben, daß die Brille Ihnen drei Monate zuvor gestohlen worden war?«

»Ich habe das gesagt, aber ...«
»Bitte, beantworten Sie einfach nur die Frage.«
»Ja.«
»Und drei Monate vor der zweiten Januarwoche, das wäre doch genau um die Zeit, als Roger Hessey Ihnen die Brille aus dem Gesicht geschlagen hat, und nicht etwa das Datum des Mordes an Richie Walters, oder?«
»Das habe ich gesagt, weil ...«
»Euer Ehren«, sagte Mark, »könnten Sie die Zeugin bitte anweisen, meine Fragen zu beantworten?«
»Mrs. Pegalosi, Sie müssen Mr. Shaeffer antworten«, sagte Richter Samuels.
Esther sah zu den Zuhörern hin. Sie schwiegen und starrten sie anklagend an.
»Ich glaube schon. Ich habe nicht darauf geachtet.«
»Beim Verhör durch Mr. Heider haben Sie gesagt, Sie hätten den Beamten erzählt, daß Ihnen die Brille gestohlen worden war, weil Sie dies zu diesem Zeitpunkt für die Wahrheit hielten.«
»Ja.«
»Und wann haben Sie aufgehört, das zu glauben?«
»Als ich gemerkt habe, daß ich etwas weiß.«
»Und wann war das, Mrs. Pegalosi?«
»Als ... als ich Dr. Hollander getroffen habe und ich angefangen habe zu verstehen ... daß ich die Wahrheit gewußt habe.«
»War es die Wahrheit, die Sie während der Sitzungen mit Dr. Hollander gesagt haben?«
»Ja.«
Mark wählte eine weitere Karteikarte aus und las sie durch, während Esther wartete. Sie schwitzte; sie spürte

die Tröpfchen, die ihr auf der Stirn standen. In ihrem Magen rumorte es, und die Anspannung hinterließ ein flaues Gefühl. Sie versuchte, sich Dr. Hollanders Finger auf ihrem Handgelenk vorzustellen, seine beruhigende Stimme. Sie mußte sich entspannen.

»Mrs. Pegalosi, erinnern Sie sich an die folgenden Aussagen auf Band Nr. 8?

Frage: Wissen Sie noch, was Sie mir über Monroe Boulevard und Lookout Park erzählt haben?

Antwort: Uh. Wahrscheinlich hab ich da gelogen.

Frage: Wahrscheinlich haben Sie mich angelogen?

Antwort: Kann ich gelogen haben bei dem, was ich da gesagt habe?

Frage: Das bezweifle ich.«

Esther leckte sich wieder über die Lippen und sah zu Mr. Heider hinüber. Heider lehnte mit gelangweilter Miene in seinem Stuhl. Er hatte ihr gesagt, daß er ihr während des Kreuzverhörs nicht beistehen könne, weil das aussehen könnte, als suggeriere er ihr Antworten; aber sie brauchte Beistand und wünschte sich, er möge seinen Grundsatz brechen, nur ein einziges Mal.

»Mrs. Pegalosi, ich habe Sie gefragt, ob Sie sich an diese Abfolge von Fragen und Antworten erinnern.«

»Ich erinnere mich nicht genau daran.«

»Ich verstehe. Wie wäre es mit dem hier? Dies stammt von Band Nr. 10.

F: Wohin sind sie gefahren?

A: In den Lookout Park.

F: Sie sind in den Park gefahren?

A: Ich glaube. Das kann ich mir nicht eingebildet haben.

F: Nein. Sie machen das sehr gut. Ihr Gedächtnis funktioniert besser als jemals zuvor. Was ist als nächstes passiert?

A: Wir ... Ich habe das Auto gesehen.

F: Das Auto, gegen das Sie das Rennen gefahren hatten?

A: Sind Sie sicher, daß ich mich nicht nur deswegen daran erinnere, weil ich's hinter mich bringen will, und daß ich mich in Wirklichkeit gar nicht daran erinnere?«

»Das weiß ich nicht mehr.«
»Nein? Hätten Sie gern, daß ich Ihnen das Band vorspiele?«
»Nein. Es ist bloß ... Wenn man so weg ist ... Das Mittel macht einen schläfrig, und dann ist es schwierig, sich zu erinnern, was man gesagt hat.«
»Erinnern Sie sich daran, etwas später folgendes gesagt zu haben?

F: Sie machen das gut. Sehen wir doch mal, wie gut Ihr Gedächtnis ist.

A: Es ist so schwierig, weil ich weiß, was sie getan haben. Ich weiß genau was ich sagen müßte, und ich möchte gern sicher sein, daß ich mich dran erinnere und es nicht einfach sage ... irgendwas, was ich weiß.

Erinnern Sie sich daran, das gesagt zu haben?«
Esther dachte an Dr. Hollanders Finger.
»Nein, das weiß ich nicht mehr.«
»Sie erinnern sich an eine ganze Menge Dinge nicht mehr.«
»Ich hab Ihnen doch gesagt«, antwortete sie, vor Panik etwas lauter als bisher, »mit dem Mittel, da erinnert man sich nicht so gut.«
»Erinnern Sie sich, gesagt zu haben ›Ich weiß nicht mehr, was ich sagen müßte‹?«
Esther schüttelte den Kopf. Sie konzentrierte sich auf die Finger. Beruhigend, entspannend. Keine Panik.
»Oder: ›Warte. Wie oft habe ich Sie beide darüber schon belogen?‹ Erinnern Sie sich daran?«
»Nein«, sagte Esther. Sobald das Wort heraus war, wurde ihr klar, daß sie eine Spur zu laut gesprochen hatte. Sie mußte sich zusammennehmen.
»Wie oft haben Sie Dr. Hollander angelogen?«
»Habe ich nicht.«
»Wie oft haben Sie gelogen, als ...«
Mark unterbrach sich. Er sah auf Esthers Hände. Die rechte Hand rieb rhythmisch das Handgelenk der linken.
»Mrs. Pegalosi, was machen Sie da mit den Händen?«
Sie hielt abrupt inne. Die Geschworenen starrten auf ihr Handgelenk.
»Gar nichts«, antwortete sie schuldbewußt.
»Ich habe gesehen, daß Sie Ihr Handgelenk gerieben haben. Versuchen Sie, sich selbst zu hypnotisieren? Euer Ehren, ich bitte das Gericht, die Zeugin darüber zu informie-

ren, daß sie sich während des Kreuzverhörs nicht hypnotisieren darf.«
Heider war wieder auf den Beinen.
»Das ist doch lächerlich. Was will Mr. Shaeffer ...«
Richter Samuels sorgte mit dem Hammer für Ruhe.
»Meine Herren, setzen Sie sich. Beide. Wir werden eine kurze Pause machen.«
Der Gerichtsdiener führte die Geschworenen in ihr Zimmer, und der Richter wartete, bis die Tür sich geschlossen hatte. Dann wandte er sich an Mark.
»Was ist also Ihr Problem, Mr. Shaeffer?«
»Die Zeugin hat während meines Verhörs pausenlos ihr Handgelenk gerieben, Euer Ehren. Das ist ihre Methode, sich selbst zu hypnotisieren. Es kommt auf den Bändern vor.«
Samuels lehnte sich in seinem Stuhl zurück und schien zu überlegen. Dann drehte er sich zu Esther um.
»Mrs. Pegalosi, ich möchte nicht, daß Sie sich fürchten, aber ich hätte gern eine klare Antwort. Haben Sie versucht, sich zu hypnotisieren, gerade eben, als Mr. Shaeffer Sie befragt hat?«
Esther sah in ihren Schoß hinunter.
»Ich ... Ja.«
»Das dürfen Sie nicht tun. Verstehen Sie? Wenn Sie unter Medikamenten oder Alkohol ständen, könnte ich Sie auch nicht aussagen lassen. Sie müssen absolut wach sein. Verstehen Sie das?«
»Ja«, antwortete sie so leise, daß der Richter sie bitten mußte, die Antwort zu wiederholen.
»Sie werden nicht noch einmal versuchen, sich zu hypnotisieren, haben Sie mich verstanden?«

»Ja.«
»Gut. Gerichtsdiener, holen Sie die Geschworenen wieder herein.«

Mrs. Pegalosi, warum, glauben Sie, konnten Sie sich all die Jahre nicht daran erinnern, daß Sie den Mord an Richie Walters gesehen hatten?«
»Ich ... Dr. Hollander hat gesagt, als ich die Leiche gesehen habe ... das Gesicht ... so wie es ausgesehen hat, wissen Sie ... daß ich das einfach nicht aushalten konnte. Und dann hatte ich noch getrunken ...« Sie zuckte die Achseln. »Das hat er gesagt.«
»Sehr verständlich«, antwortete Mark lächelnd. »Soviel Gewalttätigkeit hätte mir auch angst gemacht. Sagen Sie mir, war das das erste Mal, daß Sie Gewalttätigkeit zu Gesicht bekommen haben, Mrs. Pegalosi?«
»Nein«, sagte sie mit leiser, zitternder Stimme.
»Sie haben in Ihrem Leben sogar eine ganze Menge Gewalt miterlebt, nicht wahr?«
»Ich ... ich würde nicht sagen eine Menge, ich habe ...«
»Sie brauchen sich nicht zu schämen. Erzählen Sie der Jury doch von dem Jungen, den Sie mit dem Messer angegriffen haben. Andy Trask.«
»Dafur bin ich aber nicht verurteilt worden.«
»Nein, das habe ich auch nicht gesagt. Aber Sie wurden verhaftet und zunächst in eine Jugendstrafanstalt gesteckt, nicht wahr?«
»Ja.«
»Und das war nicht das erste Mal, stimmt's?«
»Ja.«
»Sie waren in Jugendhaft, weil Sie weggelaufen sind, weil

Sie Andy Trask angegriffen haben und wegen eines Raubes, ist das richtig?«
»Ja.«
»Und Sie haben Andy Trask wirklich verletzt, nicht wahr?«
»Ja.«
»Und daran erinnern Sie sich in allen Einzelheiten, nicht wahr?«
»Ja.«
»Erinnern Sie sich daran, gesehen zu haben, wie Ihr Vater Ihre Mutter geschlagen hat?«
Sie begann zu weinen. Mark wiederholte die Frage, und Heider sprang auf.
»Euer Ehren, die Verteidigung tyrannisiert die Zeugin. Das ist doch alles irrelevant.«
»Es ist sogar sehr relevant, Euer Ehren. Mrs. Pegalosi kommt hierher und behauptet, plötzlich nach all der Zeit zu wissen, daß dieser junge Mann ein Mörder ist. Dann sagt sie, sie hätte es vergessen, weil sie über die Gewalttätigkeit so entsetzt war. Ich habe jedes Recht, zu zeigen, daß ihr Gewalttätigkeit nicht fremd ist und daß sie sich an Gewaltakte sehr deutlich erinnert.«
»Ich stimme mit Mr. Shaeffer überein, und ich werde den Einspruch abweisen. Andererseits werde ich nicht zulassen, daß Sie diese Zeugin moralisch unter Druck setzen.«
»Euer Ehren, es ist nicht meine Schuld, wenn sie weint. Wenn ihr Gewissen ...«
»Sie haben gehört, was ich gesagt habe, Mr. Shaeffer.«
»Ja, Euer Ehren.«
»Mrs. Pegalosi, haben Sie jemals gesehen, wie Ihr Vater Ihre Mutter mit einem Messer verletzt hat?«

»Ja.«
»Erzählen Sie der Jury, woran Sie sich erinnern.«
Esther trocknete sich mit einem Taschentuch die Augen.
»Ich habe geschlafen, und dann habe ich gehört, wie in Mommas ... im Zimmer von meiner Mutter jemand herumgeschrien hat. Er war wieder betrunken, und die Tür ist aufgegangen, und ich habe gehört, wie sie in die Küche gerannt ist, und er hat geflucht.«
»Sprechen Sie weiter.«
»Momma hatte ein Küchenmesser und hat gesagt, sie würde ihn damit abstechen, wenn er näher käme, aber er hat sie gegen den Kühlschrank gestoßen und das Messer genommen.«
»Ich kann Sie wirklich kaum hören, Mrs. Pegalosi«, sagte Mark.
Esther trank noch einen Schluck Wasser.
»Das war alles. Er hat zugestoßen, und auf dem weißen Kühlschrank war Blut, und Momma ist hingefallen, und er hat das Messer fallen lassen und gesagt ›Was habe ich gemacht‹, und dann ist er rausgegangen.«
»Und daran erinnern Sie sich?« fragte Mark leise.
»Ja«, antwortete Esther, und im ganzen Saal war kein anderes Geräusch zu hören.
»Und erinnern Sie sich daran, wie ein Mann namens Bones eine Minigolfanlage überfallen und ausgeraubt hat und dann von der Polizei gejagt wurde, während Sie dabei waren?«
»Ja.«
»In allen Einzelheiten?«
»Ja.«
»Und Sie haben ausgesagt, daß Sie zunächst keine Angst

hatten, als Billy und Bobby und Richie Walters sich geprügelt haben, weil Sie schon öfter Schlägereien gesehen hatten. Haben Sie Schlägereien gesehen, bei denen Blut geflossen ist?«

»Ja.«

»Und könnten Sie der Jury detailliert von diesen Schlägereien erzählen, wenn ich Sie fragte?«

»Von manchen schon.«

»Auch von denen, bei denen Blut geflossen ist?«

»Ein paar davon.«

Mark machte eine Pause. Er hörte seinen eigenen Herzschlag im Gerichtssaal widerhallen. Er sah die Blicke der Geschworenen wie gebannt an Esther hängen. Er sah ihr Gesicht mit großer Klarheit, ohne alle Farbe, mit Tränenspuren auf den Wangen.

»Sie hatten einmal einen Hund, nicht wahr?«

»O nein«, stöhnte Esther.

»Ich möchte das Gericht bitten, die Zeugin anzuweisen, meine Fragen zu beantworten.«

»Mrs. Pegalosi, Sie müssen antworten.«

»Ja.« Die Antwort kam in einem erstickten Flüstern.

»Haben Sie den Hund geliebt?«

»Ja«, schluchzte sie.

»Erzählen Sie der Jury, wie der Hund umgekommen ist.«

Esther wurde bleich.

»Mrs. Pegalosi«, sagte Mark.

»Ich ... ich kann nicht«, sagte sie, während sie hilfesuchend zum Richter aufblickte. Samuels wies sie an, zu antworten.

»Mein ... mein Vater hat den Hund erschossen.«

»Ins Auge?«

Esther weinte; sie konnte nur nicken.

»Und daran erinnern Sie sich in allen Einzelheiten, nicht wahr?«

»Ja.«

»Und Sie haben den Hund geliebt, nicht wahr?«

»Ja.«

»Und trotzdem können Sie sich daran erinnern.«

»Euer Ehren!« schrie Heider.

»Setzen Sie sich, Mr. Heider, im Kreuzverhör ist derlei zulässig.« Der Richter wandte sich an Shaeffer; es war offensichtlich, daß er sich zusammennahm. »Haben Sie vor, diesen Punkt noch weiter zu verfolgen, Mr. Shaeffer?«

»Nein, Euer Ehren. Ich glaube, es ist deutlich geworden, was ich meine.«

Esther saß vornübergebeugt im Zeugenstand. Irgend jemand hatte ihr ein Taschentuch gegeben. Der Richter ordnete eine zehnminütige Pause an.

»Mrs. Pegalosi«, sagte Mark, als das Gericht wieder zusammengetreten war, »Sie haben ausgesagt, daß Sie Richie Walters' zerschlagenes Gesicht kurz nach dem Mord gesehen haben?«

»Ja«, antwortete Esther. Ihre Stimme klang monoton. Sie hatte so heftig und so lang geweint, daß in ihrem Inneren nur noch Leere war. Sie wußte, die Verhandlung würde bald für heute unterbrochen werden; sie mußte nur die kurze Zeit bis dahin noch hinter sich bringen.

»Und der Anblick dieses Gesichts hat Sie so schockiert, daß eine Amnesie ausgelöst wurde?«

»Dr. Hollander hat mir das gesagt.«

»Wann ist Ihnen zum erstenmal klargeworden, daß Sie Richies Gesicht in Wirklichkeit doch gesehen hatten?«

»Nachdem ... Als Dr. Hollander mir zum erstenmal dieses Mittel gegeben hat.«

»Ist es nicht tatsächlich so, Mrs. Pegalosi, daß Sie Richies Gesicht erst einige Zeit nach dem Mord zum erstenmal gesehen haben?«

»Wie meinen Sie das?«

»Erinnern Sie sich an den folgenden Wortwechsel zwischen Ihnen und Dr. Hollander? Dies stammt von Band Nr. 10.

F: Aber Sie erinnern sich daran, daß Sie den Mord an dem Jungen gesehen haben?

A: Nein, das habe ich nicht gesehen.

F: Haben Sie nicht gesagt, Sie hätten die Schlägerei gesehen?

A: Nein, nein, ich habe nicht gewußt, daß das ein Mord war - erst später. Ich habe nicht gewußt, was da passiert. Ich habe gedacht, sie schlagen ihn zusammen, so wie sie's immer gemacht haben.

F: Haben Sie nicht gesagt, Sie hätten Richies Gesicht gesehen?

A: Das habe ich später gesehen.

Wann war später, Esther?«

»Ich weiß nicht, was Sie meinen.«

»Erinnern Sie sich noch, Dr. Hollander erzählt zu haben, daß Sie, bevor Sie fortgelaufen sind, als letztes gesehen haben, wie Bobby und Billy Richie am Auto festgehalten haben, als durchsuchten sie ihn?«

»Ich habe Ihnen doch gesagt, ich weiß nicht mehr, was

ich gesagt habe, weil ich von dem Mittel ziemlich weg war.«

»Möchten Sie, daß ich Ihnen das Band vorspiele?«

»Nein. Wenn Sie sagen, daß es das sagt …«

»Daß Sie das sagen. Esther, sind Sie nachts jemals schreiend aufgewacht, weil Sie Alpträume hatten, in denen Sie Richies blutiges Gesicht gesehen haben?«

Esther sah wieder in ihren Schoß.

»Ja. Oft sogar.«

»Die Alpträume haben doch nicht direkt nach dem Mord angefangen, oder?«

»Ich weiß nicht mehr genau, wann.«

»Haben Sie jemals einen Detective namens Roy Shindler getroffen?«

Esther hatte das Gefühl, als habe man sie geschlagen. Sie sah Shaeffer direkt an, weiß im Gesicht. Ihre Hände drehten das Taschentuch zu einem harten Klumpen.

»Mrs. Pegalosi?«

»Ja«, antwortete sie heiser.

»Haben Ihre Alpträume kurz nach Ihrer Begegnung mit Detective Shindler begonnen?«

»Ich weiß nicht, was Sie meinen.«

»Ich glaube aber doch, Esther. Detective Shindler ist der Mann, der Sie zu Dr. Hollander gebracht hat, oder nicht?«

»Aber er hat mich nicht gezwungen. Ich bin gegangen, weil ich es wollte.«

»Was wollten Sie, Esther?«

»Rausfinden, ob es wirklich war, was er gesagt hat.«

»Was hatte er gesagt?«

»Daß ich den Mord gesehen habe. Er hat das schon damals gewußt.«

»Wann damals?«

»Als sie ermordet wurden. Er hat's mir gesagt.«

»Und Ihnen den Schauplatz gezeigt.«

»Ja.«

»Er hat Sie dort hingefahren und Ihnen dann gesagt, wie es passieren könnte, daß ein Mädchen seine Brille verliert, wenn sie auf eine ganz bestimmte Art einen Hang hinunterrennt.«

»Aber so war das nicht.«

»Ihnen suggeriert, daß Sie an diesem Abend an einem Dragsterrennen gegen Richie beteiligt gewesen sein könnten, obwohl Sie sich nicht erinnern konnten.«

»Es war in meinem Unterbewußtsein versteckt. Das hat Dr. …«

»Ihnen dieses Bild gezeigt, das Sie so erschreckt hat, daß Sie hysterisch wurden und noch Jahre später Alpträume hatten.«

Esther hielt inne.

»Was für ein Bild?« fragte sie zögernd.

»Sagen Sie der Jury, was für ein Bild es war.«

»Ich weiß von keinem Bild.«

»Sie erinnern sich nicht mehr daran, daß Detective Shindler Sie im Jahr 1961 mit aufs Polizeirevier genommen und Ihnen in einem der Verhörzimmer eine Farbfotografie gezeigt hat?«

Esther konnte nicht atmen. Sie konnte die Augen nicht von Shaeffers Gesicht wenden. Er stand auf und ging langsam zu einem Tisch hinüber, auf dem sich die Beweisstücke häuften. Er beugte sich leicht vor und nahm einen braunen Umschlag vom Tisch. In ihren Ohren dröhnte es. Er sagte: »Vielleicht hilft Ihnen dies hier, sich zu erinnern«, und jetzt war sie wieder in dem Zimmer auf dem Polizeirevier, und es war Roys Hand, die das Farbfoto langsam aus dem Umschlag zog, das Bild nach unten. Und sie sah auf das Bild, und es drehte sich zu ihr um, und sie schrie, wie sie damals geschrien hatte.

Sarah hatte ihm den Zettel gegeben, als er den Gerichtssaal verließ. Er stammte von einem gelben Notizblock, und sie hatte ihn offensichtlich während der Verhandlung geschrieben. Er hatte ihn in die Hosentasche geschoben und erst herausgeholt, als er wieder Gefängniskleidung anzog.

Am Abend, nach dem Abendessen, hatte er sich auf seiner Pritsche ausgestreckt, zu erschöpft von der Sitzung, um etwas anderes zu tun, als dazuliegen. Er hatte sich den Zettel aufgehoben, obwohl alles ihn dazu drängte, ihn zu lesen; es war die erste echte Mitteilung von Sarah, die er seit langer Zeit bekommen hatte.

Sie war jeden Tag im Gerichtssaal gewesen, und in den Pausen hatte sie mit ihm gesprochen, aber die Unterhaltungen waren oberflächlich gewesen, und sie hatte immer eine Entschuldigung dafür gefunden, daß sie ihn nicht mehr im Gefängnis besuchte.

Als sie ihm den Zettel gegeben hatte, hatte sie ihn nicht angesehen.

Er hatte versucht, mit ihr zu sprechen, aber sie war rasch fortgegangen.

Er fürchtete sich vor dem, was sie geschrieben hatte. Er faltete das Blatt auf und hielt es ins Licht. Die Mitteilung war sehr kurz. Sie schrieb, daß sie fortgehen würde und ihn nicht wiedersehen wollte. Sie wollte so gern glauben, daß

er unschuldig war und daß das Mädchen log, schrieb sie weiter, aber sie hatte zugesehen, wie Mark Shaeffer Esther heute gequält hatte, und ihr war übel bei dem Gedanken, daß sie ihm jemals gestattet hatte, sie zu berühren.
Er ließ die Hand sinken. Das gelbe Papier flatterte auf den Zementboden.

5

Mark Shaeffer stellte seinen Aktenkoffer auf seinem Tisch im Gerichtssaal ab und öffnete die Verschlüsse. Jeder Stuhl war besetzt, und weitere Zuhörer drängten sich im Gang, in der Hoffnung, daß jemand vorzeitig gehen würde. Er lächelte erwartungsvoll bei dem Gedanken, Esther Pegalosi weiter vernehmen zu können. Er fühlte sich gut. Der Prozeß schien sich zu seinen Gunsten zu wenden, und die Berichterstattung im Fernsehen und in den Zeitungen hatte ihm bereits mehrere neue Mandanten eingebracht.

Bobby war noch nicht im Saal, und Mark wollte einige Details mit ihm besprechen. Er wollte eben den Wachmann bitten, Bobby hereinzuholen, als der Gerichtsschreiber ihm winkte. Mark richtete eine Akte ordentlich aus und ging dann zur Tür des Richterzimmers hinüber.

Caproni und Heider saßen bereits vor dem Schreibtisch des Richters. Samuels war noch nicht im Talar. Alle drei sahen grimmig aus.

»Setzen Sie sich, Mr. Shaeffer. Ich habe Ihnen etwas sehr Betrübliches mitzuteilen.«

Mark sah Caproni an, aber Caproni erwiderte den Blick nicht.

»Vor etwa einer Stunde hat man mich aus dem Gefängnis angerufen«, sagte Samuels. »Ich fürchte, der Prozeß ist vorbei. Mr. Coolidge hat sich letzte Nacht umgebracht.«

Esther war auf der Fahrt vom Gericht zu ihrem Haus schweigsam gewesen, und Shindler war dankbar für die Gelegenheit zum Nachdenken. Der Prozeß war so plötzlich zu Ende gewesen. Was hatte all das zu bedeuten? Jahrelang hatte er sich auf den Augenblick vorbereitet, in dem ein Richter das Urteil der Jury verlesen würde. Nun würde es nicht dazu kommen. Er empfand den Selbstmord als Bestätigung, aber zugleich hatte er das Gefühl, seine Arbeit unvollendet gelassen zu haben. Ohne das Urteil der Jury würde Coolidges Schuld offiziell unbewiesen bleiben. Schon hatte ihn irgendein Pressemann nach der Mitteilung gefragt, die man in Bobbys Zelle gefunden hatte. Der Reporter wollte Informationen über das Mädchen, das sie geschrieben hatte, und es würde heißen, er sei aus Liebeskummer gestorben. Andererseits war da ja noch Billy. Sie würden das Ganze noch einmal durchspielen, und diesmal würde es zu einem Urteil kommen.

Shindler parkte vor Esthers Wohnhaus. Sie sah starr geradeaus, wie sie es schon während der ganzen Fahrt getan hatte, und machte keine Anstalten, auszusteigen.

»Ist alles in Ordnung mit dir?« fragte er. Er wollte sie los sein, aber er brauchte sie noch für Billys Prozeß.

»Nein, nichts ist in Ordnung.«

Ihre Stimme klang hart und monoton, und der Nachdruck, mit dem sie sprach, überraschte ihn.

»Es war nicht deine Schuld, Esther. Er hat sich umgebracht, weil er wußte, daß er keine Chance hatte.«

»Er hat sich umgebracht, weil ich gelogen habe«, sagte sie verzweifelt.
»Nein, Esther. Wir haben das doch schon so oft besprochen. Du warst dabei. Gestern im Zeugenstand hast du die Wahrheit gesagt, und bei Billys Prozeß wirst du wieder die Wahrheit sagen.«
»Es gibt keinen Prozeß, weil ich nicht mehr aussagen werde«, sagte sie fest. In ihrer Stimme war keine Spur von Weinerlichkeit. Keine Unentschlossenheit.
»Natürlich gibt es noch einen Prozeß. Du bist einfach ein bißchen verstört.«
Sie schüttelte den Kopf und sah ihn an. Der Blick war klar.
»Ich weiß, wie das ist, wenn man sterben will, weißt du noch? Wenn man das Gefühl hat, man hat nichts mehr. Jetzt muß ich den Rest meines Lebens damit leben, daß ich Bobby dazu gebracht habe, das zu denken. Wegen dir, Roy. Du hast mich benutzt, weil du gewußt hast, daß ich alles tun würde, um dich zu halten. Aber damit bin ich jetzt fertig.«
Sie öffnete die Tür und stieg aus. Er folgte ihr den Weg zur Haustür hinauf und holte sie am Eingang des Wohnblocks ein.
»Esther«, sagte er, während er sie am Arm faßte. Sie riß sich los, und er griff wieder nach ihr. Diesmal wandte sie sich ihm zu.
Ihre Augen waren haßerfüllt.
»Faß mich nie wieder an. Komm nicht in meine Nähe. Wenn du's tust, erzähle ich jedem, wie du es gemacht hast, daß ich Bobby umbringe. Jedem. Wie du mich geküßt hast und mich dazu gebracht, daß ich knie. Ich sorge dafür, daß es in allen Zeitungen steht. Ich kann dich sehen, Roy. Ich

sehe dich genau. Komm nicht in meine Nähe, und ruf mich nicht an, sonst zeige ich allen Leuten, was du bist.«

Die Tür schlug zu. Er sah durch die Glasscheibe, wie sie davonging. Er stand auf dem Weg und starrte ihr nach, sogar noch, als sie schon verschwunden war, und versuchte zu überlegen, was er nun tun würde.

[redacted]

SECHSTER TEIL:
HEARTSTONE

[redacted]

EPILOG

Caproni hielt durch die wirbelnden Schneeschwaden hindurch Ausschau nach einem Straßenschild, das ihm sagen würde, wie weit es noch bis zum Hotel Cordova war. Er fand keines. Das Auto geriet auf einer vereisten Fläche ins Rutschen, und Louis Weaver packte den Türgriff. Caproni ließ sich in den Sitz zurücksinken und lauschte auf das gleichmäßige Zischen der Scheibenwischer.

Es war nicht zu einem zweiten Prozeß gekommen. Esther Pegalosi hatte ihre Aussage zurückgezogen, und die Anklagen gegen Billy Coolidge wurden fallengelassen. Philip Heider hatte es nicht gestört. Er hatte die Kandidatur seiner Partei für das Repräsentantenhaus und später die Wahl gewonnen. Heute war er Senator der Vereinigten Staaten. Auch Mark Shaeffer hatte nicht gelitten. Der Fall Murray-Walters hatte ihn zu einem sehr bekannten Anwalt gemacht, und er hatte die Publicity genutzt; kurz nach der Scheidung von seiner ersten Frau besaß er eine der einträglichsten Kanzleien des Staates. Dieser Tage rührte Shaeffer kaum noch Strafrechtsangelegenheiten an und konzentrierte sich statt dessen auf Firmen- und Steuerrechtsfälle. Esther Pegalosi war kurz nach dem Ende des Prozesses in einen anderen Bundesstaat gezogen, und Caproni hatte seither nichts mehr von ihr gehört. Billy Coolidge hatte den Rest seiner Haftstrafe abgesessen und war kurz nach seiner Entlassung auf einem halbleeren Parkplatz erschossen worden. Man hatte an der Leiche Spuren von Kokain gefunden, und es gab Gerüchte über einen Betrug im Drogenmilieu. Das Verbrechen war niemals aufgeklärt worden.

Und Roy Shindler – auch über ihn hatte man Gerüchte gehört, nachdem Esther die Stadt verlassen hatte, doch niemand hatte sie jemals überprüft. Shindler war noch immer bei der Polizei, aber nach dem Fall Murray-Walters hatte er sich verändert. Er war nach wie vor gut, aber die Arbeit schien ihn nicht mehr zu interessieren. Die Intensität, die einmal so typisch für ihn gewesen war, fehlte. Caproni hatte ihn oft als Zeugen verwendet, aber in all den Jahren, die seit dem Prozeß vergangen waren, hatte Shindler den Fall Murray-Walters nicht erwähnt.

Caproni schloß die Augen und ging die Besetzungsliste noch einmal durch. Nur einer fehlte noch: Albert C. Caproni, der jüngste gewählte Bezirksstaatsanwalt in der Geschichte Portsmouths. Hätte Bobby Coolidge sich das Leben genommen, wenn er mit seinen Informationen zu Richter Samuels gegangen wäre? Eine Weile hatte Caproni sich selbst einreden können, daß er so gehandelt hatte, weil er nicht wollte, daß ein Mörder aufgrund einer übereilten Entscheidung freigelassen wurde. Aber er wußte es besser. Was Heider und Shindler getan hatten, war falsch gewesen, ob Coolidge nun schuldig war oder nicht. Sie hatten Beweismaterial zurückgehalten. Und das war ein kriminelles und unethisches Vorgehen. Er hätte zum Richter gehen sollen, aber er hatte es nicht getan, und er wußte inzwischen, daß er aus selbstsüchtigen Gründen gehandelt hatte, die vor allem mit seiner eigenen Karriere zu tun gehabt hatten. Er hatte Angst gehabt, seinen Job zu verlieren. So einfach war das. Und deshalb hatte er einen Mittelweg eingeschlagen, als er sich der wichtigsten moralischen Entscheidung seines Lebens gegenübersah. Und ein Mann war gestorben.

Das Hotel Cordova hatte eine gewisse Ähnlichkeit mit dem Cedar Arms. Als Caproni die Treppe zu Heartstones Zimmer hinaufstieg, spürte er das gleiche Kältegefühl, das er vor all den Jahren verspürt hatte. Auch damals war er eine schlechtbeleuchtete Treppe hinaufgestiegen, um William Heartstone zum erstenmal zu treffen.

Louis Weaver öffnete die Zimmertür und trat zur Seite, um Caproni und Pat Kelly eintreten zu lassen. Die Luft war geschwängert von dem Geruch nach Krankheit und Tod. Die Jalousien waren heruntergelassen, und die Dunkelheit trug noch zu der Begräbnisatmosphäre bei. Heartstone schlief, und Caproni konnte sein Gesicht in der Dunkelheit nicht erkennen.

»Willie?« flüsterte Louis, als er die Tür geschlossen und die Jalousien hochgezogen hatte. Caproni konnte kaum glauben, daß der Mann auf dem Bett noch am Leben war. Er konnte beinahe den Schädel unter der Haut sehen. Die knotigen Hände, die sich in die schmutzige Decke krallten, wirkten dünn wie Papier.

Heartstone hustete, und seine Augen öffneten sich, ohne gleich einen Halt zu finden. Dann erschien ein Lächeln auf seinem verwüsteten Gesicht.

»Sie sind gekommen«, sagte er mit einer Stimme, die kaum mehr war als ein Flüstern.

Caproni zog sich einen Stuhl neben das Bett und beugte sich über Heartstone. Dann schaltete er den Kassettenrecorder ein.

»Willie, woher erinnern Sie sich denn an mich?«

Willie lächelte.

»Die Karte«, krächzte er, während ein Hustenkrampf ihn schüttelte. Er winkte Weaver zu, und Louis zog eine schmutzige und zerknickte Karte aus der Tasche. Es war die Karte, die Caproni Heartstone an dem Abend gegeben hatte, an dem sie sich zum erstenmal begegnet waren. Caproni war erstaunt.

»Sie haben die behalten? All die Jahre?«

»All denen aber, die Ihn bei sich aufnahmen, gab Er die Kraft, Gottes Kinder zu werden.«

Willies Gesichtsausdruck war gelassen. Er streckte die Hand mit großer Mühe aus. Sie zitterte, als Caproni sie ergriff.

»Sagen Sie mir, Willie, wer hat Elaine Murray umgebracht?«

»Denn der Sünde Sold ist Tod; Gottes Gabe aber ist ewiges Leben in Christus Jesus, unserem Herrn.«

»Sagen Sie's mir, Willie.«

Tränen traten in die Augen des sterbenden Mannes. Caproni wußte, daß Heartstone nicht viel älter war als er selbst, aber er hätte ebensogut hundert Jahre alt sein können.

»Sagen Sie's mir«, wiederholte er leise.

»Ralph hat's getan. Wir hatten sie so viele Tage, dann ist er's müde geworden.«

Es bereitete Heartstone große Mühe zu sprechen, und dann bekam er einen weiteren Hustenanfall. Caproni begann sich zu fragen, ob er überleben würde, bis der Arzt eintraf.

»Müde, Willie? Was meinen Sie damit?«

»Ihr Essen besorgen, uns um sie kümmern, das bißchen, was wir getan haben.«

Er begann wieder zu weinen.

»Es ist schon in Ordnung, Willie. Erzählen Sie's mir einfach.«

»Er hat sie umgebracht, und wir haben sie an der Straße liegenlassen.«

»Wann?«

»Ich weiß nicht. Nach Neujahr.«

»Willie, haben Sie einen Mann namens Eddie Toller gekannt?«

Willie sah verwirrt aus.

»Ein Mann, dem ihr Elaine für Sex angeboten habt.«

»Es waren so viele«, schluchzte Willie. Er umklammerte Capronis Hand. »Werde ich gerettet? Ich habe so lang gesündigt. Ich will nicht in der Hölle brennen.«

»Wenn Sie mir alles erzählen, wird Gott Ihnen vergeben, Willie. Erzählen Sie mir von Toller.«

»Wir haben sie an so viele verkauft. Ich weiß nicht mehr. Erst hat sie gebettelt, wir sollten's nicht tun, aber wir haben sie geschlagen und hungern lassen, und dann hat sie bald aufgegeben.«

Willie begann wieder zu schluchzen. Caproni ließ ihn weinen und lehnte sich erschöpft zurück.

»Dann war Bobby Coolidge also unschuldig«, sagte er.

»Nein! Schuldig! Sündig!«

Es war Heartstone, der sprach, und die Stimme war so kraftvoll, daß sie jeden im Zimmer schockierte.

»Aber Sie haben doch gesagt ...«

»Der ist ein Mörder von Anfang an und steht nicht in der Wahrheit; denn die Wahrheit ist nicht in ihm.« Heartstone lachte, und die Grausamkeit des Lachens brannte wie Eis in der Stille des Sterbezimmers. »Was glauben Sie denn, wer sie uns verkauft hat?«

Elaine Murray hatte unaufhörlich geweint, seit sie Esther vor dem Haus abgesetzt hatten. Billy hatte Esther an der Kehle gepackt und etwas zu ihr gesagt, zu leise, als daß Bobby es hören konnte. Aber aus ihrem Gesichtsausdruck war zu entnehmen, was es gewesen war. Esther war sehr betrunken und sehr verängstigt, und Bobby wußte, daß sie den Mund halten würde – und wenn es aus dem einzigen Grund wäre, daß sie sich davor fürchtete, mit den Ereignissen dieser Nacht in Verbindung gebracht zu werden.

Billy dachte nach, als er aufs Land hinausfuhr. Bobby hatte vorgeschlagen, Elaine zu einem verlassenen Haus zu bringen, in dem die Cobras gelegentlich Partys feierten. Das Haus war abgelegen, und sie brauchten nicht zu fürchten, gesehen zu werden.

Die Frage war, was sie mit ihr tun sollten, wenn sie dort waren. Walters war tot, das stand außer Zweifel. Billy hatte immer wieder zugestochen, und Bobby hatte mit dem Montiereisen zugeschlagen. Sie konnten sie nicht gehen lassen. Aber selbst für Billy war es etwas anderes, ein Mädchen kaltblütig umzubringen, als einen Mann in einem Kampf zu töten.

Elaines Wimmern begann Billy auf die Nerven zu gehen. Bobby saß bei ihr auf der Rückbank und hielt sie fest, um sicherzugehen, daß sie nicht zu fliehen versuchte, aber

Bobby war inzwischen selbst fast in einem Schockzustand. Billy liebte seinen Bruder, aber Bobby war weich. Oh, er stand seinen Mann in den meisten Schlägereien, aber ihm fehlte der Killerinstinkt, das Bedürfnis, zu kämpfen und Schmerzen zuzufügen. Bobby hatte Walters in Panik geschlagen. Billy dagegen hatte bei jedem Messerstich, den er dem reichen Arschloch zufügte, Vergnügen empfunden. Er genoß es, auf Walters einzustechen, denn der war Cooper und jeder andere reiche Snob, der auf ihn herabsah und ihn behandelte, als existierte er gar nicht. Nur, Walters wußte genau, daß Billy Coolidge existierte, wußte es jedesmal, wenn er schrie, wußte, daß er, Billy Coolidge, die Macht hatte, ihm das Leben zu nehmen. Und es ihm nahm.

Billy fand den ungeteerten Feldweg, der zum Haus hinaufführte. Ein Farmer hatte sich das Haus im ausgehenden neunzehnten Jahrhundert gebaut, und später war es umgebaut worden, aber der Farmer war gestorben, und seine Kinder waren fortgezogen, und das Haus stand leer. Es war ein wuchtiges Haus, breit und gedrungen, ein zweistöckiger Schattenriß, Schwärze vor dem Nachthimmel, der sich eben zu lichten begann.

»Sie soll den Mund halten, Bobby!« schrie Billy.

»Schon gut, Elaine. Alles in Ordnung. Hab keine Angst.«

Das Mädchen weinte weiter. Billy parkte hinter dem Haus, so daß das Auto nicht so leicht zu sehen war; dann stieg er aus, rannte um das Haus herum und spähte durch das Küchenfenster ins Innere. Es sah nicht so aus, als wäre jemand da. Vor der letzten Party hatten sie erst ein paar Penner rausprügeln müssen, die sich hier breitgemacht hatten.

Billy wollte gerade durch eines der vorderen Fenster sehen, um wirklich sicherzugehen, als er Bobby fluchen hörte. Er stürzte zurück zur Rückseite des Hauses. Das Auto war leer, und die hintere Tür stand offen. Er sah, wie eine undeutliche Gestalt sich einen Weg durch das hohe Gras bahnte. Er rannte hinter der Gestalt her, so schnell er konnte; dann hörte er ein Grunzen und einen schrillen Schrei. Zwei Körper schlugen auf dem Boden auf. Einen Augenblick später schob er seinen Bruder von dem Mädchen weg, kniete über ihr und ohrfeigte sie rechts, links, rechts, brüllte »Nutte« mit einer Stimme, in der sich tierische Gier und Haß mischten.

»Hör auf damit. Du bringst sie um!«

Bobby hatte ihn an den Armen gepackt. Er atmete schwer. Das Mädchen stöhnte; aus ihrer Nase rann Blut. Billy holte tief Luft und starrte das Mädchen an. Der Anblick der Frau, die er begehrt hatte und die ihm versagt worden war, hilflos und in seiner Gewalt, erregte ihn.

»Bringen wir sie rein«, sagte er.

Sie zerrten sie auf die Füße und brachten sie zum Haus und hinauf in ein Schlafzimmer im ersten Stock, halb getragen, halb geschleift. Auf dem Boden lagen ein paar Matratzen, die während der letzten Party hergebracht worden waren. Billy stieß das Mädchen grob auf den Fußboden und sah sich nach Bobby um.

»Warte draußen.«

»Aber Billy ...«, begann Bobby, doch ein Blick in das Gesicht seines Bruders ließ ihn verstummen.

Eine halbe Stunde später öffnete sich die Schlafzimmertür. Billy sah erschöpft aus; seine Wut und sein Haß waren verflogen. Er nickte zu dem nackten Mädchen hin, das auf dem Boden kauerte.

»Du kannst sie haben, wenn du sie willst«, sagte er.

Bobby schüttelte den Kopf. Er konnte nicht. Es waren nicht nur Furcht und Erschöpfung, es war das Entsetzen über das, was sie in dieser Nacht getan hatten, das näher und näher an ihn herangekrochen war, als er in dem dunklen Gang auf seinen Bruder wartete. Seine Gedanken waren in ein Dutzend Richtungen gehetzt, als er versuchte, eine Lösung für das Problem zu finden, das das Mädchen darstellte.

»Billy, wir müssen sie loswerden.«

»Sie umbringen?«

Bobby schüttelte den Kopf.

»Ich kann das nicht.«

»Laufenlassen können wir sie nicht. Sie weiß über Walters Bescheid.«

»Ich hab eine Idee. Weißt du noch, die beiden Typen, denen du noch Geld für das Dope schuldest?«

»Pasante und Heartstone?«

Bobby nickte.

»Du schuldest ihnen doch was, oder?«

»Yeah.«

»Frag sie doch, ob sie das Mädchen nehmen.«

»Als Bezahlung?«

»Oder damit sie's ... damit sie's tun, Billy. Ich kann's nicht. Nicht einfach so.«

Billy sah ihn an.

»Ich kann's.«

»Billy, nein«, sagte er verzweifelt. »Und außerdem, wenn sie wegen Elaine erwischt werden, denkt jeder, sie haben Richie umgebracht.«

»Gefällt mir nicht. Vielleicht lassen sie sie laufen, oder sie haut ihnen ab.«

Und dann brach Bobby schließlich zusammen. Schluchzer schüttelten ihn. Billy wußte nicht, was er tun sollte. Es war unmännlich, zu weinen, aber er hatte eine vage Vorstellung davon, was sein Bruder durchmachte.
»Okay, Junge, ich versuch's.«
Bobby hatte sich abgewandt. Er ließ ihn weinen. Das Mädchen begriff gar nichts. Sie kauerte in einer Ecke und sah zu ihm herüber. Er betrachtete sie verächtlich.
»Er hat uns hundert Dollar gezahlt, damit wir sie umbringen. Hat Dope für uns verkauft, um die Schulden abzuarbeiten. Wir haben gesagt, wir tun's gleich, aber wir haben's nicht gemacht. Er hat's nie rausgekriegt. Dachte, wir hätten's gleich am ersten Abend gemacht.«
Heartstone hustete wieder. Diesmal spuckte er Blut, und der Husten schien kein Ende zu nehmen. Caproni stand auf und ging zum Fenster. Schuldig und unschuldig. Er war nie auf den Gedanken gekommen, daß die Morde von verschiedenen Leuten begangen worden sein könnten.
»Mr. Caproni«, schrie Louis Weaver. Er wandte sich vom Fenster ab und kehrte rasch zum Bett zurück. Es erforderte nur einen einzigen Blick, um zu sehen, daß Willie Heartstone tot war.

Es hatte aufgehört zu schneien, und in den Straßen begann der Feierabendverkehr. Caproni saß mit geschlossenen Augen auf dem Rücksitz. Es war vorbei. Coolidge war also doch ein Mörder gewesen. Nun, da er es wußte, schien es keinen Unterschied mehr zu machen. Er erkannte, daß das, was er in seiner Jugend getan hatte, nicht mehr und nicht weniger gewesen war als etwas, das all seine Mitmenschen irgendwann einmal getan hatten. Er war idealistisch und naiv gewesen, und er war den Zielen, die er sich selbst gesetzt hatte, nicht gerecht geworden, denn er war nur ein Mensch. Er war nicht vollkommen. Aber er versuchte, ein guter Mensch zu sein. Wenn er bei dieser einen Gelegenheit versagt hatte – bei vielen, vielen anderen war es ihm gelungen.

Caproni sah auf den Kassettenrecorder hinab, den er auf den Knien hielt, und nahm die Kassette heraus. Es hat keinen Zweck, das aufzuheben, dachte er. Er würde das Band morgen löschen. Im Augenblick war er einfach zu müde.

»Zurück zum Büro?« fragte Pat Kelly vom Fahrersitz.

»Nein, Pat, ich glaube, ich gehe jetzt einfach nach Hause.«